# EL NAVEGANTE DORMIDO

colección andanzas

# Libros de Abilio Estévez
## en Tusquets Editores

# ABILIO ESTÉVEZ
# EL NAVEGANTE DORMIDO

TUS**Q**UETS
EDITORES

1.ª edición: mayo de 2008

Diseño de la colección: Guillemot-Navares
Reservados todos los derechos de esta edición para
Tusquets Editores, S.A. - Cesare Cantù, 8 - 08023 Barcelona
www.tusquetseditores.com
ISBN: 978-84-8383-068-0
Depósito legal: B. 20.570-2008
Fotocomposición: Foinsa-Edifilm, S.L.
Impresión: Limpergraf, S.L. - Mogoda, 29-31 - 08210 Barberà del Vallès
Encuadernación: Reinbook
Impreso en España

# Índice

A mi madre,
que ha cumplido ochenta años

A mi hermano, por la alegría
de aquel 10 de septiembre

No puede ser, dijo el barquero, a menos que tal vez, sin saberlo, estemos condenados de antemano, pues esas mismas islas que aparecen de vez en cuando no son tierra firme, no tienen punto fijo...

Herman Melville, Las islas encantadas

Ni cuadrante ni brújula imaginan
más distantes mareas... Y por la azul altura
el canto no despierta al marinero.
Que su mítica sombra sólo el mar la conserva.

Hart Crane,
«Ante la tumba de Melville»

Y se sentó a la mesa y compuso una historia.

W.H. Auden, «Herman Melville»

*Transcurrirán treinta años y tendrán lugar, como es natural, innumerables catástrofes. La fotografía, sin embargo, continuará en su lugar.*

*Nada ni nadie, desgracia o persona, habrán podido destruirla.*

*Es una foto en blanco y negro, o más bien de un color insólito que tiende al ocre, a distintos tonos de ocre, todos oscuros, sucios y desvaídos, enmarcada por una simple moldura de madera rústica, junto a un estante de viejos y buenos libros en español.*

*El paisaje que se distingue carece de importancia. Es la perspectiva de una playa en cuyo centro hay un bote y un joven que alza el remo como si fuera un trofeo.*

*La playa es fea. No se diría una playa cubana, pues contradice el tópico de cómo son, o deben ser, las playas cubanas, o, en todo caso, la mayoría de las playas del norte de la isla, magníficas, es cierto, abiertas con generosidad a las aguas del Golfo de México.*

*De una simple ojeada se descubrirá que si la foto fue tomada treinta años atrás o tal vez un poco antes (imposible precisar la fecha), el bote debe de ser cuando menos centenario: una ruina de maderas corroídas, con tres o cuatro metros de eslora, y algo menos de la mitad de manga, y en cuya cubierta apenas puede leerse el nombre ennegrecido o más ocre que el resto:* Mayflower.

*En cuanto al joven que alza el remo con la misma alegría con que puede alzarse un trofeo, no se distingue bien si ha cumplido los quince o los treinta. Rubio y lacio, el pelo le cae sobre los ojos. El pelo, lánguido y mal peinado, corresponde a un joven. La expresión de júbilo, el modo de sonreír y de alzar el remo denotan asimismo cierta inocencia y una expresión de felicidad que sólo puede ser pueril. El cuerpo, en cambio, alto y recio, formado como a golpes, como de bronce, desmiente la crédula jovialidad de la sonrisa.*

*El alborozo del cuerpo, la satisfacción que de él se desprende, poseen un valor que realza el contento y, al propio tiempo, contradice o agrava lo que se aprecia en la sonrisa.*

*Por la calidad de la piel, y por extraño que pueda parecer, la figura de ese joven al borde del mar hará pensar en uno de esos cuadros del extraordinario pintor de Boston, Winslow Homer.*

*Y lo más importante: se trata de la única fotografía de Jafet, la única que de él se habrá conservado y se conservará. No hubo otra y desgraciadamente tampoco la habrá. Además de antigua (¿podrá otorgársele semejante calificativo a una fotografía realizada hace tan sólo treinta años?), y de su valor sentimental, será hermosa y poseerá el encanto turbador y melancólico que los años suelen agregar a las fotografías.*

*Hermosa e insólita, es la más sugestiva fotografía de la pequeña y bien provista biblioteca de un pequeño apartamento del Upper West Side, Nueva York, con vistas al Hudson.*

# Primera parte
## El silencio de los lagos helados

La sinceridad es como el sueño.

W.H. Auden, «Escribir»

# Maderas nobles

Era un viejo bungalow junto a una playa sin nombre. Un viejo bungalow de dos plantas, construido, según decían, con maderas nobles de Oregón. Propiedad, primero, de un hombre rico y del norte, el doctor Samuel O. Reefy, médico, graduado en Northwestern University, Chicago, y natural de Cuba City, pueblito del sur de Wisconsin, próximo a Iowa y a Illinois, en el corazón del Midwest. Luego, cuando el médico murió, el 5 de abril de 1954, de forma misteriosa y sin descendientes, gracias a un testamento generoso el bungalow pasó a ser propiedad de los Godínez, habaneros de Santiago de las Vegas, pequeño pueblo del centro de la provincia de La Habana.

Los personajes que encontraremos a lo largo de estas páginas solían nombrar la casa de muchas maneras. Las palabras más usadas podían ser el bungalow, la casa o la casona. Lo cierto es que carecían del hábito de llamarla con una designación específica. En lo único que coincidían siempre, llamaran como llamaran al viejo bungalow, era en la devoción. De cualquier forma, lo hacían con el tono fervoroso y deferente con que se habla de las cosas íntimas, de las virtudes y las debilidades propias, de los mejores y hasta de los peores secretos.

Y la verdad, sin la casona, sin la privilegiada ubicación geográfica —y sin su leyenda, por supuesto—, esta narración habría sido diferente.

Su terca presencia frente a las aguas del Golfo hizo posibles los sucesos que acontecieron y los que no acontecieron; las circunstancias felices y las otras, que, como cabe esperar, fueron las más.

El bungalow sobrevivió a más de sesenta años de desastres; a incontables días de sol y de lluvias; a la mortificación permanente del salitre; a tres o cuatro revoluciones más o menos fallidas; a una pentarquía; a veintidós presidentes, entre los que se pueden contar algunos efímeros y otros tenaces, como el salitre.

Si el viejo bungalow logró sobrevivir a tantos avatares, a más de setenta tempestades, entre ciclones y vientos plataneros, no se debió sólo a la bondadosa compañía de la colina y al hábil aislamiento de los pilotes. También habría que tener en cuenta la calidad de las maderas traídas desde bosques lejanos.

## Camino de zarzales blancos

Para acceder al bungalow había que recorrer un kilómetro y medio de pésimo camino. Lo que en otro tiempo, muchos años atrás, había sido una hermosa calzada bordeada de palmas reales, de uvas caletas, de casuarinas, de adelfas y hasta de rosas, se hallaba ahora abandonada a la buena de Dios. Poco a poco, sin que se dieran cuenta, como habían ido teniendo lugar las calamidades cubanas, el camino de acceso a la casa se transformó en atajo de zarzales blancos.

Los más interesados, los miembros de la familia Godínez, habían aceptado y hasta consentido el deterioro gradual por dos razones poderosas. La primera, porque sabían que nada se podía hacer para remediarlo, porque carecían, como se comprenderá, de los medios adecuados. «Ahora todo es del Estado», reiteraba el Coronel Jardinero con una sonrisa de impotencia y un gesto de «Si no me creyeron, ahí lo tienen: yo siempre lo dije». Y agregaba, encogiéndose de hombros: «Los problemas que no tienen solución no son problemas».

Y la segunda razón poderosa: porque de algún modo les alegraba sentir que el pésimo atajo los aislaba del mundo y de una realidad que preferían lejana, lo más lejana posible de la casa y de la playa, como si la antigua calzada fuera el límite preciso, no ya del espacio, sino del tiempo, algo que los defendiera de las sacudidas de una historia que no podían controlar, y que tampoco podían, ni querían, entender.

Únicamente los muchachos, y porque no les quedaba más remedio, cuando daban clases en Bauta, tenían que andar kilómetro y medio de ida hasta la carretera de Baracoa, para tomar allí una guagua que había pertenecido a la Greyhound Corporation (en los años veinte, aquella guagua debió de haber cubierto el camino desde Calgary hasta Saint Paul, Minnesota). Una guagua tan venida a menos como el camino y que los dejaba en los portalones siempre frescos de La Campana China.

El regreso resultaba más amable. Solían volver con Juan Milagro, en el jeep un poco menos antiguo, de la Segunda Guerra Mundial, que sorteaba grietas y baches, y levantaba una columna de polvo blanco, impregnando de tal manera las uvas caletas que había terminado por convertirlas en la flora de algún planeta imposible.

## Ciclón con nombre de actriz, de bailarina y de escritora

Es justo también que esta narración comience con una amenaza, puesto que la historia que en ella se relata, a veces curiosa y casi siempre confusa, coincide con el momento en que un huracán anunciaba su violencia en las costas de La Habana. Un huracán, se decía, con mucho poder. El Centro Nacional de Huracanes de la Florida había decidido llamarlo Katherine. Por tanto, éste pretende ser el relato verídico de cómo se vivió en aquella playa el torbellino que pareció no tener fin. El libro se abre no sólo con una fotografía, una casa y un camino, sino, además, con un ciclón.

## 1977

Año inolvidable, tristemente célebre, que se distinguió por sus pocas venturas y por las desgracias innumerables que trajo consigo. Y el clima no fue lo más benigno. Se contaron largos meses de sequía, y la falta de lluvia hizo pensar que se habían detenido los mecanismos que agitaban las nubes y hacían girar la Tierra. Se hablaba de suelos cuarteados y de matas calcinadas, cosechas enteras echadas a perder como si hubieran sido devastadas por plagas o tormentas de azufre. Hasta que, un buen día, se trocaron los caprichos de la naturaleza y, como siempre sucede, sobrevino lo contrario: lluvias sin cuento que arrasaron cuanto encontraron a su paso.

Los ciclones no dieron tregua. Se padecieron antes de temporada, desde principios de agosto. No bien se disipaba alguno por los pantanos de Luisiana, podía asegurarse con certeza que andaba otro organizándose en los confines del Atlántico. Con lenguaje similar al de los escalofriantes predicadores evangelistas, los meteorólogos hablaron de temporadas excepcionales, caracterizadas por el excesivo calentamiento de los océanos. Las islas del Caribe, desde Puerto España hasta Cuba, la mayor, fueron castigadas por vendavales y lluvias. Las ráfagas alcanzaron hasta trescientos kilómetros por hora, y podían llevarse a su paso no sólo árboles, animales y barcos, sino casas, edificios y poblados enteros.

Y sucedió que los pequeños ríos antillanos aumentaron cuatro y cinco veces sus caudales, y se anegaron campos y se inundaron ciudades. Haití, la más sufrida y menesterosa de las islas, vio morir a cerca de mil personas. Se temió que La Tortuga, antiguo refugio de bucaneros y piratas, hubiera desaparecido de las cartas de navegación.

## El cielo de la noche

Mamina sintió una opresión en el pecho, lo que ella interpretó como un presentimiento (tenía demasiadas experiencias, todas fatales, con los presentimientos), y dijo mascando las palabras, con la voz cascada que escapaba oscura de la boca desdentada:

—Los ciclones son como las desgracias. —Y al cabo de un largo segundo de reflexión, agregó riendo, acaso para negar posibilidad al presentimiento—: Nunca llegan solos.

Era medianoche y el reloj de la sala había dado cuatro campanadas. Andrea, que estaba junto a Mamina, se sobresaltó. Siempre la sorprendía el reloj antiguo y fuera de hora. Se detuvo un momento, calculó la hora verdadera, las campanadas que en realidad debía dar el reloj, y luego pensó en lo que Mamina había dicho, y pareció comprenderla, creyó saber lo que pasaba por la cabeza y el corazón de Mamina, y afirmó varias veces, en silencio, afirmó con la cabeza. Costumbre de Andrea ese afirmar insistente antes de hablar, como si quisiera dar mayor veracidad a lo que estaba por decir. Lanzó un suspiro. También suspiraba mucho, la vida, como ella decía, si no se iba en lágrimas se iba en suspiros. Y aquel suspiro no sólo fue una exclamación, sino la declaración de toda una vida:

—El problema, mi vieja, es que en esta casa no hacen falta ciclones para que lleguen las desgracias.

Y luego de dos frases tan categóricas, ¿qué más se podía agregar? Callaron y ni siquiera se miraron. Cada una volvió a escuchar las campanadas y la frase tajante y sombría que la otra había dicho.

Estaban en el portalón y enlazaban diestras los sillones entre sí y los ajustaban, los trababan a las rejas de las ventanas, con nudos bien hechos, mejores que los de muchos marineros. Eran demasiados los años de ciclones, nudos y maromas. De cuando en cuando se volvían a mirar con desconfianza el cielo de la noche. Y descubrían que hacían bien en sentirse recelosas.

El cielo era oscuro, rojo, cruzado de nubes bajas y peligrosas como una bandada de pájaros gigantes. Se hubiera dicho que las nubes bien alineadas intentaban agitar el mar sin conseguirlo. A pesar de las nubes, el mar continuaba tranquilo, con esa tranquilidad furtiva que tanto conocían los que vivían en la costa. También comenzaba a removerse una ventolera inútil. Los primeros vientos de la tempestad nunca agitaban las uvas caletas ni las casuarinas, ni disipaban el calor, sino al contrario, lo avivaban, como se avivan las ascuas. Imposible conocer en qué punto de la Tierra o del infierno podían estarse formando las rachas calientes que llegaban esporádicas, «como aullidos de lobos». El Coronel Jardinero, que en su vida había visto un lobo, y mucho menos escuchado sus aullidos, hablaba siempre de «lobos» cuando silbaba el viento sobre el caserón.

Poco antes de un ciclón, los calores se hacen insoportables y mucho más húmedos. Del mar escapaba el acostumbrado hedor de los peces muertos. Como en aquella ensenada fea, o en aquel país (al que alguien se le ocurrió llamar Cuba), lo peor siempre parecía posible, los ciclones venían precedidos por lloviznas hirvientes como lumbres pequeñísimas, que golpeaban la piel y la quemaban. Jejenes y mosquitos se adueñaban aún más de la playa, intentando acaso aprovechar el último momento como si supieran que, cuando se levantaran las ráfagas de la violencia, también ellos serían arrasados.

Mamina insistió:

—Odio los ciclones y las desgracias. Fíjate si continúo siendo ingenua, con los años que tengo.

Ayudó a Andrea a atar el último sillón y recogió el farol de queroseno, porque hacía rato que no había electricidad. Tenían encendidas algunas chismosas y dos o tres faroles que aún quedaban de los tiempos de abundancia. No bien soplaba un vientecito, podía contarse con que se iría la electricidad. Olivero, con su triste sentido del humor, que se burlaba manso de todo, se reía diciendo que los cables no existían, que hacía mucho que los cables habían sido destruidos, como todo lo demás, y que la electricidad llegaba por el aire, como los gritos, las voces y los ecos. Y que por eso cualquier soplo podía espantarla, como el viento espantaba los gritos, las voces y los ecos.

—Ciclones, desgracias —repitió Mamina, que aún sentía el pecho oprimido y raros deseos de llorar.

—Y lo peor de lo peor —corroboró Andrea luego de varias afirmaciones y suspiros—, un solo ciclón implica innumerables desgracias.

—No se lamenten ahora, no es hora de lamentos —replicó desde la oscuridad, con su terrible voz de bajo, el Coronel Jardinero.

Parecía un fantasma. La figura alta y sin sombra, con la vara de yana, venía seguida por una vaca.

Mamina y Andrea olvidaron los malos presagios, las frases grandilocuentes, y tuvieron deseos de echarse a reír. El Coronel llegaba de la carbonería. La había cerrado lo mejor que había podido, intentando asegurar la yana para los hornos, para que se mojara lo menos posible, aunque tenía la certeza de que se trataba de un esfuerzo infructuoso, que si era como decían el ciclón que andaba por ahí, no habría Dios que protegiera la carbonería. Al menos *Mamito*, la vaca, estaría a salvo, ella sí tendría su lugar entre los cristianos, que para eso los alimentaba, y con suficiente riesgo, por cierto.

El Coronel hizo que el animal subiera los peldaños que separaban la casa de los arrecifes y la llevó por todo el portalón hasta la sala. Hombre y vaca se detuvieron en la sala, como si hubieran perdido el rumbo. Andrea acercó una chismosa. Mamina apartó algunos muebles, despejó el camino, y el Coronel condujo a la bestia hasta un antiguo baño de criados, detrás de la cocina, que ahora servía para guardar trastos viejos. Allí estaban también las gallinas. Los animales apenas cabían en el antiguo baño, no podían moverse, pero al menos se protegerían del temporal.

—Está inquieta —observó el Coronel—, ya saben lo que quiere decir: si la vaca está inquieta, el mal tiempo...

—Está incómoda, pobre animal —dijo Andrea con un suspiro y sin ánimo de burla.

—¿Y qué quieres, que la deje en la carbonería?, si la dejo allí la encuentran mañana a mil millas, en el centro de Alabama. —Se pasó las manazas, las garras enormes y ennegrecidas, por la cabeza, y señaló a Andrea con un índice admonitorio—. A lo mejor, y hasta sería más feliz la pobre vaca en Alabama. Allí nació Nat King Cole.

Andrea no respondió. Ni siquiera lo miró. No estaba de ánimo para bromas que no lo eran y que presagiaban una discusión para la que no estaba preparada. Tampoco se hallaba dispuesta a seguirle el juego, ni siquiera fingiendo, ocultándose tras la máscara de una sonrisa. Seguida por sus tres gatos, fue contando, sin querer, las marcas de fango, de cisco de carbón y de arena mojada que la vaca había dejado en el piso de la sala. Volvió a suspirar y afirmó varias veces. Otra vez la asaltó un deseo que mucho la había asaltado últimamente, el de estar bien lejos de la casa y de la ensenada. No sólo a una distancia en el espacio, sino en el tiempo.

—Si volviera a vivir... —dijo entre dientes, tan bajo que nadie la oyó.

Mamina y ella fueron entonces ventana por ventana, comprobando que habían sido aseguradas con las trancas de hierro. Comprobaron, de paso, que todos dormían.

Mino descansaba en su sillón, y estaba dormido, se escuchaba su fuerte resuello de dormido. La puerta de Vicenta de Paúl no se podía abrir, ya que tenía la costumbre de dormir con la puerta cerrada. A Valeria tampoco la vieron, pero oyeron la respiración de su letargo, bajo el mosquitero, y algunas palabras que sólo podían llegar de un mundo diferente. Preocupada por los muchachos, Andrea llegó a subir al antiguo observatorio del doctor Reefy, donde dormían Jafet y Locuaz el Mudo, protegidos también por sendos mosquiteros.

A Mamina la inquietó Olivero:

—Ya esta noche debería haberse mudado para acá, esa casuchita es un peligro, tan cerca de la playa. El día menos pensado se va a despertar en medio de las aguas.

Andrea pensaba que aún no había que preocuparse demasiado, después de todo el señor de la meteorología había dicho, anoche mismo, que el ciclón no se esperaba de inmediato.

—Y no que lo diga el señor de la meteorología, es que se ve en el cielo, en el mar, para algo deben servir tantos años viviendo en esta playa. El ciclón todavía no está a punto. Es lento y, ya se sabe, los lentos son los peores. Todavía tardará un par de días, a lo mejor tres, y hasta puede que se desvíe hacia las Bahamas, o hacia la península de Yucatán, con el favor de Dios. Y que Dios me perdone por desear el mal de los demás, pero no es el mal de los demás sino el bien propio y el de mi familia, que ya bastante hemos tenido y estamos teniendo.

Regresaron a la cocina, donde todo estaba en orden. Habían acumulado suficiente agua para una semana y tampoco faltaba arroz, huevos y frijoles, porque del Coronel se podría decir cualquier improperio, pero administrando, lo que se decía administrando, podía llegar a ser milagroso.

—Mañana será otro día —dijo Mamina al tiempo que atrancaba las puertas.

—Sí, otro día. Es la única verdad que se puede repetir cada noche, sin miedo, desde que el mundo es mundo, y desde que existen los ciclones —y Andrea suspiró y movió con fuerza la cabeza.

—No se hagan ilusiones —replicó el Coronel con su voz de bajo—. Por el camino que vamos, una noche diremos: «Mañana no será otro día». —Y cerró con fuerza la puerta del antiguo baño donde había escondido las gallinas y la vaca—. ¿Y cómo se llama?

—¿Quién?

—El ciclón, quién va a ser.

Mamina continuó con la opresión en el pecho, el mal presentimiento, mientras subía las escaleras, peldaño a peldaño.

—No puedo más con este cuerpo de noventa años.

—Noventa y uno.

—Gracias.

*María de Megara,* su perra, la seguía, arrastrando las tetas. *María de Megara,* su pobre pastora alemana, tan vieja, sorda, ciega, cansada como la dueña.

Andrea limpió las pisadas de fango que *Mamito,* la vaca, había dejado en las maderas del piso de la sala.

—Ya sé que da lo mismo el nombre que tenga este ciclón y todos los que vengan, los ciclones son como las desgracias y poco importa cómo se llamen.

Luego fue el viento, el aullido de los lobos. Y fueron también los tomeguines, que despertaron revoloteando bajo los mantos que cubrían las jaulas.

# Presagios

Se dirigió hasta el altarcito donde veneraba (es probable que la palabra «venerar» no sea la justa) un Cristo tosco, pintado de negro, como con brea, sin brazos, mal tallado con un cuchillo sin filo en lo que siempre pareció una rama de cañandonga. Aquel Cristo la acompañaba desde que lo encontró en un bohío abandonado. Hacía sesenta y cinco años, desde la noche de aquel fuego y de aquella huida, dos o tres noches antes de encontrarse con Mino y el doctor. En el altarcito había, además, un san Martín de Porres, un santo también negro, como el Cristo y como ella. Y una imagen de santa Genoveva (la Virgen a la que adoraban los Pagerie) encerrada en su celda, mirando absorta o reverente la luz de un cirio que tenía prendido entre las manos.

Frente al Cristo recogido en aquel bohío, frente al santo, peruano y negro, y la Virgen de Nanterna, permaneció mucho rato, con los ojos cerrados, rezando en francés puesto que así la habían enseñado a rezar.

A sus pies, *María de Megara* se durmió enseguida. Y Mamina constató que había cumplido otra noche más. Y sintió que el Coronel se echaba por encima el cubo de agua de cada noche, y que Andrea se retiraba también a su cuarto, y terminaban por apagarse faroles y chismosas.

# Las civilizaciones extinguidas

Sólo pasarán treinta años y será como si escribiera sobre una civilización extinguida. Porque algún día Valeria se verá en la obligación de escribir esta historia. Lo entiende y, como no le queda otro remedio, lo acepta.

Hay algo que ignorará y es probable que nunca sepa: la razón por la que sentirá esa exigencia. Será una historia, por otra parte, que ni ella misma entenderá. Al principio la tomará como un ejercicio del recuerdo. Se creerá imaginando una fábula destinada a sí misma en la que hará coincidir, como será inevitable, todo cuanto tiene de falsa y de artificiosa la realidad, con la fantasía y todo lo que ésta tiene de auténtica y real. Una fábula sincera, por decirlo así. El cuento, la invención, lo más verdadera posible, de tres o cuatro días innegables de su vida. Una fábula, fiel a la verdad, que la enfrentará al propio tiempo con la vida real —si es que tal cosa existe.

También sabe que para entonces vivirá en otro lugar, que las calles serán de otra ciudad, de otras comarcas y caminos. Tiene la certeza de que vivirá en Manhattan, y de que será allí, en una mañana nevada y en un hermoso apartamento del Upper West Side de Nueva York, con vistas al Hudson, donde se decidirá a contar la historia que se intenta narrar en este libro.


## People do not possess things

Como siempre se encomendaba a Dios, podemos deducir que Vicenta de Paúl era una mujer confiada y, por lo mismo, frágil. Creía en Dios aunque ya no sabía bien en qué Dios ni cómo era o lo imaginaba.

—El tiempo todo lo cambia, hasta los modos de creer en Dios.

Se había encerrado en su cuarto, al final del segundo piso, y cubierto los espejos con paños de terciopelo marrón. Los tres espejos enmarcados, demasiado antiguos, ya no eran espejos, sino tres cuadrados de cristal dentro de marcos metálicos, labrados, ostentosos, sin elegancia. Se los había regalado la señora Jeannette Ryder, Mrs. Ryder, hacía mucho, cuando ella, Vicenta de Paúl, había cumplido los quince y a Mrs. Ryder sólo le faltaban dos años para morir (y ella, Mrs. Ryder, por cierto, lo sabía). Ahora los espejos carecían de azogue y en ellos sólo se reflejaba una realidad extraña y difusa.

Pensaba que cada persona estaba formada también por sus cosas de siempre, y que por algún motivo esas cosas venían a situarse en la vida de cada persona.

«No son las personas las que poseen las cosas, sino al revés», le dijo una vez su padre. En realidad no lo había dicho así. Las palabras exactas fueron: *«People do not possess things, but the other way around»*.

Vicenta de Paúl seguía, pues, conservando los espejos. Como conservaba las siguientes cosas: Su *Holy Bible* (versión King James, editada en Nashville, Tennessee, y regalo del reverendo Mote, de Chattanooga, Tennessee). Los viejos sombreros y vestidos ya de uso imposible, pues ¿a quién se le habría ocurrido vestirse con traje de seda y sombrerito velado, en estos tiempos vulgares, de tan mal gusto, tiempo de milicianas y de barbaries? Un hermoso librito encuadernado en piel, *Adiós de Victor Hugo a la Francia de 1852*, de Aurelia Castillo de González, edición La Propaganda Literaria, La Habana, 1885, firmado por la poetisa. El sello del correo cubano, acuñado en 1957, en conmemoración de Mrs. Ryder. Dos trozos de películas tomadas por el doctor Reefy en dos de sus viajes; en uno, se veía al doctor Reefy frente a la catedral de Colonia; en el otro, en un gran bosque de robles, fresnos y arces junto a un señor de barba que sólo Vicenta de Paúl sabía que era Knut Hamsun. Una banderita y un escudo con la corona de cinco puntas y cinco estrellas con el lema «Sangre y Fuego» de la Salvation Army. Y lo más importante, el más preciado de sus tesoros: el billetito de viaje de la Florida East Coast Railway, bien guardado en un sobre blanco, con ribetes negros y el logotipo del Bando de Piedad, La Habana.

Cierto, también tenía otras cosas. Más secretas, más escondidas. Las cosas rescatadas del mar. Durante años de bajamares y pleamares, había logrado reunir otro tesoro, que no eran sus «cosas», sino más bien sus «rarezas». Un caracol, por ejemplo, puro nácar, tan bello y caprichoso, con tantos colores, que semejaba una pieza de Lalique. Una pipa de sepiolita. Una boina de miliciano con una banderita cubana y un orificio que ella suponía provocado por una bala. Varios casquillos de balas. La piña vacía de una granada de mano. Una botella de Iron Beer, *soft drink*. Y el que suponía el más valioso de los objetos encontrados: una mandíbula humana, musgosa, sin dientes, o mejor dicho con un solo diente, ennegrecido por los años del mar, que son distintos a los de la tierra.

Todos esos objetos, y en especial los espejos, los limpiaba a diario. Con ella debían enterrarlos.

A los espejos, además, cuando había tormenta, los cubría con los paños oscuros de terciopelo, comprados en la calle Muralla. Y eso que ella no era supersticiosa. La única vez que no lo hizo fue durante aquella pequeña, inesperada tormenta de septiembre de 1941. Y sucedió lo que sucedió con Esteban. Así que ya nunca más se permitió el lujo de descuidar un ritual. Ni ése ni ningún otro ritual, por inútiles o diabólicos que pudieran parecer.

Nadie conocía el detalle, si es que se podía dar el lujo de usar la palabra «detalle» para algo tan terrible. Nadie conocía de su descuido y de su culpa. Todos ignoraban que aquella mañana de septiembre de treinta y seis años atrás, cuando había empezado la tronada, ella estaba encuadernando y forrando, con papel de regalo, como hacía todos los años, los libros de cuentas del doctor Reefy, y que se había encogido de hombros pensando que, después de todo, aquello de cubrir espejos no era más que superchería, el fraude con el que uno intenta ennoblecer su vida, encontrarle una explicación, y no había que ser esclavos de supercherías ni de fraudes. Cuatro horas después, Esteban había desaparecido. Como por prodigio divino, el bote había reaparecido en su habitual varaentierra. A partir de entonces, Vicenta de Paúl se sintió como una asesina.

—Cada acto, hasta el más simple, tiene sus consecuencias —declaraba a la negrura de la casa—. Miles de descuidos pequeñísimos organizan una tragedia.

Al decir esto, por alguna extraña asociación, Vicenta de Paúl se dio cuenta de que se hallaba en la más absoluta oscuridad. Permaneció inmóvil, confusa, como si no entendiera, o acaso como si necesitara una orden para encender un farol o irse a la cama o al sillón, y esperar paciente a que saliera el sol, si es que Dios quería que saliera el sol.

Por lo que se veía, o se escuchaba, Dios no iba a querer.

Pretendió olvidarse de lo que sucedió con Esteban y optó por el sillón. Único modo de olvidarlo, lo sabía. Se sentó entre atemorizada y resignada. Cruzó la pierna derecha y se acarició el tobillo hinchado.

## Distintas voces de Dios

La oscuridad le provocaba una agradable sensación de seguridad. Puede que fuera el único en toda la casa que no se deshacía en lamentos cuando el apagón parecía sumirlos en un raro y angustioso estado de suspensión de la vida: uno de los modos más evidentes de la desesperación. Y eso que Mino se consideraba el más perjudicado. Y si alguien lo dudaba, que fuera a su cuarto y echara un vistazo, porque allí tenía su gramola Lenco de 1940, el tocadiscos Perpetuum Ebner de 1950 y hasta la victrola, que, aunque no funcionaba, todavía tenía la decencia de encender algunas de sus lucecitas de neón. Y por encima de todo, estaba la colección de cuatrocientos sesenta y siete *long play*, acompañados por trescientos veinte *singles*. Lo único que en su día pudo salvar del desastre del Illinois.

Incluso cuando se daba la gran vida, cuando era un vividor, un gozador, un tarambana sin remedio, capaz de beberse una caja de cervezas Cristal o una botella de Bacardí de una sentada sin perder el buen razonar y la compostura, y a quien las mujeres sólo le interesaban para gozar, y los hombres le importaban a lo sumo como posibles fuentes de dinero, sabía ser cuidadoso con sus discos y su música. Durante años, la música, y en especial el blues, el jazz, fue lo primero en su vida. Ahora, no obstante, más que el día, o que la luz, a Mino la oscuridad tenía la virtud de hacerlo sentir en paz.

Desde adolescente, fue un ave nocturna. «El tiempo corre veloz», como decían aquellos versos de su niñez. Mino, por suerte y para siempre, estaba en paz. Tampoco se podía pedir más. Lo que nada tenía de relativo era el agradecimiento. Cuántas personas desconocían lo que significaban esas tres letras, paz. Y sabía, además, y le daba lo mismo, que con luz o sin ella, no dormiría en toda la noche. Entre otras cosas porque ni necesitaba ni quería dormir. A esa hora nunca había sentido deseos de descansar. No ahora que se había hecho viejo y su cuerpo, con sólo tres horas, ya tenía suficiente descanso, sino siempre, toda la vida. Con tres o cuatro horas de sueño tenía suficiente para seguir viviendo y soñando, si es que ambos verbos no formaban una acción única.

—En el mundo, en conclusión, todos sueñan lo que son...

Además, nunca le gustó dormir a la hora en que los demás lo hacían. Le gustaba dormir cuando los otros vivían, y vivir cuando los otros dormían. ¿Por qué? No había que tener una respuesta para cada pregunta; a la corta o a la larga, debían ser muchas menos las respuestas que las preguntas.

¿Por qué le resultaba mejor dormir a otra hora? Se encogió

de hombros. Daba lo mismo. Había momentos, incluso, en que era mejor soñar sin dormir. Todo cuanto se podía hacer con los ojos abiertos alcanzaba una calidad superior a cuanto se podía hacer con los ojos cerrados. La situación se agravaba cuando el tiempo, como ahora, presagiaba ciclón. Durante los ciclones, a Mino le gustaba quedar alerta. Vigía oculto del galeón en peligro que era la casa. Sabía que ahí estaba el Coronel, y sabía que su hermano menor podía ser un centinela perfecto. Pero las cosas habían cambiado mucho. Cierto, para mal. Habían pasado los tiempos en que el futuro se presentaba con el aspecto amable que tenían siempre los futuros. Habían pasado, rápido por demás, los tiempos en que siempre se esperaban caridades de lo por venir. Aquella socorrida frase, «Ya vendrán tiempos mejores», había dejado de tener sentido. Ahora ya no interesaba cómo amanecía. Ni siquiera interesaba si amanecía y el gallo cantaba o no.

Aunque hubiera días de sol, todo era amenazante, como si un ciclón anduviera rondando, permanente y amenazante. Eso que los otros llamaban «días preciosos», los días de mucho sol y pocas nubes, solían ser los peores. Los otros, ingenuos al fin, no conocían ni querían conocer la verdadera cara del Maligno.

Y por otro lado, pensaba Mino, era también asunto suyo ejercer de hermano mayor, en la sombra. Con su hermano José de Lourdes, a quien decían el Coronel Jardinero, ejercer de hermano mayor había significado siempre hallarse a la sombra y encargarse de velar lo que el Coronel velaba, además de velarlo a él, que, se iba notando, estaba cansado, sin que tuviera el consuelo de la paz que a Mino le había tocado en suerte. No, el Coronel no conocía la paz de Mino, mucho menos la resignación. Su hermano menor experimentaba un sentimiento terrible con nombre de enfermedad, «rabia», provocada por una gran impotencia, por todo lo que se había echado a perder, por todo lo que pudo haber hecho y no hizo. En rigor, no se podía decir que «no hizo», sino que «no pudo hacer». No se lo permitieron. Sí, él tenía la capacidad de ponerse en lugar del hermano, y comprendía cuanto había de terrible en aquella vida. Debía de ser violento descubrir cómo el tiempo se escapaba, con esa rapidez del tiempo, sin hacer lo que de verdad hubiera querido, para lo que se sentía fuerte y llamado. Su hermano, pobre hombre. Víctima de fuerzas que no tenían que ver con él, ni con nadie, a pesar de que a la hora de buscar culpables allí estuvieran todos, sin faltar uno, desde los verdaderos responsables, los Inquisidores, los llamaba él, acertada o desacertadamente (quién podía saberlo), hasta la pobre Andrea, de quien sólo se podía afirmar que había sido una víctima más. Ese fracaso, ¿sería lo que llamaban destino?

Se apoltronó en el sillón de mimbre, bien acolchonado, entre tantos cojines de retazos en colores. Levantó las piernas viejas, pesadas, cansadas, adoloridas, que tanto habían andado por caminos buenos y avenidas gloriosas, por pésimos caminos, montes, matorrales y malezas. Intentó acomodarlas. Se untó el linimento de algas y aceite de linaza, porque lo aliviaba, y, sobre todo, la fuerte presión de los dedos en las plantas de los pies. Se halló conforme, custodiado por los dos o tres caprichos que aún le quedaban, los antiguos tocadiscos, la victrola, los discos que tanto placer provocaron en el Illinois. En su vida, en su otra vida. Después de todo, hubiera ciclón o no, al cabo de unas horas tendría que amanecer. La Tierra, por el momento, continuaba girando. Con Inquisidores, sin Inquisidores, con hombres buenos, con hombres malos, con santos, con diablos, la Tierra continuaba girando.

—Como decía aquel tango, yira, yira...

Y volvería la corriente eléctrica. Y escucharía a los dioses: Elmore James, Bing Crosby, Dinah Washington, Dean Martin y, por encima de todos, Bessie Smith. Para mayor gloria de la casa. Y si la electricidad no volvía, tampoco importaba. A Mino no le hacía falta colocar un disco en el tocadiscos para escucharlo y disfrutarlo.

# Miedo

En su viejo jeep por la carretera de Baracoa, Juan Milagro no supo en realidad adónde se dirigía. Si a hora tan avanzada se le ocurría llegar al bungalow, lo acosarían a preguntas. Y esa noche Juan Milagro no podría explicar qué había pasado, ni mucho menos qué estaba por pasar. Si alguna certeza tenía era que nunca volvería al Callejón de los Perros. Quería a Fedrita como se quiere a una prima lejana. Y había sido lamentable cuanto habían vivido en esos últimos meses. Y más lamentable aún el silencio de Fedrita. Su manera callada de aceptarlo todo. Un silencio desprovisto de intenciones, o de sentimientos. ¿Cómo no iba a importarle? Se trataba de su cuarto, su camastro, su casa. Se preguntaba por todo el tiempo que había convivido con ella, sin saber a ciencia cierta la razón.

Y ahora, para colmo, aquel horrible papel que él sabía demasiado bien cuánto decía en su escueta citación.

Tenía miedo y no era la primera vez.

Rebasó al cruce con la carretera del Mariel y continuó, sin darse cuenta, hacia Baracoa. Como siempre, el caserío estaba oscuro, con el aire de abandono de los últimos años, como si sus habitantes hubieran huido luego de un bombardeo. Al llegar a Playa Habana, parqueó el jeep frente a uno de aquellos bungalows que debieron de haber sido suntuosos cincuenta años atrás, cuando los cubanos tenían ilusiones, dinero y ganas de vivir. Apagó el motor. Se agazapó como si quisiera hacerse invisible. Sabía que la patrulla vigilaba. Los guardafronteras vigilaban sin descanso, aun en noches como aquélla. Los soldados no permitían que se estuviera en la playa de noche. En otra época, se podía permanecer en la orilla hasta el amanecer. Llegó un momento, como todo, en que aquello también se convirtió en delito. Cualquier nimiedad era un delito.

En otra época, muchos se iban por allí en botes, incluso en balsas bien hechas. A veces, hasta en yates. Huían hacia el Norte. ¿Todas las Tierras Prometidas se hallarían hacia el Norte? Por algo las agujas rojas e imantadas de las brújulas marcaban el Norte. Por algo la estrella Polar no señalaba el sur ni el este ni el oeste. La fuerza magnética, las estrellas: cosas de todos los nortes. Ahora ya se había vuelto difícil, por no decir imposible, un suicidio, salir en bote de cualquiera de esas playas. Para algo estaban las patrullas de tierra y, mucho peor, los guardafronteras del mar, en sus lanchas, con la orden de capturar, disparar y hundir.

Juan Milagro recordó los años en que la gente se despedía con toda tranquilidad al pie de la pequeña dársena de Playa Hollywood. Él tendría once, doce años. Un niño que apenas entendía por qué tantos decidían enfrentar las aguas. Después de clase, pasaba los días mataperreando entre la playa sin nombre y las otras playas, tan feas como aquélla. Los que se iban, preferían hacerlo hacia el atardecer. Se ahorraban así las largas horas de sol. Se iban a North Naples, a Miami, a Saint Petersburg. Al menos eso decían. Sonrientes, con termos de Coca-Colas heladas, y cervezas también heladas, y lechones asados, y tamales, y trusas, y sombreros de yarey, y espejuelos oscuros, y las pieles untadas con manteca de coco para que el sol no les hiciera el daño irreparable que hacía el sol en esta zona del mundo. Había música en los yates, un forzoso Elvis Presley, un no menos forzoso Paul Anka, combinado con los Platters, alguna Doris Day cantando aquella canción espantosa, *Lo que será, será*. Y así se iban, cuando hacía buen tiempo, en los primeros meses de 1959. Y eso que el ferry *City of Havana* aún hacía el trayecto La Habana-Cayo Hueso por sólo siete pesos cubanos (veintiocho si querías llevar el carro). Se iban entonces como si fueran de vacaciones y quisieran ventilar los pulmones con un poco de aire marino o decidieran ir a nadar o a pescar, a comprar piezas baratas en los almacenes de Miami. Como si el regreso fuera cosa de unos cuantos días. Muchos declaraban explícitos y convencidos:

—Regresamos pronto, cuestión de meses.

Nadie hubiera tenido la certeza (y de tenerla, tampoco la hubieran declarado) de que partían para siempre. Aún no existía en Cuba esa rarísima frase: «Para siempre», esa convicción: «Nos vamos para siempre». En aquellos primeros años (1959, 1960, 1961), nadie partía para siempre. Se alejaban por un año, por dos, acaso por tres con mala suerte. Hasta que «esto» (y enderezaban los índices de cualquier mano hacia la tierra, «esto, esto», y todos sabían qué conflicto, qué historia, qué desgracia, qué tragedia encerraba la forma neutra del pronombre), «esto» se aplaque, se caiga o se hunda. Muy pocos presentían que se iban para siempre.

Con once o doce años, Juan Milagro tampoco podía sospechar que aquellos que se iban dejaban atrás una casa, con cuanto eso implica, con todos los recuerdos de una casa. Una casa es como una vida, pensaba Juan Milagro. La casa: el modo que encontraba la vida, con sus consecuencias y aspiraciones y recuerdos, de alzarse convertida en materia, de hacerse visible.

Y los que se iban preferían no hacer el cálculo de cuánto dejaban. Se hallaban convencidos de que se trataba de una mala racha. Unos pocos años oscuros. Volverían a sus casas, a sus vidas, a sus rutinas, como si nada, o bastante poco, hubiera pasado. Volverían, claro que volverían. Cuando «esto» (el índice hacia la tierra) hubiera pasado.

Ahora a Juan Milagro le pareció descubrir, a través del espejo retrovisor, un movimiento en el mar. Si acaso, pensó, una lechuza, un pájaro de la noche. Una nube con la forma de un pájaro de la noche.

El cielo lo impresionaba. Con el rojo imperioso y oscuro, de nubes bajas, alarmantes y bajas, que se unían al mar, a la tierra, que se desplazaban en forma de remolino, a toda velocidad, bordeando la cerrazón, también rojiza, de Playa Habana. A Juan Milagro le habría gustado bañarse a esa hora. A pesar de la patrulla. A veces resultaba excitante burlar a la patrulla, lanzarse al mar de la noche, nadar en silencio, permanecer bajo el agua cuando se los veía pasar con sus caras ceñudas y aquel aspecto de fantasmas diabólicos. Los uniformes militares adquirían la calidad de los disfraces. Conferían a los soldados un toque todopoderoso. El ser más cobarde y anodino se transfiguraba en valiente y poderoso en cuanto vestía el uniforme. Juan Milagro conocía a muchos, los había incluso en el Callejón de los Perros. Muchachones normales y corrientes que lloraban escuchando a Nino Bravo, a los Fórmula V, y que cuando vestían el uniforme se transformaban en héroes inexpugnables, incapaces de un acto mínimo de cordialidad, de consideración, como todos los héroes. A los héroes no les interesaban los hombres, sino la imagen que contemplaban en los espejos a los que se asomaban.

Hoy, además, pensaba Juan Milagro, entrar en el mar no habría sido un baño cualquiera, sino un acto de purificación. Le habría hecho falta un baño prolongado que le quitara el cansancio y se llevara la mugre, o la sensación de mugre (que es peor). Y el miedo. Aquel asombro que tanto se parecía al asco o al terror.

Tenía que hacer algo grande y definitivo, algo que cambiara la vida triste que llevaba y le evitara una épica que él no estaba dispuesto a asumir.

Otra vez le pareció vislumbrar un bote navegando, alejándose de la orilla. Se repitió que no podía ser cierto, que era absurdo, fantasías suyas, puesto que nadie, sólo un loco o un suicida, habría salido en un bote, a faenar o a lo que fuera, en noche como aquélla.

¿Y si no era un bote de faena? Después de todo, cuando amenazaban los ciclones, las vigilancias se aliviaban, los guardafronteras se calmaban, algo se relajaba siempre. Naturalmente, por pocos guardafronteras que hubiera, era arriesgado aven-

turarse en aquellas profundidades. Salvo si se había enloqueci-
do, o se estaba dispuesto a todo. Y ambas cosas debían de ser
lo mismo.

Nada peor que el mar cuando se ponía rojo.

¿Un bote?

Buscó la cajetilla de cigarros. Estaba vacía. Maldijo la noche en que ni siquiera tenía un cigarro que le llenara de humo
los pulmones y le sacara la malasangre del cuerpo.

De la guantera del jeep, sacó la caneca y bebió de un trago
largo lo que quedaba del espantoso aguardiente anisado que él
mismo destilaba con la caña que se robaba de los trenes, de las
pesas y de los cañaverales. Los ojos le ardían. Por eso los cerró,
a sabiendas de que no dormiría.

¿Un bote? ¿Con ella?

Cuando amaneciera, iría a la playa y hablaría con el Coronel, con Mamina, con Andrea y les explicaría o no les explicaría, pero tendrían que alojarlo allí. Al Callejón de los Perros,
estaba decidido, no volvería. Apareciera Fedrita o no apareci-
ra. Ya daba lo mismo. Adiós a Fedrita y al siniestro papel con
la citación militar. Primer paso para cambiar una vida que debía cambiar de modo radical.

—Y que salga el sol por donde salga —dijo.

Y no salió el sol, todavía no, y el parabrisas de aquel jeep
tan antiguo se fue cubriendo de una llovizna sutil que no parecía una llovizna.

## Vivir es ir perdiendo cosas

El viejo fue al baño, se desnudó y, como cada día, se echó
encima un cubo de agua con unas gotas de agua de colonia.
Hacía años que no funcionaban las tuberías de la casa. Las vie-

jas duchas, redondas y grandes como plafones, tenían una costra blanca de polvo, cal y años. Por esa razón, en la vieja bañadera de color terroso, habían colocado un antiguo depósito de queroseno que se mantenía con agua para las necesidades del cuerpo y de la vida. El Coronel tenía la costumbre (heredada de su madre) de darse dos baños diarios. Uno al amanecer y otro bien tarde en la noche. En Cuba, con aquel calor húmedo que se adhería al cuerpo como una segunda piel, menos de dos baños constituían una indecencia. Otro hábito, además, no usar toalla, dejar que el agua se escurriera en su piel y la aliviara. Tiempo atrás, eran dos baños como Dios mandaba, dos duchas tibias con buen pan de jabón Palmolive. Con el paso de los años, como en un perverso acto de magia, las cosas habían ido desapareciendo. No de golpe, sino peor, poco a poco. Un día se esfumó el jabón Palmolive. Otro día, la ducha perdió el agua caliente. Otro día más, ya no hubo agua en la ducha, ni fría ni tibia ni caliente.

Las cosas iban desvaneciéndose sin que de primer momento nadie se percatara. Desapariciones sin el valor o la parafernalia de los actos mágicos. A lo sumo, la prestidigitación planeada por un ser satánico. Desapariciones tanto más dolorosas en la medida en que te percatabas de ellas mucho tiempo después. El experimento de ver cómo un hombre podía vivir cada vez con menos. Un experimento para los otros, sin lugar a dudas, porque el prestidigitador, el demonio que llevaba a cabo el experimento, ése sí que debía de tener duchas con todas las aguas y todas las temperaturas y jabones del mundo.

Su padre, el viejo don Pascual Godínez, que en gloria estuviera, se había adelantado a la historia aquel día de 1918 en que ardió su fabriquita de losas y tejas de adobe de El Pocito, y él sólo atinó a encogerse de hombros ante las ruinas y exclamar convencido:

—¡Nada de lamentos, cojones, que vivir es ir perdiendo cosas!

Su padre ignoraba hasta qué punto, en Cuba, llegaría a ser

verdadera la frase. Sin embargo, el Coronel Jardinero lo habría rectificado. Habría rehecho la frase:

—Las revoluciones se hacen para que vivir consista en ir perdiendo cosas.

Salió del baño y no supo que iba rezongando, peleando por lo bajo. No se daba cuenta de que era tan viejo que peleaba con el silencio.

—¿Habrá ciclón en toda la puñetera isla o será sólo en la puñetera playa?, ¿será, por fin, el castigo que tanto hemos buscado, la condena que hemos ido consiguiendo, el galopar de esos cuatro jinetes a los que hemos invocado con tanta pasión?

—Luego lo pensó mejor y resolvió—: Nada de castigo, porque no hay Dios, y en caso de que lo haya, no le importa lo que pasa acá abajo o acá arriba, o donde sea. Mucho menos en una más de las miles y miles de islas diseminadas por el mundo. ¿Sabrá Dios cuántas islas ha ido abandonando a su suerte por el mundo? ¿Sabrá Dios que, entre todas las islas, hay una que se llama Cuba? Y, a ver, ¿por qué se llama Cuba? ¿A quién se le ocurrió ese nombre prosaico de recipiente para contener líquidos? ¿Y qué le importa a Dios, en caso de que ande por ahí, cómo se llama esta isla y cómo viven los cubanos? ¿Quiénes somos los cubanos para Dios? ¿Quiénes somos los cubanos para los cubanos y para alguien, sea Dios o el diablo?

Cuando llegó al cuarto vio que la ventana, mal cerrada al parecer, se había abierto. La llovizna entraba torcida y sin fuerza.

Resoplando, con trabajo, el Coronel tocó la cama para ver si se había mojado. Por suerte estaba seca. Calzó las chancletas, que eran en realidad unas viejas botas recortadas, tomó la vara de yana que le servía para tantas cosas y se encaminó a la ventana.

—Mira, viejo —se dijo—, sobre el mar está cayendo una luz.

Como si de pronto las nubes hubieran dejado un claro por el que se estuviera filtrando un rayo de sol.

—¿Qué sol, viejo, si es la una de la mañana, las tres a más

tardar? No hay sol. Hasta mañana, si acaso. Si no es que el sol también desaparece entre las cosas de cada día. No se ven demasiadas luces en el mar de las noches. Menos aún en estos tiempos y estas noches en que no hay luces en la tierra ni en las casas. Esa luz que ves en el mar debe ser un problema de tu único ojo, viejo, que ya tampoco anda bien. Y cuando los ojos se enferman, quedan más propensos a los engaños. La vejez tiene mucho de fantasmagoría. La vejez en Cuba tiene el doble de fantasmagoría. Te quedarás ciego, ésa es la perspectiva. Y la única esperanza es que el corazón decida echarse a perder antes que el ojo. Que el ojo y el corazón se estropeen como las duchas y los cables eléctricos y las playas y los caminos y las esperanzas y las buenas costumbres.

En ese instante, pensó el Coronel, parecía incluso que el mar estuviera mucho más tranquilo de lo que cabía esperar. A esta hora y con el ciclón que todavía no andaba demasiado cerca, y que parecía tan poderoso, las olas tal vez hubieran alcanzado más de un metro. El mar apenas se movía. Lo que se avecinaba iba a ser terrible.

A lo lejos, le pareció descubrir un bote. Una figuración de su único ojo cansado y viejo, que ya no estaba sano del todo. Sus ojos nunca estuvieron totalmente sanos, ésa era la verdad. Había otra verdad: la vejez tenía mucho de pesadilla.

—Si los jóvenes supieran cómo termina la vida...

¿Dónde había escuchado o leído esa frase, o una parecida? No podía haber una luz en el mar. Tampoco un bote. Ese mar daba más miedo que la tierra, firme o no, y eso significaba mucho. No bastaban dos cojones para echar un bote a flotar en esa agua que parecía lava de volcán, entre nubes que no se sabía si bajaban del cielo o si subían.

Cerró la ventana. La atrancó bien, se aseguró de que ya no volviera a abrirse. El doctor supo lo que hacía. Un hombre inteligente y culto, de Wisconsin. En tiempos de ciclón, en la casa nunca había habido que clavar puertas ni ventanas.

—Andrea —preguntó el Coronel—, ¿te has dado cuenta de que en esta casa nunca ha habido que clavar ventanas?

Andrea, que estaba en la habitación de al lado y no dormía (él lo sabía), no quiso responder. Ella lo entendía: la pregunta nada tenía de ingenua.

La habitación de al lado, la de Andrea, era el mismo cuarto, separado por un tabique de bagazo de caña. Hacía años que no dormían juntos. Ella decidió una noche que tenía problemas de insomnio, que los ronquidos de él la despertaban cuando alcanzaba algún letargo. El médico, al menos fue lo que Andrea explicó, el viejo Luis de la Calle (ahora vivía en Tallahassee), le recomendó que durmiera sola, que sola descansaría más. Como si los ronquidos no traspasaran el tabique de bagazo. El Coronel sabía, lo supo siempre, que el insomnio había sido un pretexto. Desde el primer día había descubierto lo que aquel acto (dividir el cuarto con un tabique de bagazo) significaba. En el fondo, él también se había alegrado.

—Todo pasa en esta vida, el tiempo, el mar, los ciclones, los buenos y malos tiempos, incluso la vida, cómo no va a pasar el amor.

Aún no había vuelto la luz. Tomó el farol, que había dejado prendido sobre la mesita de noche y salió del cuarto. Era su deber como cabeza de familia. De esa responsabilidad aún no lo habían despojado los Robespierres ni los Dantones de estos años horribles. Todavía, bien que en precario, existían las familias. Y si existían las familias (no por mucho tiempo), tenían que existir los «cabeza de familia». Ya rodarían las cabezas, que por algo se habían levantado las nuevas guillotinas. Pero mientras el verdugo no accionara la cuchilla...

Ya ese cuerpo y esa voluntad comprendían, y sufrían, lo que significaban ochenta y un años: aproximadamente, novecientos setenta meses, o veintinueve mil quinientos sesenta y tantos días. Demasiado tiempo. El día menos pensado, y por suerte, ya no se levantaría de la cama. Alguna venganza le quedaba. Morir podía ser su modo de reírse del fatídico prestidigitador. Muerto, ya no servía para experimentos. Todo tendría que terminar. Todo pasaba en esta vida, los días, los meses, los años, el mar, los ciclones, los buenos tiempos y también los malos, los prestidigitadores y los actos de magia, y, cómo no, la vida.

Por el momento, con ochenta y un años, un ojo de menos, y otro ojo que veía visiones, y una vara de yana que lo ayudaba a no perder el equilibrio, a caminar todavía como un hombre, continuaba cortando varas de yana y haciendo carbón y ordeñando una vaca oculta llamada *Mamito*, porque aún se sabía capaz de transgredir las leyes de este país donde todo había llegado a ser ilegal, hasta ordeñar una vaca. O respirar. Todavía servía para recoger los huevos de las gallinas de Mamina, y sembrar tomates que allí, junto al mar, se morían antes de nacer. Aún se ocupaba de mantener la carbonería. De que hubiera carbón en la casa, y un sobrante que no se vendía bien y permitía obtener alguna fruta y alguna vianda. Porque si en la casa se comía se debía a él, a un viejo de ochenta y un años, tuerto y cojo. El caserón, el antiguo caserón de la playa, con sus maderas nobles traídas desde los lejanos bosques, se mantenía en pie. Y eso, en gran medida, se debía a él. No estaba igual a como lo dejó el doctor, naturalmente. Los embates del tiempo y de la vida habían sido duros y la casa no estaba igual pero casi, a pesar de que los últimos dieciocho años habían sido como una aplanadora. Todo se acabó. Más allá de la carretera de Baracoa quedaba poco o nada de lo que antes había sido una vida, si no dichosa, al menos aceptable, como debía ser cualquier vida. El mundo, el paisaje del mundo fue borrado como si fuera un dibujo realizado con pintura de agua y lo hubieran dejado, con malsana intención, bajo el aguacero.

Él conocía la terquedad y había querido continuar siendo el Coronel Jardinero. Con las consecuencias que eso implicaba. Como ahora, por ejemplo, que despertaban los tomeguines. Si los tomeguines despertaban, avisando de que algo ocurría, él recorría la casa. No constituía una costumbre más, nada de caprichos de viejo. Después que él colocaba los paños sobre las jaulas, esos pájaros no tenían por qué despertar, y si despertaban por algo sería. Ellos sí que eran más sabios que los cristianos.

Tratando de no hacer ruido, el Coronel se fue a las jaulas. Los pájaros no se calmarían si él no les hablaba, si no les decía que ya él sabía, algo sucedía o estaba por suceder, y que estaba ahí para resolverlo.

—Sí, viejo, sí, los cabrones pájaros son mejores que los cristianos.

Ni tan flojos, ni tan malos, ni tan envidiosos, ni tan crueles. Comían, cagaban, revoloteaban y avisaban de que algo andaba mal. A veces se unían, para gozar o procrear, o las dos cosas, pero no armaban una tragedia de semejante unión. No magnificaban las cosas. No elaboraban tragedias a partir de necesidades fisiológicas, ni llamaban «amor» a una manera de sufrir. No sabían atormentarse y desconocían las maldades, los celos, los rencores, las pasiones, los experimentos. Ninguno de ellos se sentía tan superior a los otros como para erigirse en obispo, o en comandantemandamás, como para querer componerles la vida, decirles lo que tenían o no tenían que hacer, lo que más les convenía, como para llevarlos por un supuesto camino de perfección. Ninguno decía al otro: «Vamos, que tú no te das cuenta de lo infeliz que eres y yo vengo a hacerte feliz». Los tomeguines sabían ser humildes. Ningún pájaro quería transformar la vida de otro pájaro y convertirse en redentor. Nada de líderes, de apóstoles o misioneros. Comer, cagar, revolotear, singar: ellos sí sabían lo que significaba vivir.

—Nada de que preocuparse, niños, es sólo un ciclón, nada más que un ciclón, otro, y si nos vamos a molestar por un ciclón más o menos, arreglados estaríamos. En esta puta isla, cuando no hay un ciclón es que hay otro ciclón. O un sol que es peor que el ciclón, por no hablar del calor, de los mosquitos y de otras cosas. En esta isla siempre estamos en peligro, ya ustedes debieran saberlo; además, en esta casa estamos a salvo, está bien hecha, levantada a conciencia.

Como si entendieran, los tomeguines se fueron calmando poco a poco. El Coronel pasó una mano por los paños negros.

—A dormir —ordenó con dulzura.

Cuando salió de la pajarera, el único ruido de la casa continuaba siendo el del viento. Los lobos, que aullaban. Y un rumor de jarcias, como si la casa fuera un velero amarrado a un muelle.

El farol se apagó porque se le había acabado la luzbrillante. Pero a él no le hacía falta el farol. No había lugar en el mundo que conociera más que la casa. Y si perdiera el único ojo que le quedaba, la recorrería igual. Y descubriría cualquier incoherencia y contratiempo. Él no se servía sólo de los ojos, sino del oído, del olfato, de las manos, de la fuerza con que llegaban las brisas y los terrales, de las sospechas y los recuerdos, que no por gusto había vivido tanto y se habían completado ya cuarenta y tres años en la casa.

Recorrió con calma la primera planta y bajó después renqueando las escaleras. Echó un vistazo a las gallinas, a la vaca, que apenas cabían en el antiguo baño. En la cocina, bebió agua de la pila (como hacía su hijo Esteban), y se sirvió un poco de café del termo chino donde Mamina le dejaba ese cocimiento dulce que no sabía a café y que de todos modos él necesitaba siempre, mucho más durante las madrugadas. Buscó en una esquina del *counter* el cabo de tabaco que había dejado allí, después de comer. Lo mascó y no lo prendió.

Cuando regresó a su cuarto, tenía la impresión de que algo estaba teniendo lugar allá afuera, algo que no consistía únicamente en la proximidad del ciclón. Tampoco, pensó, había que hacerle demasiado caso a los presentimientos.

—Si Dios no existe, los presentimientos tampoco.

Algo habían traído los años de encierro y sobresalto: la sensación permanente de que algo sucedía siempre, de que estaban abocados a la desgracia, de que en cualquier momento una señal más definitiva que un ciclón tendría lugar en la playa o en toda la isla. El desastre, que lo arrasaría todo. O lo poco que quedaba.

Llegó a su cuarto y se echó en la cama. No dormiría.

«Qué diferente si no me hubiera dejado ablandar por Andrea», se dijo el Coronel, «dónde, en qué paraíso estaríamos ahora.»

Porque debía de haber paraísos por ahí. Si existía un infierno, y era aquel en el que estaban, algún paraíso debía de haber.

## Hombre alto y elegante, con sombrero panamá

El tren saldría en pocos minutos. La estación estaba vacía. A Vicenta de Paúl le pareció que, aparte del guardagujas, sólo había una *homeless* y un vaquero, casi *homeless*, dormido en un banco. Contándola a ella, sólo cuatro personas habían subido al tren, y las cuatro se instalaron en el primer vagón de los cinco que tenía el famoso tren de la Florida East Coast Railway.

En uno de los primeros asientos vio a una vieja señora, con sombrerito morado de flores diminutas y malvas, cargada de maletas. Detrás de ella, un joven desgarbado, con una piel blanca, más blanca que la de Vicenta de Paúl (si eso hubiera sido posible), y más pecoso que Vicenta de Paúl (si eso hubiera sido posible), y un pelo rubio, que caía lacio sobre su frente, armado de grandes gafas redondas. El joven abrió un pesado e incómodo libro de tapas verdes. Hacia el centro, un señor sesentón, grueso, rubicundo, vestido todo de negro y cara de predicador.

Vicenta de Paúl (no aquélla del tren de Cayo Hueso, sino ésta del sillón del bungalow) comenzó a inquietarse. La Vicenta de Paúl del relativo presente de esta historia sabía lo que estaba por sucederle a la otra, a la del pasado relativo, a la que había subido al tren. En el sillón de su cuarto, cuarenta y dos años después de aquel día y de aquel tren, Vicenta de Paúl experimentó idéntico sobresalto. Y es que ahora conocía lo que entonces ignoraba. Sabía que en cuanto se escucharan los pitazos del jefe de estación y el tren echara a andar trabajoso, con lentitud, aparecería él.

Y así fue.

Era un hombre altísimo, tan alto que tuvo que inclinarse para pasar por la puerta. Tanto como su altura, se notaba su distinción. Refinado, mundano, vestido con un elegante traje gris claro, con diminuto pasador, una bandera norteamericana en la solapa y, en las manos, un sombrero panamá tan flamante, tan perfecto, que Vicenta de Paúl tuvo la ilusión de que sólo entonces y por primera vez tenía conciencia de que existían esa clase de sombreros.

## Teatro Olimpia

En tiempos del doctor Reefy, a la pajarera se le llamaba (con ironía) Teatro Olimpia, que no sólo había sido el primer teatro de Broadway, sino también el primero al que el doctor había entrado en su vida.

Un cuarto pequeño, antaño cerrado de cortinas de terciopelo negro, donde al norteamericano le gustaba reunirse con sus amigos para proyectar la infinidad de películas con las que pretendía dejar memoria de sus viajes por el mundo. Cada viaje era inmortalizado con la misma Kodak de 16 milímetros que, según decía, había comprado en Rochester en 1928, luego de un viaje a Venecia en el que no llevaba cámara, ni de fotos ni de películas, y en el que había experimentado el sinsentido de cualquier viaje que no quedara «registrado» *(An Affair to Remember).* Ni la cámara, el proyector, o la pantalla, mucho menos las películas, existían ya. Ninguno de los actuales habitantes de la casa conocía qué se había hecho de aquel material que suponían de un valor incalculable. Quedaban algunas fotografías, eso sí, en las gavetas de un pequeño y precioso armario Duncan Phyfe. Y quedaban, porque los guardaba Vicenta de Paúl sin que nadie más lo supiera, dos tramos de celuloide. También permanecía, atornillada a las maderas del piso, una de las diez butacas de pana (sin pana ya, sin muelles). En un rincón del saloncito, podían verse algunos instrumentos que se habían convertido en reliquias inservibles: dos teléfonos del tipo candelero, Kellogg, Chicago, modelo de 1920, y un televisor Admiral de 1953. Había además un viejísimo ventilador Westinghouse, cubierto de polvo. Una mugrienta estantería con una vieja colección de *Esquire* y *The National Geographic Magazine.* En otro rincón, el gigantesco árbol de Navidad, antaño exquisito, convertido ahora en vieja armazón de enmohecidos alambres de cobre, revestidos todavía, en alguna de sus partes, con fieltro verde y terminaciones de piedras rojas. En él colgaban algunas de las jaulas.

El resto se hallaba cubierto por las jaulas. Las dieciséis jaulas que albergaban los doscientos cuarenta y un tomeguines.

Las antiguas cortinas de terciopelo negro se habían transformado en las mantas con las que el Coronel cubría las jaulas para que los pájaros durmieran.

# Cementerio abandonado

El Coronel se acostó y Andrea lo supo y supo qué pensaba, de qué se quejaba. A su manera, también ella dominaba las sutilezas y las astucias del viejo caserón donde los puso a vivir el destino. Si el Coronel Jardinero llevaba cuarenta y tres años en la casa, ella no llevaba menos.

Cuarenta y tres años en aquella playa espantosa, frente a un mar y a un horizonte que conocía como a sí misma. Había algunas cosas que había ganado y bastantes más que había perdido.

«¿Se cree que es el único que ha padecido el encierro, la crudeza de esta vida que nos ha tocado?»

Se dirigió al escaparate, abrió la puerta del centro y sacó el vaso labrado, de un rojo oscuro. El doctor valoraba mucho aquel vaso, ella no sabía por qué; sí estaba segura de que en aquel vaso rojo y labrado hasta el aguardiente de caña sabía a whisky. Sacó también la botella del ron peleón que escondía. Ron exclusivo para ella, su secreto (otro de sus secretos). Bebió dos tragos largos, cordiales. Se sentó en su sillón sin balancines. No era una butaca, sino un sillón al que los comejenes le habían destruido los balancines. Había descubierto que sin balancines resultaba más cómodo. Muchos años atrás, por las noches, acostumbraba a pintar en aquel sillón. Sobre los brazos del mueble colocaba la tabla sobre la que disponía el bloc de papel, la acuarela, así como las ramas o las flores que se disponía a copiar. A sus pies, los gatos. A veces dos, a veces tres gatos (en cierta ocasión llegaron a ser cuatro). No eran gatos que ella buscara, sino que se acercaban a la casa y a los que ella servía leche y ya no se iban más.

Allí, en el sillón, pintando, podía pasar horas y horas. Hasta el amanecer. Sin descansar. O descansando de otro modo, entregada a la afición inútil que aprendió de la tía Vina.

Así fue hasta un buen día. Hacía ocho o nueve años. Se

hartó de la inutilidad de la afición. O se hartó de la carencia. Cuando ya no pudo conseguir papel, acuarelas, pinceles y ni siquiera lápices, de colores o no, decidió que se habían acabado sus tiempos de «ilustradora botánica», como decía en broma, para adelantarse a la burla, para que no se burlaran de algo que había sido tan serio. Durante los primeros meses de 1966 o 1967 (¿cómo saber la fecha exacta de aquel acontecimiento sin importancia?), Andrea dibujó flores sólo con lápices. A medida que fue perdiendo materiales, también desaparecieron las habilidades. Y lo más grave: fue perdiendo el entusiasmo, la fe. Las últimas ilustraciones habían semejado las de una niña sin demasiada mirada, peor gusto y manos torpes.

Y como sus manos, por torpes que se hubieran ido volviendo, no podían estar ociosas, ahora Andrea tejía medias de hombre o de mujer, a crochet, con lana merina y aguja de hueso. Guardaba cinco o seis cajas, bastante grandes, de ovillos de lana peruana, de lana merina, de estambres, que habían sido de Rebecca Loy, así que el tejido sí podía estar asegurado. Hasta la muerte. Tenía la certeza de que tejería las medias que se propusiera y las madejas nunca se acabarían. Una acción igual de infructuosa, pues ¿quién en aquella playa iba a usar medias de lana peruana? Las medias de estambre nunca harían falta en Cuba, nadie las usaría ni en el invierno más invierno. De modo que se iban acumulando en las gavetas del armario. Medias de todos los tamaños y colores. Y por otra parte, si algún día se acabara la lana, siempre quedaba la posibilidad de destejerlas y volverlas a tejer.

No se piense que Andrea tuviera nada que decidir o que estuviera esperando a alguien, a algún pretendiente. Lo que tejía eran medias, no mortajas. Y lo hacía porque durante las noches, cuando los ojos se negaban a cerrarse, le resultaba imposible tener las manos quietas. Y, además, en Cuba daba lo mismo lo que se dibujara o construyera o tejiera, ilustraciones, bufandas, abrigos, guantes, medias... De todos modos, en la isla nada serviría, y al menos las medias tenían la gracia de su simpleza.

Así, después de reproducir flores, se dedicó a tejer, por usar las manos y por espantar el insomnio. Mira que había enfermedades malas, pero ninguna, en cambio, como el insomnio. Sin duda la peor. El sueño de los otros denotaba un olvido. Morir para continuar viviendo al día siguiente. Ah, pero no morir..., nunca, a ninguna hora del día. Una condena. Y cómo cansaba. No sabía qué hacer con tanto tiempo y lucidez. Y tejía. Por eso. Medias o lo que fuera. Eso pensaba Andrea mientras sus manos, independientes, con vida propia, continuaban la labor. Lo que ella llamaba «vivir dos veces» consistía en algunas angustias y varias preguntas.

«¿Dónde estará ahora mi hijo?, ¿a qué playa habrá llegado Esteban? A veces pienso que Esteban no se ahogó: si se hubiera ahogado, el *Mayflower* no habría reaparecido en el varaentierra. Y Serena, ¿dónde se habrá escondido Serena, mi pobre Serena? ¿Estarán juntos ella y su hermano? De Amalia sí sé. O mejor dicho no sé, y da lo mismo porque Amalia no se ha ido a ninguna parte, está aquí aunque no esté, Amalia respira y bebe ron y ve cómo pasa el tiempo y cambian las estaciones. ¿Y por qué todo ocurrió como ocurrió? ¿Por qué conocimos al Samuel O. Reefy? ¿Por qué vinimos a vivir a esta casa? ¿Toda vida será igual de dura o es sólo la mía, la nuestra? ¿Qué hice mal? ¿Dónde, en qué lugar, en qué momento cometí el error? ¿Una mala elección provoca una cadena de daños, de pérdidas, de ruinas, de fracasos? ¿Será que un pequeño, un simple descuido, una pequeña equivocación, puede alterarlo todo? ¿En qué me equivoqué? ¿Cuál ha sido el error?»

Las preguntas continuaban. Incansables. Cada pregunta dando paso a otra pregunta. Las respuestas no existían. No había respuestas.

En cuanto a las angustias, poseían igual tono quejumbroso: «Qué desastre, Señor, cuántos años de desastres, uno tras otro, cincuenta y un años de desastres, o más, cincuenta y cinco, si voy a ser justa. Desde el principio se veía venir, se sabía que todo sería una calamidad, y me pregunto...»

Volvían entonces las preguntas.

Por eso cerró los ojos. Siempre, en las noches, se hacía preguntas, tejía medias y cerraba los ojos. Y a veces, alguna noche más calmada, menos angustiosa, más hermosa que otras, escuchaba la voz de la tía Vina diciendo versos de Amado Nervo:

Cada rosa gentil ayer nacida,
cada aurora que apunta entre sonrojos,
deja mi alma en el éxtasis sumida,
y nunca se cansan de mirar mis ojos
el perpetuo milagro de la vida.

Escuchaba en la voz cálida de la tía Vina los versos de Amado Nervo. Volvía a Santiago de las Vegas, o, para ser más precisos, a la Estación Agronómica. En el recuerdo, la Estación Agronómica se había convertido en todo Santiago de las Vegas. El lugar de siempre, su refugio. Como si necesitara estar segura de que las cosas no siempre habían sido así.

Apenas una niña, con diez u once años, allá en Santiago de las Vegas. Su infancia y su adolescencia habían estado llenas de flores y de árboles. Qué diferencia, ¿no?, la infancia y la adolescencia llenas de flores y de árboles y esta vejez árida, frente a una playa tan fea. El padre de Andrea era el único dentista del pueblo; la madre, su asistente. Tenían sendos gabinetes en Santiago de las Vegas y en El Wajay (reproducción exacta del que habían tenido en Ybor City, durante la guerra) y los abrían en días alternos: lunes, miércoles y viernes atendían en Santiago; martes, jueves y sábados (por la mañana) en El Wajay. Trabajaban mucho, el día entero. De manera que Andrea quedaba, por fortuna, en poder de la tía Vina, y pasaba las tardes con ella.

Andrea tenía dos profesoras que venían a la casa. La profesora Rafaela, que le enseñaba español, geografía e historia. Y la profesora Benigna, que la enseñaba a comportarse, a tejer, a dibujar, a bordar, a cocinar. Y, luego, la tía Vina. Otra profesora sin serlo. También era su madrina, y vivía junto a ellos en una casa de la que sólo importaba el patio. La casa misma no poseía otro mérito que el de ser una prolongación de un patio enorme, tres veces más grande que la casa, sembrado con cuanto árbol y cuanto arbusto y cuantas flores se pudieran concebir. Era fácil perderse por entre desenfrenadas platabandas y arriates estrechos.

En el centro de aquel pequeño bosque se alzaba, blanca y luminosa, la pérgola pequeña con piso de cemento pulido y maderas rústicas y blancas, sin excesivos ornamentos, donde sólo cabían una butaca y una mesa de trabajo. Todas las mañanas, la tía Vina se sentaba a dibujar trinitarias, orquídeas, mariposas, peregrinas, así como ramas de pino, de yabá o de pachulí.

En las tardes cambiaba de jardín, se iba, y se llevaba con ella a Andrea de la mano, a la Estación Central Agronómica. Años atrás, se había levantado en aquel edificio el Hospital Militar Español.

La Estación Central Agronómica se encontraba a la entrada del pueblo, en la calle de La Habana, a dos cuadras de las dos casas de los Barro, que vivían en un pasadizo perpendicular a la calle de La Habana, al que llamaban, con justicia, calle de las Guásimas, porque toda la calle estaba sembrada de guásimas comunes, amarillas y de caballo.

Silvina Barro, la tía Vina, era sin lugar a dudas la mejor ilustradora botánica que había entonces en Cuba, donde, por otra parte, no había muchas ilustradoras, botánicas o no. En la cátedra de paisaje y perspectiva de la Academia de San Alejandro había sido alumna nada menos que de don Valentín Sanz Carta, el paisajista canario radicado en Cuba y que llegó a ser un paisajista extraordinario, excepcionalmente cubano, lo mejor de lo mejor, con otro matancero, del central Limones, cubano de origen francés cuyo solo nombre, Esteban Chartrand, hacía que la tía Vina pusiera los ojos en blanco. A la tía, sin embargo, no le interesaba copiar paisajes, mucho menos agregarle al paisaje sus estados de ánimo. No era «artista». Una mujer discreta, serena, que carecía de ambiciones, de angustias, de rencores, de envidias, de celos, que no tenía apetencias de brillo social. Una mujer que cada día daba gracias por lo que poseía, que no añoraba lo que no poseía, de mirada objetiva, científica, de pocas palabras y de un solo estado de ánimo, y a ese estado de ánimo se le podía llamar felicidad.

—Soy feliz, por eso no soy artista —solía declarar cuando alguien ponderaba sus dotes de pintora y la conminaba a adentrarse en los terrenos más difíciles y ambiciosos del paisaje al óleo y las exposiciones—. No, no, yo no soy una pintora, por Dios, soy una mujer que ve, una mujer que copia lo que ve, una ilustradora.

Tampoco se reconocía como religiosa al uso. ¿Panteísta? Nunca se preocupó demasiado por clasificar sus creencias. No hablaba mucho y opinaba, no sin razón, que quien mucho habla mucho yerra. Cierto, salpicaba su conversación con lejanas ideas de Shankara y de Baruch Spinoza. Su amor por las plantas y las flores, donde según ella se encontraba el secreto de todo, venía de su vago panteísmo y de su amistad con dos botánicos maravillosos, Patricio Cardín, muerto tan joven, y Juan Tomás Roig y Mesa.

Las láminas de la tía que ilustraban hojas, ramas y flores, en minuciosas y refinadas pinceladas a la acuarela, eran, para ser justos, obras de arte. Si no hubieran llevado, en las esquinas de los pliegos, los datos que imponían las normas de la ilustración botánica, los nombres vulgares y en latín, a cualquier museo le habría encantado exponerlas en un salón de bodegones. Las ilustraciones de la tía Vina no sólo podían ser exactas, fieles como fotografías, sino que las mejoraban, sabían ser superiores a cualquier fotografía. En aquellos lejanos años (1910, 1911) la fotografía, además de cara, aún se hallaba lejos de la exactitud que requerían los tratados de botánica, por no hablar del color, puesto que mucho menos existían entonces las películas en color, que fue cosa de veinticinco o treinta años después.

También allí, en la Estación Central Agronómica, la tía tenía su pequeño estudio. Otra bonita pérgola entre la enramada o «en la espesada fronda», como ella decía, porque además de ilustradora botánica a la acuarela poseía su talento de poetisa aficionada, de un romanticismo trasnochado, recompuesto de modernismo. Le encantaban, por ejemplo, los alejandrinos. Y escribía sonetos supuestamente amorosos que nunca llegaban a contradecir su austera y ecuánime vida de solterona.

La glorieta de la Estación Central se parecía a la del patio de la casa. Se alzaba entre un bosque de guayacanes, cariotas y cedros blancos de Virginia. Los botánicos venían a ver a Vina cada tarde. Tarde por tarde se aparecían los botánicos a admirar, a considerar, a estudiar los trabajos ya hechos o en proceso. Proponían también ramas y flores nuevas que dibujar. Daba gusto verlos con aquellas batas de hilo, que debían de ser blancas, ennegrecidas de tierra, y las cestas con las flores que había que copiar.

Andrea dejaba a la tía concentrada en su trabajo y tomaba por uno de los tantos caminos que nacían al pie de la glorieta. Detrás del orquideario, a cinco o seis minutos de camino había una casa abandonada. Decían que había sido la morgue del antiguo hospital. De puntal muy alto, el edificio tenía el techo a dos aguas, y carecía de puertas y ventanas. En su interior crecían las zarzas, las cabezas de auras y las hierbas cimarronas. Verdad o mentira que aquella casa hubiera servido de morgue, llegaba de inmediato a un cementerio viejo, pequeño y bonito, mucho más bonito que todos los cementerios que Andrea hubiera visto antes o viera despúes. Hacía años que allí no enterraban a nadie, eso se notaba. Tenía algo de improvisado, de cementerio de paso. Carecía de mausoleos, mármoles y solemnidades, y quedaban dos o tres cruces, y alguna lápida borrada por la inclemencia de los días y las noches. Al parecer, las tumbas se habían cavado en la propia tierra. Y la tierra se hallaba cubierta por una hierba que no hacía falta cuidar, que siempre ostentaba un verde reluciente, como recién cortada. Los montículos se beneficiaban de las sombras de los falsos laureles, yayas y curajayas, y de algunas matas de mango y guayaba que los jardineros, por respeto, no comían, y que ella sí, que Andrea disfrutaba a escondidas con temor a que la vieran, porque le parecía que cometía un sacrilegio gozoso: las encontraba más dulces que ninguna otra fruta. Sólo a la tía le contaba el secreto. Y la tía, sin apartar los ojos de la flor que copiaba, comentaba siempre:

—Los muertos endulzan las frutas y endulzan los árboles, y es bueno que comas frutas endulzadas por los muertos. —No se profanaba nada, no era ninguna falta de respeto, al contrario—. Todo está en todo, Andreíta, y qué mejor homenaje a esos muertos que comernos las frutas que ellos endulzan.

A Andrea le encantaba caminar por el cementerio abandonado. Se sabía dichosa recogiendo mangos, guayabas y ciruelas. Limpiando las pocas cruces y lápidas que quedaban. Se acostaba sobre la hierba, a la sombra de las yayas. Cerraba los ojos. Con eso le bastaba entonces para sentirse bendecida por alguien que no estaba en ningún lugar preciso, y que la observaba y la aprobaba. Sentía la brisa. Las ramas batidas por la brisa. El jaleo de los gorriones. El olor de la hierba, de las frutas que endulzaban el aire o que lo «embalsamaban», como hubiera dicho la tía. Y que continuaban endulzándolo o perfumándolo mientras se pudrían.

El silencio se hacía admirable. Un silencio que fue otra de las cosas que el tiempo, los nuevos tiempos, se encargó de aniquilar. A lo lejos, si acaso, se escuchaba el eco de algunas voces, los muchachos que buscaban nidos, que jugaban a la pelota. Eco remoto, como de otro lugar o de otra época, que hacía más patente la soledad del cementerio.

Luego, sólo hacía falta abrir los ojos y mirar al cielo. Nada más que al cielo. Mirarlo como lo haría un pájaro que volara alto.

Cuando regresaba a la pérgola, donde estaba la tía, Andrea iba cantando.

Sin decir nada, inclinada sobre sus materiales, sobre su ilustración, la tía sonreía sin sonreír. Y la imperceptible sonrisa constituía su aquiescencia, la seguridad de que, ese día, se había aprovechado la lección.

Eso, sólo eso, pensaba aquella Andrea de entonces, significaba estar viva y, mucho más, ser feliz.

Pero se cumplían sus buenos sesenta y tantos años de los paseos por aquel cementerio abandonado de la Estación Central Agronómica de Santiago de las Vegas. Un día, más tarde o más temprano, se hacía necesario descubrir que la vida no era ni un daguerrotipo ni una ilustración botánica. Había que entenderlo: las cosas pasaban. Más que a un daguerrotipo, la vida se asemejaba a una linterna mágica.

La tía había muerto en 1919. Por esas casualidades de la vida, como si con su muerte hubiera querido probar que todo estaba en todo, y que todo era uno y lo mismo (y que como había escrito su otra pasión, el gallego Valle Inclán, vuelta del revés, una montaña es un abismo), la tía Vina murió un 24 de mayo de 1919, el mismo día que su adorado Juan Crisóstomo Ruiz de Nervo, más conocido como Amado Nervo.

Unas palabras del poeta le sirvieron de epitafio: «Mi vida ha sido poco interesante: como los pueblos felices y las mujeres honradas, yo no tengo historia».

De esos poemas, de ese modo de vivir, de esa felicidad, a estas alturas ¿qué quedaba? Y del recuerdo, a fuerza de tirar de él, a fuerza de uso, ¿se podía sacar algún provecho? Lo más probable: ni ese cementerio debía de existir ya en Santiago de las Vegas. Lo más probable: nadie sabía que en esa tierra descansaban las víctimas de epidemias injustas y de guerras aún más injustas. De Andrea niña tampoco quedaba nada. «Es mentira que uno se vaya armando con sus propios avatares.» Le gustaba la palabra «avatar», tan usada por la tía. «Mentira que al final uno sea el resultado de lo que ha sido. La verdad es que uno va muriendo y naciendo muchas veces, y que todas esas muertes son definitivas, y esos nacimientos nada tienen que ver con el anterior, y que uno no es más que una serie de personas superpuestas, sin relación entre sí. Ni siquiera en vida logra reencarnar en lo que uno ha sido. Salvo algunos recuerdos, dispersos y desatinados, chispas de recuerdos, nada queda de Andrea bajo la forma de esta Andrea que soy, vieja y cansada, con setenta y siete años cumplidos. Ahora soy una anciana que limpia mierda de vaca, nunca mira al mar y teje medias de todos los tamaños y colores, medias que nadie usará, una vieja que escucha a José de Lourdes, a quien todos llaman Coronel Jardinero, soltar maldiciones, y lo justo sería que ahora mismo me levantara, fuera a su cuarto y le preguntara: ¿contra quién maldices, contra ti mismo? Sé que, en el fondo me culpa, me he convertido en el centro de su fracaso. Bueno, hijo, le diría, te hubieras ido con el norteamericano, o hubieras cogido el bote si tan valiente eres, te hubieras largado sin mí, a conquistar el Norte, tu Paraíso, que al fin y al cabo tú y yo nunca hemos sido siameses.»

Se dio cuenta de que se le había acabado la lana y estaba moviendo en el aire las manos y la aguja de hueso.

# Regalo de los tabaqueros de Tampa

Despertó sin sueño, con una fuerte sensación de debilidad y la impresión de que algo importante ocurría en la playa. Se trataba de una sensación habitual. No debía tomarse la molestia de abandonar la cama, asomarse a la ventana y escrutar la noche.

Últimamente vivía con un miedo nuevo, el de que a su alrededor acontecían eventos enormes, felices o catastróficos, de los que él no participaba, de los que sólo podía alcanzar una lejana referencia. Aquella antigua percepción de que la vida estaba constituida por hechos graciosos, pequeños, descifrables, dóciles, predecibles, y a los que él contribuía, de testigo o de implicado, había desaparecido definitivamente. Había noches en las que Olivero se creía en el vórtice de un cataclismo, con la desventaja de que ignoraba con exactitud en qué residía semejante desastre, dónde se hallaba el peligro, así como si era posible la huida.

Notaba, es cierto, la urgencia de escapar. No sabía de qué. Tampoco hacia dónde.

Eran las tres de la mañana. Estaba seguro de la hora. Hacía mucho que carecía de relojes. Algunos los había regalado. Otros los había lanzado al mar. ¿Para qué necesitaba semejantes mecanismos que daban testimonio de que todo desaparecía poco a poco? Sólo conservaba uno antiquísimo, e incluso ése lo había llevado al bungalow por miedo a que se estropeara con las mareas y las goteras de la casucha.

Un bellísimo reloj de péndulo que había sido de su madre y que, en rigor no daba la hora, puesto que carecía de manecillas. Nunca, hasta donde alcanzaban sus recuerdos, había tenido manecillas. Y según la madre, nunca las tuvo. Ella decía que aquél había sido un regalo que los tabaqueros de Tampa habían hecho al bisabuelo el día en que el señor Barro cedió gran parte de su fortuna a la causa contra España, luego de escuchar un inflamado discurso de Martí, en una tribuna improvisada en el portal de una casita adosada de ladrillos rojos. A la madre le gustaba contar que el propio Martí había escogido la gran máquina en una relojería alemana de la calle Adamo, en Ybor City. El abuelo Barro, que había nacido en Tampa y allí había vivido todos los años que duró la guerra, había sido el primer propietario del reloj a la muerte del bisabuelo. La madre narraba las mil peripecias de la historia del reloj entre solemne y divertida, en las comelatas de los domingos en una de las dos quintas de la familia, en Güira de Marrero, al sur de Quivicán. Nunca hacía referencia a la ausencia de manecillas.

Cierta o no la historia del regalo de los tabaqueros, no cabía duda de que el reloj había llegado desde Tampa, porque incluso la madre parecía precisa a la hora de referir los incidentes del trayecto, iniciado el 13 de enero de 1906, cuando desmantelaron la casa de la Florida y decidieron instalarse de nuevo en la isla, esta vez convertida en recién inaugurada república.

Durante algún tiempo, subrayaba orgullosa la madre, aquel reloj sin manecillas había estado en la oficina de Martín Morúa Delgado, que había sido secretario de Agricultura, cuando el abuelo Barro ejerció como secretario del vicesecretario.

Tuviera o no el prestigio histórico que la madre le suponía, a Olivero le encantaba el sonido de carillón con que el reloj daba las horas, pero, sobre todo, el aire señorial de su caja de roble de Eslavonia, según hacía constar el relojero que lo había fabricado (Johann Georg Utrecht, de Schleswig-Holstein, 187...) en una pequeña lámina de plata. Tendría poco menos de un metro y un péndulo solemne, siempre dorado (misteriosamente dorado, puesto que no había llave para abrir la caja y no se podía limpiar), y dos medias columnas salomónicas rematadas con pequeñísimos capiteles corintios, que sostenían un mínimo frontón de templo griego enmarcando la esfera de porcelana, con números romanos.

A Olivero también le atraía que hubiera llegado de Tampa, y todo aquel mito seguramente inventado por la madre, la elección de Martí en Ybor City, el regalo de los tabaqueros, que hubiera sido robado tantas veces y que tantas veces hubiera podido regresar al seno de la familia.

Y junto con su belleza y su leyenda, lo seducía su ineficacia. ¿Podía haber algo más útil que un reloj inútil? No marcaba el paso del tiempo. No avisaba, por tanto, de la desaparición de las cosas. Daba, además, las campanadas que quería y cuando quería.

—Mamá, ¿y cuándo perdió las manecillas? —preguntaba el niño Olivero.

La madre echaba hacia atrás la cabeza y reía. Las preguntas del hijo le daban gracia.

—Se las quitó Martí, el Apóstol —replicaba burlona—, porque lo que nadie sabe es que Martí, más que patriota y poeta, fue un gran humorista. El más grande que ha dado Cuba, un país de gente seria que se finge graciosa. Tan grande humorista que nadie lo ha entendido.

—¿Y para qué quitó las manecillas al reloj?

La madre se encogía de hombros.

—¡Pues no sé! Hombre extraño ese Martí, un poco loco, yo estoy segura de que fue otra de sus bromas, no hizo más que bromas toda su vida, para qué te voy a engañar, y, además..., supongo que así como escribió aquella *boutade* de «Con todos y para el bien de todos», le quitó las manecillas al reloj. Y, además, no todo en la vida se puede saber. Tampoco todo tiene que ser útil, hay cosas, como este reloj, y Martí lo sabía, ¡vaya si lo sabía!, que no sirven para nada. —Y luego de una pausa advertía, fingiéndose grave, como si estuviera indignada—: Qué despropósito, regalarle un reloj de pared a un desterrado, a un vagabundo, a un hombre con la casa a cuestas.

Cuando Olivero se sentaba en la sala de la casona, solía observar la esfera infructuosa y gustaba de ubicar, donde creía que debían estar, el par de manecillas imaginarias que se movían a su antojo.

En las madrugadas, escuchaba las campanadas caprichosas. En las extensísimas madrugadas en las que llegaban los dolores, las náuseas, las diarreas, las fatigas, y faltaba, para colmo, el sueño, Olivero no necesitaba relojes, ni de ese ni de ningún tipo, puesto que sabía servirse de otros avisos. Había aprendido a comprender la calidad del silencio, la dirección o la viveza de los terrales, el sonido mayor o menor de las olas, las pausas entre las olas, las intensidades (diferentes según el viento) que alcanzaban los olores del mar, las violencias del calor, la ferocidad o benevolencia de los mosquitos, el paso de alguna gaviota extraviada, el roce de un cangrejo en la madera de la pared, la arena, que también golpeaba la pared, removida por el viento.

Consideraba que había también algo de la habitación que mutaba con las diferentes estaciones de la noche, como si cada hora tuviera la posibilidad de ir añadiendo marcas, señales, aromas, y hasta huellas en el viento y en las paredes.

Ahora no cabía la menor duda, eran las tres de la mañana. La resonancia, el tejido de la oscuridad correspondían a esa hora. El rumor que llegaba del mar, el húmedo aroma de la casucha, el tenaz olor de las maderas, de los libros roídos por el salitre. Olivero había llegado a la conclusión de que el salitre no era, como decían los libros, una sustancia salina que afloraba en tierras y paredes, sino uno de los animales más perniciosos que tenían Cuba y el mar de Cuba. Pensaba que el olor venía siendo más o menos el mismo en cualquier intervalo del día. Lo que en realidad se sentía cambiar con las horas de la noche, aparte de los rumbos o las potencias de las ventoleras, eran las sutilezas de las emanaciones, los énfasis o las debilidades de las mareas. En las noches, por ejemplo, las mareas poseían mayor violencia que de día, y hacían que del mar escapara un olor a peces vivos o muertos, a algas, moluscos, medusas, sargazos, fondos marinos y naufragios. Como si, de noche, la orilla del océano se acercara a las profundidades y con ellas se confundiera.

El sueño había desaparecido. A semejante hora, explicaban los médicos, podía sobrevenir la mayor de las angustias y se planeaban suicidios.

Hacía viento. También calor. Los mosquitos, por suerte, habían desaparecido, barridos por la ventolera. Las ventanas no estaban abiertas con la urgencia o la desilusión habituales. Estaban cerradas y volvían aún más definitiva la inapelable sensación de asfixia de la isla, o del archipiélago, o lo que fuera. Nada de viento, ninguna benevolencia, como de costumbre. Una imperceptible percusión en el techo anunciaba el comienzo de la llovizna, los primeros avisos del ciclón que se acercaba.

Así era en septiembre y octubre. Ahora llegarían los días interminables. Y las noches más interminables todavía. Días y noches que parecían medidos por un reloj alemán, sin manecillas. El tiempo de las mayores amenazas, de los soles húmedos, inseguros, de los vientos perversos, de las lluvias eternas, fatigosas, que refrescarían mientras duraran y luego dejarían vapores envenenados, humedades emponzoñadas que se extenderían como plagas.

Sí, aquí todo parecía una plaga. Las olas embravecidas confundían llovizna con llovizna, y obligarían a Olivero a cerrar a cal y canto la casucha y pedir refugio en la casona, con la consiguiente pérdida de las virtudes de la soledad.

«Ciclones: ensayo del fin del mundo», pensaba sonriendo, sintiéndose tremendista. ¿Y cuál era la mayor crueldad de esos ensayos? Que no pasaban de ser simples ensayos.

Intentó encender la vieja lámpara, junto a la cama, sobre una precaria montaña de libros. No había electricidad. Como hacía mucho que los cables habían sido destruidos, la electricidad llegaba por el aire, como los gritos, como las voces, como los ecos, y por eso cualquier bufido podía espantarla, como el viento espantaba los gritos, las voces y los ecos. Hubiera sido hermoso repetir, como leyó en una novela, no recordaba cuál, que en el cuarto, con la luz, desaparecía un misterio para instaurarse otro. El único misterio de este cuarto era su indigencia, la fealdad de las paredes sucias, corroídas, quejosas y despintadas, carentes de cualquier encanto. Con luz o sin luz, daba lo mismo, eran paredes rencorosas y sin duda resistentes, traídas (por capricho) desde lejos. Las maderas también soportaban la carga de los años y hacía tiempo que se iban alabeando, como si hubieran querido echarse de una vez en la tierra, o cedieran a los antojos de cierzos y alisios.

También el viejo bungalow iba permitiendo rendijas por donde se colaban los vapores de la noche y todas las hormigas del mundo, los jejenes y los pequeños cangrejos ermitaños de la playa.

Prendió la vela previsora, al lado de la lámpara. Una vela enrevesada y viejísima, en principio se suponía que de adorno, forrada con cintas blancas, y que había sido usada por Serena el día de su primera comunión en la parroquia de Santiago de las Vegas.

A decir verdad, el único hechizo del cuarto radicaba en los libros, en el mapa de Europa, en las cuarenta y dos cajitas forradas con papel crepé.

El mapa tendría un metro de ancho por metro y medio de largo, y conservaba aún los dobleces a que lo habían castigado los años de permanecer en la guantera del carro de algún viajante de comercio, aún podía vérsele nítido, con el entramado rojo de las carreteras y el azul de las líneas de ferrocarril. Las cajitas estaban ahí, esperando su decisión: el viaje debía continuar. Con ladrillos y tablas encontradas por ahí, por caminos que ya no conducían a parte alguna, ayudado por Jafet y por Locuaz el Mudo, había construido Olivero las estanterías para los libros. Y entre los libros, el mapa, las cuarenta y dos cajitas y las maderas, parecía haberse establecido una extraña complicidad. Los libros estaban desgastados, eso sí, como las paredes; apolillados, llenos de bichos, como las paredes (y como él mismo, si iba a ser justo), con las páginas difíciles de hojear, manchadas de tiempo y de humedad, corroídas por la codicia del salitre, con restos de larvas y de escarabajos. Todo cedía al tiempo y al mar.

Siempre que exponía esos razonamientos ante los demás, Olivero lo hacía con solemnidad que parecía fingida, como para que no se descubriera la verdadera solemnidad. Y agregaba:

—Dejemos de pelear, convenzámonos, nada hay definitivo frente a esos dos monstruos sagrados que son el mismo monstruo, tiempo y mar.

Todos reían en la casa. Negaban con la cabeza, condescendientes (hasta Andrea, que sólo sabía afirmar). Lo tenían por loco, un buen loco, pacífico, inteligente, a veces gracioso. Salvo Mino, que buscaba a Olivero con sus ojos viejos y perspicaces, y lo miraba escrutador, sin reprobación pero sin aquiescencia, con una seriedad preocupada, de labios apretados, que terminaba distendiéndose y convirtiéndose en una frase que, para Olivero, lo mismo podía ser de beneplácito que de reprensión: «Tú sabes más de lo que dices».

Ahora Olivero sintió una fuerte punzada en el abdomen.

—Regresa el dolor —se dijo con resignación.

Un dolor que ya se iba haciendo habitual. Hasta el padecimiento se volvía costumbre.

Se levantó de la cama con trabajo. Las náuseas se unieron a las punzadas del abdomen, del intestino, de todo el cuerpo. En el baño no había luz ni cuando había luz. No había siquiera una vela. Sentarse a oscuras en el inodoro tenía su compensación, porque la oscuridad, pensaba él, lo volvía menos real y parecía restar importancia a la dolencia, a los mareos, a las náuseas, a la podredumbre maloliente que escapaba de su cuerpo.

Un retortijón más fuerte le hizo creer que se vaciaba por dentro.

—Las siete trompetas, las siete inequívocas trompetas.

No se trataba de sarcasmo, sino de miedo. El miedo se parecía al tiempo y al mar. De miedo, Olivero sabía de sobra. El miedo no era como lo demás, porque no se transformaba en rutina. Poseía una poderosa resistencia a todos los desgastes. Por suerte o por desgracia, enfermas o no, las vísceras no se iban hacia el agua sucia del inodoro, sí una cierta cantidad de sangre. Con la sangre y las deposiciones, el dolor cedía hasta calmarse. Experimentaba, incluso, una debilidad que poseía hasta cierta sensación gustosa. La sensación, pensaba, que debía de haber sentido Petronio en la bañera de alabastro. Luego regresaría el dolor, cuando menos se lo esperara. No obstante, por el momento podría contar con un pequeño armisticio.

Estaba bien: una vida como debe ser, formada por intervalos de alivio. Armisticio que mucho tenía de debilidad, porque las diarreas ensangrentadas cedían lugar al mareo, y las cosas no sólo daban vueltas, sino que perdían la consistencia.

Cuando era niño, allá en la quinta de Güira de Marrero, al sur de Quivicán, a su abuela, que padecía cirrosis, no le daba tiempo de llegar al baño, e iba dejando una estela de mierda y sangre por toda la casa. Él la miraba, miraba la mierda y la sangre, y no sentía asco. Tampoco entendía. La madre corría a limpiar aquel magnífico suelo de estuco con distintos tonos de verde, que siempre parecía acabado de pulir. La abuela lloraba y repetía:

—Para lo que sirvo. Lo único que ofrezco es mierda y sangre.

La madre de Olivero, convertida en madre de la madre, la reprendía con dulzura:

—No seas tonta, mamá, cállate, vieja ridícula, ¿no ves que es sólo una mala digestión?

Más tarde él veía a la madre quemar los trapos blancos con

los que limpiaba la sangre y la mierda. Entonces era ella la que lloraba sin sollozos, sin aspavientos, con tranquila conformidad.

Olivero arrugó las hojas de un viejo periódico *Granma*, para suavizarlas, y se limpió. Eliminó de su cuerpo lo que suponía una mezcla de mierda y sangre. Se levantó del inodoro fingiendo agilidad ante sí mismo. Por el momento, y salvo el inevitable mareo, el malestar del vientre había desaparecido. Vertió un cubo de agua de mar en la taza del inodoro. El mal olor continuó allí. También en agua de mar se lavó las manos con ansiedad, con el sentimiento de exorcismo que revestía siempre para él el acto de lavarse las manos. Salió del baño con las manos en alto.

Se detuvo frente al gran mapa de Europa. Recordó, como correspondía, a Luis Medina. Justo bajo el mapa, en una deteriorada mesa de pino, estaban las cuarenta y dos cajitas, todas iguales, forradas con papel crepé. En cada una había rotulado el nombre de un país. Tomó la que decía Alemania. La abrió con cuidado, con cierto atemorizado entusiasmo, y sacó al azar un papel de China. Para seguir el ritual de siempre, cerró los ojos. Cuando los abrió, leyó Maguncia. Como un general en guerra (no como un general de verdad, sino como uno todavía mejor, actuado por Alec Guinness en *The Bridge on the River Kwai)*, quitó el alfiler al que había pegado una banderita roja y azul, y que estaba clavado en Trieste. Lo hincó en Maguncia.

—¡Bien, al encuentro con el Rin!

Con ciclón o sin él, el viaje no debía interrumpirse, aunque por el momento se retrasara. Sucediera lo que sucediese, el recorrido debía continuar. Debía seguir por aquellos caminos. Homenaje a Luis Medina. Tenía que llegar hasta el fin. Luego, ya se vería.

Se encaminó a la ventana, la abrió con cuidado y comprobó que el mar parecía iluminado como si lo alumbraran con seguidores de teatro. Y, ahora sí, le pareció ligeramente picado. Por toda la playa se extendía el habitual olor a podredumbre, que adquiría mayor intensidad en los días de ciclón. Que comenzara el verdadero mal tiempo era cuestión de horas. Habría que rendirse a las evidencias: un ciclón estaba por llegar, se llamara Katherine, Virginia, Djuna. Así se llamara María Antonieta Pons. Daba lo mismo si traía un nombre bello o espantoso, de escritora, de rumbera, o de ambas cosas.

En la isla, lo peor que podía pasar después de un Apocalipsis era otro Apocalipsis. Después de un ciclón, otro ciclón, otro ciclón y otro ciclón.

—Si volviera a nacer —dijo para sí mismo Olivero—, me gustaría hacerlo en Montpelier, no en Montpellier con doble ele, la ciudad francesa y mediterránea, y la que, por lo demás, le prestó el nombre a la otra. Sino en Montpelier con una sola ele, capital del estado de Vermont, Nueva Inglaterra. Una ciudad pequeñita al borde de unas montañas llamadas Green Mountains, al borde del río Winooski. Supongo que porque, cuando niño, vi una revista de mi tío, y en ella se veían paisajes encantadores. Había en especial dos que no puedo olvidar a pesar de los años que han pasado: un campo en otoño, con las montañas de granito detrás, y fresnos, abedules, hayas, nogales, y de muchos tonos verdes, amarillos, ocres y rojos. Y creo que hasta se veía un ciervo de cola blanca. Yo era un niño y de algún modo pensé que andando por aquel campo se podía ser feliz. La segunda foto era de un lago en invierno, un lago nevado, y unas casitas blancas, de techo a dos aguas, bajo la nieve. Esas dos fotos me hicieron desearlo con fervor: si volviera a nacer, quisiera que fuera en Vermont, Montpelier, Rutland o Royalton, un lugar donde hubiera ciervos, otoños, nieve y casitas con chimeneas y techo a dos aguas.

Volvió a acostarse. Desde la cama tenía una excelente visión del mapa de Europa que había pertenecido a Luis Medina. Un mapa típico de los viajantes de comercio, de los que repartían años atrás en las *petrol stations* de la Shell.

En el bungalow, el reloj del bisabuelo Barro dio doce campanadas. Si todo sucedía como de costumbre, si al mundo no le daba por torcer sus rutinas, en una hora, más o menos, amanecería. A la luz del día cualquier cosa se soportaba mejor. La noche era mucho más interesante, y provocaba mayor gozo, pero también más miedo que el día.

En el mar se escuchó un batir de remos, un sonido mucho más enérgico que el azotar de la llovizna. Olivero no hizo caso. En el mar siempre había ilusiones de barcos que zarpaban, barcos que atracaban, las brazadas de mil nadadores imaginarios que huían hacia el Norte.

## La despedida

A pesar del viento y de los tomeguines, Valeria oyó la observación de Mamina: «Los ciclones son como las desgracias». Y luego, al parecer, se quedó dormida con el libro abierto sobre el pecho.

No había luz y hacía rato que no leía. Le gustaba el calor del libro sobre el pecho. Lo poco que había dormido, lo había dormido bien. Llegó a creer, incluso, que había soñado, porque se había visto andando, patinando en algún pequeño lago helado, entre montañas nevadas.

El lago de su sueño era como aquel otro, decían que de Wisconsin, en la fotografía del doctor, la que aún colgaba en la pared de la vieja biblioteca, sobre la absurda chimenea que alguna vez había tenido falsa leña y bombillitos rojos que simulaban fuego.

Aquel lago en que había vivido Samuel O. Reefy, ¿cómo se llamaba? Un lago de por allá, del Midwest. Todo era blanco en el lago y por consiguiente en el sueño. El silencio definitivo de los lagos en invierno.

Sólo eso había sucedido en el sueño: un lago helado por el que ella andaba. O quizá eso fuera sólo lo que podía recordar. Lo cierto había sido que, en el sueño, era grata y extraña la quietud del lago en el que entraba como quien se adentra en una habitación acogedora, desconocida y peligrosa. Había soñado con nieve y la habían despertado los tomeguines.

De madrugada, de vuelta a la realidad, había momentos en que el mundo eran los tomeguines. La casona, la playa desagradable, perdían cualquier protagonismo. Demasiados pájaros, doscientos cuarenta y uno, según el abuelo, el Coronel Jardinero. Número que, sumado, gustaba hacer notar, arrojaba siete. Pero ¿qué importancia tenía el siete? Y, por lo demás, ¿estaba seguro de la cifra? Salvo el propio Coronel, dueño de su delirio y de sus pájaros, nadie hubiera tenido la resignada paciencia de contarlos. Además, ¿a quién le importaban? Nadie se acordaba de los pájaros salvo en las madrugadas, cuando armaban la algarabía que armaban y despertaban a toda la casa, y a la única que no despertaban era a *María de Megara,* porque era sorda y vieja como Mamina, su dueña. Salvo el Coronel, todos en la casa odiaban a los pájaros. Los odiaban por la bulla nocturna, y por el cuarto inutilizado, el antiguo Teatro Olimpia, una jaula él mismo, con el repulsivo olor de la mezcla de los alpistes, los panes mojados en leche agria, el agua sucia, las plumas, los piojillos, la mierda.

Ahora mismo, a Valeria la habían despertado los tomeguines. Y con toda seguridad, a pesar de un sueño tan bonito, lamentaba haberse quedado dormida. Algo, un pálpito, le decía que esa noche Jafet se lanzaría a dar, por fin, el paso decisivo. Y si iba a ser justa, no debía llamar «pálpito» ni darle connotaciones esotéricas a un hecho tan simple como haber visto a Jafet sacar con sigilo la reliquia de bote (santificado por su retorno luego de la desaparición del tío Esteban), con ese nombre célebre y exótico, *Mayflower,* y dejarlo atado al muelle. No, no

73

se trataba de un pálpito. No era la interpretación de un sueño, sino algo mucho más sencillo, la constatación de una realidad. Muchas noches, mientras la casa dormía, Jafet se escapaba, se iba al mar. En realidad, Jafet estaba siempre en el mar. Valeria no habría podido decir a qué hora dormía. Con seguridad, tampoco le hacía falta. Tenía diecinueve años, diecinueve esplendorosos años. Y parecía construido, como decía Olivero, con alguna pieza de hierro de Minnesota.

No se podía negar, pertenecía al Norte. El componente cubano, que debía de llegarle por la sangre de Serena, parecía mínimo, como si la naturaleza hubiera querido recalcar los poderes distantes y poco precisos de un padre de paso. La vida tenía esas cosas. Los demás siempre estaban prestos a observar cómo se parecía el muchacho a un padre que sólo dejó una pequeña partícula de sí mismo, un padre que le dio la espalda y casi no existió.

A diferencia de Locuaz el Mudo, el hermano de Valeria, o de cualquier otro cubano que ella conociera, Jafet gozaba poniendo a prueba las tenazas durísimas de su voluntad. Desconocía el ritual calmoso de los cubanos, entrelazar los dedos y hacerlos sonar, estirar los brazos al cielo, con la cabeza vacía, sin proyectos, y cantar, con la mayor apatía, un bolero terrible y gracioso sobre terribles y graciosos desencuentros. No conocía el placer de tomar el café en taza grande, de porcelana de Lenox, las que aún quedaban de la vajilla, mientras el mar se abría como una promesa de no se sabía qué. Y ni falta hacía que se supiera. O acaso sí, se sabía: promesa de nada, como todas las promesas de Cuba. Jafet no había sido hecho para las hamacas. No había nacido para las siestas lentísimas del mediodía, en los inacabables y letárgicos portalones de la casa, disfrutando de la poca brisa y de la sombra húmeda, frente al mar sucio. Hablaba, además, tan poco... El mudo, en realidad, era él. No estaba hecho para conversaciones, útiles o inútiles, que nunca conducían a un punto preciso. Chácharas que a ninguna conclusión pretendían llegar. Se habría dicho más, se habría dicho que no concebía cómo se podía ir y volver, entre bostezos, de un asunto trivial a otro asunto trivial, los temas innecesarios y redundantes que tanto parecían divertir a los demás. Odiaba, por ejemplo, los recuerdos. Y se veía que odiaba la más antipática consecuencia de los recuerdos: la nostalgia. Y carecía, además, de la delicadeza de ocultarlo. No se preocupaba por enmascarar que aborrecía las historias de tiempos pasados, repetidas hasta el agobio. Parecía que blasfemaba contra los cuentos de Mamina sobre la guerrita de los negros de 1912. Contra las bondades de los Godínez, los otros Godínez, la familia de Fulgencio Batista, que el Coronel nunca se agotaba de andar ponderando. Contra las precisas descripciones de Andrea sobre los bosques de su niñez y adolescencia, en la Estación Central Agronómica de Santiago de las Vegas. O contra las no menos interminables descripciones de Mino sobre el Illinois y sus noches, y sobre cómo cantaba Bing Crosby, o bebían Ava Gardner o Ana Berta Lepe sus daiquirís bien cargados. O el viaje interminable de Vicenta de Paúl desde La Habana a Cayo Hueso en el *City of Havana*, y desde ahí hasta Miami, en el tren del señor Flagler. O contra el otro viaje, con visos de leyenda, del tío Olivero a New Orleans, o su estancia, no menos legendaria, en Roma y en París, su amistad con María Casares y con James Baldwin, a quien conoció en una fiesta que Feltrinelli dio en Milán para agasajar al escritor negro y a Marlene Dietrich. O contra el amor de la tía Elisa por un bello actor francés llamado Gérard Philippe.

Pensándolo bien, en la casa sólo se hablaba del pasado. Muchas veces, ni siquiera de un pasado de verdad. Y Jafet despreciaba lo que empezaba con «ayer» o «hace años» o «mañana» o incluso un «ahora» que no fuera actividad plena. La verdad era que estaba incapacitado para conocer el valor de los suspiros, la gloria del ocio y los mil atributos del bendito aburrimiento.

Y volviendo a las promesas: acaso por el componente norteamericano de su sangre, Jafet había sido el primero en descreer de las promesas. Valeria, que le siguió, había llegado a pensar que la promesa había tenido para la familia, y acaso para todos los cubanos, el valor de los tazones vacíos, aunque los de la casa fueran los restos de una elegante vajilla de porcelana de Lenox.

Valeria había aprendido que la promesa era un concepto que carecía de significado, y prescindía ya de cualquier expectativa. Era joven, apenas una adolescente, y sabía desde hace mucho que incluso el tazón de Lenox podía romperse en pedazos. Posiblemente fuera de Jafet de quien lo había aprendido. En todo caso, ella se había propuesto aprender a no esperar, a no desear jamás que la esperanza se convirtiera en algo más que el tazón hermoso y frágil. Tal vez no fuera sólo ella. Probablemente a ningún cubano se le hubiera ocurrido, ni en las noches del más feroz de los optimismos, otorgarle a la esperanza otra importancia que la que merecía: la esperanza era lo ilusorio y, por tanto, lo magnífica y terroríficamente irrealizable.

¿Significaba eso que los cubanos habían carecido y carecían de ilusiones? Al contrario, estaban llenos de ellas. Mayormente en el bungalow de la playa. Y no hacía falta más. Con la ilusión se conseguía ir viviendo, o sobreviviendo.

Sólo Jafet parecía haber entendido que la ilusión no alcanzaba para vivir. Que nada se hacía con anhelos. No lo decía. Pero daba igual. Se entendía, lo comunicaba con cada gesto y cada silencio. Valeria estaba convencida de que nadie habría tenido en Cuba, en aquellos años, ni el deseo ni la necesidad, mucho menos el valor, de luchar por convertir los sueños en realidades.

¿Sueños, realidades? Se encogía de hombros. Sería duro y, además, infructuoso. Vana pérdida de tiempo. Así que las quimeras, en las hamacas de las tardes, entre bostezo y bostezo, se iban dejando a un lado, en la soñolencia.

Si Jafet vivía en el mar no era por simple gusto. No parecía dispuesto a permitir que el deseo del viaje se le deshiciera, como a los demás, en melancolías y en letargos de anhelos o suspiros de resignación. Por eso aquella noche, en cuanto Valeria despertó de su sueño de silencios y lagos helados, y se sosegaron los tomeguines y el Coronel Jardinero volvió a la cama luego de inspeccionar la casa, ella, fiel a su costumbre, buscó a Jafet. Con disimulo, fingiendo que se buscaba a sí misma. Jafet era asustadizo. Posiblemente asustadizo no fuera la palabra, sino esquivo, solitario, arisco. Y si era arisco con todos, mucho más con Valeria. Para él, la prima se había convertido en su mayor enemigo, el «otro» en estado puro. El muchacho también odiaba convertirse en el centro de la atención de alguien. Cuando se sabía mirado, él, que parecía haber nacido para el deleite de la mirada, se desvanecía como niebla entre la mucha luz que había en el feo arenal de la costa.

Valeria se sabía fuerte y su propia «brujería», como ella solía decir, le alcanzaba también para encontrarlo, así como para aparentar que el objeto de su búsqueda no era él, sino ella misma.

Desde temprano, Valeria había sabido ser mujer. Había sabido también aprovechar su adolescencia. Conocía al pie de la letra su lado femenino, lo que se esperaba de su lado femenino, capaz de fingir que confundía búsquedas con hallazgos. Tan mujer, que llegaba al extremo de exagerar cualquier enigma. Disfrutaba rodeándose de un aire de perplejidad y hasta de prevención. Cuanto más observaba, más ciega parecía. Y si hacía observaciones precisas conseguía, como la esfinge de Tebas, que los demás no llegaran a entenderla. Hasta podían parecer desvaríos. ¡Qué bien sabía fingir el azoro, la indefensión, la inocencia! Y cuanta arma sirviera de utilidad para que los demás continuaran llamándola «muchachita», «niña», «Vale» o como hubieran querido llamarla, y le dedicaran un beso, una palmada y una sonrisita indulgente. Salvo Jafet y Juan Milagro (por distintas razones), todos se olvidaban al instante de ella, miraban hacia otra parte, exploraban entretenimientos más dignos o importantes.

Buscar a Jafet no carecía de dificultad. Aunque de hierro, solía deslizarse con la facilidad del aire. A Valeria le gustaba llamarlo «anguila sigilosa». Frase que él recibía como un elogio. Siempre respondía con una sonrisa, acariciándose el pecho lampiño, blanco, y ofrecía, en agradecimiento, un gesto estrictamente suyo, que consistía en levantar el brazo y terminar señalándola con el índice.

Y así como ella había logrado exagerar la candidez de la adolescente a los dieciocho años cumplidos, del mismo modo había aprendido a andar en silencio por la casa. Sin saberlo, sin darse cuenta. Había sido, también, un entrenamiento que provenía de Jafet. Gracias a él, cultivaba algo que había sabido utilizar a conciencia: deslizarse como una sombra y convertirse en pura invención cuando hacía falta, cuando la realidad se volvía inquietante, o más que eso, agresiva y peligrosa.

Aquella noche Jafet no estaba en la torre, en el antiguo observatorio meteorológico que se había convertido en el cuarto que Jafet y Locuaz el Mudo compartían en lo más alto de la casa.

Locuaz el Mudo dormía bajo su mosquitero, desnudo y remolón como siempre, con el aire de dicha imperturbable, que no se sabía bien si consistía en felicidad, indiferencia o carencia de luces.

La camita de Jafet tenía las sábanas intactas, lo que hacía evidente que, si la había utilizado, había sido sólo para despistar. Valeria lo imaginó por los aleros, haciendo equilibrios entre las cornisas y los horcones, jugando a los contrapesos, como un gato, al tiempo que vigilaba las ventanas, bien cerradas esa noche, y escuchaba, trataba de desentrañar, en el más mínimo rumor, el mensaje de la casa.

Creyó verlo bajar por una columna, con su asombrosa destreza. Supuso que corría hacia la playa. Pudo imaginarlo con todo detalle porque Jafet siempre hacía lo mismo y siempre iba igual, sin zapatos y casi desnudo, con el gastado short azul de osos pardos de Riga, que lo hacía aún más blanco, esbelto, ligero e impredecible.

La tarde anterior habían tenido una conversación que ahora le parecía reveladora.

Habían estado en la playa. Mejor dicho, ella había estado en la playa. Sola, o no tanto, porque la acompañaba aquella novela con su papel amarillo y sus letras enormes, primorosamente impresas. En la lejanía, se presentía la llegada del ciclón Katherine. La tarde se había vuelto agobiante. La poca brisa descendía turbia y llegaba a la piel como el aliento de un dios enfermo. El cielo se había ido cerrando a cal y canto sobre el mar rojizo. La novela, *Wise Blood*, aquella edición neoyorquina de 1952, firmada por la autora, la hacía feliz porque, además, ya podía leerla en inglés. Y, por otra parte, nada disfrutaba ella más que los días de tormenta. Una buena lectura en un día de tormenta. Le gustaba mucho más la lluvia que los días de sol. Tal vez por lo poco habitual, por la nostalgia de otros climas o por el prestigio de las tormentas. Y también (motivo más mezquino y no menos importante) porque las tormentas habían poseído siempre la gracia gloriosa de dispensarla de tener que ir al instituto de Marianao, que para Valeria quedaba al otro lado del planeta.

Esa tarde se encontraba frente al mar como en una cripta. El silencio había logrado extenderse con la misma cautela del mar. El golpe de las pequeñas olas volvía hondo el mutismo que llegaba desde el horizonte o desde las uvas caletas, la colina de casuarinas y el monte de yana, como si el mundo entero fuera un silencio enorme.

A ratos, Valeria se echaba en la arena y miraba al cielo. Se sentía volar como un pájaro que no tuviera en cuenta la tierra.

Algo hermoso encerraba aquel cielo. Y con seguridad hubiera sido aún más hermoso entrar en él, surcarlo, perderse en sus oscuridades, ir a parar a cualquier frontera. Daba lo mismo cuán lejos o misterioso, con tal de que fuera otro lugar. En uno de esos momentos, Valeria había escuchado la voz de Jafet. El muchacho mostraba una gravedad que ninguna relación guardaba con su cuerpo de diecinueve años.

−Buen momento para sacar el bote −dijo.

Valeria se incorporó, se volvió, se fingió asustada. Allí estaba, como siempre, semidesnudo, en la arena, con la pequeña brújula colgada al cuello y aquel short de osos pardos demasiado corto y curtido por el mar, con las piernas abiertas y los brazos cruzados. No la miraba. Miraba al mar, al horizonte, a lo que él, y todos, llamaban «el Norte». Observaba la lejanía con aquel gusto de los exploradores por los puntos cardinales, con el gusto añadido por un punto cardinal concreto.

Por mortificarlo, ella contestó:

−Cada día el Norte te enloquece un poco más. −Y después, como asustada, trató de restarle importancia a la frase con una sonrisa. Aunque no hacía sol, Jafet parecía iluminado−. ¿No sabes que hay un ciclón por llegar? −Ella imprimió un tono indeciso a la pregunta y creyó que Jafet notaba la ansiedad y el susto que la dominaban. Luego agregó, como si revelara un secreto importante, íntimo, personal−: ¿Sabes?, se llama Katherine.

Él también sonrió, movió la cabeza fingiéndose asustado y negó condescendiente, dando a entender que ella era ingenua y que nada comprendía.

−Bonito nombre, ¿lo bautizaste tú? −Tomó en sus manos la brújula que colgaba de su cuello, la miró con detenimiento, sin dejar de sonreír, y oteó luego el horizonte−. Entonces no es un buen momento, niña −dijo−, sino el momento justo, el perfecto para sacar el bote. El mejor mar para navegar es el de los ciclones.

Lanzó su carcajada de costumbre, que disminuía sus ojos, aunque no los ocultaba tanto como para saber que los ojos no reían.

—Estoy de acuerdo, el mejor momento para navegar si uno quiere suicidarse... —replicó Valeria, tratando a duras penas de imprimir ironía a la frase.

—O si se quiere luchar... —respondió él, y la señaló con el dedo. Parecía saber todo lo que pasaba por la cabeza de su prima.

—¿Qué quieres decir? —preguntó ella, conocedora de la respuesta.

—Hoy más que nunca tengo deseos de dar una buena batalla.

—¡Qué raro, Jafet! Siempre hablas de luchas, de guerras, de batallas, ¡ni que fueras un soldado!

—Soy un soldado y libramos una guerra a muerte, no te equivoques.

Ella miró los pies descalzos y perfectos de Jafet, reprimió un suspiro, apuntó con un tono en el que no supo ocultar la admiración, la alabanza:

—Creo que habrías sido feliz en la Segunda Guerra Mundial, en el desembarco de Normandía, por ejemplo. Te veo desembarcando y dispuesto a matar.

De pie frente a ella, parecía un gigante. Se encogió de hombros para dar a entender que la conversación no le interesaba demasiado.

Valeria dejó que se extendiera una estudiada pausa y agregó:

—¿Luchar contra un ciclón?, ¿y te parece útil?

Él no respondió. Continuaba con aquella sonrisa inescrutable, los hombros alzados. Ella se puso de pie. Le dio terror sentirse tan disminuida frente a él. Pensó además, y de repente, que hasta sentía frío, a pesar de que corría aquella brisa sofocante. Apretó la novela contra el pecho y le sirvió de abrigo o de escudo.

Estuviera sentada o de pie, junto a Jafet siempre se sentía

disminuida, fea, insignificante y vulnerable. Trató de mirar lo que él miraba, y sólo descubrió lo que ya sabía. Allí estaba el mar, calmo y enrojecido. Ni de horizonte se podía hablar. No quedaban lejanías. Se habían perdido en la bruma que confundía mar y cielo. Mucho menos se divisaba, como otros días, algún barco mercante, o el inevitable arenero que hacía el trayecto entre La Habana, el Mariel y Bahía Honda.

—Se espera un ciclón, se llama Katherine —recalcó como si recitara un texto de memoria, y se sintió tonta. Por eso añadió—: No es cualquier ciclón, Jafet, tiene nombre de actriz, de escritora, de bailarina, ¿vas a luchar contra una mujer tan poderosa? —Y se sintió aún más tonta.

Tampoco ahora él quiso responder. Dijo adiós, o no lo dijo. Ella descubrió al tío Olivero en la ventana de su casita de madera. También ella lo saludó y, no supo por qué, el movimiento de la mano del tío le hizo pensar que a él no le quedaban ya fuerzas ni deseos de luchar.

—Un hombre derrotado —dijo.

Fue a hacer otro comentario sobre aquella desalentada señal de adiós y Jafet la detuvo con una pregunta:

—Niña, ¿quieres nadar?

La invitación contenía un sarcasmo. Él sabía que el amor de ella por el mar se alimentaba de distancias, olores y miradas, un amor literario que le venía de Melville, de Conrad, de Richard Hughes. Sabía que ella odiaba entrar al mar tanto como a él le apasionaba sumergirse en él. Por lo demás, era el único en toda la familia que al llamarla «niña» lograba ruborizarla, y sabía que ese rubor la disminuía y distanciaba. Y de aquella barrera Jafet salía convertido en un ser superior. ¡Dios, qué ridícula se sentía cuando la llamaba «niña» con aquel tono de quien está de vuelta de todas las cosas! Intentó no dejarse amilanar. Con idéntico sarcasmo y falso tono de prepotencia respondió:

—No, *darling*, si me tiro al mar, no pararé hasta el Delta, y quizá termine en el Mississippi, o me vaya a Baton Rouge, y, la verdad, hoy tengo cosas mejores que hacer.

Él rió con franqueza, burlón:

—Nunca hay nada mejor que hacer, el mar es lo primero.

Avanzó lento hacia la orilla, con ese algo de conquistador. Siempre que estaba frente al mar, Jafet provocaba la irritante impresión de estar demasiado seguro, de que se sentía capaz de dominar todo lo que había a su alrededor, dueño del mundo, o cuando menos de aquel mundo pequeño del bungalow y de la playa.

Entró al mar como siempre, con deleite, y el mar pareció responderle del mismo modo. Se volvió hacia ella, levantó el brazo y la señaló con el índice. El agua le llegó a la cintura. Permaneció inmóvil unos minutos, rozando con las palmas de las manos la superficie del agua. Llamaba la atención la blancura de su piel en medio del mar sucio. Ni el sol ni el salitre lograban curtir una piel que siempre parecía acabada de llegar de algún punto nevado de las Rocosas.

Ella creyó que Jafet hablaba con el mar y tampoco se sorprendió. Comenzó a nadar con brazadas recias, precisas, de voluptuosa lentitud. Valeria no supo por qué prefirió regresar a la casa. En la vida, pensó, había experiencias que era mejor evitar.

Tenía la certeza de lo que traería, o se llevaría, aquel ciclón Katherine. Tan ineficaz como una Casandra, lo adivinó todo de golpe. Y Mamina, que mucho tenía también de bruja, que solía repetir con la voz rota y las palabras más rotas de su boca sin dientes: «Más sabe el diablo cuando es diablo y viejo», la escudriñó con sus ojos sin tiempo, que tanto habían visto de lo bueno y de lo malo, y la sonsacó con palabras estudiadas y melifluas y la cara de sufrimiento y de bondad que se había convertido en su mejor máscara cuando quería conseguir una confesión.

—Vamos, vamos, ya lo sé, hay una historia que mi muchachita quiere contarme, una voz me está diciendo: ¡ya llegó el ciclón Katherine a la cabecita de este otro ciclón, Valeria!

Y le trajo, como de costumbre, un jarro con cocimiento de cañasanta y hierbaluisa que, hecho por ella, sabía a gloria.

Todo eso había ocurrido la tarde anterior.

Ahora, esta noche, Valeria deambuló por entre las ramas torcidas de las uvas caletas. Creyó que en el bungalow dormían y nadie la echaría de menos. El cielo de la noche continuaba con su apariencia de bóveda pequeña y baja, cruzada por nubes como pájaros gigantes.

Se acercó a la caseta del Coronel y se recostó en el rejón de un viejo arado desaparecido bajo yerbajos y enredaderas de calabazas silvestres, de las que brotaban pequeñas flores blancas con olor a muérdago. Luego de tantos años sin uso, bajo la enredadera y las flores, el rejón parecía una roca más del paisaje, y, además del olor a muérdago, ascendía de él un raro vaho a hierro y a brotes.

Era difícil que Jafet pudiera verla. El bosquecito de casuarinas se volvía allí más escabroso y las uvas caletas se torcían y poblaban más. La noche, en aquel rincón, alcanzaba una densidad mayor. Y por otra parte, ¿qué le importaba a Jafet la orilla?

Aquel rejón florecido se había convertido en el sitio habitual donde Valeria se acomodaba para verlo nadar en las noches, cuando se apagaba la barahúnda de los tomeguines, gracias a los mantos negros con que el Coronel cubría las jaulas, y todos en la casa, vivos y muertos, empezaban a retirarse, a soñar con resguardos y desamparos y a experimentar el influjo de sus propias maldiciones.

También esta vez lo vio llegar casi desnudo, con aquel descolorido short azul de osos pardos. Supuso que llevaba la brújula al cuello, y hasta habría jurado que la brújula brillaba como un dije, a pesar de lo oscuro de la noche. Le llamó la atención que llevara un farol apagado. O no tanto que llevara el farol apagado, como que se preocupara por levantarlo por sobre su cabeza.

Jafet se detuvo en la orilla y dejó allí el farol. Pareció que miraba a lo lejos o que medía las distancias. Entró al mar por el lado del viejo muelle.

El *Mayflower* se bamboleaba como deseoso de zafarse del cabo.

A Valeria le pareció que Jafet subía al bote con una maniobra rápida y precisa. Ajustó con sumo cuidado los remos a las chumaceras y remó como siempre, suave, con su habitual destreza.

Y tuvo la convicción de que algo cambiaba para siempre, que algún capítulo se cerraba entre las sombras de la noche de octubre.


## Siete campanadas del reloj

Escribirá en su cuaderno, en una mañana futura, en el Upper West Side. Dejará constancia de que fueron siete las campanadas de un reloj sin manecillas y agregará que informaban, al menos, de dos sucesos notables:

Que no eran las siete, ni de la mañana ni de la noche.

Y que todavía faltaba mucho para el amanecer.

Valeria intentará mirar, a través de la ventana, cómo será la nieve sobre Riverside Drive, sobre el Hudson, y luego irá a su equipo de música y colocará un CD. Se escuchará la voz inconfundible de Elmore James.

De ese modo, se preparará para el próximo capítulo, con esa voz que llenará la casa en la nevada mañana de un invierno para el que, en los días de aquel ciclón, faltarán todavía treinta años.

¿Sabrá pedir permiso antes de entrar
o verterá su copa en mi vestido?

W.H. Auden, «Doce canciones»

# Inocencia recuperada

La primera mañana en que con veinte años se encuentre en Times Square, experimentará una sensación exaltada. El convencimiento de que habrá llegado al lugar justo, en el momento justo. El lugar que necesitaba, el que de algún modo, y sin saberlo, siempre le perteneció. Podrá entonces parafrasear la frase que Simone de Beauvoir declaró a propósito de París: «El día en que llegue a Nueva York me sentiré libre». El asombro de algunas tardes no la obligará a considerarse intrusa, desterrada. Mucho menos indefensa. Todo lo contrario.

Valeria nació en La Habana y nada podrá cambiar esa verdad. Nueva York, en cambio, será su verdadera ciudad. Será allí donde llegará a concebirse como la que siempre fue. Las calles de Nueva York le pertenecerán puesto que a uno debe de pertenecerle aquello que, ya sea por aproximaciones, lo revela tal como es.

¿Será preciso aclarar que La Habana nunca le habrá pertenecido, que las calles de La Habana nunca le habrán importado? ¿Que tampoco habrá sido suya la casona, ni el mar al que la casona se enfrentaba?

Tendrá cuarenta y ocho años, a punto de cumplir cuarenta y nueve, cuando decida contar esta historia. Y será una lejana habanera que habrá devenido neoyorquina. Se sabrá, asimismo, salvada y encontrada en su refugio de Manhattan.

Como se puede suponer, a veces Valeria sentirá un miedo

que estará asociado a muchas cosas que pertenecieron al pasado, y que se hallarán también en un presente que, por el momento, es únicamente futuro. Y no sabrá hasta qué punto todo estará contenido en el pasado.

En cualquier caso, se sentirá en la obligación de escribir. ¿Será verdad, como afirma el autor de *El cuarteto de Alejandría*, que se escribe para recuperar alguna inocencia perdida?


## Un grito

Escuchó el grito y fue un tirón, como si lo hubieran sacudido por los hombros, y por eso despertó. Tuvo que haber sido un grito de verdad y una más fuerte y real sacudida de los hombros.

Locuaz el Mudo dormía feliz porque sabía dormir. Le gustaba ausentarse y conseguía desaparecer en el sueño. También le gustaba despertar. Y tanto en el instante de quedar dormido como en el de despertar, se extendían algunos segundos de maravilla.

Lo de quedarse dormido podía ser bastante simple: una sensación alegre, como si fuera alzado de la cama, como si levitara, y luego como si volara, y unos segundos después, nada, absolutamente nada.

Despertar poseía otra gracia que nada tenía que ver con volar o descender. Se trataba más bien de la visión de las cosas. El cuarto, por ejemplo, borrado y blanco, como otra de las escasas imágenes del sueño. Le gustaba ver el cuarto a través de la gasa del mosquitero. Nunca despertaba de madrugada, pero cuando lo hacía le sobrevenía la sensación de sueño y de fantasía. Realidad velada, transformada por el mosquitero. La enigmática relación entre dormido y despierto. Y lo más notable, claro está, tenía que ver con el hecho de que siempre, cuando abría los ojos, no se acordaba del mosquitero, de modo que aquello que aparecía a sus ojos era, en principio, la realidad tal como él suponía (si es que suponía algo a esa hora) que debía ser, desvanecida, sin contornos precisos.

Alargó la mano para cerciorarse de que, entre el cuarto y él, había un mosquitero, amarillento ya del uso, bien ajustado entre el colchón y el bastidor. Así que resultaba fácil deducir que nadie había entrado en su cama para sacudirlo por los hombros. Además, ¿quién, si no había nadie? Las ventanas estaban cerradas. Como de costumbre, la cama de Jafet se hallaba vacía. Se escuchaban, eso sí, el viento y el mar, como si la casa hubiera sucumbido por fin y se encontrara en el fondo del mar. No había que alarmarse. Cuando uno vivía junto al mar nunca debía sorprenderse de aquellas noches y amaneceres en que la casa simulaba despertar bajo el agua.

Las casas de madera se lamentaban. Las casas construidas con maderas de lugares remotos se lamentaban más.

¿Y el grito? Probablemente había sido una ráfaga o el chillido de las maderas del techo al paso de alguna ráfaga. Cuando algo de la realidad, cualquier cosa, se infiltraba en el sueño, el resultado solía ser alarmante y tramposo.

Apartó el mosquitero y abandonó la cama, despejado, sin sueño, como si hubiera amanecido.

Salir del mosquitero también tenía su encanto. Un ejercicio, podía decirse, de clarificación. Se dilucidaban algunos misterios y los esbozos se completaban, y las incógnitas hallaban al menos cierta respuesta. La realidad perdía el velo que era la gasa del mosquitero y se reconstruía rápidamente.

Desnudo como estaba, Locuaz fue a la cama del primo y apartó el mosquitero, que no estaba trabado entre el colchón y el bastidor. Se acostó allí. Le gustaba acostarse en la cama del otro, porque Jafet nunca estaba, pero su olor sí. Acostándose bocabajo, Locuaz pegaba la nariz a las sábanas. El olor al sudor de su primo tenía siempre algo inmediato e intenso.

93

Fue después a la ventana desde la que mejor se veía la playa. Era difícil abrirla sin despertar a los tomeguines. En la dificultad, no obstante, se hallaba la provocación y por tanto el gozo. Tanto Jafet como él se habían ejercitado en abrir y cerrar puertas, ventanas, un andar por el techo de tejas de la casa sin que los tomeguines se percataran. Todo mal exigía un remedio y había siempre un modo de burlar la vigilancia.

Para encontrar aplomo, abrió las piernas y se concentró como un equilibrista. Fijó sus ojos en la tranca de la pared, intentando pensar que era el principio y el fin del mundo. Con calma (la prisa siempre es un error) levantó los brazos hasta la tranca de hierro que trababa en dos surcos abiertos con precisión en las vigas. Las dos palmas abiertas de las manos encontraron el frío metal del garrote. Contuvo la respiración. Sacó la tranca de los surcos con un giro rápido y exacto de las manos. Fácil, en total silencio. Los pájaros no despertaron. Colocó la tranca sobre la cama, donde menos peligro corría. La ventana se abrió callada y sin dificultad.

Comprobó que entre la playa y el mar no existía diferencia, no podía saberse dónde terminaba la tierra y comenzaba el mar. Entre ellos había una continuidad áspera y rojiza. Arrecifes, orilla, cielo, horizonte, nubes, mar: cada elemento parecía haberse convertido en un solo elemento. La madrugada carecía de las luces de otras noches, las de los botes de los pescadores, de los areneros, de los barcos petroleros, que daba lo mismo si iban o venían: siempre se encontraban en el mismo rincón del horizonte. Ni siquiera los guardacostas salían en noches como ésa.

Cerró la ventana. Con el mismo cuidadoso ceremonial con que la había abierto, como el equilibrista preocupado por la perplejidad de su público. Vistió unas bermudas y salió del antiguo observatorio. Bajó la escalera de caracol como le había enseñado Jafet, sin que las manos se apoyaran en el pasamano y sin que los pies tocaran los peldaños de madera. Llegó al hall del primer piso. Oyó ruido de pasos hacia el cuarto de Valeria. Se ocultó detrás de un viejo librero que no guardaba libros, sino periódicos, antiguas revistas *Bohemia*, *Carteles*, *Social*, y antiguos pomos de medicina, vasijas, botellas de whisky, de ron, de ginebra, de vino, y de Iron Beer, ginger-ale, y Coca-Cola, vacías todas, claro está. Quedó allí unos segundos, junto a las jaulas de los tomeguines. El olor a mierda de pájaro se sobreponía al otro que llegaba de la playa. Sintió que una arcada se le iba a formar en algún lugar del vientre. Aspiró e inspiró con fuerza, varias veces. Cuando todo volvió a la normalidad, salió del escondite.

No escapaba ninguna luz del cuarto de tío Mino. La oscuridad había vuelto a ser la de una casa sin corriente eléctrica y que esperaba un ciclón.

Descendió a la planta baja y salió a la playa por la puerta de la cocina, la más desvencijada y fácil de abrir. Allí los escalones no eran siete, como en la puerta de entrada, sino doce, para compensar los desniveles del terreno. Locuaz sabía saltar hasta los arrecifes, como si no los hubiera. Había comenzado a lloviznar. Las nubes pasaban bajas y la llovizna apenas mojaba los peñascos. Anduvo por las rocas húmedas y se adentró por el tramo sembrado de yana. Escaló las rocas que lo separaban del montecito de las casuarinas. Desde el montecito, que se hallaba al nivel del techo de la casa, se divisaba el bungalow y el tramo de la playita. Más allá, la casita oscura del tío Olivero, levantada a duras penas. Y, aún más allá, el viejo muelle, del que sólo quedaban unos cuantos pilotes y algunas tablas a las que se habían adherido líquenes verdosos.

Siempre que quería encontrar a Jafet, Locuaz subía hasta el montecito de casuarinas. Por ligero y furtivo que fuera su primo, Locuaz el rudo podía y sabía adivinar desde allí su sombra escurridiza.

El horizonte parecía haberse trasladado a la orilla.

Bajó rápido por el costado del promontorio. Se encaminó

directo al varentierra disimulado por marabúes y aromas, por matas de calabaza y de malanguetas. Allí escondían el bote, que ahora no estaba. Lo sabía. Aunque había sentido la necesidad de comprobarlo.

Salió del matorral y se acercó a la casita del tío. Escuchó voces, una conversación. ¿Estaría Jafet con el tío a esa hora? No, nada probable. Más bien imposible. Si Jafet quería ir al mar, no se detenía con nada ni nadie. Locuaz trató de mirar por las rendijas que dejaban las maderas vencidas. La oscuridad del interior era aún más intensa que la de afuera. Pegó el oído a las maderas. Oyó la voz del tío, algo nasal, a veces un tanto aguda. No entendió lo que decía, aunque supo que no se trataba de una conversación, sino de un monólogo.

Continuó hasta la playa. En la arena negra de la orilla creyó descubrir pisadas. Podía estar equivocado, por supuesto. En la noche, los cangrejos dejaban huellas y dibujos en la arena. Cuando comenzaba la bajamar, junto con las algas, las piedras y los peces muertos, quedaban trazos que parecían pisadas humanas. Llegando al viejo muelle, descubrió el farol apagado. Con él en la mano, rodeado de pequeñísimos cangrejos y de algunos peces muertos, Locuaz el Mudo se sentó en la orilla. La llovizna arreciaba por momentos, y por momentos amainaba.

Pensó en el gusto que le habría dado estar en su cama, dormido bajo el mosquitero. Las cosas de la vida le provocaban, la mayoría de las veces, deseos de dormir. Cada vez que algo salía mal, o incluso cuando salía bien, a él le habría gustado estar dormido, y saber de las cosas a través de los sueños. Había unas horas, ciertos sucesos y muchos miedos, que sólo en el sueño podían soportarse.

¿Miedo? Ahora mismo, no sólo mucho, sino más que nunca.

El cielo de la madrugada seguía siendo la misma muralla.

¿Qué loco había dicho que los ciclones comenzaban siendo el aleteo de una mariposa en los confines?

# La torre Eiffel

Entonces podían haber acontecido varios sucesos.

Que Locuaz, por ejemplo, se quedara allí, solo, con el farol en la mano, bajo la llovizna, frente al mar de la amenaza, hasta que despuntaran las primeras luces que no iban a ser exactamente luces, sino una amanecida opaca y de mucha lluvia. Aquel Locuaz posible, el de la soledad, sólo tenía una obsesión: dormir, huir de la realidad, perderse entre los entresijos de un sueño que durara bastante, semanas de ser posible, o meses, y que, cuando terminara, fuera capaz de mostrar que las cosas continuaban ordenadas y en su sitio, o para ser precisos, que Jafet seguía en su sitio, es decir, en cualquier rincón de la casona, o del mar, aguardando promesas y atisbando luces, añorando lejanías que quizá sólo existieran en su cabeza.

Otra posibilidad: la llegada de Valeria, que ella fuera a hacer compañía a Locuaz, puesto que ambos habían descubierto la misma ausencia. Estaban viviendo igual miedo y sufriendo idéntica pérdida. Esa posibilidad, sin embargo, debe descartarse. Por una razón simple o, según se mire, extraordinariamente complicada: Valeria y Locuaz se parecían demasiado como para tenerse simpatía. Hermanos al fin, se querían. Un cariño, incluso un amor, que se alimentaba de distancias, de discrepancias y distintas ambiciones. Se amaban como hermanos, lo que nunca significó, y nunca significaría, que se entendieran. Se querían demasiado para simpatizar entre sí.

Una tercera posibilidad mucho más plausible: la llegada del tío Olivero, que después de las diarreas dolorosas ya no pudo conciliar otra vez el sueño. Las diarreas y, especialmente, la sensación, nueva para él, de que en la playa ocurrían sucesos importantes que lo excluían.

De modo que podemos imaginar que abrió la ventana y

97

descubrió que no lloviznaba, y que algo lo excluía. Su sobrino, sin duda, y el mar y la mañana de un ciclón a punto de llegar.

Locuaz el Mudo en el amanecer, en la orilla de la playa, con un farol apagado en equilibrio sobre sus rodillas era un evento digno de tenerse en cuenta.

Sin saber por qué, Olivero sintió una repentina lástima por el muchacho. Había en la imagen un resuelto aire de indefensión y derrota.

El fin del mundo, pensó Olivero, no es algo que va a suceder, sino algo que está sucediendo.

Así pues, vistió su vieja bata de seda y, también sin saber por qué, tomó el viejo pisapapeles con la torre Eiffel y salió de la casucha.

Locuaz no sintió al tío hasta que tuvo junto a él la silueta delgada y opaca, también un poco triste, con un aura oscura, arropada por la raída bata de seda que en algún tiempo lejano debió de haber sido dorada y azul. Locuaz tuvo un destello de alegría que se disipó al instante. De todos modos, intentó sonreír.

—¿Te asusté?

—No, tío —mintió—, sabía que eras tú.

—¿Qué haces despierto a esta hora?

Locuaz se encogió de hombros. El farol se balanceó y estuvo a punto de caer. Olivero lo colocó sobre la arena, donde quedaban las marcas de la llovizna y de cientos de cangrejos diminutos como guijarros pequeñísimos.

—Relojes sin manecillas, faroles apagados... —Echó hacia atrás la cabeza—. Cualquiera diría que está a punto de amanecer.

Locuaz no afirmó ni negó, repitió sin entonación especial:

—Está a punto de amanecer.

Con la frase desentonada del sobrino y aquel aspecto de desolación que el adolescente presentaba allí, frente al mar, el tío Olivero experimentó, con más fuerza que nunca, la sensación de que sucedía algo que lo descartaba.

Y del interior de la bata sacó el objeto redondo, el pisapapeles de cristal con la torre Eiffel en miniatura, en medio de un agua azulosa que al agitarse se llenaba de un polvo que parecía nieve.

## El día de la muerte de Gertrude Stein

Es lícito suponer que el tío Olivero dirá lo de siempre. Repetirá que él, Locuaz el Mudo, será el primero en conocer su secreto, porque nadie sabe que él estuvo en París, que llegó a París con veinte años, un 27 de julio de 1946, el mismo día en que agonizaba, y finalmente moría, Gertrude Stein. Y dirá que él no sabía que ella agonizaba y que, de cualquier modo, habría ido igual, porque después de todo él no conocía a Gertrude Stein y tampoco sabía que iba a París: fue un camino que tomó sin saber adónde iba, y que al principio pareció equivocado. Todo aquel viaje no fue más que una serie eslabonada de casualidades. Como todas las cosas importantes en la vida.

## Pájaro

Para sorpresa de Locuaz el Mudo, el tío lanza el pisapapeles al mar. No escuchan cómo cae en el agua, pero ven la pequeña turbulencia que crea, el imperceptible remolino de espumas blancas.

El tío suspira y no cuenta su falso viaje a París. Dice algo diferente, y es la primera vez que lo dice:

—Me llamaban pájaro. Sí, hijo, «pájaro», desde mucho antes

de que aprendiera el arte de volar. Desde mucho antes, incluso, de que me percatara de que el cielo era en realidad un viaje obligado, el acceso a un destino y el camino de incontables partidas y regresos. Yo era entonces un niño. Y, claro, sabía pocas cosas, y cuando subía a los árboles, a los tejados, a los campanarios, me turbaba mi torpeza, no extrañaba las alas invisibles, de las que tanto se burlaban los demás. Hasta después no tuve alas, ni había plumas en mi cuerpo. Créeme: mi garganta desconocía la sutileza de los cantos. Insisto, en los árboles, en las torres, mantenía apenas el equilibrio y el vértigo me cerraba los ojos. No obstante, ya escuchaba el nombre con el que solían señalarme: «¡pájaro!», «¡pájaro!», «¡pájaro!». Sospecho que reían. Y si voy a ser justo, tampoco puedo asegurarlo. Yo no entendía, ¿cómo iba a entender? Y fue fatigoso. Y al final sí que he llegado a ser un pájaro, porque un día se descubre que los otros han sido perspicaces. Y aprendes, por ejemplo, a evadir la serpiente y a distinguir el ladrido de una jauría traída de Rhodesia y el zumbido de una flecha, los pasos del cazador, el calibre de la escopeta y su amenaza. Lo difícil es aprender a distinguir el norte del sur. Y dominar el aire. No sabes cuánto peligro hay en huir del calor o del frío y volar durante meses y surcar mesetas y cordilleras y océanos antes de encontrar un poco de alimento, de calma y de reposo. Pero también, mi querido sobrino, y lo puedo jurar por las cenizas de mi madre, ¡qué feliz y qué libre!

## ¿Una fortaleza?

El bungalow era una fortaleza, más fuerte aún porque se trataba de una fortaleza de madera. Indiferente a las artimañas malévolas de esa carcoma que llaman salitre. Construir aquella casa había sido un notable rasgo de inteligencia en un hombre del Norte, para quien ciclones y otras desgracias tropicales sólo formaban parte de las enciclopedias y de las exageraciones y mitologías de las islas tórridas. Al menos hasta aquel año de 1926 en que Reefy tuvo la oportunidad de vivir el primer ciclón en La Habana, sobre todo en la playa, y supo lo que podía ser el viento, la lluvia y el mar, la unión de aquellos tres elementos terribles, en ráfagas de violencia.

Decían que el movimiento de tierra y la cimentación se habían iniciado en 1909, el año dichoso en que no se reportó en Cuba ni un solo caso de fiebre amarilla, que fue el mismo año en que Robert Peary y Matthew Henson se convertían en los primeros hombres en alcanzar el Polo Norte.

Y, claro, lo de la erradicación de la fiebre amarilla fue un acontecimiento del que el doctor se sentía con razón orgulloso.

Según constaba en algunos documentos, el trabajo de los albañiles en la casa había comenzado exactamente el 13 de abril de 1909 (el mismo día —y esto es algo que Valeria conocerá mucho después— que en Jackson, Mississippi, nacía Eudora Welty).

Anteriormente, a finales de un febrero nevado y excesivamente ventoso, como todos los inviernos de Chicago, el doctor había contraído matrimonio, en ceremonia íntima y civil, con Rebecca Loy, una pianista de origen polaco, bastante aceptable como intérprete (según decían quienes la escucharon) y especialista, como cabría esperar, en los *Nocturnos* de Chopin.


## Una voz

Una noche, Mino y míster Reefy se hallaban en el Teatro Olimpia, bebiendo un excelente whisky escocés en sendos vasos labrados y rojos. La única diferencia entre ambos vasos era que el del doctor sólo tenía whisky, mientras que el de Mino tenía, además, mucho hielo.

El norteamericano se dirigió a una estantería y extrajo un disco de una sucia funda de cartón negro. Sin decir palabra, sonrió. En la sonrisa complaciente, Mino creyó entender el mensaje.

Desde el encuentro con la Viuda del Policía, allá por 1905, Mino había aprendido a estar al acecho. Había aprendido a detectar cuándo se encontraba ante un suceso importante. Con la Viuda, Mino aprendió (o al menos eso pensaba él) a leer los mensajes de Dios. Así que se apoltronó, recostó la cabeza en el alto respaldar de la butaca de cuero (tan impropia para el clima habanero), cerró los ojos y bebió un sorbo de whisky, disfrutando además del imperceptible repique del hielo en el cristal.

Supo que el doctor limpiaba la placa negra con una franela. Aunque tenía los ojos cerrados, fue capaz de *verlo*, de saber los cuidadosos manejos del médico, delicado y melómano, con el disco, cómo lo colocaba en el RCA, con qué delicadeza llevaba el brazo de la aguja hasta él.

Se escuchó un piano. Durante segundos, los acordes de un piano como tantos otros, el ritmo machacón y triste de un blues. Y, de pronto, algo inesperado: una voz potente y clara que se lamentaba. Los acordes del piano dejaron de ser los acordes de cualquier piano, porque la voz tuvo la capacidad de transformarlos, como tuvo también la capacidad de transformar el lugar en que Mino se hallaba, con los ojos cerrados. Digamos, por simplificar, que era una mujer que había perdido algo y de algo carecería para siempre. Mino no sabía aún mucho inglés, sólo unas cuantas palabras, las necesarias para entender al míster cuando se apasionaba, se alegraba o se enfadaba, porque de lo contrario el doctor acostumbraba a hablar en buen español, de modo que Mino no comprendió lo que cantaba la mujer. ¿Y qué? Se dio cuenta de que no hacía falta comprenderla. La desilusión, el desamor, el desamparo, el olvido, el desánimo, la angustia, la amargura y hasta cierta ingenua esperanza y cierto ingenuo regocijo. Todo el mundo estaba ahí, en esa voz dulce y agresiva, desfallecida y potente, inestable y segura.

Fue como si el cuartito forrado de negro al que el míster llamaba «su Teatro Olimpia» se hallara armónicamente dentro de él. O mejor dicho, como si él, Mino, fuera el centro de cuanto existía. A tientas, sin abrir los ojos, dejó el vaso con whisky sobre el velador, junto a la butaca. Tuvo la tentación de unir las manos pero al final las dejó abiertas como si esperara un abrazo que no se produjo.

## Downhearted Blues

Lo que se acaba de contar sucedió un 10 de diciembre de 1927, es decir, ochenta años antes de que, en Nueva York, Valeria rememore lo que Mino le comentó sobre ese primer encuentro.

—*Downhearted Blues* —exclamará Valeria.

Es el título de la canción que también la conmoverá en su apartamento del West Side, mirando caer la nieve, cuando escuche el dolor, el desencanto y al mismo tiempo la rara alegría, el hechizo alegre y desesperado que se esconderán para siempre en la voz de esa mujer insuperable, Bessie Smith.

## Elisa Godínez

La vieron llegar temprano, poco después del alba, bajo la llovizna que se deshacía antes de tocar la tierra, en su destarta-

103

lado Pontiac azul Prusia, con más años y caminos que ella y sin duda bastante más derrotado.

Elisa, así se llamaba la mujer alta, delgada y elegante, con un marcado aire Lauren Bacall. Ella no parecía ignorar el parecido y discretamente se encargaba de acentuarlo. Como aquélla, poseía huesos hermosísimos, poderosos, pómulos marcados bajo los ojos grandes y maliciosos y algo nostálgicos, y la nariz enérgica y la boca grande, de labios también intrépidos y carnosos, es decir sensuales. El cuello largo, blanco, de mujer distinguida. Como la Bacall, había estudiado ballet. De ahí el grácil dibujo de su cuerpo y el delicado atractivo de los gestos, de las manos largas y expresivas que, cuando hablaba, parecían escribir palabras en el aire. Al terminar las clases de ballet con Elena del Cueto, en la sociedad Pro-Arte Musical, habría podido llegar a ser una cumplida bailarina de cuerpo de baile si se hubiera escapado a Nueva York, a Londres o a París (como le recomendaba la profesora Del Cueto). No obstante, nunca tuvo los tobillos demasiado fuertes y eso le trajo problemas. Nada de virtuosismos. Correcta, ésa era la deslucida palabra. (La palabra «correcto» siempre le había sonado sombría cuando se aplicaba al arte.) De modo que, también como la Bacall, había decidido que si no iba a ser una gran diva de la danza, lucharía por ser actriz. Asistió al célebre cursillo sobre Stanislavski de la sociedad Nuestro Tiempo. Participó como asistenta de dirección en el estreno habanero de *Las criadas*. Y así, poco a poco, con esfuerzo, logró que se la considerara una actriz. Con demasiado esfuerzo logró que se la valorara y respetara, al menos en los pequeños «cogollitos» de los entendidos. Nunca fue lo que se dice una actriz popular. No había hecho televisión, mucho menos cine (salvo un papel pequeño, más que secundario, hacía cinco años, en *Una pelea cubana contra los demonios).* Semejante circunstancia, lejos de disgustarla, de algún modo la complacía. Creía, incluso, que le confería cierta dignidad: la de la actriz insobornable a quien no le importaba la fama. Lasiempre-fiel-al-teatro-y-a-su-verdad. Podía, en cambio, vanagloriarse de haber participado en algunas puestas memorables: una *Electra Garrigó*, otra no menos célebre de *Fuenteovejuna*, así como de haber conseguido unas aceptables Hedda Gabler, Blanche DuBois e Irina Arkádina (esta última, un personaje por el que guardó siempre una especial debilidad). «Hace diez, quince años, aquí, en este lago, la música y el canto se escuchaban casi todas las noches... Me acuerdo de las risas, del bullicio, de los disparos del tiro al blanco, y del amor, siempre del amor...»

¿Qué más podía desear?

Tampoco había llegado a ser una diva del teatro. Ya no le importaba. El tiempo confería serenidad y atemperaba ambiciones.

Ahora había escrito ella misma, o «armado», como le gustaba decir, un monólogo, titulado *Luisa*, sobre Luisa Pérez de Zambrana. Con fragmentos de poemas, con trozos de *Angélica y Estrella*, de *Los Gracos*, de *La hija del verdugo*, y parlamentos creados por la propia Elisa. Había tardado dos años en «armar» aquel texto. Dos años y excesiva dedicación, porque ella no era una escritora. Un director joven, de esos que hacían experimentos teatrales, se había ofrecido para la puesta en escena. Elisa no estaba segura de que se representara: los funcionarios que dirigían el teatro, es decir los censores, opinaban que era un texto pesimista y, por tanto, indigno del «pueblo cubano». ¿Pesimista? ¿Y cómo podía ser optimista, o alegre, un monólogo dedicado a una poetisa que vio morir, en procesión, a su esposo y a sus cinco hijos? ¿Y qué tenía que ver una elegíaca, y las seis muertes que debió sufrir, antes de morir, para colmo, a los ochenta y siete años, qué tenían que ver ella y su pobre vida con la revolución, con los ideales revolucionarios, con la dignidad del pueblo cubano, con el Hombre Nuevo?

—¿Opinar?, el verbo «opinar» es un tanto excesivo, ¿no crees?, los censores no opinan: ejecutan, aplican dogmas. Mira, querida, la censura y la burocracia son las madres de la desilusión; si no, pregúntale al pobre señor K. –Eso había dicho Olivero la primera noche que Elisa llegó con noticias desalentadoras. Y había agregado–: Y eso que el señor K. no conoció la burocracia comunista, que es, a mi modo de ver, la peor de todas. Elisa no respondió. Prefería no entrar en ese tipo de batallas. Por lo general, cuando se presentaba una discusión así, Elisa lo resolvía con una frase:

–Yo –y enfatizaba el «yo»– creo en la justicia social.

Frase, por lo demás, lo suficientemente seria e irónica como para que cada cual la tomara como quisiera.

Lo más probable: que nunca pudiera llevarse a escena su monólogo sobre Luisa Pérez de Zambrana. Aparte del peligro del ciclón, había sido éste el propósito del viaje, ver a Olivero, hablarle, escucharlo. Con la enfermedad, Olivero se había vuelto más atrabiliario, también más agudo.

Dejó el Pontiac azul Prusia allí donde terminaban los mangles que su padre cultivaba como si fueran maderas nobles de Oregón, y no se preocupó por cerrar con llave las puertas de la máquina, ¿para qué? Se hallaban en el «fin del mundo». Andrea, su madre, suspirando y afirmando, se quejaba de que vivían en el último confín.

–Vivimos donde el diablo dio las tres voces y no se oyeron –repetía a menudo Mamina, no se podía saber si con alegría o con nostalgia.

Poca gente recordaba ya que en esa playa, sobre un peñón y junto a una colina sembrada de casuarinas, un norteamericano se había atrevido a levantar alguna vez una casa de madera. Ignoraban que las mareas no habían arrasado la casa, que la casa continuaba ahí y que en ella vivía una familia. Elisa pensaba que si su padre, o incluso Mino, su tío, habían planeado alejarse y esconderse de una realidad que los violentaba, nunca habrían podido hacerlo mejor ni encontrado lugar más propicio.

Cada vez más burlón y descontento, decepcionado y enfermo, Olivero hacía hincapié:

—Acaben de entenderlo, esta playa es uno de los llamados «agujeros negros» del Universo.

También le gustaba repetir:

—El día que muera, me daré cuenta de que ya estaba muerto.

Ambas frases, por raro que pueda parecer, provocaban la hilaridad de todos, incluido el Coronel Jardinero, en las noches oscuras de la playa, tórridas y llenas de jejenes.

Al fin y al cabo, creía Elisa, era mejor que estuvieran allí, lejos de La Habana.

Ahora evitó que sus ojos se encontraran con el mar. Además, no hacía falta mirarlo. Sabía hacerse presente. De muchos modos. En el olor a peces muertos, por ejemplo.

Se dirigió por el camino de grava hacia la casa. Rodeada de gatos, con su estropeado delantal salpicado de palmeras, Andrea se hallaba ya en el portalón, donde los sillones habían sido atados con precaución y gruesas gúmenas.

Tan poca gente se acercaba a la casa que, cuando escuchaban el motor de alguna máquina, estaban seguros de que eran Elisa o Juan Milagro. Y de tarde en tarde, algunos jeeps verde olivo, jeeps de militares, después de que algunos muchachos (y no tan muchachos) hubieran intentado escapar hacia el Norte. Los soldados, vestidos de verde olivo y con boinas rojas, llegaban cargados de armas, de radios, de telescopios, de instrumentos de medición y traían esa insolencia tan propia de los militares, que siempre se creían dueños de cuanto existía. La familia no se asustaba en exceso. En rigor, tenían poco que esconder. Bueno, sí, dos cosas, y las dos importantes: la vaca y el bote. A ningún particular le estaba permitida la posesión de una vaca. Tampoco de un bote. Tan grave era tener una cosa como la otra. Tanto *Mamito,* la vaca, como el *Mayflower*, estaban bien escondidos.

Andrea abrió los brazos y afirmó:

—Lo sabía, mi muchachita, sabía que vendrías.

—Mamá, veo que la manada crece —exclamó Elisa, refiriéndose a los gatos.

La madre afirmó, suspiró, rió. A veces en broma, a veces en serio, todos se dedicaban a atacar, en cualquier momento, su afición por los gatos. A ella le daba lo mismo lo que dijeran. Ya estaba vieja y extenuada para hacerles caso. Además, los gatos eran sagrados.

—¿No eran sagrados para los egipcios? —preguntaba con gesto de sibila y mirando de reojo a Mamina.

Olivero replicaba:

—Sí, y también el animal preferido de las brujas.

—Bueno —contestaba Andrea—, en todo caso son mucho más sagrados que las gallinas.

—No es cierto —se oponía Mamina con el tono de superioridad que le otorgaban sus noventa años cumplidos—, las gallinas sí son sagradas, se comen.

Y reían. Diálogos que terminaban en largas carcajadas, un tanto inexplicables. Carcajadas que parecían al acecho, esperando la menor oportunidad para estallar y llenar las tardes iguales y eternas del caserón frente al mar.

Elisa subió los siete escalones que unían los arrecifes con el portalón y besó a su madre, la abrazó, y sintió el olor a cebolla y a lavanda que la trasladó a una infancia magnífica, o que ella siempre había creído magnífica. Tuvo deseos de llorar y, para evitarlo, señaló los sillones atados y preguntó:

—¿Tan poco falta para que llegue el ciclón?

Andrea afirmó varias veces con la cabeza y luego adoptó una expresión que quería decir «Más vale precaver». Y de inmediato agregó:

—Dice Mamina que los ciclones son como las desgracias, y ya sabes, no hay que confiarse.

—Me desvelé —explicó Elisa— a las tres de la mañana. La Habana era un sepulcro, me dio terror, y me dije: yo aquí no me quedo, me voy a la playa, con mamá, con papá, con Mamina, con Olivero. Y salí, no quería que el sol, bueno, el sol o lo que sea que vaya a salir esta mañana, me alcanzara en La Habana. Hoy la odio. Se me hizo una ciudad aborrecible, mamá, no sé por qué. Hay días en que la amo, en que me parece la única ciudad del mundo donde vale la pena vivir, y hay días, como hoy, en que la odio, una ciudad por la que no sabría caminar, un espanto. Qué horror esos días en que me siento ajena, extraña. Y escapé, porque, encima, con este tiempo la soledad se siente más. Y si hay un ciclón, pues que no sólo nos coja confesados, sino también juntos, que es mejor, ¿no te parece que la desgracia compartida toca a menos?

Mientras hablaba, Elisa todavía evitaba mirar el mar. Lo supuso picado, color tierra. Allí, en ese rincón, siempre tenía color tierra. Con espumas moradas, preparándose tranquilo para la batalla que se avecinaba. Andrea acarició la espalda de la hija, como si descubriera el dibujo de la columna vertebral, y la condujo, sin que Elisa se diera cuenta, hacia el interior de la casa.

En medio de la sala estaba Mamina, pequeña, negra, arrugada. «Tiene mil años», pensó Elisa. Con su áspero pelo blanco, la sonrisa desdentada y el traje de hilo crudo, siempre limpio, sin mancha, ¿cómo lo logrará? Elisa se inclinó. Mamina le dejó un par de besos húmedos y ruidosos en las mejillas.

—¿Cómo está mi niñita?

Para la negra, Elisa continuaba siendo la cría sin fundamento, tan candorosa e irresponsable que se había empeñado, primero, en bailar sobre las puntas de los pies, y luego en ser actriz, significara lo que significase para Mamina la palabra «actriz».

—Encantada, sí, encantada de la vida —respondió Elisa con el pestañear nervioso, la sonrisa irónica o socarrona, y el gesto, tan característico, que consistía en levantar las dos manos y fingir que escribía en el aire o que decía adiós a algún ser superior que la atisbaba desde lo alto. El gesto desmintió la euforia de la frase.

—Encantada de la vida..., cómo no, te entiendo, te entiendo bien —y era la voz de bajo del Coronel Jardinero.

La cocina, la casa y la misma playa se volvieron repentinamente pequeñas. Renqueando, golpeando el suelo con su vara de yana, y con su parche negro de pirata, el Coronel entró en la sala, precedido por un fuerte olor a plumas, a alpiste, a agua sucia, a mierda de pájaro, a humo y a maderas calcinadas.

—En este país —acentuó con toda la ironía que pudo, y que estaba más cerca del desconsuelo—, todos somos felices y estamos encantados de la vida.

A fuerza de convivir con tomeguines, el padre de Elisa, José de Lourdes Godínez, más conocido desde su lejana juventud como el Coronel Jardinero, parecía un pájaro más. Un pájaro gigantesco, eso sí, un águila o un inmenso cóndor de los Andes, con la nariz ganchuda y el cuello largo, arrugado y seco, y la mirada de un solo ojo amarillo y oscuro, pequeño, entre asustadizo y prepotente, receloso, que a veces era un ojo grande, limpio y bondadoso. Tenía las manos enormes de un depredador. Y era alto, bastante alto, no tanto como Juan Milagro, aunque podía mirar sin alzar los ojos a la cara del mulato. Tenía ochenta y un años y, en ocasiones, se diría que rebasaba los noventa, puesto que andaba con dificultad, movía los brazos con rigidez y se dejaba encorvar como si soportara un gran peso sobre los hombros. Otras veces parecía más joven, y se desplazaba con soltura, andaba con pasos rápidos y cortaba los mangles a machete limpio y trabajaba en la carbonería al mismo ritmo de Juan Milagro. Como siempre había sido orgulloso, en sus momentos de debilidad el Coronel se negaba a usar bastón. Remediaba la carencia con la vara de yana, que le ofrecía la coartada de que era la madera para hacer el carbón y de que le servía asimismo para colgar del techo las jaulas más altas. También la boca y las palabras hacían pensar en un hombre más joven: la boca, grande y audaz (una boca que ella, Elisa, había heredado), tenía todos sus dientes enérgicos, un tanto amarillos y bien puestos, y sabía reír e intimidar, tanto con su risa como con su seriedad; en cuanto a sus palabras, eran las propias de una razonada inteligencia, bastante escéptica, y estaban siempre cargadas de solemnidad y de cierto sentido del humor.

El viejo se acercó a la hija y le ofreció la cara para un beso que ella, perturbada, lanzó al aire. Él acarició levemente la cabeza de ella, como cuando era niña, con una de sus manos grandes, temblorosas y sucias, hechas para manosear tomeguines y palos de monte, para cuidar los hornos y ordeñar una vaca escondida.

—Noto que en esta cabecita los pensamientos no andan demasiado bien equilibrados —exclamó el Coronel con poca sonrisa y expresión sibilina, de sabelotodo, de cura arrepentido, de brujo, de mago.

Andrea, que conocía al padre y a la hija, se temió lo peor. La unión de padre e hija podía provocar lo mismo sucesos magníficos que terribles, de modo que afirmó e intentó cortar el camino que llevaba la conversación.

—Vamos, vamos a desayunar, que un buen día debe comenzar con un buen desayuno, Dios mío, pan de antier, pero no importa, está recién tostado. Y café fuerte, con poca azúcar y un jarro de leche de vaca hirviendo.

Con una sonrisa, respirando tranquila, Elisa agradeció la intervención de la madre.

Llegaron a la cocina, acaso el salón más espacioso y cómodo de todo el bungalow. Había sido diseñada por alguien tan sabio para las comodidades como el doctor, norteamericano al fin y al cabo, que, para más tópicos y destrezas, había sabido manejar una fortuna notable.

En el centro de la mesa de comer, larga y de buen cedro, había un frutero atestado de limones criollos, porque el limonero era una de las pocas matas que se daban en el patio, aparte de las yanas. Y había también una tortuga disecada, como en la mesa de Gabriele D'Annunzio. La mesa estaba rodeada por doce taburetes forrados en piel de chivo. La cocina, por su parte, se hallaba dividida por un largo *counter* de mármol blanco, gastado, con dos fogones de carbón y uno de gas (que nunca se usaba), y una hermosa campana de barro de la que colgaban sartenes, espumaderas, cucharas, cucharones y cuchillos de todos los tamaños posibles, bastante oxidados. En las paredes, en marcos sin adornos, múltiples fotografías de aserraderos y de troncos flotando en ríos excesivos y caudalosos, como mares.

El café ya estaba hecho, colado desde temprano, y puesto en un jarro de peltre junto al fogón de carbones encendidos, Mamina sólo tuvo que servirlo en las tazas grandes de siempre, las que Elisa recordaba de su niñez, tazas buenas, de porcelana de Lenox, que tenían grabado en letras negras y diminutas: «*I am monarch of all I survey*». Elisa observó la taza con el mismo cuidado de siempre. Se la acercó a la nariz, aspiró el aroma del café y se sintió feliz, diferente de cómo se había sentido hacía unas horas, todavía en La Habana. Un café alegre, con aroma, como si fuera de verdad, la devolvió a los júbilos de la infancia, a algún cobijo dichoso de aquellos años raros y felices.

—El café de esta casa es un misterio, uno de sus infinitos misterios —reconoció satisfecha, con ganas de llorar—, papá, este café sabe a gloria, ¿dónde lo conseguiste?

Elisa sabía que elogiar el carbón, los tomeguines o el café abría en el padre las puertas del buen humor.

—No te lo digo, Elisa. Si te revelara de dónde ha venido el café, que no es café del todo, como supondrás, no te gustaría. Los cristianos somos así, diles dónde se encuentra la gloria y dejará de interesarles.

Y bebió de su taza como un verdadero monarca.

—¿Qué me dicen del ciclón?, ¿qué me dicen de que haya

venido a pasarlo con ustedes? —Elisa miró con aprensión las paredes de maderas agrietadas, y agregó dubitativa—: Y esta casa, ¿piensan que aguantará?

Mamina se echó a reír, mostró sus encías moradas.

—¡Que si aguantará! No sé los años que lleva soportando ciclones y sol y tempestades, sequías y desgracias. Una catástrofe tras otra. Y mírala, hija, como el primer día, y si no como el primer día..., siempre sobre sus diecinueve pilares.

—Fue levantada para los ciclones, Elisita —terció Andrea—, a nadie se le ocurriría construir una casa en esta playa, sobre estas rocas y junto a ese cerro, si no tenía pensado desafiar a los ciclones, o a Dios, o yo qué sé. ¿Ya no te acuerdas del ciclón del 44?

El Coronel agregó con malicia:

—Algunos ciclones de verdad, y otros ciclones mucho peores que los de verdad, y aquí la ves, desafiante, de maderas nobles, eso no es juego, las trajeron de bosques de verdad. —Y señaló un supuesto Norte.

—Oregón, al borde del océano Pacífico —dijo Elisa como si repitiera un poema conocido—, donde se levanta Portland y donde hay bosques de maderas nobles.

—Así es, hija, no lo olvides.

—¡José de Lourdes Godínez! —lo regañó Andrea, que cuando se disgustaba lo llamaba por su nombre completo.

—Está bien, mujer —resopló él, con el tono de quien estaba harto de repetir la misma frase—, no hablemos de ciclones ni de países.

—El ciclón del 44, cómo no voy a acordarme —dijo Elisa, y después bebió café y cerró los ojos—. Yo tenía diez años, y para Amelia y para mí fue una fiesta ver a papá trancando puertas y ventanas. Un susto y una alegría. Daban ganas de reír. Y van a pensar que estoy loca, y sé que lo piensan, y creo que desde entonces cada vez que me asusto me da alegría. Recuerdo que tío Mino llegó temprano, nunca acostumbraba a llegar tempra-

113

no, y ese día sí, con su Studebaker Champion de 1942, un carro que todavía nos dejaba con la boca abierta de tan bonito y tan elegante. Y bajó una lata llenita de tamales, y botellas de Bacardí, y aquella carne de puerco frita que Mamina conservaba en la manteca. Tú, Mamina, decías que el *frigidaire* que había traído el míster tres o cuatro años atrás, ese mismo *frigidaire*, por cierto, que está ahí, oyendo la conversación, no conservaba la carne de puerco como la conservaba su propia manteca. Y tenías toda la razón. Y a ti, mamá, te veo todavía recogiendo agua en los barriles negros que almacenaron aquí, en la cocina, ¿qué se hizo de aquellos barriles negros?, ¿de qué eran aquellos barriles? Y tú, Mamina, mi vieja, ibas de un lado a otro como si se tratara de una batalla personal entre el ciclón y tú. Horneaban pan, lo recuerdo bien, siempre que pienso en el ciclón del 44 es la lluvia fuerte, y aquel viento, como si estuvieran dando martillazos en el techo, y el olor a pan, el tío que ponía a Bessie Smith mientras no se fuera la electricidad, y aquel otro olor a lluvia y a mar, un olor que venía de lejos, el olor del agua desbordada, que se mezclaba con el olor de los peces y con el olor del pan que Mamina estaba horneando. Si supieran, a veces todavía paso por una panadería y siento como si hubiera un ciclón por ahí. No un ciclón cualquiera, no, aquel preciso de 1944. Serena, mi hermana, pobrecita, no se cansaba de regañarnos a Amalia y a mí. Serena nos regañaba a cada minuto, la seria de Serena, que en gloria esté, como dirías tú, Mamina. Serena, que tenía dieciocho años y se comportaba como si tuviera treinta, y, además, con aquel aire habitual en ella de que ya estaba de vuelta de muchos ciclones y dramas, de que había vivido mucho, y decía que no había de qué reírse, que un ciclón era una cosa mala y seria. ¿Se acuerdan? Serena siempre como si acabara de regresar de un país remoto y se extrañara del infortunado lugar al que le había tocado llegar. ¡Qué rara mi hermana! Ojalá fuera verdad eso de la gloria, para que ella estuviera allí, ella y Esteban, en la gloria, porque sería bueno que un día llegáramos todos a la gloria, en el Studebaker de tío Mino, con botellas de Bacardí y la voz de Bessie Smith. —Elisa abrió los ojos. Parecía asustada. Se echó a reír—. Mamá, ¿tú crees que haya de verdad una gloria y que vayamos a ella?

La llovizna comenzaba a golpear suave las maderas de Oregón. Como las ventanas estaban cerradas, la brisa se colaba, fría, por las grietas húmedas de las tablas, acompañada por breves gotas saladas que se hacían visibles, como pequeñísimos trozos de cristal. También se filtraba una luz empañada, que llegaba con el tufo del agua estancada y convertía en anochecer la posible alegría de la primera mañana. No parecía el comienzo de algo, sino el fin de todo.

Afirmando, Andrea cortó el pan en rebanadas y lo dejó calentar en una vieja sartén, sobre el carbón encendido. Sacó un pozuelo de mantequilla, batida por ella misma con la nata que acumulaba de la leche que sacaban de *Mamito*. Puso más café en la jarrita de peltre y trajo una vasija de leche hirviendo, ahumada, como le gustaba a Elisa y a todos en la casa. Al Coronel le puso delante un tazón de grog con gotas de vainilla. Volvió a afirmar, suspiró y dijo:

—No, Elisita, la gloria no es el lugar donde están los muertos, sino el lugar donde nosotros, los que todavía estamos vivos, queremos ponerlos, ¿quieres que te diga lo que es la gloria?, el recuerdo, hija, nada más que eso, el recuerdo, bonito o feo, con que los recordamos.

—Jesús, ¿qué sabes tú de la gloria, Andrea? —preguntó Mamina con una sonrisa.

—Nada, es verdad, no sé nada, ni de la gloria ni de nada, nada de nada. Lo que creo es que no soy la única: nadie sabe, querida, nada.

El Coronel miró su tazón de leche y preguntó:

—¿Y aquí qué pasa?, ¿que nos despertamos filósofos?

—Este tiempo, viejo, que pone la cabeza mala.

Elisa sopló la leche antes de beber un sorbo.

—No hay que averiguar lo imposible, ¿verdad? —dijo—. Debo reconocerlo, me encantaría que hubiera un lugar donde pudiera encontrarme algún día con Serena, con Esteban, da lo mismo que se llame paraíso o infierno. Me gustaría volver a verlos y contarles muchas cosas, a veces me descubro hablando con ellos, después de una función, por ejemplo. Siempre que termino una función, en que una está expuesta a la mirada de tanta gente, cuando se acaban los aplausos y me quito el maquillaje y esa ropa empolvada, me gusta irme sola, sin oír a nadie. Entonces me voy a casa, andando por todo el Malecón, desde El Vedado hasta Galiano. Yo solita, en la noche, sin importunar ni dejar que nadie me importune. Y voy contándole a mi hermana todo lo que ha sucedido esa noche de función, y no tanto lo que ha sucedido como lo que me ha sucedido, lo que he sentido con aquel vestido y aquel maquillaje, moviéndome por el escenario y diciendo palabras que no son mías, frente a la mirada atenta de la gente, en esos momentos me gustaría mucho que Serena me escuchara, sí, lo confieso, en ese momento sería bueno que ella estuviera escuchando lo que le voy contando. —Bebió otro sorbo de leche—. Leche ahumada, desayuno de reyes.

Su padre la miró de soslayo y esbozó una ligera sonrisa, un poco triste, que no escapó a ninguno de los presentes.

—Aquí todavía somos reyes, a pesar de todo —susurró.

Y tomó un huevo de una de las cestas de Mamina, y lo rompió y separó con destreza la yema de la clara, desechó la clara, vertió la yema en el tazón donde había agua caliente, ron, azúcar y unas gotas de vainilla, y revolvió. Bebía aquel grog raro, a veces con yema de huevo, y siempre con gotas de vainilla, desde que llegó al cuartel de Columbia, dispuesto a irse a West Point, cuando apenas era un muchachón de trece o catorce años y el cuartel todavía tenía el aspecto de un asentamiento de norteamericanos en tiempo de guerra.

—Grog, el mejor antídoto contra los venenos de la vida, según me enseñó el sargento Purón, que en la gloria debe de estar —exclamó el Coronel Jardinero. Y agregó—: Un hombre tan bueno que compartía conmigo las semillas de vainilla que le enviaban de la Martinica.

—De Dominica —rectificó Andrea, untando mantequilla en un pan, con el habitual suspiro y la expresión resignada—, la vainilla siempre la trajeron de Dominica.

—Cierto, de Dominica, una isla más al norte, ya lo sé. Antes conocía de memoria todas las islas del Caribe, desde Trinidad hasta esta mierda con forma de cocodrilo donde vivimos, e incluso era capaz de recordar los cincuenta estados de esa gran Unión, con sus capitales y el número de sus habitantes, ahora, no sé..., ¿qué me pasa?, a veces no recuerdo ni dónde vivo, a veces no me acuerdo ni de que tengo hambre.

—Ochenta y un años, José de Lourdes, eso es todo lo que te pasa, ¿te parece poco? Cuando naciste, los hombres sólo vivían cuarenta, los más longevos llegaban a cincuenta, así que llevas cuarenta y un años de regalo, ángel mío.

—Tienes razón como siempre, Andrea, y gracias por lo de ángel y por lo de tuyo. Ochenta y un años, demasiados, y aquí, en este espanto de país y en la dudosa gloria de esta triste reencarnación. —Ahora fue él quien suspiró largo y pareció que le faltaba el aire—. ¡Demasiados días y demasiados meses, demasiados años para una isla tan pequeña!

Cada vez que hablaban del tiempo, de los años, de la vida, de los imponderables de la vida, el Coronel Jardinero citaba una frase de Sindo Garay, a quien había conocido en el Illinois, cuarenta años atrás. Le gustaba repetirla contento y con total seriedad, con una risa callada que parecía una mueca: «La verdad, soy muy joven para morir tan viejo».

—Ojalá yo llegue a los ochenta con esa lucidez tuya, papá —dijo Elisa para ser amable y evitar el tema del «país de espanto», y colocó, intentando ser cariñosa, su mano sobre la de él, y experimentó algo semejante a un escalofrío, y otra vez aquellos deseos de llorar.

—Gran Poder de Dios, ¿qué les pasa?, ¿por qué hablan de los años? —intervino Mamina con malicia, como si se quejara, simulándose triste, como si supiera lo que Elisa sentía y necesitara romper el hechizo, o el maleficio—, no se puede hablar de años en mi presencia, si alguien está de más, soy yo, que he vivido tantas vidas que ya no sé quién fui, ni dónde ni cuándo nací. Como cinco o seis vidas seguidas he vivido, sin parar, sin un simple desmayo. ¡Ni siquiera me he desmayado nunca! Y no quiero más, se lo juro, no quiero más. Esta vez espero y pido a san Martín de Porres que, cuando se acabe, se acabe para siempre, amén.

Rieron, o lo fingieron. Y parecieron tranquilizarse. Durante unos segundos permanecieron inmóviles, como si el más leve movimiento pudiera alterar el silencio benéfico. La única incomodidad de Elisa fue la de no saber cómo retirar la mano de sobre la mano de su padre. Decidió aparentar que se alisaba el pelo.

Andrea volvió a servir café. Lo bebieron concentrados en las tazas, quizá el modo perfecto de evitar cualquier conversación. Se demoraron bebiéndolo. La lluvia parecía amainar. Pero a veces arreciaba. No estaban seguros de que en realidad estuviera lloviendo. En algún momento, el bombillo del techo se iluminó. Había vuelto la corriente, y ésta sí pareció ser la orden para que se acomodaran en las sillas, acariciaran la mesa, volvieran a observar las tazas de café, se miraran las manos, bostezaran, afirmaran y negaran con la cabeza. No podían descubrir, tampoco les interesaba, si el sonido de la lluvia se había hecho más intenso, o si se trataba de algo que estaba sucediendo sólo allí, en la cocina. Lo más desagradable fue el hedor a peces podridos que llegó intenso, mucho más intenso, desde el mar. Tampoco quisieron saber si era el sonido de la lluvia o el otro, el del mar, que a veces se empeñaba en parecérsele tanto. La brisa de la insólita mañana se había convertido por fin en un viento que por momentos llegaba con fuerza.

El Coronel Jardinero golpeó la madera del suelo con su vara de yana, se apoyó en ella y se levantó de la silla. Se irguió con trabajo, es verdad, y al propio tiempo con aire resuelto. Las mujeres creyeron que iba a dar una orden, o mejor, a pronunciar la frase rotunda que liquidaría el temporal. Avanzó hasta el centro de la cocina y allí se detuvo, uniendo las dos manos sobre la vara de yana. Levantó la cabeza, como un pájaro prudente, escarmentado, y pareció atender los múltiples ruidos de la casa. Su único ojo amarillo brilló como una antigua moneda. Elisa pensó que resplandecía como un topacio. ¿Presentiría la llegada de algún enemigo poderoso? Elisa pensó: «Fue rey, en otras vidas debió haber sido rey, un rey fracasado y sin trono, pero rey al fin y al cabo, una especie de Edipo ciego, viejo y harapiento que llega con su Antígona, que soy yo, al bosque de las Euménides».

El viento, cada vez más fuerte, hizo crujir la armazón de la casa, como se suponía que debieron de haber crujido el maderaje y los palos de algún bergantín.

Desde siempre, cuando llovía y la casa se cerraba a cal y canto, Elisa se creía en un barco pesado, poco marinero y a la deriva. El retumbo de lluvias y truenos, mezclado con el del mar, la llevaba a creer que había logrado escapar lejos, a océanos que no conducían a tierra alguna. Su inquietud, en esos períodos de aguaceros reales y de barcos imaginarios, se acrecentaba con la presencia de un personaje que desde temprano en su vida le provocó un desasosiego mayor: su padre. Nunca había parecido un capitán capaz de gobernar la nave, sino un rey incapaz y sometido, camino del destierro. ¿Cuándo concibió por primera vez aquella asociación, su padre como rey-esclavo? No era un recuerdo preciso. Sospechó, en todo caso, que mucho tendría que ver Serena con aquello. Serena, la mayor de las hermanas, quien siempre les llevaba ventaja a Amalia y a ella, odió (¿o amó?) al Coronel desde siempre, desde que Elisa podía recordar. A escondidas, Serena solía llamar a su padre «Su Majestad, el rey de los muertos». Tampoco es seguro que la culpa fuera de Serena, o al menos toda la culpa. Porque Elisa creía recordar otra mañana de octubre, como ésta, sólo que de 1941, o sea, de treinta y seis años atrás, en que el *Mayflower*, el bote del doctor, apareció sin Esteban, enigmáticamente bien guardado en el varaentierra.

Y fue entonces cuando, para suerte de Elisa, y para borrar de momento aquel recuerdo terrible y sus no menos terribles consecuencias, se escuchó desde lo alto, y por encima de la lluvia y del mar y de los lobos del viento, una música nostálgica y al propio tiempo jubilosa. Un alarido espléndido, triste y feliz.

—¿Elmore James? ¡Ése sí es Dios, Elmore James, *Early in the Morning!* —gritó con entusiasmo de niña, haciendo exagerados gestos con las manos, aquella mujer alta, delgada y elegante, con su acentuado aire Lauren Bacall.


## El Illinois

—Siempre he imaginado a Dios con la cara y la voz de Elmore James —exclamó Elisa—, un Dios enorme y negro, de ojos lindos, algo melancólicos. Labios grandes, bigotico recortado.

—Y la voz de Bing Crosby, y la de Frank Sinatra, y la de Lady Day, y, en primer lugar, la de Bessie Smith —replicó complaciente, sonriendo, el tío Mino.

—Lo más probable es que Dios cambie de voz según los días y su estado de ánimo.

—Como nosotros: ¿no nos hizo a su imagen y semejanza? Dios tiene incontables voces e incontables timbres y matices.

¿No era san Martín quien decía que hay seres a través de los cuales Dios me ama? Pues mira, Dios envió a Elmore James y a Bessie Smith, y lo dice alguien que no cree en Dios.

Continuaban sentados alrededor de la gran mesa de la cocina, cuyo centro presidía la jicotea disecada, disfrutando de esa sensación de ocio y espera, de indolencia que antecedía a los ciclones. La atmósfera estaba cada vez más impregnada de una humedad que podía llegar a confundirse con el frío. «Frialdad.» Ésa era la palabra, la frase que gustaban de repetir: «Hace frialdad».

Mamina trajinaba en el fregadero porque no podía estar quieta, y se había echado incluso una gastada rebeca de lana sobre los hombros. Andrea se había sentado con el cuñado y la hija, y estaba inclinada, doblada sobre sí misma, con la barbilla pegada a la mesa y los brazos cruzados. El Coronel espantaba a las gallinas y echaba hierba en la bañadera del antiguo baño para que la vaca tuviera qué comer.

Desde el cuarto de Mino llegaba la voz de Elmore James, *No Love in My Heart*. A Mino le gustaba que su sobrina disfrutara y compartiera sus gustos. Aquella niña fue de inestimable valor cuando se diseñó, preparó e inauguró el Illinois, una noche de junio de 1956. Por azar, la noche de junio en que Marilyn Monroe y Arthur Miller contrajeron matrimonio. Y eso que, cuando se inauguró el Illinois, Elisa sólo tenía veintidós años. Ya para entonces había pasado unos meses estudiando en Nueva York y en Chicago, y conocía como nadie, más que nadie en la familia, el último grito sobre nightclubs. Y fue Elisa la que eligió el galpón espacioso y desangelado de la Playa de Marianao, por el que nadie hubiera dado ni medio peso, y que tenía la gran ventaja de hallarse próximo, aunque no demasiado, del cabaret Pennsylvania, del Kiosko de Casanova, de la «choricera», es decir, del santuario del Chori, adonde solía acudir Marlon Brando, con una mirada tan extraña que no parecía Marlon Brando, o por lo menos no el Marlon Brando que todos conocían o imaginaban, o querían conocer o imaginar, pues la verdad era que nadie estaba capacitado para conocer a una estrella cinematográfica por las películas de Hollywood, las entrevistas que concediera o los agresivos comentarios de Louella Parsons.

Fue ella la que decidió el nombre, Illinois. Y con la ayuda de Olivero convirtió el galpón en un bar único, de mesitas bajas y butacas grises, con una decoración discreta, de líneas *art déco*, iluminación sutil, azulosa, que no se sabía de dónde salía, y las fotos en las paredes, con marcos sobrios, del lago Michigan, de la Costa Dorada, de las Casas de la Pradera, del río Wabash, de Springfield, de Chicago, de Aurora, de los almacenes Carson Pirie Scott, y aquel grabado enorme que había en el salón principal, del perfil imponente del cacique Pontiac. El resultado había sido espectacular. No tenía ni siquiera una *jazz band*, sino una orquestica armada gracias a la amistad de Mino con Armando Oréfiche, que hacia la medianoche tocaba una hora, sobre un estrado cerrado por una cortina de pana azul. Felipe Trino, más conocido como el Pájaro Trino, un pianista bastante malo y amanerado, gracioso y excéntrico, que tocaba, cantaba y actuaba y venía a amenizar las horas de algunas noches a la semana cuando no estaba en el restaurante del hotel Sevilla Biltmore. Y alguna que otra función (pura generosidad) de Orlando Contreras, Elena Burke, Blanca Rosa Gil o de Daniel Santos, a quien llamaban «el Inquieto Anacobero». Y mucha música grabada con los grandes del bolero, del blues y del jazz. Una gran mezcla, como debía ser.

Y lo que sí resultó una verdadera culminación fue la noche en que aparecieron Ava Gardner, Errol Flynn, George Raft y hasta Frank Sinatra. A los presentes, incluido el tío Mino, les pareció mentira verlos llegar, envueltos por la invisible cortina de humo que envolvía siempre a los actores de Hollywood, ese algo inefable, como divino, que los distanciaba del resto de los mortales. Cuerpos que no comían, que no hacían la digestión, y por tanto no soltaban pedos (perfumados o infectos), no cagaban, no meaban. Jamás debían de padecer un dolor de barriga o el mal del mal aliento. Una inexplicable ensoñación. Y fue, para colmo, la noche exacta de otra de las epifanías, un regalo de reyes, porque la inesperada visita había tenido lugar a las dos de la mañana del 6 de enero de 1957. La consagración del Illinois. Con ellos llegaron los fotógrafos y llegó Don Galaor, el temido crítico (versión criolla de Louella Parsons) de la revista *Bohemia*, acompañado por Ana Berta Lepe, que era, junto con Ava Gardner, el animal más bello del mundo.

También fue de gran utilidad la presencia asidua de Agapito Mayor, El Triple Feo, y del Niño Valdés, con su aire de chiquillo tristón, que cuando no estaba en Nueva York, peleando en el Madison Square Garden, podía encontrársele bebiendo un ron con *ginger ale*, de lo más mansito, allí, en la barra del Illinois, junto a una rubia siempre distinta y siempre escultural.

—¿Te acuerdas de Toña la Negra? ¿Te acuerdas de Pedro Vargas, de Elvira Ríos?

Y cómo no iba a acordarse Elisa, cómo no iba a recordar a aquella mulata con nombre de reina, María Antonieta, Toña la Negra, con su ajustado vestido beige de seda salvaje y un escote palabra de honor, cantando

Noche tibia y callada de Veracruz,
cuento de pescadores que arrulla el mar...

Cómo no iba a acordarse de Pedro Vargas, tan elegante, de tuxido, que ni se movía para cantar. O de Elvira Ríos, con su voz como de hombre, tan musical que no se sabía si cantaba diciendo o decía cantando.

—Hay noches en que todavía me parece estar escuchándola. Nadie en el mundo, ni antes ni después, cantó *Janitzio* como ella, de verdad, nadie.

En el Illinois solía presentarse también Chavela Vargas,

123

siempre sobria a pesar de los tequilas, rogando a la Macorina que le pusiera la mano allí, que la aliviara poniéndole la mano allí, una mujer que tenía la fama de que no había hembra, por más hembra y casta y entregada a su hombre que fuera, capaz de resistir al encanto donjuanesco de su seducción.

A su pequeña escala, el Illinois fue un gran bar. No un cabaret, sino un bar con un pequeño escenario y una sencilla pista de baile. No competía con el Sans Souci, ni con el Montmartre, ni con Tropicana. No competía, pues, con Santos Traficante ni con Meyer Lansky, ni con George Raft ni con mafia alguna. Ni siquiera competía con otros bares de la Playa de Marianao. No competía. Estaba en su lugar. Ofrecía buena música, luz y decoración adecuadas. Y, lo mejor, buenos tragos. Y, lógicamente, seguridad. Diez o doce escoltas privados y bien provistos, recompuestos con trajes de la casa Prado. La policía, a raya con cierta cuota mensual.

Y todo gracias al míster, que vio cómo en Mino se unían la sensibilidad para la buena música con la meticulosidad y la dedicación del empresario. Porque, en realidad, no todo comenzó con la voz de Elmore James. Ni con la de Bing Crosby. Antes fue la trompeta de Louis Armstrong. Y mucho antes (como se ha contado), la voz de Bessie Smith. Y el cuerpo desnudo de Rebecca Loy ejecutando los *Nocturnos* de Chopin. Y antes aún, la preferencia del muchacho por la noche habanera, el desorden amoroso de la vida de Mino, que se complementaba bien con el orden amoroso que, en cambio, sabía imponer en la colección de discos del doctor. Y bastante que insistió el médico de Wisconsin en que Mino abriera su bar. Por esos años Mino se contentaba con tres perfectas obligaciones: seguir al doctor a donde quiera que fuese, en su yate o en su Chevrolet; escuchar música, y, en último lugar, aunque hubiera podido ser el primero, en gozar y hacer gozar a cuanta mujer se le pusiera por delante. De modo que tuvo que morir el míster. Una muerte dolorosa para los que quedaron en la playa olvidada. Una muerte inexplicable en un lago lejano, y en extrañas circunstancias. Tuvo que morir el doctor Reefy para que Mino se decidiera, con sesenta y cuatro años (y «hecho un roble», como solía decir), a abrir el bar en el que tanto había insistido el médico. Y, al fin y al cabo, tampoco fue exclusiva decisión de Mino, pues en el testamento, escrito varios días antes de su muerte, el doctor dejaba a Mino una buena cantidad con la única condición de que se abriera el bar.

Fue así como se inauguró el Illinois. Para mayor gloria de La Habana. Sin que dioses, orishas, barajas o bolas de cristal avisaran del terremoto que, tan sólo dos años después, sacudiría a la ciudad.

—Siempre he imaginado a Dios con la cara y la voz de Elmore James —repitió Elisa.

—Y la voz de Bing Crosby, y la de Frank Sinatra, y la de Lady Day, y, muy en primer lugar, la de Bessie Smith —repitió, esta vez sin sonreír, el tío Mino.

## Alguien se echó al mar

Se oyó una queja, un bufido desgastado, un grito, alguien pedía ayuda. El tío Olivero entró a la cocina cargado de libros.

—No quiero que el mar arrase lo poco que queda.

Y colocó los libros sobre la mesa.

Elisa y él se abrazaron como siempre, en silencio, con la misma alegría con que se habían recibido desde que eran niños.

—Ya era hora de que vinieras —dijo Mamina—, anoche tuve miedo por ti y por tu bajareque.

—Anoche —respondió él—, anoche hubo alguien que se echó al mar, y la verdad es que todas las noches, ¿qué se creen?, hay alguien que se echa al mar, díganmelo a mí que los escucho preparar sus viajes, abrir sus cartas de navegación, poner a punto sus brújulas. Cada noche, lo juro, hay al menos un hombre o una mujer que se va, ¿adónde?, sabe Dios adónde van los hombres y las mujeres cuando están hartos.

# La llegada de Juan Milagro

Nadie escuchó el motor del jeep, ni las pisadas en los tablones resonantes del suelo de la casa, de modo que cuando lo vieron en la puerta de la cocina, con la cabeza que casi rozaba el dintel, empapado por una lluvia sucia y blanca, fue como si hubiera estado siempre ahí. La primera en verlo fue Mamina. La negra abrió los brazos porque la negra lo quería como a un nieto, y sabía que la aparición silenciosa, excepcionalmente seria de Juan Milagro, sólo podía indicar el disgusto de un muchacho que no conocía la tristeza, o que sabía luchar contra ella, que reía siempre y nunca se enojaba, o si se enojaba, lograba disimularlo con un chiste y una carcajada.

Cada amanecer, el arribo de Juan Milagro poseía algo de celebración. Se sabía que llegaba desde que abandonaba la carretera y se adentraba por la antigua calzada de palmas reales, levantando aquellos celajes de polvo blanco, arenoso, del pésimo camino, alterando el silencio de la playa con el motor estrepitoso del jeep sin techo que parecía llegado de algún combate en el entrante de Pearl Harbor. Cada amanecer, antes de desayunar, lo sentían lanzarse al mar, nadar un rato. Cubano al fin (y mulato, que no es un cubano cualquiera), podía ser presumido. No le gustaba que lo vieran como el reverso de un personaje de teatro bufo, enharinado, cubierto de polvo, blanco el pelo duro, cejas y pestañas blancas, la piel oscura velada por la ceniza y la arena que levantaba el jeep en el trillo polvoriento que había sido una calzada. Y después, cuando salía del agua, vestido sólo con la trusa que Andrea le había hecho a partir de uno de los aristocráticos trajes de baño de Rebecca Loy, parecía un príncipe. Un hermoso, distinguido y gigantesco príncipe mulato.

Aquel amanecer lo descubrieron en la cocina, el ceño fruncido, mirando al suelo, imponente, empapado por la mezcla de lluvia y cal, envuelto en un mutismo que en él sonaba a tragedia. Todos quedaron a su vez silenciosos, como a la espera de explicaciones que no se produjeron.

Se pudo percibir entonces, en medio del percutir de la lluvia, con toda claridad, la voz de Elmore James, que volvía a cantar *Early in the Morning*.

La primera en reaccionar fue Mamina. La vieja mojó una toalla en agua de colonia y fue a quitar el polvo blanco y húmedo que cubría el cuerpo del muchacho.

—Tienes que sentarte —ordenó—, tú no paras de crecer y a mí cada año, por suerte, la tierra me jala más.

Aunque parecía ausente, Juan Milagro la obedeció con la docilidad que adoptaba siempre ante las disposiciones de aquella negra viejísima que lo había criado. Andrea le sirvió una taza de café. Tanto Elisa como el Coronel se levantaron. Elisa le dio un beso en el hombro. Era tan alto que, aun sentado, parecía estar de pie. Tan alto que desde hacía mucho Elisa había desistido de buscar su mejilla.

—¿Qué pasó? Si parece que hubieras visto un muerto —preguntó el Coronel con apremio y perplejidad.

El muchacho afirmó, sacudió la cabeza con vehemencia, bebió el café con lentitud e hizo un intento fallido de sonreír.

—No uno, sino muchos, muchos muertos es lo que he visto.

Su voz, acobardada, entristecida, el rumor de un niño aterrado, no parecía la suya.

—Vamos, José de Lourdes, déjalo —rogó Andrea—, déjalo que se reponga.

Mamina lo obligó a levantar los brazos para poder quitarle la camiseta y pasar así, por el pecho y la espalda de Juan Milagro, la toalla empapada en agua de colonia 1800, que se guardaba como oro en paño para casos desesperados, y que de inmediato se impuso al aroma del carbón y del café, y a todos los viejos olores de aquella cocina vieja y trabajada.

## Un 20 de mayo de 1910

José de Lourdes, quien sería llamado después Coronel Jardinero, entró por primera vez al cuartel de Columbia un 20 de mayo de 1910. Entonces era sólo un muchacho. Tenía apenas catorce años y la ambición silenciosa de ser general.

Aquel día en que llegó al cuartel de Columbia se conmemoraba el octavo aniversario de la proclamación de la República. Desde hacía un año los destinos de Cuba eran gobernados por un hombre al que se consideraba simpático, en quien se había querido descubrir las «graciosas virtudes» de «un cubano típico». Equivale decir: un señor alto, juguetón, jovial, chota, bastante pícaro (la palabra «pícaro» se usa aquí como eufemismo), de pelo engominado y abundante mostacho blanco. Se llamaba José Miguel Gómez, y los cubanos, cubanos al fin, tan «propios, tan especiales» como el presidente, vulgares, pretenciosamente graciosos, falsamente ingeniosos, lo llamaban Tiburón. «Tiburón se baña pero salpica», escribían los sarcásticos periodistas de *La Política Cómica*. Frase que, a los ojos de los propios cubanos, resumía, y bien, los rasgos de sus propias psicologías: un cubano podía ser un tiburón, tan ladino de bañarse bien en las aguas de la opulencia, y tan generoso de salpicar a los demás.

El cuartel se hallaba engalanado, repleto de enormes banderas cubanas, serpentinas, confetis y carteles de «Viva la República». Si había fiesta, tenía que ser por todo lo alto. Y había guateques, bandas de música, paradas militares. Y se permitía, además, que el público visitara las instalaciones donde se hallaba el corazón del recién creado ejército republicano.

El niño de catorce años llamado José de Lourdes Godínez entró al cuartel con una alegría nueva para él. Con aspecto de ángel, de iluminado. Porque ese viejo tuerto que llevaba parche de pirata no siempre fue así. Cierto que desde bien pronto lo llamaron Coronel. Sin serlo, sin haber alcanzado grado militar alguno, sin llegar siquiera a soldado. La historia de semejante mote tenía su gracia y era, en parte, la historia de sus aspiraciones frustradas y de su destino. Se le llamó así desde mucho antes de que la rama quebradiza de un árbol llamado cinamomo o paraíso lo dejara tuerto de por vida, y antes de que se convirtiera en una figura extraña y larga, de viejo sabelotodo malhumorado, de cura abatido, de hechicero, que hacía carbón, ordeñaba una vaca y cuidaba tomeguines escondido en una fea ensenada.

El octogenario tuerto con parche de pirata tuvo alguna vez catorce años. Y tuvo mucho de ingenuo y de entusiasta, y dicen que fue incluso bello, alto y encantador. Tan hermoso que solían compararlo con aquel actor nacido en Denver, Douglas Fairbanks, aunque a quien llegó a parecerse, como se vio después (eso al menos decía la abuela Andrea cuando bebía más ron que de costumbre), fue al hijo de Douglas Fairbanks y una rubia con mucho dinero llamada Anna Beth Sully.

Hacía setenta años, toda una vida. Perder un ojo y llevar un parche fue lo menos horrible para alguien que había dejado atrás los ochenta. Un ojo llegó a ser el menor tributo que José de Lourdes pudo conceder al dios riguroso que rige el paso de los años.

—A los ochenta, la procesión no va por dentro: va por dentro, por fuera y por todo el cuerpo...

Eso afirmaba categórico con la voz más de bajo que nunca, y si se le miraba y se miraban las escasas fotos de su juventud cualquiera se percataba de que estaba cargado de razón y que la frase había sido, incluso, misericordiosa.

¿Fue Menandro, se preguntaba Valeria, fue un dramaturgo griego llamado Menandro quien dejó dicho que «aquellos a quienes los dioses aman, mueren jóvenes»? Carecía de importancia quién lo había dicho. En todo caso, la frase, retórica, encerraba una dolorosa verdad: aquellos que morían jóvenes dejaban a los vivos con la nostalgia de una belleza que, de cualquier modo, iba a desaparecer. La gentileza de los dioses, cuando amaban, consistía en exonerar de las humillaciones del tiempo.

Al pobre Coronel Jardinero los dioses no tuvieron la delicadeza de dispensarlo de las ignominias de la vejez y lo obligaron a cumplir ochenta años, a convertirse en un viejo «cagalitroso», como él decía, tuerto, a punto de la caquexia, que se deslizaba cojeando (por las páginas del libro que Valeria escribirá) con una vara de yana que intentaba esconder lo que en realidad era, un bastón. Un viejo tuerto que en nada recordó luego a Douglas Fairbanks Jr. Los dioses amaron a su hijo Esteban y en cierto modo también amaron a Serena.

Pero volvamos a aquel 20 de mayo de 1910. Aceptemos que en ese año el joven que fue este Coronel poseía tanta belleza como la de su hijo Esteban. Otro tipo de belleza aunque de parecida intensidad. Cuando aún no era el Coronel, el muchacho tenía el pelo dorado y los ojos también dorados y nítidos como monedas. Y la mirada, para colmo, inteligente. Mirada de miope, que ha sido siempre una mirada torpe, escrutadora e inteligente. El caso es que aquel hombrón, además de la mirada, de la miopía, poseía un cuerpo equilibrado y flexible. Y una privilegiada voz de bajo que, en todas las frases, incluso en las más tiernas, daba la impresión de estar a punto de dar una orden. O acaso de que rompería a cantar. Cantar nunca le gustó, ni siquiera se propuso intentarlo. Dar órdenes, sí. No cantaba, pues, ni gustaba mucho de hablar o prodigarse. Tenía, además, bastante de tímido y retraído. Amaba el campo y el mar. Y mucho más el silencio. Y lo que más lo disgustaba de su vida era no haber nacido, pongamos por caso, en Vermont.

¿Por qué en Vermont? Ésta es una historia larga y de narración difícil. La pasión por un sitio llamado Vermont, compartida por al menos dos personajes de esta historia, puede parecerse a la pasión que sintieron otros hombres por Citerea (y si no por Citerea, por el asentamiento del embarque pintado por Watteau con fogosa alegría), o por el reino de Saba, cuyos manzanos daban frutos que se transformaban en niños, o por la Isla del Tesoro, o por la bellísima Ciudad Esmeralda, capital del país de Oz.

Una explicación posible es que nuestro héroe hubiera querido nacer en Vermont por un grabado que vio en cierta ocasión en el estudio del sargento Purón. En el grabado podían verse los barrotes negros de una ventana, y a través de ella un campo nevado, con árboles retorcidos y sin hojas. Aquel paisaje de nieve contemplado a través de una ventana lo llenaba de melancolía. Era indudable que podía decirse Vermont como hubiera podido decirse Idaho, Carolina del Norte, Arkansas, Citerea, Saba o Ciudad Esmeralda.

No haber nacido en Vermont y sí haberlo hecho en Cuba había sido una mala jugada del destino. Continuemos culpando a los dioses. A todas luces, también ellos sabían mostrar su odio o su cariño de acuerdo con los sitios en que disponían el nacimiento de sus criaturas. Nacer en Cuba, así lo creía el Coronel, constituía la mayor prueba de la malevolencia de los dioses. Los mismos que, para colmo, se olvidaron de él y de su belleza y lo obligaron a vivir ochenta años, o más.

Ochenta años sin salir de Cuba, que no era lo mismo que ochenta años en cualquier otro lugar.

Nunca se supo con certeza dónde y cuándo aprendió el

Coronel a odiar aquella isla en la que había nacido, el único país que conocería, si se exceptuaba la pequeña excursión en yate (frustrada, por lo demás, por los vómitos y los mareos) a las Bahamas y a las islas Turks y Caicos, acompañando al intrépido Samuel O. Reefy. Tampoco se supo dónde y cuándo comenzó a amar, a añorar, el país que nunca vería y al que estaba condenado a no conocer. Acaso, se llegó a saber, alguien había dicho que siendo apenas un niño, con doce o trece años, José de Lourdes leyó una biografía del general Grant, el famoso militar que participó en la Guerra de Secesión y llegó a ser presidente de los Estados Unidos. Y que, de esa lectura, el adolescente prorrumpió con la voluntad decidida de estudiar en West Point y de hacerse con un destino heroico.

«El hombre propone y Dios dispone», repetía siempre el Coronel, tan dado a las frases hechas.

Fue el caso que en 1910, el año del cometa Halley, y aquel en que Mamina (que, como se supondrá, no se llamaba aún Mamina) se casó en La Maya, José de Lourdes Godínez cumplió catorce años. Antes de ese día, cada mañana el muchacho fingía que iba a la escuelita de un sacerdote manchego, corto de luces y largo de vicios, a quien llamaban el padre Salcedo, y se escapaba a merodear por los montes cercanos a Columbia, de los que, según se decía, aún era dueño un hombre malvadísimo que ostentaba el título de conde de Casa Barreto. Matorrales de anamú, jiribilla, guaos, birijí y juncos marinos, casi vírgenes, crecían en los precipicios que rodeaban el cuartel fundado por los norteamericanos.

Oriunda de Santiago de las Vegas, la familia de José de Lourdes vivía en El Pocito, cercano al manantial del río Quibú, donde acudían en procesión los enfermos crónicos del estómago que tuvieran algún dinero para pagar el sanativo. Con empeño y visión de futuro, don Pascual, el padre de los Godínez, había comprado allí un lote de tierra, con el dinero ganado a pulmón en la deforestación de los bosques que la familia

Gómez Mena hacía desaparecer para la siembra de caña de azúcar. En el lote de tierra, próximo al río y al cuartel, el viejo Godínez había construido una fabriquita de losas y tejas de adobe que no marchaba mal.

Marianao, entonces, no era demasiado fiel al lema de su alcalde: «Ciudad que progresa». Ni progresaba ni parecía una ciudad.

Una parroquia enjalbegada y de mala campana; algunas calles sucias; varias bodegas con carnes y pescados salados; tiendas de ropa de campaña; lavanderías de chinos; la famosa panadería de un bilbaíno belicoso (como todos los bilbaínos, decían por allá) que de cuando en cuando, en medio de un ataque de ira, prendía fuego a su propia panadería, para llorar luego sobre las cenizas; un hospitalito con doce camas; y algunas casasquintas extraordinarias, eso sí, con todas las frutas tropicales que uno pudiera imaginar. Y el cuartel de los norteamericanos. En las noches, la «ciudad que progresa» se convertía en imponente silencio poblado por las luces extraviadas de los cocuyos. Si se recorrían caminos polvorientos, empedrados y quebrados, cercados con yaitís y cañas bravas, y por donde iban las recuas de mulos de paso seguro, fajados por Dios, se llegaba a las primeras postas del cuartel de Columbia.

En aquel cuartel habían establecido los norteamericanos su comandancia general, luego del hundimiento del *Maine*, al inicio de la guerra. Buscando por toda la costa norte, desde Bahía Honda hasta La Chorrera, el general Humphrey tuvo el buen tino de escoger la extraordinaria planicie de tierras altas y frescas, de brisas limpias, a diez o doce kilómetros de La Habana, y a sólo cuatro del mar, para construir el primero, el más grande y el mejor equipado de sus campamentos. Luego, cuando el traspaso de poderes, el puesto militar de los norteamericanos pasó a ser la Comandancia General del Ejército de la República.

Fue allí adonde llegó, como se ha dicho, José de Lourdes, el 20 de mayo de 1910.

Fiestero, Tiburón había organizado guateques por todo el país. (Para gobernar bien a Cuba sólo se necesitaba de una excelente policía secreta y de un abundante calendario de fiestas, controladas, eso sí.)

Y el cuartel, que constituía el lugar más importante del país, parecía una carroza que avanzaba al son de polkas, himnos, valses y danzones. Por las limpísimas calles del puesto militar, de cuidada, sofisticada, enrevesada jardinería, se paseaban oficiales y soldados en traje de gala, acompañados por sus familiares, ataviados asimismo para la ocasión. Era una diversión observar a las mujeres. En aquellos años comenzaban a hacer furor vestidos osados, de cinturas entalladas y muchos colores, influidos al parecer por los Ballets Rusos de Diaghilev. Y movían ellas los enormes abanicos, más por coquetería que por espantar un calor húmedo, que nunca (¡nunca!) se dejó ni se dejaría amedrentar por los abanicos, andaluces o no. Y mantenían, además, con decoro los graciosos sombreritos de plumas, ajustados por milagro sobre complicados moños. En la ancha explanada de las paradas militares, el más grande de los carteles rezaba: «UNA VEZ MÁS, SOMOS COMPLETAMENTE LIBRES». Tras el cartel se hallaban escondidos los ingenieros pirotécnicos que hacían explotar los petardos. Y, luego de los estruendos, los soldados del Cuerpo de Señales abrían jaulas repletas de palomas mensajeras que cruzaban el cielo con las alas abiertas hacia los cuarteles de El Mariel y Managua.

Es posible imaginar lo que experimentó el joven José de Lourdes al entrar por vez primera al cuartel de Columbia. Como quien llega al reino de Misnia. Anduvo sin rumbo por el puesto militar. Entró al teatro, a la biblioteca, a la sala de teléfonos y telégrafos. Se asomó a las ventanas amplias de los albergues ordenados. Contó los cañones de la artillería española, que se mostraban en hilera, como trofeos de guerra. En el centro de un naciente bosquecito de pinos habían colocado, sobre estructuras de hierro, una reproducción en madera y a escala reducida de la fragata *Virginia*. En el salón de actos vio una foto de Narciso López, y otra de Antonio Maceo, con cintas y crespones negros, junto a una tercera, un poco más nítida, del general Lee. Se mojó la frente con el agua bendita de la pila de la capilla, en cuyo altar, bajo el Cristo, había un San José con un cordero. Probó los plátanos diminutos («ciento en boca», les decían) acompañados por las tajadas de mamey que repartían las enfermeras de la Cruz Roja. No le permitieron beber un ponche llamado Bibijagua. Sí pudo, en cambio, saborear varios jarros de una limonada (los limones, en cestas, eran dorados y criollos) cargada de hielo. Se acercó a algunos descampados donde se jugaba al béisbol. Y a otros donde algunos jinetes cabalgaban percherones hermosos, como de juguete. Había ponis para que los niños compitieran, y al niño que ganara la carrera se le obsequiaba con una caricatura de María Cristina, la regente, seguida por el almirante Cervera, que huían del fuego, con cara de terror, sobre las aguas de la fosa de Barlett; se le regalaba también un mapa de Cuba con las batallas más importantes ganadas por los mambises y las tropas norteamericanas, así como una reproducción, en cartón coloreado, del cuartel de Columbia, con sus barracones, sus monumentos, sus armas, sus jardines, sus árboles, sus abismos y sus mulos.

José de Lourdes no estaba para asuntos de muchachos. Ni para caricaturas, mapas o reproducciones en cartón. Él quería ser soldado y llegar a West Point.

De modo que deambuló, sin conocer los beneficios de la paciencia, por los alrededores de la tribuna donde supuso que se sentarían los oficiales durante la parada militar. Ésta daría comienzo hacia las cinco de la tarde. Como los tiempos no habían llegado a ser lo que un día fueron, nadie le regañó ni lo miró con sospecha; nadie le pidió que se retirara, mucho menos lo interrogaron en una comisaría de azulejos blancos (las comisarías siempre han parecido, no se sabe por qué, casas de socorro).

Época dichosa: en esos años la policía secreta no había llegado a organizarse como quince años después, durante Machado; ni alcanzaría (¡eso ni pensarlo!) el mecanismo perfecto, de relojería, que sería cincuenta años más tarde. La república fraguó sus represiones con lentitud. Época dichosa: todavía se desconocían los ojos ubicuos del Big Brother (y esta frase debiera escribirse en ruso).

Alrededor de las cuatro de la tarde comenzaron a llegar los oficiales. La tribuna se fue poblando de hombres marciales, de uniformes impecables y esplendentes medallas. José de Lourdes se fijó en uno, más elegante que los otros, con sombrero mayor que el de los otros, con más medallas que los otros, y a él se dirigió. Llevándose la mano a la frente, se cuadró como sabía que se cuadraban los soldados y exclamó con voz equívoca, que de algún modo mostraba ya los tonos bajos que alguna vez la distinguirían:

—Mi general, José de Lourdes Godínez, a sus órdenes, me dirijo a usted porque yo también quiero, con el favor de Dios y de usted, llegar a ser general.

## Mensaje peligroso

De todos los personajes de esta historia, será también Valeria la única que alcance a saber que Juan Milagro había recibido un mensaje. Tuvo, incluso, oportunidad de conocer parte del mensaje, y, al propio tiempo, por un ajuste del azar, completarlo, descubrir lo que el escueto mensaje no decía, comprenderlo en todo su alcance.

Tres o cuatro días antes de la amenaza del ciclón, el mulato se mostraba esquivo y preocupado. Hablaba poco, no comía y se le veía por los rincones del bungalow con un aire que lo empequeñecía, que no se podía saber a derechas si tenía que ver con la tristeza o con el malhumor, dos sentimientos desacostumbrados en él.

Cierta noche, Valeria lo vio subir las escaleras del fondo, las de caracol, las que nadie en la casa, por lo incómodas, utilizaba. Como solía, iba descalzo y sin camisa, vestido con el pantalón mecánico recortado hasta la rodilla. A diferencia de otros días, se movía sigiloso y sin el ímpetu alegre de siempre. Valeria llegó a pensar que aquel Juan Milagro despojado de poder intentaba esconderse. Lo llamó dos veces, desde la cocina, y él, o no la oyó, o fingió que no la oía. Por lo que ella creyó tener una conciencia mayor de la gravedad de lo que debía sucederle.

Fue tras él. Estaba dispuesta a interrogarlo, a gritarle (con el valor y el descaro que le proporcionaban saber lo que Juan Milagro sentía por ella): «¿Qué te pasa, es que no tienes confianza en mí?».

Cuando vio que un gesto de Juan Milagro (el intentar sacar el pañuelo del bolsillo posterior del pantalón) hizo que cayera al suelo, sin que él se percatara, un trozo de papel. Valeria no pudo evitar recogerlo. Permaneció inmóvil, en silencio, sin llamar la atención. La escasa luz tampoco impidió que pudiera leerlo.

Tenía ante sí un tosco rectángulo de papel amarillo, de bagazo, mal cortado, mal mimeografiado, una simple citación. Era su procedencia lo que convertía la chapucera citación en suceso temible. Pocas letras, por otra parte. Para infundir miedo no hace falta escribir mucho.

En mayúsculas, encabezamiento: «Comité Militar. Fuerzas Armadas Revolucionarias. Batallón de Zapadores».

Debajo, el nombre completo y verdadero de Juan Milagro.

Hora, lugar y fecha de la cita.

«De no presentarse, se tomarán las medidas correspondientes.»

Si no componían ésas las exactas palabras del mensaje, ésa al menos era la noticia, la amenaza, el temor que pretendían inculcar.

Valeria terminó de subir la difícil y sinuosa escalera. Buscó a Juan Milagro. Lo halló sentado en el suelo, junto a la otra escalera, la que daba acceso al antiguo observatorio del míster. Y cosa aún más extraña: tenía un gran libro abierto entre las piernas. Él, que se burlaba de ella, que solía decir que sólo había un libro que valía la pena leer: el libro de la vida, es decir el libro del mundo, que vivir era la mejor, la única lectura, estaba allí, en un rincón, silencioso, sumiso y asustado, con un libro abierto entre las piernas. A Valeria, que conocía cada libro de la casa, no le costó reconocer uno de los tomos de la vieja Enciclopedia Espasa.

Juan Milagro se hallaba tan absorto en la lectura que no la sintió llegar. Hasta pudo rodearlo, ir por detrás, subir dos o tres peldaños de la escalera hacia el antiguo observatorio e intentar leer lo que él leía.

La página comenzaba con una entrada: Ángelus Silesius, Johannes Scheffer. Seguía con otras: Angers, capital de Maine-et-Loire. Anglada Camarasa, Hermenegildo. Anglería, Pedro Mártir de. Anglicanismo.

El índice de Juan Milagro se había detenido, no obstante, sobre una palabra y sobre el artículo a ella referido. La palabra: *Angola.* Y en cuanto al artículo, comenzaba diciendo: Estado de África subecuatorial...

## Encuentro en la librería

Todavía el viento no es una molestia excesiva, aunque es fuerte y desvía la lluvia que cae a rachas. Aún se puede estar ahí, en el portalón, sintiendo la humedad salada de la lluvia, el agradecido y momentáneo alivio a tantos días de bochorno.

Elisa y Olivero se sientan en el piso roto de tabla, recostados en la pared de aquel lado desde el que sólo se divisa un paisaje desvanecido.

Ella lleva una vieja revista *Bohemia*, de veintitantos años atrás, bastante deshojada, donde ha descubierto un artículo sobre Maiakovski y su visita a La Habana.

Olivero explica que ha leído y releído su monólogo sobre Luisa Pérez de Zambrana y considera que es bueno porque en él Elisa ha logrado distanciarse de la poetisa. Le dice que, como Luisa, ella vuelve al bosque, y no del mismo modo. Él cree descubrir una Luisa Pérez de Zambrana irónica, lúcida y un tanto cínica o contemporánea. Le parece bien que el bosque sea un laberinto de trastos, de muebles inservibles, que la lira se haya transformado en un deshollinador, que la poetisa sea una desesperada ama de casa que escucha las noticias sobre los accidentes en las carreteras. Según su criterio, lo mejor, sin duda, es la alegría que Luisa siente ante cada una de las muertes que marcaron su vida, puesto que encuentra así pretextos para sus largas elegías. Y la verdad es que no sólo encuentra excelente el monólogo, sino que considera además que nada hay por lo que pueda ser censurado.

De momento, Elisa no replica. Se limita a permanecer ahí, quieta, como si no lo hubiera escuchado y prefiriera concentrarse en la lluvia. Al cabo pregunta a Olivero si él mismo no le ha repetido hasta la saciedad que resulta imposible descubrir la dudosa lógica del censor, que cómo se puede conocer la razón que lo mueve, ¿no le ha dicho él mismo que los censores no opinan, sino que ejecutan y aplican dogmas?

Ahora es él quien parece concentrarse en el paisaje borrado por la lluvia. Sabe que nada de lo que diga podrá animarla, porque, en primer lugar, él es el primero en no creer en sus propias palabras. Olivero piensa que, dicha por Elisa, por esta Elisa de los últimos años, la palabra «dogma» de repente adquiere una connotación insólita. Piensa que podría decirle, si quisiera, que ahí tiene, que ése es el resultado de cuanto ella ha defendido a lo largo de estos años. Podría preguntarle por qué no levantó la mano en contra de que sacaran del teatro a tantos actores y tantos autores. Por qué no se opuso a la persecución. ¿Por qué a Estorino le prohibieron *Los mangos de Caín*? ¿Por qué nunca se estrenó *Dos viejos pánicos* de Virgilio Piñera? ¿Por qué quitaron de cartel *La toma de La Habana por los ingleses* de José Milián? Podría decirle que este horror que ahora viven comenzó hace diez años, con Heberto Padilla, con Antón Arrufat. Él, Olivero, ha visto al autor de *Los siete contra Tebas* cumpliendo condena en la biblioteca pública de 100 y 51. Podría decirle, incluso, que todo comenzó mucho antes, o mejor, y desde el principio. Y podría, si estuviera dispuesto, decirle más. ¿O no fue ella, Elisa, su querida Elisa, quien secundó a aquella espantosa actriz llamada..., cómo se llamaba, Arminia, creía, Arminia Mancha o Arminia Mánchez, en su campaña contra otra pieza maravillosa de Piñera, *El no*? Y los hermanos Otravuelta, ¿qué comentar de los hermanos Otravuelta?

Nada dice. No hace falta. Y, además, él la quiere. Qué se le va a hacer. Como sabe que ella lo quiere a él. ¿No se halla el cariño, la comprensión y el cariño (o deberían hallarse), por encima de lo demás, y en primer lugar por encima de las ideologías, tan risibles y confusas a la corta o a la larga? Y esas miserias, ¿no serán al fin y al cabo perdonables? ¿Y quién lanza la primera piedra?

Olivero sonríe, se burla de sí mismo, de su ridículo moralismo, de cuánto hay de cristiano en ese concepto de la culpa, del perdón, él que se ha vanagloriado siempre de odiar el cristianismo y su aborrecible hipocresía.

Y es como si Elisa hubiera escuchado el discurso que no ha pronunciado. Ha bajado la cabeza y hace un gesto con la mano, como si quisiera detener la perorata silenciosa, el tiempo, o quién sabe qué, y levanta asimismo la revista *Bohemia* como si pretendiera defenderse de algún ataque. A Olivero le parece que tiene los ojos enrojecidos. En este momento, nada en ella recuerda a Lauren Bacall. Al menos no a la Lauren Bacall de *The Big Sleep* o de *Written on the Wind*, la del glamour, la que da la cara al público. A esta Elisa se la ve envejecida, vencida, y en nada recuerda a una actriz, ni de Hollywood ni de ningún otro de esos lugares falsos y necios donde se exhibe esa idiotez humana que llaman glamour. Su voz es áspera cuando cuenta lo que cuenta.

Hace cinco días salió de su casa en busca de un poco de ajo y cebolla. No tenía con qué cocinar y la comida sabía a cartón y madera hervida, y se descubrió, sin saber cómo, andando por Carlos III. Luego subió o bajó por la Universidad, por los gomeros y los falsos laureles del costado del Castillo del Príncipe, y estuvo en la calle G, en la esquina de Olga Andreu, y pasó por el cine Riviera, donde se anunciaba *Lady Macbeth en Siberia*, una película extraordinaria, Olivero estaría de acuerdo, aunque la hubieran visto infinitas veces y pudieran recitarla de memoria. Pasó por El Cochinito y por Vita Nuova, la pizzería, con ganas de comer algo que no supiera a cartón, y lo que en realidad hizo fue buscar papel y cartón, porque se llegó a Cuba Científica, la librería de libros de uso, todavía allí como una reliquia, en las calles 25 e I, frente a la Facultad de Biología.

Se puso a revisar los libros, contenta porque estaba desierta y había un silencio de templo, con aquel olor a libro viejo que tanto le ha gustado siempre. Encontró una rareza, un tomo precioso, publicado en Matanzas en 1928, *Devocionario lírico*, de América Bobia, una poetisa de Limonar a la que ella no conocía, ¿quién conocería a América Bobia?, con prólogo de Medardo Vitier y epílogo de Fernando Lles. Y no le importaba que los poemas fueran buenos o malos. Lo más probable: que fueran malísimos. Le importó el librito, tan hermoso, y que hubiera sido publicado cincuenta años atrás.

Y encontró también un ejemplar en perfecto estado de *Caballería roja* (el suyo estaba bastante manoseado).

Después de buscar y rebuscar, descubrió lo más sorprendente, aunque lo doblemente sorprendente sucedió algunos minutos después. Un libro con tapas de tela roja, publicado en Madrid en 1887, por Luis Navarro, editor. A Elisa, ni su autor ni su título le interesaban: Lord Macaulay, *Ensayos de literatura y política*. A estas alturas, ¿a quién podían interesarle las opiniones políticas y literarias de aquel *whig* inglés muerto en 1859? Pensó que ni como rareza valía la pena. De llevarlo, sería un libro que quedaría inerte en su estantería, reservorio de polvo. Una cierta pasión, de todos modos, la curiosidad por lo antiguo, la obligaron a abrirlo.

Y allí, la primera sorpresa: en la primera página, con tinta verde, algo borrosa, había un nombre y una fecha: Virgilio Piñera, 1931.

No lo dudó, decidió llevarse el libro, que, por otra parte, sólo costaba sesenta centavos.

Así que, en lugar de encontrar ajo y cebolla, encontraba el devocionario de una poetisa a la que nadie conocía, los cuentos de una víctima de Stalin y el libro de ensayos de un anticuado ensayista inglés, sólo porque estaba firmado por uno de los más grandes poetas y cuentistas de Cuba y, sin duda, su más grande dramaturgo.

Pagó apenas dos pesos con diez centavos, y guardó los libros en el bolso, en verdad reservado para el ajo y la cebolla.

Se disponía a abandonar la librería cuando tuvo lugar la segunda y más grande de todas las sorpresas.

Virgilio Piñera. Allí estaba. Con sus espejuelos antiguos, de miope, su camisa verde, anchísima como un papalote, el pantalón negro y también anchísimo, sus pobres zapatos de cortador de caña. Virgilio Piñera con su delgadez y su amplia frente y su nariz florentina y sus manos de adolescente. Y se disponía a subir los escalones que separaban la librería de la calle.

142

¿Cómo debían llamarse esos extraños entresijos que provocaban que a veces las cosas parecieran responder a un raro plan?

La primera intención de Elisa fue correr hacia él, saludarlo, mostrarle el libro de Lord Macaulay con su firma de 1931, cuando era un estudiante y vivía en Camagüey y ni siquiera había publicado un poema en la famosa antología de Juan Ramón Jiménez. De inmediato recordó, en un intervalo más breve que un segundo, que Virgilio Piñera no sólo era un apestado político desde hacía años, sino algo más grave, lo que alguien, tal vez la propia Olga Andreu, le había contado: que había tenido problemas con la Seguridad del Estado por una tertulia clandestina a la que asistía con jóvenes aspirantes a poetas, los sábados en la Calzada de Managua, en la antigua quinta de Juan Gualberto Gómez.

De manera que no sólo no saludó a Piñera, sino que se volvió brusca hacia la pared, fingiendo que buscaba en la cartera.

Supo que él subía los escalones de la librería y que la había visto, y que, de algún modo, aquel hombre inteligentísimo y suspicaz había percibido su rechazo, que se detenía un instante a sus espaldas, como si dudara, creyó incluso que la había nombrado, y que luego estuvo a punto de bajar los escalones de la librería, alejarse. Al final optó por entrar y enfrascarse en la búsqueda de libros, en las mesas donde se desordenaban aquellas maravillas que interesaban a tan pocos.

Como quien huye, Elisa salió a la calle 23. De tanto sol, el asfalto brillaba como si hubiera caído un aguacero.

# Elisa, Olivero y el miedo

Fingió que leía la revista *Bohemia*. Lo hizo mal, como si no fuera actriz, o como si fuera tan buena actriz que se hubiera propuesto actuar que actuaba. Leyó, en voz alta, el nombre de Maiakovski, visible en lo alto de la página, en negritas de gran puntaje. Se abanicó sin necesidad con la *Bohemia*. No sabía qué más decir. Entendió que se había quedado sin palabras. De momento, tampoco Olivero replicó. Acaso supuso que la mejor respuesta consistía en permitir que se estableciera allí una larga pausa, un silencio que respondiera por él. A lo mejor miraron, volvieron a mirar el paisaje desaparecido de la playa. A lo mejor, lo más probable, ni siquiera miraron el paisaje, al menos el que tenían delante. Es probable que descubrieran un paisaje diferente, inabordable, hermoso y también siniestro.

El reloj de roble de Eslavonia dejó escuchar diez campanadas. Elisa y Olivero las contaron, a sabiendas de que aquellas campanadas nada se proponían comunicar. Sin saber por qué, Olivero pensó en Luis Medina y en Luigi Tenco, en el pistoletazo de aquella noche en el hotel Savoy de San Remo.

—Mi querida Elisa —dijo Olivero, y Elisa percibió mucha tristeza en la voz de su primo—, no hay que dar saltos y gritos de alegría por sentir miedo. Tampoco hay de qué abochornarse. Permíteme la tontería de recordarte que somos simples humanos. No te creas estupenda ni excepcional. Y perdóname también que te diga algo que, lo sé, no querrás escuchar: en tiempos miserables, nada extraordinario hay en descubrirse miserable. Ya sea una pequeña miseria, una miseria repetida dos o tres veces nada más. Digamos que es la ley, la valentía no sólo cuesta, sino que a veces se hace imposible. Vivir años como éstos, pasar por este fanguero sin ensuciarse el vestido, ya sucio de por sí, no es audaz, ni heroico ni divino, sino imposible. Perdóname por lo de «fanguero». Sé —y Olivero sonrió con ironía— que tú crees en la «justicia social». Yo no puedo. Esas dos palabras, «justicia» y «social», me parecen una gran farsa, una tomadura de pelo para dominarnos mejor. No tengo que decirte que cuando van unidas se convierten en una aberración. Ya sé que no se trata de lo que yo crea o deje de creer, pero sí conozco, y bien, lo que es el miedo, y conozco además qué relación tiene con la pretendida «justicia social». El solo hecho de vivir da miedo. Por lo menos a mí. Imagínate vivir haciendo malabarismos por esta cuerda floja, sabiendo que te persiguen, que te observan y te estudian y te juzgan y que al menor titubeo... Imagínate lo que es la certeza de saber que, a la primera que pestañees, habrá como un chantaje. Que debajo de la cuerda floja no hay ninguna red. Tampoco soy cristiano, y lo sabes, pero si hay que tener comprensión con los otros, ¿cómo no vas a tenerla contigo misma? Y ya que hablamos estas solemnes idioteces... ¿por qué no piensas que existe algo que se llama debilidad, cobardía, instinto de conservación? Así somos, querida mía, compréndelo, y lo mejor o lo peor: la culpa no es tuya ni mía, no es nuestra, y nada se puede hacer porque no somos héroes. —Y luego de una pausa agregó—: Además, y perdona lo que voy a decirte, Virgilio viene de batallas mucho más duras y de decepciones enormes como para preocuparse porque una actriz se vuelva para no saludarlo.

Olivero volvió a sonreír, burlándose de sí mismo, del moralismo que acababa de descubrir en su tono de catequista. Y pensó que su nueva y ridícula moral de apóstol tenía que ver, como casi todas las moralinas y sermones, con las diarreas y los desarreglos de su vientre.

# El jardinero y un encuentro
# en la antigua morgue

Ésta es la verdadera historia de José de Lourdes Godínez. Como un soldado, se cuadró y dijo:

—Mi general, José de Lourdes Godínez, a sus órdenes, me dirijo a usted porque yo también quiero, con el favor de Dios y de usted, llegar a ser general.

Pero José de Lourdes se equivocaba, porque no se había cuadrado delante de ningún general. No se hallaba, como sospechó, ante el jefe del Estado Mayor. El hombre uniformado se echó a reír y le pidió que se sentara y viera el desfile junto a él. Y luego, cuando el propio Tiburón pronunció su florido, cursi y tedioso discurso, salpicado de bromas criollas, es decir carentes de gracia, y no hubo más petardos ni banderas agitadas, y las músicas se apagaron con tanta intensidad como habían retumbado, cuando los soldados se dispersaron y todo terminó y pareció incluso que nunca hubiera empezado, el uniformado lo tomó de la mano y fue donde otro uniformado de traje aún más pomposo y exclamó:

—Mi coronel, aquí tengo a un aspirante a general.

El coronel miró a José de Lourdes sin simpatía, con la indiferencia de los militares, y replicó:

—Pues ya sabe, tómelo a su cargo y entréguemelo hecho y derecho, que no son generales los que nos andan sobrando.

Así comenzó José de Lourdes su carrera de jardinero.

Porque aquel general ante quien él creía haberse cuadrado, el supuesto jefe del Estado Mayor, no era otro que el sargento jefe de los jardineros de Columbia. Y aunque no se hubiera podido hablar de sus cualidades militares, puesto que nunca participó en una guerra y ni siquiera en una maniobra, sí se podían ponderar sus atributos de jardinero y la generosidad con que solía ir por la vida. Todos lo decían: el sargento Purón era una «bellísima persona». Tan bella persona que se tomó en serio la petición de José de Lourdes y fue él mismo en persona a hablar con Pascual Godínez.

José de Lourdes era un niño, no había alcanzado la mayoría de edad para entrar en el ejército. Su padre, de cualquier modo, se mostró renuente a que su hijo se educara para soldado y vistiera algún día uniforme militar. Desde la guerra, Pascual Godínez odiaba a los militares, y no tanto a los militares como al uniforme que él asociaba con un mallorquín abominable llamado Valeriano Weyler, marqués de Tenerife. Cuando el sargento Purón le explicó que en realidad quería prepararlo como jardinero, Pascual Godínez se ablandó un tanto. Y se ablandó aún más cuando el padre Salcedo apuntó que José de Lourdes merecía otro camino que no fuera el de la escuelita, porque, a pesar de ser inteligente y despierto, al muchacho eso de ir a la escuelita, o por lo menos eso de ir a la suya, no le despertaba el menor interés.

Sin que en ese momento se supiera, había otro impedimento para que José de Lourdes siguiera la carrera militar. Y se descubrió, como cabía esperar, del modo más fortuito.

Una tarde se hallaban frente al bosquecito que crecía ante el severo edificio del Estado Mayor. Hacia el norte pasó una bandada de pájaros. El sargento Purón se volvió hacia José de Lourdes y preguntó:

—¿Qué pájaros son ésos?

—¿Cuáles? —preguntó el muchacho a su vez.

—Esa bandada, la que va hacia el mar.

—No son pájaros, señor, es el humo de las cocinas.

De ese modo supo José de Lourdes que hasta entonces sólo había visto una copia defectuosa del mundo, como si las cosa carecieran de los debidos colores, terminaciones y contornos.

El doctor Tamayo, oculista del Hospital Militar, diagnosticó una severísima miopía. De manera que el día en que José de Lourdes se ajustó unas gafas afáquicas de armadura de carey y gruesos lentes que al instante empequeñecieron sus ojos amarillos, se asombró de la intensa verdad de las cosas.

José de Lourdes comenzó a ayudar al sargento Purón en los jardines de Columbia y descubrió que ser jardinero, en realidad, no consistía en abrir hoyos y plantar flores. Para eso se había creado una escuadra de jóvenes soldados. El sargento se dedicaba más bien a planear qué flores, árboles o arbustos debían plantarse, a decidir en qué orden, en qué tiempo, en qué tiestos o arriates, a considerar cuáles necesitaban demasiado sol, cuáles no, cuáles exigían ser podados o trasplantados, y cuáles debían ser regados a diario, en el anochecer, o una vez por semana.

El sargento trabajaba en el edificio contiguo al Observatorio Militar, en un despacho elegante de amplias ventanas que se abrían a un macizo de pinos que avanzaba hacia el monte y la playa, en una cómoda butaca de cuero, tras una larga mesa de roble, brillante como un espejo. Y abría libros de jardinería, y hablaba de Phillip Miller, William Aiton o André Le Nôtre como si fueran los beatos de una religión secreta.

Dueño, pues, del paisaje y de todos los colores y las formas que había en el mundo, José de Lourdes comenzó a acompañar al sargento Purón, los lunes de cada semana, a la Estación Agronómica de Santiago de Las Vegas. Allí terminó de descubrir que la botánica poseía su encanto. Algo mágico se escondía en el acto de escoger un trozo de tierra y una planta y ver cómo ambas se aceptaban la una a la otra, y cómo la planta comenzaba a fortalecerse, a reverdecer y por último a florecer.

En la Estación Agronómica asistió a clases de botánica y de jardinería y admiró las ilustraciones de Silvina Barro. Durante los largos paseos con el sargento Purón, José de Lourdes gustaba de recorrer los distintos huertos de la Estación, los bosques y plantíos, en cuyas platabandas encontraba matas y árboles del mundo entero, debidamente catalogados, con sus nombres vulgares y en latín, en toscas placas de madera blanca.

El muchacho se daba siempre un obligado paseo por el orquideario, porque le gustaban las orquídeas, la fragilidad de sus flores transparentes y enfermizas. Llegaba a una casa abandonada donde le habían dicho que se había levantado la morgue en tiempos de la guerra contra España, cuando la Estación no era un centro de investigaciones botánicas, sino el Hospital Español.

A José de Lourdes nunca le gustó la muerte. Ni siquiera en aquellos años de su juventud en que ni siquiera la consideraba como posibilidad. De manera que solía bordear la antigua morgue y evitaba el viejo cementerio, a pesar de los árboles de mango que allí crecían.

Una tarde, sin embargo, el cielo se rompió con una turbonada de verano y al muchacho no le quedó otro remedio que guarecerse en aquel lugar siniestro cuyas paredes aún parecían manchadas de sangre. Fue allí, en la antigua morgue de un hospital de campaña, donde Andrea y José de Lourdes se encontraron por primera vez.

## Jafet huyó en el bote

Volvió de la playa con el aspecto cansado y perplejo de quien regresa de un largo viaje. Caminaba despacio, como si no supiera de dónde venía. Los demás no repararon en ese ni en ningún otro detalle. Nada extraordinario notaron en la actitud de Locuaz el Mudo, porque, en primer lugar, ni siquiera lo miraron, porque nunca se fijaban en él. Y es que las personas tienen esos caprichos: añoran a los que no están y no se preocupan por los que sí están.

A Locuaz le pareció que entraba a un lugar oscuro, silencioso, detenido, a pesar de que en la casona reinaba una frenética actividad. Todos habían encontrado algo que hacer. Intentaban minimizar los efectos desastrosos del ciclón. Cada habitación, iluminada por velas amarillas y humeantes, se habría dicho una repetición de la habitación anterior y de la habitación siguiente, como en una inquietante secuencia de espejos. Habían despegado los muebles de las paredes para que no los empapara el agua que entraba por las rendijas de las maderas. Así, conformaban extraños retablos en medio de las habitaciones. Había algo teatral en todo aquello. O mejor dicho, algo que recordaba el fin de una representación teatral. Ese momento en que el escenario volvía a ser lo que había sido antes de la función: un raro almacén de muebles y utilería. El instante en que el escenario daba por terminado un misterio para dar paso a otro. El olor de la madera húmeda también tenía algo de telón viejo y empolvado.

Más mudo que de costumbre, Locuaz anduvo por la casa, por entre los muebles que habían dejado de cumplir su función, como el actor que, después de dar vida a un personaje, no sabía cómo volver a ser quien se suponía que en realidad era. Si alguien se hubiera preocupado por observarlo, habría comprobado que su extravío nada tenía que ver con el bungalow.

Subió a su cuarto y lo recorrió lentamente, como si hiciera inventario de los objetos.

Bajó después las escaleras, y se detuvo delante de cada habitación y cada puerta. Habría sido imposible saber si buscaba algo o si quería comprobar lo que sin duda sabía: que nunca encontraría lo que buscaba.

Las conversaciones de la familia, sus demandas, el modo perentorio en que exigían la atención ajena, parecían la repetición de otras conversaciones antiguas, de otras reclamaciones. Los ciclones, pensó Locuaz, siempre exigían los mismos esfuerzos y provocaban iguales obsesiones, miedos y conversaciones.

Llegó a la cocina con aspecto aún más cansado y perplejo. Mamina sí lo vio sentarse a la mesa, frente a la jicotea disecada, y pensó que el muchacho debía de tener hambre.

Andrea, que pasaba el agua hervida por un viejo filtro de piedra porosa, preguntó sin mirarlo:

—Hijo, ¿por qué no ayudas a tu abuelo?

Locuaz dio un pequeño golpe en la mesa. Como si exigiera atención.

—Jafet —dijo.

Y como ni Mamina ni Andrea lo atendieron, repitió:

—Jafet.

Y sólo cuando tuvo la certeza de que ambas mujeres se volvían a mirarlo y se percataban de su presencia, de que estaba ahí, sentado a la mesa de la cocina, fue capaz de unir cinco palabras.

Simples, de apariencia inofensiva, las cinco palabras formaron una terrible oración:

—Jafet huyó en el bote.

## La voz de Elmore James

Como si el tiempo no existiera. La voz mejorada acaso, puesto que las grabaciones, con los años, alcanzarán una calidad que no tuvieron en los tiempos de los discos de vinilo. No importa, conmueve lo mismo. Se escuchó, y de igual forma se escuchará en dos lugares a la vez: uno del pasado y otro del futuro.

La voz de Elmore James se escuchaba en la casona de la playa. La misma desgarrada voz se escuchará también en el bonito y pequeño apartamento del Upper West Side de Nueva York, cercano al sitio donde vivió y sufrió Harold Brodkey.

—Un alarido maravilloso la voz de este cantante de Richland, Mississippi —dirá Valeria cerrando los ojos. Y se preguntará con falso candor—: Elmore James, Harold Brodkey, ¿y por qué tuvieron que morir? Con tanta gente mala que sigue viva.

Tercera parte
Epifanías

Además, los hombres no existen. Sólo existen en los sueños.

Sherwood Anderson, *Anderson's Memory*

Más delicados que aquellos que usan los histo-
[riadores son los colores de los cartógrafos.

Elizabeth Bishop, «El mapa»

# La búsqueda

Ya había comenzado a caer la lluvia. A ratos se deslizaban nubes negras, veloces, pegadas al mar, y el chaparrón se convertía en pequeños y resueltos aguaceros de gotas compactas y sesgadas. A veces el cielo quedaba poblado de nubes grises, desvaídas, y el chaparrón disminuía hasta convertirse en una simple llovizna. Lo importante: no escamparía hasta el paso definitivo del ciclón.

El aviso de Locuaz el Mudo, aquellas simples palabras, de apariencia inofensiva, causaron las cinco sucesivas reacciones que provocan siempre semejantes avisos: primero, incredulidad; segundo, persistencia de la incredulidad con una mezcla de sorpresa y pavor; tercero, sorpresa y pavor; cuarto, pavor solo y descarnado; quinto, pavor e impotencia.

Cuando Locuaz anunció que Jafet había desaparecido con el bote, Andrea no quiso dar crédito a lo que su nieto decía. Locuaz bromeaba, o hablaba en serio pero estaba equivocado. Y lanzó un grito cuyo significado ni ella misma entendió y con el que no supo de qué quería quejarse ni qué protección solicitaba. Ignoró si regañaba a Locuaz por jugar con desapariciones o si, por el contrario, aceptaba de algún modo el horror que escondía semejante afirmación.

Todos corrieron a la cocina y rodearon por fin a Locuaz. Primera ocasión en que Locuaz el Mudo se supo el centro de la atención de los miembros del bungalow. Esto no lo hizo sentirse mejor sino advertir aún más su asombro, y saber que necesitaba con impaciencia o desespero comprobar que aquello no era la vida real, sino una pesadilla de la que era necesario despertar.

No despertó. No se trataba de una pesadilla. En todo caso, no de esas que, para desvanecerse, requieren únicamente un gesto, una llamada, un simple abrir de ojos. Era más bien de las pertinaces y verdaderas, de las que no se disipan así como así y que, lejos de exigir que se abran los ojos, exigen más bien que se los cierre. Por eso cerró los ojos. Y suspiró incluso cuando se descubrió repitiendo, delante de todos, con una resolución y una seguridad y una voz potente que también lo sorprendieron:

—Jafet huyó en el bote.

Supo que le creían. Y porque le creían, se quedó solo en la cocina. O no tan solo, es verdad: Valeria, que también había cerrado los ojos, se pegó a la pared que separaba la cocina de la sala, y se acercó luego al antiguo baño donde estaban las gallinas y la vaca, y golpeó sin motivo la puerta del baño.

Los otros habían salido a la playa, a la lluvia tenaz y a las rachas de viento. Juan Milagro corrió al varaentierra. Con un enérgico gesto, dio a entender que el *Mayflower* no se hallaba donde siempre, en su escondite. En el espigón, Mino y el Coronel Jardinero entendieron el mensaje de Juan Milagro, y se acercaron a uno de los pilotes y comprobaron que el cabo estaba suelto. Mamina, Andrea, Elisa, Olivero y Vicenta de Paúl deambularon por la arena sucia. Pareció que buscaban en la arena, que entraban al mar y sacaban caracoles, recogían sargazos, como si pudieran encontrar en la orilla un rastro del huido, un descuido, una huella, un mensaje.

La lluvia los iba deshaciendo, esfumaba las formas de sus cuerpos y sus rasgos, presagiaba lo que serían, los personajes y bosquejos en que se convertirían, protagonistas imprecisos de una evocación, invenciones que servirían para que Valeria, en Nueva York, treinta años después, armara una historia de fracasos y desapariciones.

Ni se miraban ni se hablaban. Cada uno se mantenía ensimismado. De ese modo creían alejar la tragedia. Si se hubieran mirado y se hubieran hablado, habrían tenido que reconocer que era cierto lo que vivían.

Juan Milagro era el único que parecía tener conciencia de cuanto sucedía y corrió, subió al jeep de la Segunda Guerra Mundial e intentó echarlo a andar. El motor se prendía uniendo dos cables. Frío, húmedo, el motor cancaneó, hipó, viejo también como era, y arrancó después de mucho esfuerzo, soltando una negra humareda. Como si despertara de un letargo, Elisa fue al jeep y se sentó junto a Juan Milagro. El jeep soltó un humo blanquecino y sorteó grietas y baches, se escurrió por el camino de zarzales blancos que ni aquella lluvia lograba devolver al color original.

## Final de un capítulo

A las diez de la mañana Valeria se levantará. No querrá mirar el reloj. La mañana tendrá una luz hermosa y triste. No habrá peligro de ciclón. En su nueva vida no existirán semejantes amenazas. Ni muchas otras. Habrá nevado, toda la noche. Una nevada incansable, indiferente, monótona y bellísima. Estará sola. Nadie la habrá abrazado. La alegrará y la entristecerá ver cómo cae la nieve, tan lejos de La Habana, de aquella playa y de lo que fue su vida. Cuanto podrá distinguir desde la ventana de su cuarto, la que da a Riverside Drive, será la nieve que cubrirá los abetos, y los ocultará y se quedará allí, como un hábito, en las ramas secas de los árboles. Nieve que subirá hacia el Hudson.

Melancólica, asomada a la ventana, Valeria mirará caer la nieve. Sofisticada al fin, pensará: «Me siento como cierto personaje de un grabado de Durero».

Con idéntica melancolía, se asomó a la puerta del portalón la tormentosa mañana de octubre de treinta años atrás. De algún modo, se dirá, cuanto sucede en el futuro ha tenido ya su precedente. Dios no existe. Sí las profecías y los presentimientos. Es probable que Dios sea eso, los presentimientos y la extraña repetición de los acontecimientos.

«Ahora veo nevar», escribirá, «como una vez vi caer la lluvia que vaticinaba un ciclón.»

En ambos casos lo que importaba no era la lluvia ni la nieve, sino la desaparición.

Siempre fea, la playa lo pareció más cuando abrió la puerta. *María de Megara* avanzó como si pretendiera guiarla. Los gatos, en cambio, indiferentes, se amontonaron en un rincón, bajo uno de los sillones atados a los hierros de las ventanas.

Jafet se había ido. No volvería. Ya no lo vería deambulando por la playa con su short de Riga, gastado, azul con osos pardos. Nunca más lo vería nadar.

Como si se hubiera acabado un capítulo. Y si se había acabado un capítulo, ¿cómo sería el siguiente, el que iba a comenzar?

Se acercó a la baranda. Valeria y Locuaz conocían la inutilidad de la búsqueda.

Valeria estuvo tentada de correr hacia ellos y hacerlos volver a la casa, explicarles, disuadirlos.

Los vio, en cambio, avanzar por un espigón que desaparecía entre el mar y el viento, y tuvo la impresión de que andaban sobre el mar hacia no se sabía dónde.

## Confesión de Juan Milagro

—Mamá, tengo sueño.

Juan Milagro siempre la llamaba mamá. Mamina era lo más

parecido a una madre que había conocido desde los cinco años.

—Acuéstate un rato, Milagro —respondió la negra.

Aunque había tenido una hija que murió en sus brazos sin que ella se diera cuenta, y tuvo luego a Vicenta de Paúl, Juan Milagro le pertenecía mucho más. Mamina solía decir que en ella, en la tierra que era ella, estaban las raíces de aquel árbol inmenso al que llamaban Juan Milagro.

—¿Cuál puede ser esa razón tan importante que te obliga a andar de un lado para otro, como si fueras el único capaz de resolver los problemas de esta casa?

—Como siempre, tengo sueño y no puedo dormir.

—Entonces no te acuestes, ¿eso qué importa?, duérmete igual. Aquí donde me ves, trajinando en esta cocina, estoy dormida, y no dormida de hoy, de esta noche, dormida desde hace años, no sé cuántos. Todo esto es un sueño, hijo, como dice la canción. Incluso la ausencia de Jafet. Y hasta este maldito ciclón.

Mamina trataba a aquel hombrón como a un niño, y a él le gustaba. La anciana era la única que lo hacía, que podía hacerlo. La única que le permitía proclamar sus debilidades, que no le exigía que se mostrara poderoso y omnipotente como un dios. Los demás esperaban siempre que se comportara como el gigante capaz de cualquier acto de poder.

—Mamá, tengo algo que decirte.

—Ya lo sé, hijo, ya lo sé, ¿crees que soy boba? Desde que llegaste, empapado en agua y polvo blanco lo supe, me dije: «A Milagro le ha sucedido algo y me lo quiere contar». Y acá me ves, a la espera, paciente, cualquier cosa se resuelve con paciencia. Acá me tienes, esperando que elijas el momento y decidas contarme qué te pasa.

Juan Milagro sonrió y tomó la jicotea disecada de encima de la mesa. Los ojos del muchacho miraron los del animal, esperando encontrar una expresión y una respuesta en sus ojos muertos.

—Tiene que ver con Fedrita.

Mamina asintió.

—Estoy esperando que me digas algo que no sepa.

Juan Milagro dejó la jicotea en su lugar, allí sobre la mesa. Puso un paño de cocina sobre los ojos muertos del animal. Se sentó en un taburete y prendió un cigarro. Cerró los ojos como si quisiera ordenar cuanto tenía que decir.

Mamina lo miró. Tuvo deseos de besarlo en la frente.

Juan Milagro había quedado huérfano de madre a los cinco años, allá por 1952, y del padre nunca se supo. De niño, dividía su tiempo entre las dos casas, la casita (una choza) del Callejón de los Perros, donde vivía el Yerbero, su abuelo, y la casona. Mamina aún recordaba la mañana fría, nubosa, de aquel febrero en que vio a aquel niño bellísimo y mulato que parecía tener el doble de la edad que en verdad tenía, con unos ojos también enormes, inteligentes y de pestañas femeninas. Tímido y decidido, como enfurruñado, descendió de un salto del pisicorre. El míster le pidió a Mamina que le diera de comer. Ella le ofreció harina con leche y trozos de puerco, y frituras de malanga con mucho ajo, y un postre de dulce de leche con galleticas de mantequilla, y lo abrazó porque sintió la necesidad de abrazar a ese niño en quien parecían mezclarse, como en cualquier hombre hecho y derecho, la bravura y el desvalimiento.

Ya entonces el Yerbero parecía un negro de cien años. Luego supieron que desde antes, y para siempre, iba a parecer un negro de cien años. A la muerte del Yerbero, el doctor Reefy dispuso que el muchacho se mudara a la casona. La casita del Callejón de los Perros quedó vacía, a la espera de mejores tiempos. Y de algún modo, cada uno a su manera, todos se alegraron. Allí se convirtió en uno más de la familia. Y a veces en algo más: pocos como él con esa fuerza y esa destreza y ese deseo de estar presente en cada problema, y de resolverlo.

El doctor tenía planes para el muchacho. Alentado por el

Coronel Jardinero, quería que estudiara en el Norte, en alguna escuela militar donde no importara el mestizaje y donde se forjara un sólido futuro. Sólo que el doctor murió en 1954, en extrañas circunstancias, y en 1959 sucedió lo que sucedió en la isla, así que el Norte dejó de ser el promisorio punto cardinal que siempre había sido para convertirse en el muro infranqueable que fue a partir de entonces.

En 1964, con diecisiete años, fue llamado al Servicio Militar Obligatorio. No era el destino que para él habían querido el doctor y el Coronel. Había que reconocer, eso sí, que regresó más hombre. Con grado de suboficial en el Batallón de Zapadores. Más hombre, es decir, más alto, más fuerte, más silencioso y vulnerable, con mayor necesidad de afecto. Y siempre con una alegría que por momentos, y cuanto más satisfecha se mostraba, escondía algo de tristeza.

De esa época, de ese regreso, databa su relación con Fedrita, la hija de un capataz de la textilera del Cayo La Rosa. Blanca y con un pelo negro y largo que le llegaba a la cintura, y que prefería siempre mostrar en todo su exceso. Vivía en el barrio de la Minina, donde terminaban las calles del pueblo, y comenzaban los potreros y había una laguna cubierta de ranas y de malanguetas, antes de que los campos de caña se extendieran hacia La Madama y el Cayo La Rosa. Como todas, Fedrita se enamoró de Juan Milagro. Él no hizo mucho caso del enamoramiento y la trató como a todas, con displicencia elegante y caballerosa. Él iba a lo suyo. Por el día trabajaba en una granja de pollos de Rosamarina. Por la tarde, ayudaba al Coronel Jardinero en la carbonería. Algunas noches se iba a beber cerveza y a jugar al cubilete al Bar de Enrique. Otras noches prefería quedarse con Mino escuchando canciones de Bing Crosby. Y cuando sentía que se despertaba el hombre que había en él, se iba donde Melina, a un costado del cementerio (el mismo cementerio del que su abuelo había sido sepulturero), y la mujer, que ya pasaba de los cuarenta, no lo recibía con gus-

to, sino con fervor, como una bendición de Dios (lo que acaso y en verdad Juan Milagro fuera para ella) y se dedicaba a él
como no se dedicaba a nadie, y lo eximía del pago con una
sonrisa que más bien parecía un sollozo. Por el momento, con
Melina se sentía satisfecho. Con Melina y, claro está, con su
propia fantasía, porque también en las noches de la playa se re-
fugiaba en el mar, y nadaba, se alejaba de la orilla, y permitía
allí que sus manos completaran lo que la imaginación precisa-
ba. Demasiado joven aún, en las proximidades de los deseos y
los cuerpos, prefería optar muchas veces por la imaginación
y despreciar la realidad. Para ser justos, la imaginación casi
nunca le defraudaba.

Tan joven como él, más madura, mujer al fin, Fedrita no estaba segura de que la imaginación resultara un buen sustituto
de los hechos tangibles. En las madrugadas, no se conformaba
con pensar en Juan Milagro y en utilizar las propias manos para
inventar un Juan Milagro que no estaba con ella. Así que des-
plegó todas sus artes en la conquista del mulato. A despecho,
incluso, de la opinión familiar (en especial la paterna). A la familia, de origen castellano, la horrorizaba imaginar que los nie-
tos nacieran oscuros, con la cabellera dura y desobediente y
una marca de antigua esclavitud en la entrada de las nalgas.

Una noche, Fedrita vigiló al muchacho en el Bar de Enrique, a sabiendas de que las cervezas calentarían una sangre que
lo conduciría hasta el cuarto de Melina. Cuando hacia la medianoche lo vio salir, se adelantó ella y se sentó en una piedra
que había (que todavía hay) a la entrada del cementerio. El lugar era oscuro y respetado, de modo que nadie pasaba por allí.
Él vio a Fedrita sentada en la piedra, una aparición hermosa
que no provocaba miedo. O que provocaba un miedo que
daba gusto. Se sentó junto a ella. Ella le preguntó si no respetaba los cementerios. Él respondió que, como ella sin duda sabía, su abuelo había sido sepulturero, y más, porque había sido
ñáñigo, y que, de niño, muchas veces lo había acompañado a

164

pagar, toda la noche en vela, por alguna alhaja de hueso humano. Ella aclaró que, aunque los respetaba, le encantaban los cementerios de noche, que por favor la acompañara, y él la complació como cabría esperar, sabiendo que ella quería algo que estaba lejos de la muerte. El primer beso tuvo lugar al pie del ridículo y ostentoso panteón de la familia Estévez-San Román. El segundo, aún más impetuoso, en el mausoleo de la logia. Al final se echaron sobre una tumba baja y de lozas que carecía de inscripción. Ella fingió que había perdido la virginidad. Él fingió que la creía. Dos semanas después, ella lo amó más que nunca, y él fingió que la amaba, y se fueron a vivir juntos a la casita del Callejón de los Perros.

Y fue allí donde comenzó la infelicidad de Juan Milagro. La desdicha de abandonar el bungalow, donde tan a gusto se sentía, para convivir con una mujer a la que no quería y a la que poco a poco, como podía esperarse, pronto comenzó a odiar. Odio que favorecía a Melina y exaltaba las fantasías nocturnas y manuales en la playa.

Ya por ese tiempo, además, Valeria se había convertido en una mujer. Y, para Juan Milagro, en *la mujer*.

Durante años, Juan Milagro y Fedrita convivieron sin convivir, como dos extraños forzados a sentarse a la misma mesa y compartir la misma cama. El cuerpo de ella ningún deseo despertaba en el cuerpo de él. Cuando se acostaban, él tenía el cuidado de apagar todas las luces, y luego, por si acaso, con el pretexto de que los ciscos del carbón acababan poco a poco con sus ojos, empapaba en agua un pañuelo con el que se cubría los ojos. Sólo así permitía que las manos de ella recorrieran su pecho y sus muslos.

Y así fue hasta el primero de octubre de aquel año del ciclón. Esa mañana ocurrieron dos hechos importantes. Cuando llegó a la casa, luego de pasar la noche en el bungalow, descubrió la citación del Comité Militar sobre la mesa de la cocina. Fedrita no estaba. Al principio pensó que se había ido donde sus padres. Pero, que él supiera, ni una sola pieza de ropa faltaba en el escaparate. Fue a ver a la madre, que vivía en la Calzada, junto al cine Suárez, y le habló de cualquier cosa, no recordaba de qué. En todo caso, no hablaron de la hija.

Durante días, Juan Milagro recorrió el pueblo de arriba abajo, como un forastero, como si lo descubriera, andando y en el jeep. Volvía a la casa a cada momento, por si ella regresaba o dejaba una señal. Se paraba en las esquinas hasta altas horas. Veía cómo, con la noche, las calles perdían su habitual color punzó. Cómo se iban vaciando y cómo iban cayendo en un silencio que inquietaba tanto como el olor de los galanes. Recorría el cementerio. Se sentaba en la piedra de la entrada, como un fantasma que teme a otros fantasmas. No la quería, pero tampoco necesitaba sentirse culpable.

—Ésa fue la razón —explicó— de que me hubiera perdido por esos días. —Y le contó a Mamina cómo había buscado a Fedrita sin buscarla, fingiendo que sabía dónde estaba y que por esa razón no la buscaba—. Fedrita desapareció, mamá, se la tragó la tierra. Y lo peor, o lo mejor, es que ya no me importa, más bien me alegro.

—La familia, ¿te ha dicho algo?

Juan Milagro negó con la cabeza.

—Ni dicen ni dejan de decir, no sonríen, y tampoco se preocupan. Es como si esperaran alguna noticia, como si supieran algo que yo debiera saber, algo de lo que no debe hablarse.

—¿Fuiste a la policía?

Juan Milagro la miró como si la vieja se hubiera vuelto loca. La anciana hizo un gesto con la mano.

—No me hagas caso. —Se acarició la frente—. ¿Estás enamorado de otra? —preguntó sin poner demasiado énfasis, removiendo las ascuas del carbón.

El mulato quitó con brusquedad el paño que ocultaba los ojos de la jicotea disecada. Mamina repitió la pregunta, esta vez ya sin ninguna interrogación.

—Mamá, tengo sueño.

Ella tenía más de noventa años y sabía descubrir las respuestas detrás de las evasivas.

## Desaparición de Amalia Godínez

Lo anunció una mañana de 1960 durante un desayuno aún copioso. Se iría de Cuba. La decisión definitiva, según se preocupó por dejar claro, había tenido lugar el día en que se percató de que no encontraba mermelada inglesa ni en la más sofisticada y famosa de las dulcerías. Sin contar con que, además, en el tocador concluían sin remedio los cosméticos de aquella antigua enfermera (no por gusto el nombre verdadero de la canadiense era Florence Nigthingale) mundialmente conocida como Elizabeth Arden.

Por eso, por la escasez de mermelada inglesa, y por la evaporación de los productos de la extraordinaria Elizabeth Arden, decía Amalia Godínez con una sonrisa, estaba dispuesta a huir de Cuba.

Y ella nunca prometió algo que no cumpliera. Principalmente si se trataba de una promesa que habría de beneficiarla.

Desde su partida, sólo llegaron tres cartas, que eran, con toda probabilidad, las únicas que escribió. Al menos y que se sepa, las únicas que escribió a la familia.

La primera, a siete meses de su partida, estaba fechada en Fort Lauderdale el 6 de mayo de 1962. Por alguna rara coincidencia, sin duda ajena al humor nada fervoroso de Amalia, aquel 6 de mayo el papa Juan XXIII canonizó a san Martín de Porres. En la carta, breve y escrita con su cuidada letra de caligrafía Palmer, no por gusto educada en La Havana Business Academy, Amalia contaba que ella y Erasmo trabajaban ya en un hotelito «fastuoso» (fue ésa la exacta palabra que utilizó), al borde del mar, y que habían alquilado una casita pequeña y cómoda, con un cuarto para sus «dos adorados niños». Esos «dos adorados niños» eran sus hijos, Valeria y Locuaz el Mudo, a quienes el matrimonio había dejado al cuidado de Mamina, Andrea y el Coronel, hasta tanto lograran salir adelante en la nueva vida que se proponían emprender.

La segunda carta se recibió el 24 de enero de 1964, y había sido escrita en una ciudad llamada Two Harbors. Costó a la familia averiguar que Two Harbors era una pequeñísima ciudad cercana a Duluth, Minnesota, al borde del lago Superior.

Más breve aún que la anterior, en ésta no se hablaba de los niños. En el pliego de papel rosa, con el membrete, precisamente, de una compañía de fabricación de papel, Amalia se limitaba a comunicar tres escuetas noticias: primera, que en Nueva York había asistido a una función de *Hello, Dolly!* («Carol Channing, divina y deliciosa», anotó); segunda, que Erasmo y ella se habían separado: «incompatibilidad de caracteres, dos personas tan diferentes, con aspiraciones tan diferentes, no podían seguir viviendo juntas»; tercera, que se había enamorado, «como Serena» (se atrevió a escribir), de un señor alto y encantador, natural de Cedar Rapids, Iowa, que guardaba un extraordinario parecido con William Holden («yo, como comprenderán, me siento como Jennifer Jones»). Y ya que a William Holden se refería (y a Jennifer Jones), no firmaba la carta con su nombre, sino con el título entusiasta de la película que había visto con veinte años y que siempre adoró: *Love Is a Many Splendor Thing!*

La tercera carta se recibió tres años después, en 1967. No venía fechada. (El matasellos revelará a Valeria la fecha de la carta.) Sí daba fe de un lugar: Pahrump, Nevada. Bajo el impronunciable nombre de la ciudad, había dibujado, no se sabe por qué, unas montañas y escrito una inscripción: *Heart of the New Old West.* Esta tercera carta, la última que de Amalia se recibió en la casa, resultó aún más parca que las anteriores. Decía que al cumplir treinta y dos años sentía «como si hubiera vivido a media máquina». Y agregaba: «He vivido mucho, es cierto, ahora mi único deseo es sustituir el "mucho" por el "todo". América no es un país, sino algo más, un grande y extraordinario musical del que me propongo ser protagonista. Papá, cuánta razón tenías, ¡qué crimen haber nacido en Cuba con tantas tierras maravillosas y ciudades espléndidas y variadas que hay al norte, a sólo noventa millas de esa baratija de isla con forma de cocodrilo! "La vida es un banquete en el que unos comen mucho y otros se quedan con hambre" (Patrick Dennis, *Auntie Mame)*». No terminaba con una despedida al uso, con una firma o con un beso, sino con el dibujo de unos labios y tres palabras que parecían expresar más de lo que a simple vista parecía: *«peace and love»*.

Nunca más se supo de Amalia. Como si se la hubiera tragado el telón de boca del gran escenario y se hubiera perdido entre las bambalinas, los bastidores y decorados pintados de aquel teatro monumental que, empleando una monumental sinécdoque, llamaban América.

## América profunda

Treinta años después, Valeria intentará buscar a su madre. No la moverá el amor filial. Ninguna necesidad existe de ennoblecer la búsqueda de Valeria, bastante noble de por sí, puesto que buscará a su madre por el prurito de saberlo todo y, claro está, de narrarlo.

Viajará infructuosamente a Fort Lauderdale y meses después marchará en su cómodo Lincoln, comprado para la ocasión, de Nueva York a Minnesota. Llevará una divertida novela de Gore

Vidal que irá leyendo en las cafeterías de carretera, en los moteles, y cuyo título coincidirá con el nombre de la ciudad. Se hospedará en un gracioso y pulcro hotel de Duluth, desde donde tendrá una lejana vista del lago Superior. Descubrirá que en esa ciudad había nacido Bob Dylan, veintitrés años antes de la llegada de Amalia y sesenta y seis años antes de su propio arribo.

Una tarde, treinta años después, Valeria viajaría a Two Harbors y encontrará una ciudad mucho más pequeña de lo que ella misma imaginó, y donde tampoco encontrará rastro alguno de la madre.

Por superstición, Valeria verá dos veces la película de Jennifer Jones y William Holden (horrible y pasada de moda) y leerá, incluso, la novela de Han Suyin (que le parecerá tan horrible y más *demodée* que la película, con la ventaja —lo que para ella es una ventaja— que mantienen siempre los libros sobre las películas). Disfrutará de la versión cinematográfica de *Hello, Dolly!*, a sabiendas de que el estilo de actuación de Barbra Streissand sería notablemente diferente al de Carol Channing. No se atreverá (y no sabe por qué, pues mucho le gustará *Our Town*) con la pieza de Thornton Wilder, otro señor de esa pequeña y simpática ciudad de Wisconsin llamada Madison).

De Duluth, desanimada y escéptica, continuará viaje hacia Pahrump, Nevada. Lo hará escuchando a Bessie Smith, en el confortable Lincoln, por la interestatal, atravesando Minnesota, South Dakota, Wyoming, Utah, y deteniéndose, como será inevitable, en moteles de carretera que la harán sentir como un personaje de alguna de las miles y truculentas *road movies* que se han filmado.

Un viaje hermoso y agotador que la hará recordar a su abuelo, muerto sin haber pisado nunca la tierra que por alguna misteriosa razón añoró. Un fatigoso lujo recorrer Nevada hasta Pahrump, en el condado de Nye, una ciudad que no habría debido merecer, se dirá, el nombre de ciudad, próxima a

170

Death Valley, junto a California, a poco más de sesenta millas de otra ciudad artificiosa, Las Vegas.

La única persona que recordará a su madre será una anciana delgada y elegante, una profesora de español llamada Linda Nichols (*née* Linda Sirgo), que recordará a Amalia porque Linda será habanera como Amalia.

—Habanera de El Carmelo, en El Vedado —dirá con un español cuidado, de acento neutro, que de primer momento no podrá saberse en qué país lo aprendió—. Conocí a su madre —explicará— porque ver cubanos aquí, en Pahrump, como sin duda usted se hará cargo, y gracias a Dios, nunca ha sido un suceso que tenga lugar todos los días. Es más, le confesaré: precisamente esa ausencia de cubanos me llevó a elegir esta aldea, donde ni siquiera había teléfono cuando llegué a principios de los sesenta.

Andarán por entre los parterres de un pequeño parque sembrado de árboles cuyos nombres Valeria, como buena cubana (y a pesar de la tradición de los Barro y los Godínez), desconocerá.

Linda Nichols le contará a Valeria lo que ella escribirá después en su novela: que eligió la ciudad del modo más simple, porque necesitaba una ciudad pequeña de los Estados Unidos, bien alejada de Miami y de los cubanos que acudían al refugio de la famosa torre de la libertad.

—Odiaba Cuba —dirá Linda Nichols— y todo lo que con ella tuviera que ver. Llegué a este país vencida y hastiada. Tenga en cuenta que a mi padre, coronel del ejército, lo fusilaron en La Cabaña, después de un juicio sumarísimo y sin que le hubieran probado ni un solo crimen. Salí por México, en un viaje largo y desagradable que más bien pareció una vuelta al mundo. Llegué a San Francisco sin dinero y, mucho peor, sola y sin ánimo, en los primeros meses de 1962. Me cambié el nombre, me hice llamar Gloria Dorantes, uniendo el nombre y el apellido de dos actrices mexicanas que entonces me gustaban. Cuando me preguntaban de dónde venía, explicaba que era mexicana y había nacido en Monterrey. Busqué en un atlas un lugar pequeño y aislado. Quería esconderme, ser otra, quería que aquella jovencita de El Carmelo desapareciera. Estaba decidida a reaparecer en otra mujer. ¿Lo conseguí? Bueno, lo mejor de todo es que logré deshacerme de mi odio y limpiarme de lo que tanto daño me hizo. El perdón purifica al ofendido, no al ofensor, como escribió Borges. En cualquier caso, aquí estoy, viva, sana y salva, recordando y hablando con usted. Y aquí estaré hasta que me llegue el día, nueva y sin historia. Nací Linda Sirgo, en La Habana, y moriré Linda Nichols, o Linda Sinodios, en Pahrump, Nevada. Triunfé, ¿no le parece?

Llegarán a un pequeño y gracioso café, decorado como un café vienés. Ambas pedirán un té Earl Grey. Ninguna de las dos pondrá azúcar en su té y ambas sonreirán y se mirarán con simpatía, como si comprendieran.

—A su madre la conocí una mañana, y la recuerdo. Su inglés era bueno, es cierto, aunque tenía algo..., no sé, un rasgo imborrable de Leonardo Zorzano Jorrín y de La Havana Business. Además, su indumentaria llamativa... Vestir en colores, de modo psicodélico, aquí en Nevada, en esos años, y andar sin zapatos, era, además, bastante osado. Había ido a la iglesia de los anabaptistas buscando qué comer. Me ofrecí para darle algo y la llevé al pequeño negocio de unas amigas. Mis amigas han muerto y el negocio todavía está ahí. Hacían un pan divino, lo amasaban ellas mismas, y unos asados de pollo que devolvían la fe en la vida. Hablamos mucho, su madre y yo, digo, y me reveló lo que yo sabía, que era cubana, y agregó que era prima segunda de Elisa Godínez, la primera mujer de Batista. Y me dijo también que su hermano se había ahogado, y que una de sus hermanas se había suicidado de algún modo horrible que ahora no recuerdo. No me contó, en cambio, que tuviera hijos. Creo recordar que en algún momento definió la familia con una palabra inapropiada, *pigsty*, fue ésa, sí, la palabra que empleó, por raro que a usted le parezca, como entonces me lo pareció a mí. Y no sólo lamento que la palabra sea grosera y poco apropiada para hablar de la familia, lamento lo que pueda significar para usted. Creo recordar que me dijo que se iría a Death Valley. Cuando le pregunté qué pensaba que podía hacerse en semejante aridez, me dio la respuesta más insólita, que iba donde unos amigos, a criar ovejas. Dos días más tarde fue a verme al instituto donde yo daba clases, me llevó de regalo una guitarra pequeña, de juguete, de cuyas clavijas colgaban cintas en colores. No era fea la guitarra, la verdad, y se veía que había ido con ella de un lado a otro, porque estaba sucia. Por detrás, había escrito mi nombre y el suyo. Quizá por eso mis recuerdos, tan débiles, tan pobres, no han borrado el nombre de Amalia Godínez. Durante años, la guitarrita estuvo en mi estudio. Un día, cambié de casa y la guitarrita desapareció, como su madre.

## «Así se inventó»

No insistirá en saber cuál fue el destino de su madre.

Mucho la intrigará cómo una mujer que decía haber huido de Cuba en busca de mermelada inglesa y de cosméticos de Elizabeth Arden habría podido terminar cuidando ovejas en el Valle de la Muerte.

También será cierto que pensará que, después de todo, su madre había sido una mujer con humor, sonreirá y tampoco le importará demasiado.

Descubrirá asimismo lo inútil de semejante búsqueda. Y si, por lo demás, se tratará de escribir un libro, ¿qué necesidad tendrá de ser rigurosamente fiel a la verdad?

# Historia de Mamina

Peligrosos y azarosos los caminos que tuvo que recorrer Mamina para encontrar el refugio de la playa sin nombre.

Demoró sesenta y siete días, y tropezó con un número superior de contratiempos. Dos meses y una semana interminables, de excesiva violencia. Intentando huir de un extremo a otro de la isla, desde las lejanas tierras de Oriente, para llegar, sin entender la razón, a una Habana insegura y babilónica.

«Mi vía crucis», solía ella calificarlo las escasísimas veces que se animaba, o desanimaba, hablando de aquel viaje. Con el dolor, además, de los muertos que quedaban atrás, y bajo el signo de otras matanzas, aunque ajenas no menos propias y terribles, que iba contemplando y sufriendo por los caminos brutales de la isla endemoniada.

Sesenta y siete días entre las secuelas y los desastres de una guerra racial, portando, para colmo, el peor de los salvoconductos: su piel oscura y su cara, hermosa, sí, pero de negra hija de esclavos, su cara doliente y fugitiva de hija de mandinga y de embuyla.

Fue en 1912. Hacía sólo catorce años que el imperio español, ya maltrecho, había arriado su bandera, y diez desde que, convertida en Estado precario, en república tímida, vacilantemente democrática, se izara la bandera (creada por Teurbe Tolón para Narciso López), junto a la bandera norteamericana, sobre las almenas de los castillos de El Morro y La Cabaña. A sólo catorce años de la independencia, ya habían tenido lugar varias huelgas, dos guerras y dos intervenciones norteamericanas, como si no hubieran bastado los diez años de muertes, machetazos, epidemias, hambres y reconcentraciones que mediaron entre 1868 y 1878, y como si quisiera prepararse el camino para los desastres que, sin duda alguna, y cada vez con mayor intensidad, estaban por llegar a la joven y siempre desventurada república.

No le decían entonces Mamina, sino que la llamaban por su nombre completo y verdadero, María de Megara Calcedonia. Ella y su hermano Juan Jacobo habían tenido la suerte de nacer, respectivamente, en 1886 y 1887, años de cierta felicidad, puesto que la corona española se vio obligada, luego de una guerra sangrienta que ningún bando tuvo la gloria de ganar del todo, a ir aboliendo la esclavitud en la «siempre fidelísima Isla de Cuba».

Los hermanos habían nacido en las serranías próximas a Alto Songo, por allá, por entre Dos Amantes y La Maya, en el barracón de un cafetal, El Calamón, que entonces pertenecía a una familia ya no tan opulenta y sí bastante famosa de la zona, los Pagerie, franceses, como indica su nombre, o mejor, de origen francés. Los Pagerie habían llegado primero a Saint Domingue desde la Martinica, y desde Saint Domingue, huyendo despavoridos de las huestes de Toussaint Louverture, a las montañas del Oriente de Cuba. Como también indica el apellido, eran parientes cercanos de la que había sido emperatriz de los franceses, Josefina Beauharnais, nacida, como todo el mundo sabe, Tascher de la Pagerie. Los dueños de El Calamón poseían, por tanto, el aire entre señorial y agreste, un tanto zafio, propio de la nobleza bonapartista, la misma afectada altivez aderezada con un insólito toque de inseguridad. Tanto lo señorial como lo agreste, la altivez, la afectación y la inseguridad, se veían acentuados por la lejanía de ese corazón que todo francés posee y que se llama París, y la supervivencia en una tierra donde el más cotidiano de los acontecimientos se revestía con un aura de suceso, de peripecia entre trágica, apocalíptica y, en el fondo, ridícula. La nobleza bonapartista se sentía allí más nobleza, y al mismo tiempo más plebeya, más *parvenue* si cabe.

No muy grande, El Calamón era ya, para esas fechas, menos que un cafetal: una quinta de recreo. Aún originaba algunos quintales de café, pero éstos no alcanzaban para mantener la opulencia familiar, que tampoco tenía ya mucho de opulencia. La producción de café se había visto mermada por la guerra. Los negros de la familia, en su mayoría, huyeron a aquella batalla tan larga y cruenta como desorganizada e inútil.

Nunca se supo, y tampoco es que hiciera falta saberlo, si los negros se habían ido a la guerra por un atisbo de amor patrio o por un natural deseo de libertad. O por amor a la aventura; algo también bastante probable, puesto que levantarse cada día, mucho antes de que saliera el sol, y subir y bajar montañas recogiendo café para dejarlo secar, y llevarlo luego a los tostaderos y a los molinos, no era lo que se dice una empresa festiva. Era lógico que los negros mambises tuvieran una mayor necesidad de libertad que los blancos, y que se sintieran mucho más a gusto en los campos de batalla, con los machetes en alto, sobre caballos robados y sin montura, que en los estrictos barracones de las plantaciones cafetaleras o, mucho peor, en los crueles barracones de las plantaciones azucareras. Aquellos campos de guerra no eran campos de guerra como podían serlo, por ejemplo, los civilizados prados de Mont-Saint-Jean o de Austerlitz, sino puro monte, manigua, áspero y salvaje matorral donde se contraían enfermedades, se combatía descalzo y donde se vivía y se dormía libre, y también se gozaba, y mucho, a la intemperie, que es como mejor se goza.

La gran suerte de los Pagerie sobrevino cuando, un poco antes de la Guerra de los Diez Años, un pariente ilustre, hijo de la prima Hortensia, llegó de Baviera con el ánimo resuelto, e inculcado por la madre, de instaurar en Francia el Segundo Imperio, para lo cual se casó con una noble granadina llamada Eugenia de Montijo. Los Pagerie del café cubano, muchos de ellos criollos desde hacía generaciones, vieron los cielos abiertos. Luego, ya al comienzo de la Guerra de los Diez Años, los más rezagados de la familia regresaron a Francia e invirtieron en la producción de sedas, y, gracias a los descubrimientos asombrosos de Hilaire de Chardonnet, lograron abrir con éxito algunas fábricas en Lyon, Marsella y Besançon.

Es decir, que casi por las mismas razones que los negros, los Pagerie se habían establecido, en su mayoría, en suntuosos hoteles de Marsella, París y Lyon. En El Calamón sólo quedaron los dos hermanos mayores, Delfina y Julien, tan nativos que sólo conocían el París de Honoré de Balzac (en el fondo, es cierto, más París que París). Y había quien replicaba, con sonrisa perversa, que la piel blanca de los Pagerie no era genuinamente francesa, sino una composición feliz del Trocadero con el puerto del Calabar. Demasiado cansados, nativos o aplatanados, para correr nuevas aventuras, y demasiado imbuidos de las teorías de Rousseau como para repetir, al unísono, que todo era perfecto al salir de las manos del Creador y que todo degeneraba en manos de los hombres. Aunque nacidos en Cuba, eran también franceses (y no se debe ver en esto la contradicción que a simple vista parece) y, por lo mismo, bastante cultos, hijos de la *Encyclopédie*, hijos retrasados, es verdad, y, más aún, porque a Cuba todo ha llegado siempre tarde, disminuido y distorsionado, hijos de los seis volúmenes del *Cours de philosophie positive* que Comte terminó de publicar en 1842.

De modo que, un poco por librepensadores, y otro poco por la sangre del Calabar que acaso corriera por sus delicadas, positivistas e imperiales venas, Delfina y Julien fueron de los primeros en deshacerse de sus esclavos. Los preferidos, los más queridos, un mandinga y una hija de gallego con embuyla, Liduvia y Losanto, padres de María de Megara y Juan Jacobo, fueron los que quedaron con ellos en la casa, en aceptable régimen de libertos.

Los niños crecieron, pues, en el magnífico cafetal en decadencia. Mucho más magnífico dado que estaba en decadencia. Delfina y Julien les enseñaron a leer y a escribir, en francés y en castellano, usando la *Corinne* de Madame de Staël, *François le Champi*, de George Sand, así como *La gaviota* de Fernán Caballero y los *Romances históricos* del duque de Rivas. Los educaron en algunas nociones de dibujo y de matemáticas, así como en algunos rudimentos de filosofía.

María de Megara mostró desde niña una excelente disposición para el bordado, la costura y la cocina. Juan Jacobo, por su parte, asombró a todos (salvo a Julien de la Pagerie, su mentor) cuando a los doce años, durante una cena, apareció con un violín de Cremona, que había pertenecido al más viejo de los Pagerie, e interpretó, con suficiente destreza y pasadero buen gusto, siete de los veinticuatro caprichos de Paganini.

A partir de esa noche, el destino de Juan Jacobo estuvo marcado. Semejante marca selló también el destino de los otros. Porque Juan Jacobo, apenas un adolescente, por los mismos días en que don Tomás Estrada Palma se sentaba en la silla presidencial (año, además, de la muerte de Émile Zola), escapó a Santiago de Cuba y se hizo músico de una charanga que tenía su sede en El Caney y tocaba en verbenas, celebraciones patrias y fiestas patronales. Charanga dirigida por el músico negro José María Figarola, presidente, asimismo, de una sociedad para «la gente de color», entre masónica y abakuá, denominada Gran Liceo Dahomey del Oriente.

En ese tiempo, y como si la vida quisiera mostrar la oscura relación de sus eventos, murieron los hermanos Pagerie. En realidad, no murieron, puesto que el verbo morir evoca un acontecimiento que escapa a la voluntad. Los hermanos Pagerie aparecieron muertos en una de las terrazas del cafetal, el mismo día de febrero en que Delfina cumplía sesenta y nueve años. Ella tenía varios disparos en la frente. Él, en el corazón. Junto a Julien, la vieja escopeta de caza con la que mantenían a raya a los bandidos de la zona. Junto a Delfina, un pliego de papel de arroz con una carta escrita en francés por una cara y en español por la otra, donde explicaba el desinterés de ambos por la vida terrenal, y su ambición por reposar juntos en las tierras oscuras de El Calamón, bajo una ceiba centenaria, plantada por el abuelo de ambos, don Philippe-Auguste Tascher de la Pagerie.

El cafetal, ahora en manos de los parientes de Lyon, Marsella y París, quedó olvidado.

Como todo en Cuba, la decadencia dejó de ser decadencia (decadentismo) para transformarse en ruina.

A Liduvia y Losanto, María de Megara Calcedonia y Juan Jacobo, los de la Pagerie legaron una casita de madera en un caserío cercano al cafetal, llamado La Maya por la cantidad de matas de maya que allí crecían (o crecen), que era (o es) una mata de hojas largas y correosas, parecida al maguey, también conocida como «piña de ratón».

Allí en La Maya vivieron Liduvia, Losanto y María de Megara, cultivando con éxito un conuco que les alcanzaba para comer, y hasta para algún prudente capricho, mientras que Juan Jacobo, buen violinista (excelente violinista, si tenemos en cuenta el lugar donde vivía), se ganaba la vida con decoro en la orquesta de danzones del señor Figarola.

Fue otro músico de la orquesta y miembro destacado del Gran Liceo Dahomey del Oriente quien se dejó cautivar por María de Megara y logró, a su vez, cautivarla. Se llamaba Serafín Minaya. Flautista, mulato, alto, fuerte y duro como un jiquí, Serafín Minaya había nacido en Moca, en La Española, al norte de Santo Domingo, y había llegado a Santiago de Cuba con doce años, en compañía de sus padres. Los viejos Minaya habían fundado en Santiago de Cuba una fabriquita de botellas de vidrio, que vendían a la familia Bacardí, aquellos otros emigrantes llegados de Sitges que desde hacía cuarenta años destilaban el mejor ron de Santiago de Cuba.

Serafín Minaya no sólo era un mulato hermoso sino también bastante culto, de buena familia dominicana, y de una elegancia inusitada (la elegancia de los Minaya, decían), que se había convertido además en el brazo derecho del señor Figarola, y también colaborador de un político negro, de posible origen haitiano, que poseía una próspera finca en Belona, cerca de La Maya, llamado Pedro Ivonnet.

Serafo tenía veintisiete años, María de Megara veinticuatro, aquel 10 de julio de 1910 (que fue no sólo el año del paso del cometa Halley, sino también el de la muerte de Winslow Homer y de Mark Twain) en que se unieron ante un ceremonioso notario negro, pulcro y trajeado, de pasas estiradas, engominadas y verdosas, contratado por el Gran Liceo Dahomey del Oriente.

El matrimonio continuó viviendo en La Maya, en un cuartico construido con tablas de najesí que Serafo agregó, con su único esfuerzo y sus manos enormes, a la casita de Liduvia y Losanto. Allí nació Colomba Bezana, la hija de María de Megara y Serafín Minaya, el 12 de diciembre de 1911.

Y fueron más o menos felices los años en que más o menos duró su felicidad, que fueron sólo dos años. Hasta aquella noche de junio de 1912 en que estalló la guerra de los negros y el caserío de La Maya ardió como pueden arder los caseríos fugaces que se levantan con tablas de najesí, troncos de pipistey, patabanes y las pencas resecas de las palmas reales.


## Un libro

Será buena la soledad porque hará frío, y le dará gusto padecerlo. Sufrir el frío, mirar por la ventana y recordar, sentirse entre desolada y amparada por tanta nieve y tantos edificios. Abrir los brazos, tentar la cama, saber que no hay otro cuerpo y no tener a quién lanzar la queja habitual que, de tan habitual, ya no será queja sino broma, repetir reiterativa, mentirosa:

—Nada hay peor para una habanera que vivir en una ciudad donde nieva.

Se levantará de la cama dispuesta a colar una sola taza de café. Irónico, bastante fuera de lugar, que a esas alturas aún sea capaz de emplear la palabra «colar» cuando de lo que se tratará es de hacer funcionar una cafetera eléctrica.

Una taza de café, y se sentará a escribir que antes las cosas fueron de otro modo. Una frase innecesaria, puesto que no se precisa ser sagaz para comprender que *siempre, antes*, las cosas fueron de otro modo.

Escribirá sobre un mundo distinto. Peor en muchos aspectos. Mejor en casi ninguno. Un tiempo, un lugar y una vida suficientemente sombríos.

Lo más notable será lo que descubrirá allí, en Nueva York: aquellos años no fueron en verdad demasiado sombríos.

Valeria tendrá que reconocer que en la playa existían tres pequeños milagros. El primero y muy notable era que ella comenzaba a salir de la adolescencia, que tenía dieciocho años, y a esa edad uno todavía no ha entendido muchas cosas, entre ellas qué es el horror. El segundo, que constituían una pequeña familia, con virtudes y defectos, apegos y desapegos, como cualquier familia. Y el tercero y acaso el más importante, Jafet estaba entonces con ellos, en la casona.

Valeria sentirá frío en su bonito apartamento del Upper West Side (la casa que todo cubano habrá soñado alguna vez) y se quedará mirando la nieve (la nieve con la que todo cubano también habrá soñado alguna vez). Allá afuera, la nieve se extenderá tenebrosa como el hábito de un mercedario.

Se preguntará: «Después de todo ¿qué hago aquí?». O mejor: «¿Cómo he venido a parar aquí?, ¿qué raro designio me ha hecho terminar en esta ciudad que es el centro del mundo?». Otras veces, en cambio, se preguntará: «¿Qué hice allá?».

En algunos casos serán todas las preguntas a la vez, y eso sí que quedará sin respuesta. Y si tuviera respuesta, resultaría inmoderada o indescifrable, demasiado abstrusa o metafísica para una mujer como ella que, en las cosas concretas, en «este lado del espejo», como le gustará decir, en eso que a veces llamará, burlona, «la vida real», preferirá no perder tiempo ni andarse por las ramas. ¿Para qué? Sincera y con una ironía que pretenderá restar pedantería a la frase, precisará: «La vida es un género literario, y el destino, si es algo, es la estructura de ese género. La vida no es cosa de personas, sino de personajes. Héroes y heroínas escritos por un señor inteligente, tozudo, sensitivo y un poco loco. Héroes, heroínas que han sido puestos a vivir en un mundo estructurado, dispuesto y distribuido lo mejor posible».

Esto dirá y escribirá una mujer que nunca ha creído en Dios y que siempre se ha burlado de semejante idea y de la vulnerabilidad que implica. Si no se entiende un viaje entre dos «nadas», nada más razonable, y hasta prudente, que inventarse a Dios. Valeria siempre se consideró y se considerará atea. Y dirá y escribirá que sólo las novelas poseen el privilegio de la estructura.

Por lo tanto, la vida, si aspira a algo, aspira a ser una novela.

Ella nunca sabrá si el mundo, como afirmaba Mallarmé, existe para llegar a un libro, o si por el contrario ya lo era de antemano.


## Una prueba de la existencia de Dios

Salió a andar por la playa. Hacía mucho que no realizaba aquel viaje. ¿Un par de años? Cuando el cuerpo se lo permitía. Entonces le gustaba bajar hasta la playa a esa hora en que ya el sol se hallaba bajo y no castigaba. Y le gustaba tomar el rumbo contrario al que seguían los otros. Si los demás preferían quedarse en la playa, o se iban hacia el este, hacia Baracoa, él, en cambio, elegía el oeste, la hilacha de agua sucia que llamaban río Banes.

Iba hasta allí por muchas razones. Al principio, precisamente porque la playa se volvía aún más fea hacia ese lado y dejaba de ser playa para convertirse en un litoral agreste, intransitable, con riscos violentos y pequeños precipicios cubiertos de dientes de perro. Tanta tosquedad del paisaje aseguraba la soledad.

Para Mino resultaba fácil recorrer los arrecifes. Los estudiaba, como alguna vez quiso (y pudo) estudiar a las personas. Un día descubrió que, como las personas, los atolones tenían varias caras. Y que, como con las personas, no había que dejarse llevar por la cara amable, en apariencia seductora, de los atolones. Al contrario, parecía preferible elegir el lado peligroso, que por lo general resultaba el más accesible o, en todo caso, el más nítido, el más dominable y descifrable. Al menos, se decía Mino, con el canto peligroso, tanto de atolones como de personas, uno sabe a qué atenerse.

Desde hacía mucho, incluso antes de vivir en el bungalow, a Mino le gustaba la pequeña aventura de aquel viaje insignificante, tan pobre si lo comparaba con cualquier otro de los grandes viajes, imaginarios o reales, que hubiera hecho en su vida. Un viajecito pequeño y extraordinario, en soledad, que consistía en dar pequeños saltos para evitar las rocas peligrosas y llenas de aristas.

Le gustaba llegar a un lugar poco favorecido por la mano de Dios. Aunque sólo en apariencia. En rigor, hasta lo más feo se hallaba favorecido por la mano de Dios. Allí, por ejemplo, disfrutaba de un aislamiento y de un silencio que Mino no dudaba en calificar de divinos.

Como a quince minutos de la casa, encontraba el abra pequeñísima. Las rocas se rompían, se convertían en piedras de redondeces sorprendentes, como los huevos de algún animal gigantesco. Un duro monte de mangles cerraba el paso desde la carretera hasta la playa. Donde comenzaba el monte, surgían unas raíces grandes, secas, cárdenas, blanqueadas a trechos por larvas empecinadas. Las raíces de un árbol remoto que debió de haber sido arrancado por algún ciclón, y arrastrado luego por la corriente, y cuyas raíces habían decidido permanecer allí, poseyeran o no árbol al que alimentar.

Años atrás, Mino solía sentarse en las raíces. Se sentía cómodo allí, sin hacer nada, sin siquiera pensar. Acaso mirando cómo el sol terminaba hundiéndose en un mar que enrojecía brevemente, para luego ennegrecerse o desaparecer.

Mino pensaba que el sol siempre elegía para ocultarse maneras que a él, a Mino, le parecían teatrales. Volvían a su mente los cicloramas de celajes enrojecidos y veloces que había visto en cierta ocasión, acompañando al míster, poco antes de la muerte de éste, en aquella representación de *Orfeo y Eurídice* en un teatro enorme y suntuoso, no sabía si de Los Ángeles, de New Orleans o de qué otra ciudad. Ignoraba asimismo los elogios que Rousseau había dedicado a Gluck: «Puesto que se pueden pasar dos horas así de sublimes, la vida sirve para algo». Ignoró que había visto una función memorable, así como que aquella cantante era una de las grandes contraltos del mundo. La voz de Kathleen Ferrier lo conmovió, es cierto. Él, sin embargo, se había fijado en las nubes presurosas y prácticamente reales del ciclorama. Y allí, en aquel costado de la playa, el sol ostentoso, teatral, solía ponerse siempre con el tono dramático de la función, como en el ciclorama de la puesta en escena de *Orfeo y Eurídice*.

Y el sol se ponía, además, como tenía por costumbre y debía ser, hacia el lado de New Orleans.

Otra de las razones que llevaban a Mino hasta allí tenía que ver con la facilidad con que recogía las algas muertas que llevaba luego a la casa. Algas formidables como cabellos de Medusa que dejaba secar al sol, colgadas de su ventana, para triturarlas luego y ponerlas en un *beaker* al que agregaba alcohol alcanforado y aceite de linaza. Con esto preparaba un ungüento con el que esperaba aliviar sus pies hartos de tantos senderos y encrucijadas, mal irrigados por una sangre en la que siempre había viajado mucho alcohol.

No obstante, la razón más poderosa de que Mino se fuera hacia el rincón oeste de la playa nadie, sólo él la conocía. Allí tuvo Mino la primera de sus revelaciones. Antes, más de diez años antes de oír a Kathleen Ferrier.

Fue un 26 de septiembre de 1941. El día, según Andrea, de la Beata Delfina. El día en que se cumplían cuatro años de la muerte, en Clarksdale, Mississippi, de la gran Bessie Smith. Allí se le presentó la primera de las pruebas que Dios tenía preparadas para él. O la primera que él reconoció como prueba. Entonces Mino no lo entendió así. Mino pensaba que las pruebas de Dios nunca son, hasta mucho después, pruebas de Dios. La mayoría de las veces, Dios hacía confundir sus pruebas con rutinas.

Aunque en esa oportunidad no se trató de un suceso sin trascendencia. Porque lo más importante de todo cuanto aconteció en el abra indecente, cercana al río Banes, fue que Mino descubrió el bote del doctor, el *Mayflower,* cinco días después de la desaparición de su sobrino Esteban. Y todo parecía natural, como si Dios no interviniera para nada en el asunto.

Mino llegó aquella tarde, cinco días después, con el desasosiego provocado por la desaparición del sobrino, y encontró el bote flotando a unos metros de la orilla. Como Mino era entonces un *bon vivant* de cincuenta y tantos, bien alimentado, se lanzó al mar sin pensarlo dos veces y nadó hasta la embarcación, que andaba a la deriva. Cuando la alcanzó, subió a ella sin demasiada dificultad. Carecía de remos. Las chumaceras y las gúmenas también habían desaparecido. Le llamó la atención que en el fondo se encontraran los zapatos *tennis* de su sobrino, gastados y rojos. Más aún, que junto a ellos, desplegadas, ensangrentadas, estuvieran las vendas con las que Andrea entisaba las manos del muchacho.

De primer momento, no supo qué hacer. Aun sin remos, si regresaba, como podía, con el bote a la casa, despertaría en la familia unos segundos de euforia que se convertirían luego en un dolor más grande. Un descubrimiento desgarrador cuando supieran que no era Esteban quien regresaba, sino Mino, el tío inútil, soltero y cincuentón. Tampoco supo qué hacer con los *tennis* y las vendas. Llevarlos como reliquias le pareció inútil. De manera que ató los *tennis* con las vendas y lo lanzó todo al mar, lo más lejos que pudo. Acercó el bote a la orilla, al abra cercana, al río Banes. Desde allí, nadie en la casa podía verlo. Lo subió a la orilla, lo dejó entre mangles y raíces negras. Hasta la madrugada siguiente.

Cuando regresó, a las cuatro de la mañana, se había asegurado de que todos dormían en la casa. Fue al abra y trajo el bote. Lo guardó en el varaentierra, como si nunca hubiera salido de allí. Durante años, la reaparición del bote en el varaentierra significó para la familia una de las pruebas de la existencia de Dios.

## Dios no suele repetir sus milagros

En la exclusividad quizá se halle una de las razones de que la magia divina sea tan superior a la humana. Puede que el repertorio mágico de Dios sea inagotable, o que, por el contrario, elija con exquisitez a sus espectadores. En cualquier caso, permite entender la razón por la que Mino ha regresado al abra, a sus ochenta y tantos años, luego de la desaparición de Jafet. Entender por qué ha desafiado la edad, los riscos, los dientes de perro. Dios no repite sus milagros, lo sabe, pero también sabe, y que Dios lo perdone, que el diablo son las cosas.

# El tren de la Florida East Coast Railway

Es el tren de la Florida East Coast Railway, con locomotora de vapor Baldwin, construida hacia 1921. Es asimismo la única línea que une el último de los cayos que se adentran en el Golfo de México, Cayo Hueso, con un pueblo de la costa este de la Florida llamado Miami. Aún Miami no es una ciudad, sino un pequeñísimo pueblo, con la única gracia de algunos hoteles en South Beach. La línea de este tren funciona, desde 1912, gracias al tesón de un industrial neoyorquino llamado Henry Morrison Flagler.

El tren está a punto de salir. Los pitazos así lo indican. Además, en la estación, al borde del mar, quedan pocas personas. Acaso el guardagujas, que va de un lado a otro, y una señora gorda, con aspecto de *homeless*, que mira al tren con ojos de nostalgia o de extrañeza. Ah, sí, y en uno de los bancos de la estación es probable que haya un hermoso muchacho, bastante sucio también, vestido de vaquero, que dormita con la cara medio oculta bajo un sombrero de paja.

Contando a Vicenta de Paúl, sólo cuatro personas han subido al tren. Los cuatro se han instalado en el primer vagón, de los cinco que tiene el tren de Flagler. En uno de los primeros asientos, Vicenta de Paúl observa que se acomoda una anciana, cargada de maletas, que viste un traje de fieltro rojo, inexplicable con este calor, y que va tocada con un llamativo sombrero de pana morada con florecitas malvas. Dos o tres asientos detrás, un joven desgarbado, con la piel de un blanco lechoso, atiborrado de pecas, y el pelo lacio, blanco, o tal vez rubio. Lo más notable de la cara del muchacho son los espejuelos redondos. No bien se acomoda, abre un pesado e incómodo libro de tapas verdes y parece olvidarse del tren. Hacia el centro se ha sentado el inevitable predicador de todos los trenes norteamericanos. Sesentón y grueso, vestido de negro con un alzacuello que brilla. Al final está Vicenta de Paúl, con un traje decente, confeccionado por Mamina, de un rosa perlado, y una carterita de piel de cocodrilo.

¿Y qué hace esta Vicenta de Paúl tan joven (no ha cumplido aún los veinte años) en este tren, rumbo a Miami?

Hace poco que se ha incorporado como voluntaria a la Salvation Army y, en calidad de tal (y en última instancia para perfeccionar su inglés), se propone hacer un recorrido por los Estados Unidos.

Vuelven a escucharse los pitazos del jefe de estación. El tren comienza a moverse con pesadez, como si le costara iniciar la marcha.

Entonces, y como es de esperar, aparece el desconocido. El hombre es tan alto que tiene que inclinarse para pasar por la puerta. Vicenta de Paúl se percata enseguida de su distinción, algo que se descubre a simple vista. Un hombre refinado, mundano, sin lugar a dudas. Viste un elegante traje gris claro, una hermosa prenda de verano, con diminuto pasador en la solapa, una banderita norteamericana de colores vivos, y lleva en las manos, como corresponde, un sombrero panamá tan flamante y perfecto que Vicenta de Paúl tiene la impresión de que es el primer sombrero panamá que ve en su vida.

El hombre sonríe, inclina la cabeza, una leve reverencia en forma de saludo, y se sienta frente a ella. Ella cree saber que la inunda un fuerte aroma a espliego y a bosque de cedro. Y sin saber por qué, acomoda la abundante falda de su traje, cuida que la falda le oculte las piernas, que se ajuste bien bajo los muslos cubiertos con oscuras medias de seda. Lleva, además, una mano a su pelo. Le disgusta pensar que su pelo es rebelde. Un pelo rubio que es, por el color, de blanca, y, por la aspereza, de mulata, o de negra.

«Jabá», así llaman en Cuba a las mujeres como ella. ¿Sabrá ese hombre lo que significa la palabra «mulata», *mulatto*, lo que significa la fea palabra «jabá», «jabada»? ¿Una palabra que, para colmo, también designa a los toros, a las gallinas de varios colores? ¿Cómo se dirá «jabá», «jabada», en inglés? ¿Será acaso *doubtful, mottled, waverer?*

Por cierto, ¿no la considerará una intrusa? No se debe olvidar que esta mañana, radiante y todo lo hermosa que se quiera, en que el tren de la Florida East Coast Railway sale de Cayo Hueso con rumbo a Miami, aún faltan veinte años para el memorable acto de desobediencia de Rosa Parks.

Vicenta de Paúl mira con disimulo sus propias manos y comprueba, una vez más, que su piel es blanca, como la de cualquier blanco. Piensa: «Mi nariz es ancha, y mis labios son gruesos, pero mi pelo es rubio y mi piel es limpia y mi cara está salpicada de pecas». Y se siente segura. También, como es lógico, se siente insegura. Lo que más o menos significaba *waverer*. Tan segura que supone que sonríe, y tan insegura que cree que cierra los ojos. Dispone de la valentía suficiente para obligarse a abrirlos, a abrir bien los ojos, y adoptar expresión de «¡qué hermoso paisaje!». Tiene la certeza de que mira, a través de la ventanilla del tren, el cielo cruzado de gaviotas.

El tren deja atrás *the southernmost point in the USA*, Cayo Hueso, y avanza sobre el mar, sobre los viaductos construidos sobre el mar. El mar muestra un azul inestable que abarca desde los tonos oscuros del azul de Prusia hasta un azulverde, casi esmeralda. Vicenta de Paúl se dice que es como si uno de los dos, el cielo o el mar, fuera un espejo del otro.

Ella contempla el mar (o lo finge) a través de la ventanilla del tren. El hombre la mira a ella. No deja de mirarla. Ella está segura, sin necesidad de volverse a comprobarlo, de que el hombre la mira. Que ella contemple el cielo y el mar no significa que ignore cuanto el hombre hace. Al contrario. Sabe, por ejemplo, que ha colocado el panamá en el asiento contiguo, que ha intentado acomodarse (es tan alto que le cuesta acomodarse), que ha cruzado las piernas como un hombre que está

189

seguro de lo que hace, que descansa los codos en los brazos de la butaca, y que ha unido las manos enlazando los dedos, como en una plegaria. Y la mira, a ella, a Vicenta de Paúl, sin pestañear.

Como corresponde, ella continúa mirando al mar. Finge que admira el azul del cielo, y el otro azul del mar, tan semejantes los dos. Admira, o lo finge, el día transparente, luminoso, o, lo que es lo mismo, feliz.

Y siente un sobresalto. Como si la mirada del hombre viniera a recordarle un hecho grave. ¿Se habrá dado cuenta él, por ejemplo, de que es hija de un norteamericano, de un hombre blanco de Wisconsin, descendiente de irlandeses, y de una negra cubana, la negra de un cafetal de Alto Songo, descendiente de esclavos que arrancaron, a la fuerza, de una tribu del Calabar? ¿Será eso lo que llama su atención? ¿O será algo aún peor? Trata de ocupar su mente, de que su pensamiento se desvíe hacia cualquier cosa, la más insignificante, con tal de olvidarse del hombre. Recuerda un poemita de Aurelia Castillo de González, y repite para sí:

Agua santa de este suelo,
en que se meció mi cuna,
agua grata cual ninguna
que baja del cielo.

Lo dice y repite varias veces, con devoción, o con miedo, con la misma devoción, con igual miedo con que rezaría una de esas oraciones francesas que su madre le ha enseñado. Luego piensa en el viaje del día anterior.

Seis horas desde La Habana en aquel ferry, el *City of Havana*. Por suerte había sido un buen día, de mar tranquilo y apenas sintió mareo. Más la habían mareado y fastidiado sus compañeros de viaje, aquellos tipos groseros que habían pasado las seis horas de travesía jugando al dominó, y que iban a Miami a comprar género y ajuares al por mayor para revenderlos luego en las tiendas de gangas de Obispo y Muralla. Y los vendedores de carros, una casta importante dentro de las diferentes castas de vendedores, que no jugaban al dominó sino a la brisca (algunos, incluso, al póquer) y que compraban Fords, Chevrolets, Chryslers para revenderlos en La Habana. Verdad que hubo un momento mágico. Un momento que sólo disfrutaron ella y tres o cuatro niños. El instante en que comenzó a divisarse, como un espejismo, la costa de los cayos, y un grupo de delfines, que brillaban como si tuvieran luz propia, pareció darles la bienvenida, saltando cerca del ferry, acompañándolos durante un breve trayecto. Nadie, salvo ella y esos niños pelirrojos vestidos de negro, se percató de la bienvenida de los delfines. Los demás jugaban al dominó, a la brisca. Bebían cerveza y whisky, hablaban a voz en cuello, cubanos al fin. Se contaban hazañas verdaderas o falsas; lo más probable: que todas fueran falsas, cubanos al fin.

Ahora, en el tren, Vicenta de Paúl piensa que está cansada. Piensa en lo feliz que se ha sentido al pisar tierra firme. Es la primera vez que viaja desde La Habana hasta Cayo Hueso. Primera vez que pone los pies en Cayo Hueso (que aquí llaman Key West) y, de más está decirlo, en este inmenso país. Y ha experimentado la excitación de quien abandona una balsa, una almadía zozobrante. La sensación gozosa de quien da un salto salvador hacia la orilla y logra redimirse de una maldición.

La tarde de la llegada, cuando avanzó por aquel muelle y tuvo conciencia de la enorme extensión de tierra que se abría ante ella, los estados de la costa este (por sólo mencionar los estados de la costa este), la inmensidad de la Florida, de Georgia, de las dos Carolinas, de Virginia, de Maryland, así hasta el Mar del Labrador, fue como un vértigo, una turbación que aún no se ha disipado. La tarde anterior, al verse en Cayo Hueso, en el hotelito limpio y tranquilo de Frances Street, conoció una alegría mayor porque supo, además, que se alejaba de la vulgaridad de los cubanos, y que a partir de ese momento estaría rodeada de norteamericanos, señores bien que no iban a Cayo Hueso, a Miami o a Tampa en busca de abalorios que comprar. Señores que no iban a comprar nada. Encontraría señores de Nueva York, de Chicago, de Minnesota, que habrían bajado en busca del mar y del sol que les estaban negados en sus tierras de nieve.

Desvía los ojos de la ventanilla. Se fija en el pasillo limpio. La señora de los primeros asientos se ha quitado el sombrerito morado con flores malvas y parece acomodar las flores que se han estropeado por el camino. El muchacho de los espejuelos redondos continúa leyendo su enorme libro. Como cualquier hijo de vecino, el predicador duerme y ronca, con la boca abierta. Vicenta de Paúl recorre con la mirada las filas de asientos vacíos. Intenta luego que los ojos se alcen hacia el techo. Prueba que pestañeen. Y, por último, les permite que cumplan con lo que ella ha creído haber estado evitando por todos los medios. Así, los ojos de ella, oscuros y asustados, se encuentran con los ojos oscuros, intensos, entre malévolos e ingenuos, nada asustados, del hombre sentado frente a ella.

Ya lo sabe, y tiene ocasión de corroborarlo: no es un hombre cualquiera. Si ese hombre dijera: «Mírenme, soy actor de cine», todos en el tren lo habrían creído. Y ella también, sin dudar un segundo. De haber querido, el hombre de traje gris y sombrero panamá hubiera podido inclinarse, con una maravillosa reverencia, y exclamar con tanta modestia como teatralidad: «Permítame que me presente, señorita, mi nombre es John Cecil Pringle». Y Vicenta de Paúl, ocultando la turbación, habría sonreído. Turbada, sí, y con la satisfacción de quien sabe. Ella no se ha dejado engañar ni por un instante. Conoce, además, el nombre verdadero. El nombre verdadero le parece tan hermoso como el artístico.

Tendrá que llamarse a la serenidad. Hacer acopio de todo el dominio sobre sí misma y responder como el hombre merece: «Encantada, es un placer para mí, un enorme placer viajar junto a quien tanto admiro».

Porque ella sabe quién es. Se llama y se llamará para siempre John Gilbert.

Tiene el mismo pelo correcto, sin que la gomina impida del todo ciertos rizos fascinantes. La misma frente despejada. Las cejas negras y abundantes. Los ojos seductores que parecen adivinar lo que ella está pensando. La nariz grande y perfecta, digna de figurar en una moneda. Idéntico bigotito bien recortado, coqueto, sobre labios sonrientes, de un dibujo soberbio. Como siempre, Vicenta de Paúl no puede dejar de fijarse en las manos grandes, cuidadas, varoniles, con uñas enormes, no porque las tenga largas (todo lo contrario), sino porque parecen nacer en los nudillos.

Para disimular, abre la carterita de piel de cocodrilo y saca un pañuelito de hilo, con su nombre, Vicenta de Paúl, bordado por Mamina con letras góticas y de manera primorosa. El pañuelito es lo segundo que se le aparece a la vista. Lo primero ha sido una polvera. Hubiera sido zafio, poco elegante, vulgar, frívolo, sacar una polvera. Prefiere, pues, el pañuelito, que parece, además, bordado por un ángel. Y se pasa el pañuelito por las sienes como si quisiera secar las gotas de un sudor que no existe.

Cuando el tren llegó a su destino y Vicenta de Paúl se vio por fin en la estación de Byscaine Bay, sintió que no quería abandonar el tren, que de buena gana hubiera continuado allí para siempre.

«La vida, ¿no es un viaje?», se preguntó, «y si es un viaje, ¿para qué fingir que no lo es, para qué fingir que se llega a algún sitio?»

Una cosa son los deseos repentinos, las alegorías que uno ingenuamente pretende encontrar en la realidad, y otra diferente la manera descarnada y sin contenido en que se va desenvolviendo la propia existencia. Dejó que John Gilbert se levantara de su asiento antes de hacerlo ella. Tomó su carterita de piel de cocodrilo y su maletica, y bajó del vagón con la expresión de quien ha pasado media vida viajando por el mundo. Avanzó por el andén como si estuviera acostumbrada a aquel arribo y fingió que sabía adónde ir y, para ocultar la turbación, suspiró y sonrió con la satisfacción de quien regresa por fin a casa. Buscó al hombre con la mirada. No lo halló. Tampoco halló a la anciana del sombrerito de flores diminutas, ni al chico de los espejuelos, ni al predicador. Estaba sola en el andén junto a un tren vacío.

«¿Y si volviera a casa?», se preguntó, porque tuvo miedo.


## A través del monte

Hace horas que salió huyendo de La Maya y desbroza el monte. Debe de encontrarse lejos. Sabe de sobra que el tiempo del monte es otro, que se desplaza con parsimonias diferentes. Ya no oye los disparos. La envuelve el silencio del monte, un silencio cruzado de silbidos y voces. Aún cree vislumbrar el centelleo del fuego, hacia el sur, hacia el macizo donde considera que está, o estuvo alguna vez, La Maya, lo que de ella quede, si es que algo queda. Y más aún que distinguir los resplandores del incendio, le resulta fácil percibir el olor intenso de la fumarada sucia, negra de la maciega, de los palos y los guanos que deben de arder todavía, los árboles convertidos en pavesas, las casas en antorchas, el olor penetrante de las maderas, y el aún más penetrante y violento de los cuerpos calcinados. Un olor que ya nunca la abandonará. Vaya a donde vaya, se oculte donde se oculte y transcurra un mes, un año o un siglo.

Avanza con lentitud. Va descalza y debe tener cuidado. Aparte de eso, lo sabe bien, para desplazarse rápido por el monte es preciso andar con el mayor cuidado. El monte es una región extraña. Nada tiene que ver con el resto del mundo. Nada lo asemeja, por ejemplo, a un sao, a un valle, a una quebrada, a una montaña. El monte es una región sagrada y maldita. La región donde los demonios pueden ser dioses, y los dioses, demonios.

Ella es una negra, y eso significa *saber*. Su sabiduría no se encuentra en la cabeza sino en la sangre. De modo que incluso ella, que aprendió a leer en francés con Chateaubriand y Madame de Staël, y en español con el duque de Rivas y Fernán Caballero, sabe que ahí, en el monte, en ese laberinto enmarañado, erizado de arbustos, alimañas y yerbajos, para avanzar más hay que avanzar menos, y que si uno quiere desaparecer y no perderse debe saberse corpóreo, preciso, dueño de sí mismo, puesto que sólo así alcanzará la virtud de esfumarse sin perder el rumbo, de hacerse sombra entre las sombras consagradas del monte.

Lleva un machete y no podría explicar cómo se hizo con él. Seguramente Liduvia, la madre, lo deslizó en su mano. Sabe que su primera reacción fue la de arropar a Colomba Bezana y sacarla de la cama. En cuanto oyó los primeros disparos y descubrió, sin verlos, los primeros fuegos, sin escuchar los gritos de Liduvia ni las palabrotas de Losanto, que ya corría callejón arriba, en busca de Juan Jacobo y de Serafo o, para ser precisos (y él lo sabía bien), en busca de la muerte.

Habían sido noches y noches con la conciencia de que el estallido de la guerra era inminente. Nunca lograron calmarla las palabras del hermano y del marido. Por mucha serenidad que hermano y marido hubieran querido transmitir, existía un evidente fondo de beligerancia, y otro fondo de inquietud en sus palabras. Y, más que en sus palabras, en su modo de actuar. Se escuchaba más cuanto callaban que cuanto explicaban. Y María de Megara estuvo siempre segura de que lo peor estaba a punto de suceder.

En cuanto sonó el primer disparo y se alzó la primera lengua de fuego, arropó a la niña y la sacó de la cama, con tal rapidez que pareció una acción ensayada. Sin saberlo, la había estado arropando y sacando de la cama, para huir, desde hacía mucho.

También ella salió al callejón. Su padre corría en sentido contrario a los que huían. Supo también que Liduvia la empujaba hacia el monte.

La multitud de negros corría en desbandada. Las llamas se propagaban con velocidad que sólo era creíble en un caserío menesteroso como La Maya, levantado con tablas de najesí y troncos de pipistey y patabanes y las pencas resecas de palmas reales.

Sólo cuando se adentró en el monte se percató de que lo estaba desbrozando con un machete.

Otra suerte: que Colomba Bezana no llorara. Como si la niña lo comprendiera, como si supiera que ahora lo prioritario era avanzar con paciencia, apartando ramas retorcidas, aromas y marabúes, saltando por sobre las raíces y los charcos con la mayor concentración y el mayor cuidado, y provocando el menor ruido posible.

Otra de las leyes del monte: no hacer caso de la tierra pantanosa. No prestar demasiada atención a los jubos, a los mosquitos que llegan en enjambre. Tampoco al hambre y al sueño mezclado con el hambre; éstos terminan siendo más peligrosos que pantanos, jubos y mosquitos. Y sobre todo no ceder a la aflicción y la angustia por lo que ha quedado atrás. No es hora de pensar en eso. Tampoco es hora de pensar en aquellos que han quedado atrapados por el fuego y que son como fragmentos del propio cuerpo, miembros cortados, abandonados en el camino. Es momento de mirar hacia delante y escapar. Incluso por ellos. Escapar significa salvar a Colomba Bezana. Y también salvarse ella, porque para salvar a la niña debe salvarse ella y encomendarse a dios y no a cualquier dios, sino mucho más precisamente a uno llamado Elegguá, el Santo Niño de Atocha, el dueño de los caminos y de los que huyen, el portero del monte y la sabana.

Al sur se alzan las llamas de un incendio. Atrás quedan la destrucción y la muerte. Una guerra contra los negros. El incendio de todo un pueblo provocado por una guerra contra los negros.

Al norte, ignora lo que hay. Y eso es una gran ventaja. ¿Mejor el mal que se ignora que el mal que se conoce?

Hay algo más que María de Megara debe agradecer a la suerte, y es su fuerza, la solidez, la firmeza, no sólo de su voluntad sino también de su cuerpo. En ella, voluntad y cuerpo se han unido, ahora son lo mismo. María de Megara sabe que ha entrado al monte, que desbroza malezas, que espanta hambre, sueño, alimañas y enjambres de mosquitos. Sabe que la guían el Santo Niño de Atocha y santa Genoveva. El monte también conoce quién ha entrado en él y sabe que a esta negra que lleva una niña de meses y un machete no se la vence con ciénagas, con marabúes, con alimañas, con mosquitos, con hambre o sueño.

La noche de junio nada tiene que ver con el espanto de La Maya. Es una noche como otra cualquiera, hermosa y clara, removida por un viento que parece descender del cielo brillante, alto y espacioso como una bóveda. Sin nubes, blanco de estrellas. El monte huele a monte, a yerbas y raíces húmedas, a tierra. El viento trae el olor de la lejana fumarada, de la guerra, y también el olor dulzón de la podredumbre distante de los animales muertos. No se requiere demasiada energía para orientarse en esta noche. No hay que desplegar demasiado esfuerzo para distinguir la Osa Menor, al final de cuyo timón es fácil encontrar, desde que el mundo es mundo, la estrella Polar.

Si de algo está segura María de Megara es de hacia dónde va. La salvación, si es que la hay, está al Norte. Como decir hacia Mayarí Arriba, hacia Jarahueca, Nicaro o la Caimana. Hacia el mar que nunca ha visto (y frente al cual vivirá luego sesenta y tantos años). Si se desviara hacia el sur, lo único que encontraría sería otro mar que tampoco ha visto y que no quiere ver, y una ciudad peligrosa, Santiago de Cuba, que en este momento debe de ser una trampa para negros y un hervidero de soldados.

Treinta años después de abolida la esclavitud, María de Megara se siente cimarrona. En esta zona de montañas, el monte sube, y baja otras veces de repente, formando pequeños precipicios. Al contrario de lo que pueda pensarse, el ascenso se hace más fácil que la bajada. Se requiere un mayor coraje para el ascenso, sin lugar a dudas, es algo que tiene que ver con el dominio del cuerpo y con las propias resistencias. El descenso, en cambio, es azaroso, y en él está a merced de un impulso que no es fácil controlar.

Se detiene al llegar a un claro. Necesita respirar, calmarse, orientarse. El brillo verde de los cocuyos la hace confundir el cielo con la tierra. Colomba Bezana, por fortuna, muy silenciosa, sigue dormida, ajena al monte, a la guerra y a la muerte.

María de Megara vuelve a avistar a lo lejos, recortado en el cielo de la noche, el fuego de La Maya. Las lenguas de fuego le parecen cada vez más altas, como si el fuego quisiera dejarse ver desde muy lejos. Ese fuego, presume, ya debe de distinguirse desde ciudades lejanas, en Bayamo, Manzanillo, Guantánamo, y, ya puestos, hasta en Cabo Haitiano y en Kingston deben de advertir ya cómo arde La Maya y cómo mueren los negros de la Isla Grande. También cree escuchar porrazos en el marabú, tajos de machete. Queda inmóvil, a la espera de saber quién más se ha arriesgado a atravesar el monte. Golpes en los ramajes, y parece difícil saber si son en realidad machetazos y de dónde vienen. Se diría que los golpes se producen en varios puntos a la vez. Tampoco puede estar segura de si son personas o animales. Ni de cuántos son los que se acercan. Se inclina, se acuclilla, avanza lenta y rápida, como puede, y queda, sofocada, tras el tronco de un palo diablo. Vuelve a alzar los ojos y la noche le parece aún más lejana y alta. Acá abajo son los reflejos verdosos y breves de los cocuyos.

Se decide a abandonar el palo diablo y baja por una pendiente árida. Sus pies descalzos entran en la tierra, se afincan en ella como los garabatos del Niño de Atocha. Descubre un bohío pequeño de troncos de palma. Carece de techo y hace equilibrios, a duras penas se mantiene en pie. Tampoco tiene puertas ni ventanas. Están los vanos de una puerta y los marcos de dos ventanas, sólo eso. Por lo demás, la oscuridad y el silencio. La oscuridad de un bohío abandonado.

Para darse aliento, dice o piensa: «Aquí no vive nadie». De cualquier modo, permanece al acecho, oculta por un viejo carpe. Quiere estar segura de que no hay nadie en el bohío. Si está vacío, quizá puedan pasar ahí el resto de la noche, esperar al próximo atardecer, porque las fuerzas no pueden desperdiciarse, y necesitará explorar, buscar algo de comer, alguna carota, un aguacate, guayabas y tamarindos, algún mango, algo que le devuelva la fe y la resistencia. Debe de haber algún arroyo cerca. Ésta es zona de arroyos, bien humedecida por las aguas que bajan de la sierra. Un arroyo donde no sólo beber y refrescar los pies heridos, la piel también herida, maltrecha de tanto sudor y tanto esfuerzo, sino algo más conveniente: donde intentar también el olvido, donde aspirar a una mudanza, para poder continuar un viaje que no es cualquier viaje.

La oscuridad del bohío es aún más densa que la del monte. A pesar de que el techo ha perdido suficiente guano, no parece entrar la claridad del viento y de la madrugada. Dentro hay un inquietante olor a ceras y a pabilos prendidos. Y a animales muertos. Cuando se adapta a la oscuridad, María de Megara se percata de que hay palomas muertas en el suelo. Ve asimismo una mesita sobre la que hay un Cristo. Es una mesita tosca, construida con caña brava, y un Cristo también basto, sin brazos, mal tallado con un cuchillo torpe en lo que parece ser una rama de cañandonga. No sabe si es un Cristo negro o si es la oscuridad la que lo hace ver ennegrecido, como pintado con alquitrán. Alrededor del Cristo hay algunas velas apagadas. Acuesta a Colomba Bezana a los pies del Cristo e intenta, a su vez, arrodillarse. No puede. Cae sentada también a los pies del Cristo y cierra los ojos. No reza. Ni en francés ni en castellano. No se acuerda de cómo se reza. Tampoco llora. Está cansada. Las fuerzas le alcanzan para lanzar un breve suspiro y cerrar los ojos. Y aun antes de cerrarlos, se ha quedado dormida.

La despiertan los ladridos de un perro. No sabe cuánto tiempo ha dormido. Aún no ha amanecido. Cabe también la posibilidad de que sí, de que haya amanecido varias veces y oscurecido otras tantas, y el sueño, el cansancio de tantos días, le hayan impedido percatarse. Se escuchan los ladridos de un perro y otro ladrido que no lo es, que parece una voz humana. María de Megara acomoda el Cristo en su larga y destrozada falda. Hace un hatillo con él, con varios nudos. Toma a Colomba Bezana y abandona el bohío. Los ladridos y los otros ladridos que no lo son, la voz, un canto, algo que recuerda un canto, se escuchan hacia el lado de San Nicolás, de San Pedro o de El Pozo. ¿Será la voz de un soldado? Poco probable, se dice, los soldados no cantan.

De todas formas, ella sabe que no está para riesgos. Tampoco hay tiempo que perder. Así que con el Cristo atado a la falda, Colomba Bezana bien arropada y el machete bien empuñado, avanza de nuevo por el monte, por la noche interminable de un monte en el que nunca parece que vaya a amanecer.

Pronto, más rápido de lo que hubiera imaginado, tiene una perra a su lado. Oscura y gris, sucia como el monte, huesuda, de patas largas y tetas tan largas como las patas, una perra sin rabo, sin pelo, que la olisquea con serenidad. Junto a la perra, cinco o seis gallinas de Guinea. María de Megara permanece inmóvil, se deja olisquear, intenta tranquilizarse, no mostrar miedo, y dedica al animal algunas palabras amables, le habla como a una niña.

—*¡Mamina!* —grita alguien que surge de los marabúes, un viejo o un niño, una figura pequeña y flaca como el perro, con un farol.

La perra se vuelve hacia el dueño con desidia, sin deseos, y parece olvidarse de María de Megara, que baja el machete. Las gallinas de Guinea también se alejan picoteando, sin correr. Al bajar el machete María de Megara pretende decir: «No me hagas daño, por favor, mi hija y yo estamos huyendo de los hombres, del fuego, de la guerra, de la muerte». El viejo, o el niño, esa extraña imagen iluminada por un farol, la mira durante minutos que dan la impresión de no acabar nunca.

—¿Vienes huyendo?, ¿vienes de La Maya? —pregunta sin mover los labios, como un ventrílocuo.

María de Megara afirma, intenta mostrarse dócil, inofensiva y hasta sonríe.

—¿Un niño?

Y la figura alza el farol, la luz se extiende pobre como un paño más hasta el lío de mantas que Megara tiene en su brazo.

—Una niña, mi niña —responde María de Megara tratando de que la voz no delate su miedo, tampoco su coraje; todo cuanto el miedo y el coraje le permitirían decidir.

El viejo, o el niño, levanta aún más la mano del farol. Mueve también la otra mano, una sacudida torpe, como si se abanicara, en lo que parece una seña para que María de Megara lo siga. Algo inofensivo en ese gesto, protector y al mismo tiempo cómico, hace que ella lo obedezca. Como si también ella hubiera entendido, la perra llamada *Mamina* da un salto y baja por una pendiente de piedras, seguida por las gallinas de Guinea. El viejo, o el niño, va siguiendo a la perra, a las gallinas. María de Megara, con la niña y el machete, los sigue a todos. Pero por encima de cualquier cosa, ella sigue la luz de ese farol que transforma el monte en un lugar mucho más manso.

La pendiente se ve blanca a la luz del farol. La cuesta se abre entre un macizo de árboles que huelen a guanas, atejes y jobos. La corriente de aire húmedo sube con otro olor, aún más fuerte y amable, a leña que arde y a café.

María de Megara conoce una excitación de esperanza.

Al final de la pendiente se inicia un sendero entre artemisas y hierbas de Guinea. Se aprecian, más definidos y estimulantes, la frescura, el rumor de las aguas, así como el olor del café recién colado. Y por fin, detrás de una colina, aparece un bohío, también construido con tablas de palma, encalado, luminoso de tan blanco. María de Megara cree que es obra de un dios. Ignora de qué dios, de alguno será, porque en el instante en que bordean la colina y descubren el bohío, el amanecer despunta como siempre, por el lado de Jamaica, y el bohío parece iluminarse aún más, como si sus paredes brillaran por sí mismas, y no fuera el sol, ese sol retraído de la alborada, el que estuviera reflejándose en la cal con la que se ha pretendido ennoblecer las tablas de palma.

*Mamina* ladra mansa. Las gallinas se unen a otras gallinas, se dispersan picoteando la tierra. Otro viejo u otro niño, exacta réplica del que ha conducido a María de Megara hasta allí, se asoma a la puerta del bohío, y no sonríe, da unas palmadas que parecen de alegría. Si no fuera por la niña y el machete, también María de Megara aplaudiría. Como no aplaude, sonríe. Con agradecimiento, con alivio y certidumbre.

Detrás de ese otro viejo o de ese otro niño, aparece una mujer gorda y rubia, sonrosada, de más de sesenta años, que alza, con asombro y jovialidad, unas manos pequeñísimas.

—Estás huyendo y vienes de La Maya —afirma la mujer con voz gozosa, juvenil—. Puedes darte por bienaventurada, mi compadre dice que los muertos se cuentan por miles.

María de Megara experimenta una rara dicha cuando entra al bohío, cuyo suelo, de ceniza y tierra apisonada, barrido con tal meticulosidad que parece pizarra. Como las paredes, los muebles también han sido elaborados con tablas de palma. Las sillas son troncos cortados, con adornos, cadenas de grecas, trabajados con cierto esmero. El techo, es alto y de guano seco, han intentado adornarlo con banderitas de retales en colores. Con los mismos retazos, unidos con hilo grueso, han confeccionado cortinas que hacen las veces de mamparas y de puertas.

Dejando el machete en el suelo, María de Megara abraza a la niña y se sienta en una de aquellas sillas de palma. Tiene ganas de llorar y de cantar, de dar gracias al Niño de Atocha, al dios de los que huyen y al de los que sobreviven.

Como si comprendieran, los dos ancianos, o los dos niños, cantan una extraña canción que parece un salmo, una canción cuya letra María de Megara no entiende. Permanecen luego mirándola como si se hallaran ante un ser sobrenatural.

Sonriendo, cantando ella también, la gorda se pierde por una de las puertas de cortinas coloridas. Cuando regresa, rodeada por las gallinas, trae un jarro de leche:

—Saturnina, ése es mi nombre, ellos son mis hijos, Gaspar y Baltasar, nombres de magos, y, si te voy a ser sincera, creo que lo son. Tengo una hija, Eloína, está casada y vive desde hace dos años en Cauto Cristo. Mi marido es carretero, le dicen Machito, un buen hombre, ya lo conocerás porque viene siempre a la hora del almuerzo.

Por las ventanas, el sol entra con una intensidad que sorprende. Un sol amarillo, limpio, preciso.

María de Megara tiene la impresión de que ha avanzado por una larga noche, de que han transcurrido muchos días desde que vio el sol por última vez.

Para que beba la leche, Saturnina carga a la niña.

—Mi pobre niña no ha parado de dormir —explica María de Megara.

—Voy a acostarla, también hay cobijas para ti, debes estar muerta.

—Tiene razón, estoy muerta.

Saturnina desaparece con la niña. María de Megara desata su falda para descubrir el Cristo sin brazos, pintado de brea, que en ella lleva oculto. Saturnina está ahora en la puerta, mirando a María de Megara con expresión que ésta no comprende, y dice:

—Tu hija descansa.

—Es buena —responde María de Megara—, una niña buena, no ha llorado, no se ha quejado, como si hubiera comprendido que teníamos que huir.

—Tu hija descansa —repite Saturnina con voz monótona, sin espantar las gallinas de Guinea que se acumulan a su alrededor.

María de Megara muestra el Cristo negro, sin brazos.

—Lo encontré en un bohío abandonado en el monte.

—No es un bohío abandonado, es nuestro templo, ahí vamos a rezar.

María de Megara ensaya un gesto de disculpa. Saturnina la interrumpe y señala, a su vez, al Cristo:

—No te preocupes, te lo regalo, lo hizo Machito. Hará otro, por eso no te preocupes, le encanta tallar la madera. Es tuyo, llévate ese Cristo vayas a donde vayas, y que te acompañe siempre, lo mereces.

María de Megara intenta dar las gracias. La mujer vuelve a interrumpirla:

—Tu hija descansa, ¿por qué no lo haces tú?

La acompaña a una habitación pequeña, sin ventanas, en cuyo suelo se amontonan cobijas.

—¿Hay un arroyo por aquí cerca?, necesito bañarme, estoy más cubierta de tierra que un cadáver.

Saturnina no la mira, su expresión es grave y las manos pequeñísimas ya no revolotean, están unidas sobre su vientre.

—Duerme ahora, hija, ya tendrás tiempo de bañarte, hay un arroyo y no se va a secar porque duermas unas horas, como Dios manda.

Obediente, la negra se echa sobre las mantas. No bien recuesta la cabeza, se le cierran los ojos. Comienza a soñar. Un sueño en el que su cuerpo se eleva, asciende por encima de la casa y del monte, se aleja hacia el mar. María de Megara, que no ha visto nunca el mar, lo ve clarísimo ante ella. Y, curiosamente, no se sorprende de verlo y de volar sobre él como una nube. Después, ya no sueña más. Y si sueña, no sabe ni sabrá nunca lo que sueña.

¿Cuánto tiempo ha estado dormida? Si en verdad tuviera que responder a esta pregunta, María de Megara diría: «He dormido años».

Como el cuarto carece de ventanas, está oscuro. El sol que se cuela por las rendijas de las tablas de palma y forma líneas dispares en el suelo color pizarra, es un solecito del este que debe de estar comenzando a descender por donde dicen que está Holguín. Un sol que ahora ilumina mal, con indecisión, los retales en colores que intentan adornar el techo.

María de Megara escucha voces que llegan de la sala. No es una conversación. Más parece una plegaria, una letanía. Se incorpora tratando de no hacer ruido. Separa con cautela la cortina. En el suelo apisonado, sobre mantas, está Colomba Bezana, rodeada de romerillos, ramas de Paraíso, dos velas prendidas y cinco o seis gallinas de Guinea. Arrodillados junto a la niña, Saturnina, sus dos hijos y un enano al que María de Megara no ha visto antes y que supone que es Machito. La negra ya no se preocupa porque se den cuenta de que ella está ahí. Abre la boca y no grita. Avanza hasta el centro de la habitación y se arrodilla. Apaga las velas con los dedos.

—Tu hija descansa —dice Saturnina.

—Con los ángeles —añaden los niños o los viejos que son sus hijos.

Otro viejo enano que debe de ser Machito asiente, solemne, se levanta de un salto y espanta las gallinas de Guinea.

# Aparición de Mamina

Tenía que ser Mino. Sólo él podía encontrar a María de Megara. Mino nunca supo quién era, o, mejor dicho, quién había sido ella, de dónde venía, ni su verdadero nombre.

Sin la niña ni el machete, sólo con el Cristo sin brazos atado a la falda, la negra anduvo días y días sin saber adónde ir, sin estar segura de que hubiera algún sitio adonde ella pudiera llegar, y sin que le importara saberlo.

Mino entonces era un poderoso muchachón de veinte años, todo músculos y vitalidad. Había acompañado al doctor Reefy, en un cómodo balandro, por la cayería del norte de Camagüey, navegando por lo que se ha conocido siempre por Canal Viejo de Bahamas. Descubrió a la joven negra en una playa cuyo nombre tampoco supieron nunca. Sobre los riscos, la negra parecía lo que de algún modo era: la superviviente de un naufragio. Miraba al horizonte como si de allí pudiera llegar el socorro que esperaba.

Y de allí llegó, porque Mino avistó la figura desvanecida sobre los riscos y llamó al míster. Fondearon todo lo cerca que pudieron de la playa. El muchachón bajó con el bote hasta la orilla y se acercó a la joven, que tenía los ojos abiertos y no miraba. Para descubrir la verdad, que era una negra hermosa, había que tener gran interés en descubrirlo: se hallaba escuálida, con esa expresión entre adormecida y furiosa que siempre han provocado el hambre y el desconcierto de no saber cómo aplacarla.

Cuando vio a Mino, la negra tuvo dos reacciones: la primera, suplicante, extender las manos; la segunda, recoger los brazos y protegerse la cara y echarse hacia atrás, dispuesta a defenderse, como un animal acostumbrado al maltrato.

Mino sonrió lo más delicadamente que pudo. Aunque era

un muchachón todo músculos, podía ser extraordinariamente delicado, sobre todo con las mujeres. Le habló, buscó las mejores palabras y miradas, los tonos más afables, y la tranquilizó. Le acarició los pies cubiertos por un fango duro como piedra. Cuando ella bajó los brazos y cerró los ojos, la cargó y la llevó hasta el bote. Remó sin dejar de sonreír, con la misma delicadeza. Al llegar al balandro, el doctor y el capitán, también con mucho cuidado, la subieron a cubierta. La negra abrió los ojos inexpresivos, hizo una mueca y no se supo si intentaba sonreír o si estaba a punto de llorar. Los presentes sabían qué malos tiempos corrían, que se había desatado una guerra contra los negros. Los presentes sabían de qué infiernos había escapado la mujer. El doctor tocó la frente empapada de sudor, acarició el pelo duro y sucio y tomándola de la barbilla preguntó:

—¿Cómo te llamas?

María de Megara tuvo miedo o no supo qué responder. Quedó unos momentos en silencio, con los ojos que brillaban.

El míster repitió la pregunta.

Entonces, y como por milagro, recordó ella la perra del monte.

—Mamina —respondió bajando los ojos—, ése es mi nombre, el único que tengo.

—¿Y el apellido?

—Los negros no tienen apellido, señor.

Es probable que María de Megara pensara: «Si se trata de una vida nueva, ¿no debo comenzar con un nombre nuevo?, ¿y qué diferencia hay entre el nombre de un cristiano que huye y el de una perra del monte?».

## Una persona en la orilla, bajo el aguacero

Juan Milagro avisó. La noticia provocó un sobresalto. Y abrieron con dificultad la puerta que el viento se empeñaba en mantener cerrada, y salieron a la playa, bajo la torva.

Algo había en la orilla.

—Un ángel —dijo Mino por bromear.

Parecía un ángel y no lo era. Un trozo de madera que, con un poco de imaginación, podía parecer un ángel. Sólo Vicenta de Paúl y el tío Mino dijeron que era un ángel de madera. El Coronel Jardinero replicó que no fueran ridículos, que nada de ángel, sino un mascarón de proa con forma de santa Engracia.

—¿Y quién es santa Engracia?

—Una cristiana cuyo martirio consistió en ser atada a la cola de un caballo.

Los demás estuvieron de acuerdo en que ni ángel ni mascarón de proa, de santa Engracia o de cualquier otra santa. Era el tronco consumido de un falso álamo, o de algún árbol similar, traído y llevado por marejadas, peces y rompientes.

Y la verdad, si se miraba bien, ninguna de las tres hipótesis se sostenía. ¿Un tronco maltratado por el salitre, cubierto de musgos y sargazos? ¿Un tronco que simulaba una santa mártir y podía usarse como mascarón de proa? ¿Un tronco que simulaba asimismo un ángel con las alas levantadas a la altura de una cabeza tan angelical como diabólica?

Empapados, más inquietos que antes y bastante frustrados, los personajes regresaron a la casa, y llevaron consigo el negro pedazo de madera hallado en la orilla, motivo de tan inútiles discusiones.

# El brindis

Juan Milagro avisó:

—Hay una persona allí, en la orilla, bajo el aguacero, por extraño que pueda parecer.

—Mira bien, seguro es Jafet.

—No, es una mujer o un anciano con un paraguas roto.

Sólo Juan Milagro podía dar la voz de alarma. En los temporales, tenía la costumbre de mirar por aquella rendija que se había abierto en las maderas vencidas, sobre una de las puertaventanas de la sala. Tenía altura suficiente para alcanzar la rendija.

La frase «hay una persona en la playa» provocaba siempre consternación en la casona. Aun en días luminosos y tranquilos. Que hubiera alguien en la playa, ajeno a la familia, se convertía en suceso que podía ser peligroso, sin ninguna duda.

Como se ha afirmado, sólo de tarde en tarde aparecían los soldados. Los muchachones altos e insolentes, con boinas rojas, de las tropas guardafronteras que llegaban cargados de armas y con la grosería habitual de los soldados, de los soldados en general y aquellos de las Tropas Especiales en particular, en los días de buen tiempo en los que algún afligido suicida, algún desesperado loco, se lanzaba al mar, para aventurarse en la búsqueda incierta de alguno de los cayos de la Florida.

Aquella tarde, para colmo, se habían desatado las ventoleras, y los aguaceros torrenciales se hacían cada vez más frecuentes. Más que presagiar al Katherine, los aguaceros certificaban su aproximación inevitable.

Había que contar también con la desaparición de Jafet.

Sobrevino un silencio en el que sólo se oyó el rugido del viento y el golpe también inconstante, esporádico, de la lluvia en las maderas.

Con su índice corto y tembloroso, Mamina señaló a Juan Milagro. El mulato afirmó. Tanto se conocían él y Mamina que entre ellos las palabras estaban de más.

Juan Milagro se dirigió a la puerta.

—Espérame —ordenó el Coronel Jardinero.

Y el viejo se enfundó en el viejo impermeable amarillo, aún en perfecto estado, que el doctor Reefy usaba cuando, teniendo algún invitado, se decidía a pasar varios días de pesca en alta mar.

Locuaz el Mudo abrió con cuidado la puerta. El viento podía mostrar de pronto su fuerza. A Locuaz le pareció que alguien empujaba la puerta desde afuera. Elisa y el tío Olivero se acercaron, quisieron mirar hacia la playa y sólo alcanzaron a ver la pared que formaba el aguacero delante del portalón.

El mundo parecía haberse borrado bajo la cortina de lluvia. Como si la casa ya no se hallara en ningún rincón de la realidad. Tampoco era ésa una sensación demasiado nueva, sólo que en esta ocasión parecía deberse a un ascenso de la casa, como si el viento la hubiera elevado de sus diecinueve pilotes y la casa revolara por las neblinas del espacio.

—¿Cómo dices que hay alguien si no se ve nada?

Juan Milagro rió como sólo él sabía reír, mostrando los dientes blanquísimos y perfectos, abriendo los brazos enormes y fuertes. Todos rieron, quisieron imitar a Juan Milagro. Y es que necesitaban reír. Nadie era capaz de mencionar el nombre que estaba en la cabeza de todos. Nadie lanzó la exclamación que hubieran querido.

Juan Milagro y el Coronel salieron al portalón, a la lluvia. Locuaz cerró la puerta y quedó allí, recostado en ella, como si intentara contrarrestar a quienquiera que desde fuera estuviera empujando. Vicenta de Paúl permaneció un instante junto a Locuaz y puso una mano en el hombro del muchacho.

—¡Cómo llueve!

El tío Olivero avanzó hacia la puerta de la cocina y propuso:

—Vengan, vamos a la cocina.

Elisa lo siguió, contenta de alejarse de la sala.

Abandonaron la sala confundidos, entre risas.

Mamina pasó un paño húmedo por la mesa. Elisa dijo:

—Me vendría bien un trago de ron.

Mino fue a la fiambrera y sacó una botella, bastante llena, de un ron turbio, con un color que a duras penas intentaba simular el dorado del añejo.

—Es como si el agua del albañal quisiera pasar por agua bendita.

—No importa, ¿sabe bien?

—A gloria, si vamos a continuar por el camino de las comparaciones y del agua bendita.

—¿Qué hora es?

—Hace frío.

—La humedad, esta maldita humedad.

Elisa tarareó la música del brindis de *La Traviata*.

Suspirando, Andrea alargó su mano y su vaso con una ansiedad que no pudo disimular.

Mamina colocó su jícara sobre la mesa con la solemnidad de quien desvela un misterio. Los demás la miraron. Ya no sonreían cuando la miraron. Mamina cerró los ojos, levantó la jícara y la volvió a colocar con mayor solemnidad aún.

## Nada, nadie en la playa

Juan Milagro nada dijo y los personajes de esta historia nunca abrieron la puerta. Como era una casa sólida, pensada para cierzos y ciclones, el viento se empeñaba en mantener cerradas puertas y ventanas.

No salieron a la playa, bajo la torva.

Los personajes de esta historia permanecieron quietos, en la cocina, a la espera de muchas cosas.

No había nadie.

Por extraño que parezca, pues en la isla llamada Cuba siempre podía haber alguien que acechaba, que vigilaba y anotaba. Aunque, con aquel tiempo, era bastante probable que nadie se acercara en varios kilómetros a la redonda.

—Alguna ventaja deben tener las catástrofes naturales —dijo el Coronel.

## Un milagro

La primera noche en que Jafet levanta el mosquitero de la cama de Locuaz, y se acuesta junto a él, nunca será algo que pertenezca al pasado. Pero, no se trata de que Locuaz lo olvide o lo recuerde. En realidad, es algo que está sucediendo. En presente siempre.

Fue una de las últimas madrugadas de diciembre, del año que acaba de pasar. Locuaz no puede precisar qué noche. No le cabe duda, sin embargo, de que ya están a punto de despedir el año. Sin penas ni glorias, o, en todo caso, con más penas que glorias.

Se va 1976. Un año bisiesto que en Cuba se recordará por el atentado contra una nave de Cubana de Aviación, en la que viajaban setenta y tres personas (jóvenes deportistas la mayoría), frente a las costas de Barbados.

El año del estreno de *Taxi Driver*, del Nobel de Saul Bellow y el año en que Jimmy Carter fue elegido presidente de los Estados Unidos.

Locuaz está despierto y siente que el primo se levanta. Al principio cree que Jafet va al baño, pero Jafet no sale del cuarto. En las madrugadas, nunca va al baño. Locuaz lo ve desnudo porque los dos siempre duermen desnudos. El calor de veinticuatro horas adquiere en las noches una desesperante firmeza.

Locuaz ve cómo el primo sube desnudo al alféizar de la ventana más grande, la que da a la playa. Allí se arrodilla y orina hacia la noche. El chorro es enérgico y percute contra las tejas del techo del cuarto de Mino.

Luego lo ve quedarse quieto, mirando al horizonte.

Eso sí que no lo coge por sorpresa. Mirar de noche por la ventana es la costumbre más arraigada de Jafet. Así puede pasar muchas horas. Incluso con los prismáticos del míster. No ante cualquier ventana, sino ante la que da al mar, la que mira al horizonte. Locuaz piensa que es como si Jafet estuviera esperando el aviso de un barco, o el mensaje de una estrella, una contraseña.

Algo le lleva a creer que su primo Jafet no está despierto. Lo supone cuando ve que se dirige a su cama, levanta el mosquitero y se acuesta junto a él. Locuaz sospecha que ha venido en sueños. No lo despierta. No se atreve. Siempre ha oído decir que no es saludable despertar a los sonámbulos. Por eso le permite que se acueste allí. Se echa a un lado para dejarle espacio, que se eche cómodamente y allí se quede. Locuaz finge que duerme. Tiene los ojos cerrados y simula que su respiración es la de los dormidos.

El olor del cuerpo de Jafet llega de un modo tan intenso que perturba. Nadie más tiene ese olor a sudor mezclado con olor a mar, olor a cuerpo joven.

Esto del «olor a cuerpo joven» no es algo que Locuaz el Mudo, con diecisiete años, piense así, con semejante sintaxis y palabras, esa noche de finales de 1976. Entonces es sólo una impresión que halla su nombre años después, cuando ya todo ha terminado por convertirse en recuerdo.

Jafet no toca a Locuaz el Mudo ni éste toca a Jafet. Sus brazos o sus muslos o sus piernas apenas se rozan. A veces, son los pies los que se unen un brevísimo instante, como sin querer, y se separan con idéntica urgencia.

Es el calor de una de las últimas noches de diciembre. Locuaz se dice que debe de ser mentira que existan lugares, en este mismo hemisferio, donde la gente tiemble bajo la nieve o se muera de frío. No es verdad que haya parajes como Noruega, Finlandia o el Mar del Labrador.

Locuaz es más consciente de las gotas de sudor que bajan por las axilas de Jafet, hacia la espalda y la cama, que del sudor propio. Es como si el sudor de Jafet corriera por su propia piel. Y las sábanas se humedecen y el olor a fondo marino, a madera mojada del *Mayflower,* se hace más intenso.

Desde la sala llegan las campanadas del reloj. Como impelido por ellas, Jafet se mueve, se estira o se acomoda. Sin tocar a Locuaz, pasa un brazo por detrás de la cabeza de éste. Es decir, pasa un brazo bajo la almohada donde Locuaz tiene recostada la cabeza. Locuaz también aprovecha para moverse y roza ligeramente con su pie el pie del otro. Inclina la cabeza hacia el cuerpo del primo. Puede ver entonces, muy cerca, el cuerpo de Jafet. Su cara ha quedado bajo la axila empapada. Para fingir más el sueño, dice algo, una palabra cualquiera, sin importancia. Jafet lo mira. No podría decir por qué lo sabe, pero lo sabe. Locuaz suspira y aprieta los labios, saborea. Es así, piensa, con este ruido y esta desfachatez, como se saborean los que duermen.

Por ninguna ventana entra la menor corriente. Es una noche quieta, sin terral, como casi todas las noches. Será que la Tierra no gira, piensa Locuaz, y no puede ser que ahora mismo, en el norte de Noruega o de Finlandia, alguien encienda la chimenea o se esté muriendo de frío.

Locuaz cierra aún más los ojos. Mira la cama sin mirarla, como si hubiera salido de su cuerpo y observara la escena desde alguna esquina, desde lo alto.

Ahí están los dos, sudorosos y desnudos, bajo el mosquitero. Y aunque se pueda decir con bastante certeza que nunca, mientras se vive, tiene uno la convicción de participar en un gran acontecimiento, Locuaz el Mudo tiene la certeza, en esta misma calurosa noche de diciembre, de que los milagros no son lo que el común de la gente entiende por milagro.

## El deseo y el amor

Escuchaba caer la lluvia y le encantaba ese sonido sobre las tejas del techo.

En esos años, aún Valeria no se había marchado de Cuba y carecía, por tanto, del «deseo doloroso de regresar». Le gustaba la lluvia como un día futuro le gustará la nieve. Por diversos motivos.

Para empezar, la lluvia caía con estrépito sobre las tejas, mientras que las nevadas de su futuro serán siempre silenciosas. Valeria escuchaba caer la lluvia y pensaba en muchas cosas, que es el modo en que piensan las personas comunes, sin orden ni concierto. Pensaba, por ejemplo, lo siguiente: «Jafet nunca se acostó en mi cama, y como nunca se acostó en mi cama, entonces yo sé lo que es el amor. Mi definición del amor sería, pues, la siguiente: Jafet nunca se acostó en mi cama».

Más adelante, pronto, antes incluso de lo que es capaz de imaginar, Valeria sabrá lo que es el deseo. Conocerá qué valor tendrá que un hombre la toque y llame a su cuerpo como si llamara a una puerta importante. Y que abra esa puerta. No que la abra ella, Valeria, suave o dócil, no, no, eso carecería de valor, sino que la puerta la abriera él, con brusquedad, con certidumbre, con autoridad. Porque una de las características primeras del deseo sería que el objeto deseado se considerara justamente deseado, y con todo el derecho de recibir la admiración y el apetito.

Eso lo sabrá. Y pronto. Que un hombre traspase su cuerpo como si cruzara una puerta, con seguridad y la certeza de que no será rechazado.

## El camino hacia Dios

Nunca tuvo la paciencia de leer a san Agustín ni a ningún otro de los Padres de la Iglesia. La cultura de Mino sobre Dios tenía que ver con la vida. Sostenía su propia teoría sobre el camino que llevaba hasta Dios y sobre cómo encontrarlo. Creía saber, por ejemplo, que Dios nunca acostumbraba a manifestarse de una vez y para siempre, y que entre los hábitos de Dios estaba el de irse manifestando poco a poco y en las cosas y personas más diversas, y a veces hasta en las más insignificantes. Con pequeños arribos y brillos frívolos, preparaba Dios la verdadera y gran epifanía. En eso consistía la experiencia de Mino.

Por eso habrá que contar lo que sucedió una noche de abril de 1905.

Belarmino Teresa de Jesús, Mino, tenía trece años, cuatro más que su hermano José de Lourdes. El viejo don Pascual Godínez había construido la fabriquita de losas y tejas de adobe en El Pocito, cercano al río Quibú. Se trataba de un negocio en ciernes, y ya tenían dos o tres trabajadores a su cargo. Lo que muchos años después sería un lugar urbanizado, con parques, cines, textileras, estaciones de policía y un gran hospital militar, no pasaba de ser entonces una sitiería. Por el momento, la única actividad industrial de la zona consistía en la fabriquita de los Godínez. Lo demás, campo, corrales, potreros, sembrados y algunas casas.

Cercana a la fabriquita vivía una mujer llamada Manila, a

la que todos conocían como la Viuda del Policía. Vivía sola, con tres hijos pequeños, dos hembras y un varón. El marido, un tunero tosco que había sido policía, apareció con la barriga abierta, cosido a puñaladas, junto a su alazán (también con las tripas al aire), en los campos que ascendían contrariando al mar y se acercaban al Jockey Club Oriental Park, en un camino de falsos laureles que luego sería la calle 100. A partir de entonces, Manila fue la Viuda del Policía y la protegida de los vecinos. Admirada por la entereza que mostró para cultivar ella sola un campo de tomates y lechugas que vendía en la explanada que más tarde se convertiría en la Plaza de Marianao, y por ser capaz de llevar y mantener, sin hombre y sin quejas, la carga de una casa y de tres niños.

Era alta y recia, con una extraña belleza casi masculina. Daba la impresión de que, al crearla, hubieran elaborado antes una estatua en bronce, que luego resultó preferible a la mujer de carne y hueso. Hija de vizcaíno y camagüeyana, rondaba los cuarenta. Había nacido, según decía, en las cercanías de Guáimaro, ella no sabía bien cuándo, suponía que hacia 1865.

La Cunde, la madre de los Godínez, solía enviarle cada noche un cántaro de leche. Si algo no podía faltar en casa de los Godínez era la leche, recién ordeñada y hervida luego en negras ollas de hierro. Primero llevaba el cántaro don Pascual. Luego se decidió que, ya que Belarmino Teresa de Jesús iba para hombre, se ocupara él de aquellos menesteres.

Esa tarde de abril de 1905, de anochecida, Mino se sintió feliz con el cántaro al hombro, camino de la casa de la Viuda del Policía. La tarde tenía algo brillante, un reflejo dichoso y una alegría sin motivo. A Mino le pareció que no marchaba por la tierra, sino por la luz. Manila lo recibió jovial y tierna, como una madre dispuesta. Tomó el cántaro, vertió su contenido en un gran jarro y lo puso a hervir. Fregó bien el cántaro y pidió a Mino, o le ordenó, que se sentara a la mesa de la cocina. Lo obligó a comerse un arroz con leche, tan dulce y con tanta canela que Mino creyó que era el primer arroz con leche de su vida. Los tres huérfanos aún no se habían acostado y jugaban en un pequeño patio, junto a la cocina, con una paloma blanca a la que habían cortado las alas. Manila se sentó frente a Mino y le preguntó qué opinaba de su arroz con leche. Él dijo la verdad, que soberbio. Lo más probable era que hubiera empleado otra palabra que para el caso significaba «soberbio».

La Viuda del Policía dijo que le habría gustado conocer cómo sabía en la boca de Mino, con su saliva, aquel arroz con leche que ella saboreaba todos los días. Explicó que las cosas, los alimentos, no siempre tienen el mismo sabor, que cada boca influye de manera decisiva en el sabor de las cosas. Que, por ejemplo, un café nunca era igual si lo bebía su madre o su padre, y que el mismo arroz con leche no lo paladeaban del mismo modo dos bocas distintas, que había un arroz con leche para la boca de ella y otro arroz con leche para la boca de él.

Mino no supo qué decir. La observación no carecía de lógica. Al cabo de unos segundos de duda, replicó a la Viuda del Policía que sin duda era imposible saber cómo saboreaba cada cual su comida. Tan imposible, declaró Mino, como mirar la propia cara, puesto que, según él, sólo estábamos capacitados para verla en las aguas tramposas de un estanque o en las no menos falsas de un espejo.

Manila negó con la cabeza, rió y recalcó que no fuera tonto, que él se veía un muchacho despierto (¿qué edad tenía?, trece años, pues ya había comenzado a vivir, a ser un hombre), que no existía nada en este mundo (ella nada sabía del otro) que no tuviera su remedio. Explicó que conocía el modo de saber cómo saboreaba Mino su arroz con leche, si él tenía la amabilidad de darle el que ahora mismo ensalivaba y daba vueltas en su boca. Mino la miró con extrañeza y le preguntó cómo podía hacerse tal cosa. Ella respondió que no se preocupara, que sencillo, y pegó su boca a la boca de Mino y le pidió dócil, con dulzura, maternal, que le entregara, por favor, con mucha suavidad, el bocado de arroz con leche que él estaba a punto de tragar. A él lo turbó un poco el seductor olor a menta fresca del aliento de Manila, y no tuvo ningún reparo en obedecerla. Ella recibió el bocado con expresión de conocedora. Cerró los ojos como si fuera experta en saborear la comida de otros, y afirmó y abrió después los ojos y sonrió y dijo que qué buena saliva, qué saliva tan propicia.

No hay que decir que a Mino le encantó la observación. Ella reveló que nunca nadie había sacado tanto partido a un arroz con leche hecho por sus manos. Se notaba que él poseía una capacidad innata para saborear las cosas, y muy principalmente el arroz con leche. Así que cuando él volviera mañana, porque volvería mañana, ¿verdad?, harían otra prueba. Y eso lo aseguró mientras, en el patio, los huérfanos continuaban torturando la paloma blanca con las alas cortadas.

Frases como éstas, tan promisorias, desvelaron a Mino durante toda la noche. Pasó el día como si las nubes hubieran bajado tanto que estuvieran a ras de la tierra. Saboreaba cada bocado que se llevaba a la boca y era como si nunca antes hubiera conocido en qué consistía el paladar.

El padre Salcedo, que, entre vaso y vaso de aguardiente, les daba religión, gramática, aritmética, historia y geografía, le hizo notar que lo encontraba más bobo que de costumbre. E incluso la Cunde lo miró con extrañeza cuando le dio el cántaro para que se lo alcanzara a Manila y no pudo dejar de recomendarle que tuviera cuidado con el cántaro, que la leche era oro puro, y hoy, ella no sabía cómo ni por qué, Mino se le había escapado y no lo veía, ni siquiera en Babia.

Cuando llegó a casa de la Viuda del Policía, la paloma sin alas caminaba torpe y sola por el patio junto a la cocina. A los huérfanos no se los veía por parte alguna.

Manila lo mandó pasar con igual dedicación, con el tono

maternal que la tarde anterior. Repitió el ritual de cambiar la leche del cántaro al jarro, de lavar el cántaro, de servirle un pozuelo de arroz con leche, que él saboreó y alabó sin falsedad, era cierto que sabía como ningún otro arroz con leche que hubiera comido, mejor incluso que el del día anterior.

Sonriendo, ella lo miraba como si adivinara lo que sucedía en la cabeza del muchacho. Él se inclinó con la intención de ofrecerle una mascada. Ella negó con la cabeza, dando acaso a entender que tenía mejores propósitos. Él comió todo el arroz con leche, limpió el pozuelo con la cuchara, y ella le dijo que con la cuchara no, con la lengua, como hacían los perros, que conocían mejor el arte de saborear. Él la obedeció y no sólo se sintió satisfecho de obedecerla, sino que supo que había aprendido algo que le serviría para el resto de su vida. Cuando terminó, pasó ella su lengua por el pozuelo de él y lo premió con otra sonrisa, y exclamó que lo había hecho tan bien que ya el pozuelo no sabía a arroz con leche, sino que tenía la dulzura de la saliva de Mino. Y dijo:

—Eso mismo empieza a suceder ahora con tu cuerpo.

Y le tendió una mano con tanta gracia que pareció que lo invitaba a bailar. Él se dejó llevar manso al único cuarto de la casa, donde había una oscuridad roja, húmeda, sofocante, pues las ventanas, forradas de tela metálica, estaban además cubiertas por cortinas cerradas y de un carmesí violento.

La última luz de la tarde parecía el fulgor de un incendio por el lado de Santa Fe.

En el cuarto había una cama grande, sin colchón, cubierta sólo por mantas. Ella le señaló una butaca. Él entendió que debía ser dócil. El gesto de Manila continuaba teniendo mucho de maternal, de benévolo y de autoritario. Prendió ella una pequeña vela, dentro de una taza de café, frente a una imagen de la Virgen de Regla, y se volvió hacia él, y declaró que algo le decía que la Virgen de Regla quería lo mejor para él.

Fue hasta la butaca y se arrodilló ante Mino. Nadie se había arrodillado nunca ante Mino, de modo que para él fue como si de repente lo convirtieran en rey.

Como si leyera sus pensamientos, la Viuda del Policía le advirtió que sí, que él era un rey y que para rey había nacido, para reinar entre las mujeres. Y le desabrochó la camisa. Aun cuando el pecho de Mino era aún el de un niño, las tetillas, entre pelusas rubias, habían comenzado a abultarse y hasta parecían a punto de estallar. Aunque no eran precisamente las tetillas lo que Mino sentía que estallaría de un momento a otro.

Y de nuevo Manila fue adivina, o sabia, porque tocó sus entrepiernas con una delicadeza que tenía también algo de violento. Le desabotonó la portañuela. Mino conoció una sensación extraña: que a pesar del calor sofocante del cuarto cada vez más oscuro, su pinga encontraba algo húmedo, agradable y frío. Y eso que todavía Manila no había hecho lo que haría de inmediato, llevársela a la boca, porque antes de hacerlo prefirió decirle de nuevo que, por lo que ella sabía, y sabía mucho, de eso no le cupiera a él la menor duda, él sería rey, cómo no, si la evidencia estaba allí, ante los ojos de ambos. Y le pidió que se la mirara porque sin admiración propia no había admiración ajena. Y se la describió, la dividió en partes, ensalzó la dureza que alcanzaba, y le mostró qué belleza se escondía en las venas aumentadas por el deseo, en ese tronco grueso y preciso, en la cabeza, ella dijo «cabeza» como si estuviera hablando de una persona astuta, terca y bienaventurada.

Y luego de esta declaración advirtió él otra humedad mayor y más satisfecha, y eran los labios y la lengua de Manila, que no tuvo que empeñarse demasiado porque él enseguida sintió que la vida huía de su cuerpo. No una huida maligna, en lo absoluto. Era en realidad un estremecimiento: como si al propio tiempo que todo se escapaba, todo se acumulara otra vez dentro de él.

Manila sonrió y se irguió un tanto. Alargó la lengua, pidió

que probara su lengua, donde estaban las pruebas del gozo de él, y que sintiera cómo el azúcar del arroz con leche ya no sólo se hallaba en su boca, sino en todo su cuerpo.

Y ése no fue más que el comienzo. A partir de ahí fueron noches y noches de encuentros con Manila.

Y de otros muchos encuentros, porque Mino supo también que Dios poseía atributos distintos, de hombre, de mujer, y que a ellos también los había hecho a su imagen y semejanza, para bien de todos (incluyendo a su pobre sobrino Olivero, «el invertido», como él, Mino, decía sin malicia, creyendo enunciar una realidad que no excluía el cariño y tampoco admitía discusión).

Tampoco todo tuvo que ver con las complacencias del cuerpo. ¿No fue acaso una manifestación divina el encuentro con Samuel O. Reefy?

Un encuentro que tuvo lugar en 1910, cuando Mino recién cumplía dieciocho años y el míster, un médico de prestigio, graduado en la Northwestern University, llegaba a los cuarenta y comenzaba a construir el bungalow de la playa sin nombre.

Mino aún recordaba al hombre rubio, alto y elegante que se apareció en la fabriquita de su padre para hacer un costoso encargo de tejas de adobe, guiando un Ford T de cuatro cilindros que provocó un verdadero escándalo en aquel barriecito de Marianao.

Pronto se encariñaron médico y adolescente. Pronto el adolescente se convirtió en la mano derecha del médico. Por muchas razones, Mino lo admiró desde el principio. Admiró que, además de médico, fuera un gran marino y hubiera viajado por medio mundo. Admiró que se hubiera casado con una mujer tan extraña, excéntrica, delicada y hermosa como Rebecca Loy. Admiró sus historias sobre la guerra de Cuba. Que fuera compañero de batalla de Stephen Crane y de Sherwood Anderson. Admiró que se hubiera hecho ayudante del doctor Walter Reed para la erradicación de la fiebre amarilla. Y su admiración no conoció límites cuando supo que el doctor había sido uno de los tres médicos, junto con Jesse Lazear y James Carroll, que se habían ofrecido para dejarse contagiar por un *Aedes Aegipty* emponzoñado. Por suerte, el doctor Lazear fue el único que murió.

Sin embargo, Mino descubría en los ojos claros del doctor ese poso de tristeza, o de melancolía, de comprensión, de clarividencia, que hay siempre en los ojos de quienes han viajado y vivido mucho y experimentado la cercanía con la muerte.

En 1911, el año en que Roald Amundsen llegó al Polo Sur, Mino se fue a vivir a la casona, se convirtió en un excelente administrador y se probó a sí mismo que podía ser serio y responsable.

Y fue allí, mucho más que entre las diestras manos y la no menos habilidosa boca de la Viuda del Policía, donde se hizo hombre.

Y allí, en aquella casa, acompañando a aquellos norteamericanos, escuchó el primer blues, y supo quiénes eran Bessie Smith y Louis Armstrong y Elmore James y Bing Crosby.

Y conoció una inolvidable noche de enero.

Las noches de enero quizá sean las más hermosas de Cuba y de cualquier rincón del mundo, con cielos luminosos, despejados y frescos, donde puede descubrirse el brillo de todas las estrellas.

Aquella noche de enero, Mino estaba en su cuarto, que entonces se hallaba justo al lado del baño donde ahora se escondían vaca y gallinas. En ese cuartito, donde años después llegó a guardarse el forraje de la vaca, tenía Mino su cama, y su chifonier, y fotos en las paredes de Babe Ruth, de Ted Williams, de Joe DiMaggio, así como la foto, sacada de una revista de 1913, del excelente cuadrilátero del Almendares Park.

Mino, que ordenaba su ropa limpia, escuchó el piano, los *Nocturnos* de Chopin, que empezaba a distinguir. Le pareció que esa noche la música sonaba más lenta y concentrada.

Salió del cuarto con el alma en la mano, como gustaba decirse cada vez que evocaba esa noche.

Allí estaba ella, Rebecca Loy, sentada en la butaquita, ante el Bösendorfer traído desde Viena. Nada de extraño había en que Rebecca se dispusiera a ejecutar los *Nocturnos* en las madrugadas silenciosas de la playa. Pero algo particular había esa noche. Mino contempló el cuerpo desnudo, blanco y bien dibujado, los senos pequeños, con pezones firmes, llenos y rosados, y admiró los muslos no del todo cerrados; el oscuro rincón de vello, de un tono que nada tenía que ver con el rubio de su cuidada cabellera; los pies descalzos y pequeños, que manejaban con destreza los pedales del piano. Había una única iluminación en la sala. La pequeña lámpara con pantalla de cristal en forma de concha (de un tal Lalique, decía el doctor) se hallaba sobre el piano. De modo que Rebecca recibía la luz hermosa y directa, que más bien parecía escapar del cuerpo desnudo.

Recostado en el vano de la puerta, Mino quedó como a la espera de que lo expulsaran y lo insultaran por intruso. No supo si cerrar los ojos y escuchar. Tampoco si abrir bien los ojos y escuchar mirando (que fue lo que hizo, al fin y al cabo). Cuando suave, delicadamente, Rebecca Loy levantó las manos y terminó de tocar, y alzó la cabeza con los ojos cerrados, como si quisiera respirar, Mino regresó a su cuarto. Se echó en la cama. Intentó acariciarse a sí mismo. Fue inútil. Su cuerpo no respondió. Como si Rebecca Loy no hubiera sido una hermosa mujer desnuda, sino el símbolo de algo que de momento él no supo comprender.

# El piano de Rebecca Loy

Alguna de esas tardes, casi oscureciendo, en que se sentaba en uno de los sillones del portalón y se balanceaba tranquila, refrescándose con un abanico redondo, japonés, de ciruelos y pájaros, Mamina hablaba del piano y de Rebecca Loy.

—Escuchen, es el piano.

Nadie oía y todos, por consideración, asentían.

Mamina contaba que en las noches se escuchaban los *Nocturnos*, el piano de Rebecca Loy. Que a ella la despertaba la música, o mejor dicho, no la despertaba, porque, como todos sabían en la casa, ella no era como su pobre *María de Megara*, ella no dormía, afectada como estaba por una enfermedad incurable de los tiempos de la esclavitud. Y no importaba que alguien le recordara que ella no había sido esclava, que los esclavos habían sido sus padres.

Como todos los viejos, Mamina carecía de memoria para los sucesos del presente. Para el pasado, en cambio, se excedía en memoria, en imaginación, y era capaz de narrar, con lujo de detalle, peripecias que de ningún modo podía haber vivido. Mamina alteraba fechas. Transformaba acontecimientos. Confundía sucesos. En su boca, un mismo incidente conseguía varias versiones.

Había algo llamativo en sus historias. Siempre, cuando se refería al pasado, sus cuentos eran, por decirlo así, realistas. Las historias de antaño estaban construidas con materia real y palpable. Podía ser cierto o no lo que contaba. En cualquier caso, hubiera podido serlo. Historias elaboradas con los elementos definidos y corpóreos de la vida cotidiana. Cuando narraba algún suceso del presente, no obstante, su conversación se llenaba de esencias impalpables y cosas imposibles.

Como el piano de Rebecca Loy, por ejemplo. Aquel piano absurdo que, según ella, se escuchaba en las madrugadas.

El piano, para empezar, no existía. Rebecca Loy tampoco.

Hacía cincuenta años que Rebecca Loy había aparecido muerta en su apartamento de Milán, y once años que el piano había sido cambiado por una vaca.

Ella, Rebecca Loy, la esposa del míster, era una neoyorquina exquisita nacida en 1886. Y en cuanto al piano Bösendorfer, el doctor lo había traído para que su esposa ensayara en los brevísimos períodos que pasaba en la isla. Cuando lo cambiaron por la vaca, ya el piano no era un Bösendorfer, ni siquiera un piano, sino el recuerdo triste de un piano austriaco, que ni siquiera lograba dos notas afinadas.

A Rebecca Loy, por otra parte, no le gustaba la isla. Para ser más precisos, la odiaba. Odiaba el mar, el sol, el calor, el calor húmedo, las palmas reales, las moscas y los mosquitos de la isla. Y odiaba a los cubanos. Seres primitivos, según ella, vulgares, incultos, bulliciosos, alborotadores.

—No pueden estar tranquilos —recalcaba incluso en presencia de cubanos—, como los monos. Se mueven, bailan, o creen que bailan todo el tiempo, y cuando no se mueven, se duermen. Los verbos pensar, contemplar, escuchar no existen para ellos.

Y mucho más los odió a partir de cierto día de 1915, cuando nació Vicenta de Paúl, la hija de Mamina y el doctor.

Porque Vicenta de Paúl tenía las facciones toscas y el mal pelo, la pasa, de la madre; el color de piel del míster. Y sin parecerse, recordaba al padre. La mirada bondadosa e inteligente pertenecía a ambos. Nunca, ni de pequeña, cupo la menor duda de que Vicenta de Paúl era hija del norteamericano.

De manera que Rebecca Loy espació cada vez más sus visitas a La Habana.

Aparte de la vivienda familiar, en Nueva York, tenía un apartamento en París, cerca de Les Deux Magots, en Saint Germain des Prés, y otro en Milán, próximo a la Accademia di Brera. Fue en este último, en el de Milán, donde apareció desnuda y muerta, con el cuarto lleno de flores, ahogada en su propio vómito, diecisiete años antes de que Lupe Vélez falleciera en idénticas circunstancias.

## Otra vez el miedo

Ha consultado los tres o cuatro diccionarios que tiene en la casona y todos definen el miedo como una «perturbación angustiosa del ánimo por un riesgo real o imaginario».

Valeria piensa: «¿Y qué ocurre cuando esa "o" no tiene fuerza para denotar, como dicen también los diccionarios, "alternancia o contraposición"? ¿Qué ocurre si alguien, persona o personaje, da lo mismo (ella misma, por ejemplo, a veces se siente persona y a veces personaje), percibe que el riesgo *es* real y, al propio tiempo, imaginario?».

Valeria también sabe que ella no es la única víctima, sabe que ha habido miedos peores. No tiene la menor duda. Otros han conocido un miedo nada impreciso, tangible. Piensa en los judíos de los campos de concentración, en las novelas que ha leído hace poco. O en el miedo que se debió de sentir en Vietnam hasta hace sólo unos meses (que acaso se puede estar sintiendo todavía). No ignora que otros han experimentado algo violento que se llama espanto o terror.

Ella sólo conoce su pequeño miedo, que sólo la merodea como un instinto. Una sensación que no la toca y que intenta espantar con una canción de Procol Harum, porque la hacen feliz la canción y la voz extraña de Procol Harum.

No sabe lo que significa «la vida en peligro».

Sabe, eso sí, que algo del miedo habrá conocido, y que, a su escala, grande o pequeña, tendrá sin duda que escribir sobre él.

De modo que, treinta años después, Valeria mirará caer la nieve desde el hermoso y cálido apartamento del Upper West Side de Nueva York, frente al Hudson, y se percatará de su pequeño miedo.

Será demasiado pedir que recuerde el momento preciso en que ese miedo apareció en su vida. El miedo puede parecerse a lo que sucede al anochecer en Cuba: nadie conoce el instante exacto en que cae la noche. Sabrá lo difícil, por no decir imposible, que siempre será haber nacido en la isla, en un año tan concluyente como 1959, y no aprender a convivir con el miedo.

Dirá y escribirá: de niña, asoció su insignificante terror con cualquier llegada. Por continuar con el ejemplo de la llegada siempre súbita de la noche. También, la del día. Y la llegada aún más precisa de cualquier desconocido. Ocaso, amanecer, presencias: los tres ejes de su miedo. Todo giraba alrededor de esos tres miedos.

Caía la noche y la casa comenzaba a perderse en una quietud y silencio que la poblaban de voces, de gritos, de sombras, de cantos de pájaros, y de la música que, según decía su abuelo, tenían los bosques de Oregón.

La llegada de la noche se convertía en esa paradoja, la de una soledad y un mutismo que para ella alcanzaban el valor de lo multitudinario y lo estridente.

Se apagaban los últimos brillos de la playa y en el horizonte parecían extinguirse los destellos finales del día. El mar se retiraba, se esfumaba. Dueña de todo, la noche se colaba por las ventanas abiertas a la brisa. Y asimismo entraba, no se sabía cómo, por las puertas cerradas. A primeras horas de la noche, se apropiaba de aquellos cantantes que, en el cuarto del tío Mino, salmodiaban hasta el cansancio, y en inglés, sus baladas y sus blues.

La noche se adueñaba del silencio y del revoloteo asustado de los tomeguines.

La abuela Andrea iba prendiendo bombillos polvorientos y lámparas consumidas, candiles de cristales sucios, que en los altos techos de vigas retorcidas hacían de la casa un lugar aún más desconocido y tenebroso.

Todo lo que tenía de lejana y apartada la playa, se acentuaba con la noche.

La noche descendía, con sus nubes densas, y Valeria creía que el cielo quería unirse con la tierra, y que se unía, y que algo, una niebla, lo cubría todo, cada muro y cada esquina. No se veía el mar, es cierto. Se escuchaba. El rumor de las olas se extendía.

Entonces se oían los golpes de los remos, las brazadas, y alguien decía:

—Son ellos, los náufragos.

Regresaban. Aquellos que habían tratado de alcanzar el Norte, la Tierra Firme sin haberlo conseguido.

—Aún después de muertos no se resignan.

—Nunca se resignan.

—Sólo buscan un poco de reposo para continuar viaje, mañana, si Dios quiere...

Al amanecer, cuando la casa estaba a punto de despertar con el humo de la carbonería y los olores del café, otra vez el golpe de los remos, las brazadas.

Y los personajes de esta historia suspiraban o hacían un gesto de resignación.

En cuanto amanecía, Valeria iba en vano a la orilla.

Como siempre, en la playa sólo encontraba más sargazos y peces muertos, sorprendidos por la marea.

# Un apartamento en la calle Reina

De los muchos secretos del tío Olivero había uno, algo ocurrido hacía sólo algunos años, que no sería justo dejar fuera de esta crónica.

Había tenido lugar en La Habana, una noche calurosa, como es de recibo suponer, de principios de junio.

Las pocas veces que la tía Elisa se iba de gira con su compañía de teatro, para que la casa de Elisa no quedara vacía, sola, a merced de los ladrones cada vez más abundantes de La Habana, Olivero se mudaba al pequeño apartamento de la calle Reina, junto a lo que alguna vez habían sido los almacenes Ultra, frente al cine con el mismo nombre de la calle.

Para Olivero no era, en modo alguno, un sacrificio. Pequeño, de construcción antigua (un edificio de 1911, con fachada de tímidos ornatos *art nouveau)*, el apartamento de Elisa, en el sexto piso, poseía el encanto que ella sabía conferir a cuanto le pertenecía. Limpio, ordenado y compuesto con cierto gusto de película de la *nouvelle vague*. Allí Olivero se sentía siempre un tanto melancólico, con la melancolía que en él suscitaban Marguerite Duras o Robbe-Grillet, como si lo hubieran atrapado en un fotograma de *Hiroshima, mon amour*, o acaso en un *set* decorado para una película de Agnès Varda, una de las directoras preferidas de Elisa.

Pasando por alto el gusto de su prima Elisa, tan *d'avant-garde* para La Habana de finales de los sesenta y principios de los setenta, tan tristón y grisáceo, tan rigurosamente francés, tan «existencial», nunca estaba de más escapar por unos días de la playa. Huir de la casita medio destruida frente al mar feo, y sumergirse en el bullicio fogoso de una Habana que, desde hacía mucho, había dejado de tener encanto para Olivero, pero a la que no venía mal regresar de tarde en tarde.

Principalmente, porque a Olivero le gustaban los recuerdos. O mejor dicho, le gustaban algunos recuerdos. Y porque había momentos de La Habana, horas y rincones de La Habana que continuaban siendo los mismos. Y también porque estas horas y rincones estaban asociados a algunos recuerdos.

A diferencia de Elisa, Olivero poseía el capricho, o la rara destreza, de convertir en hermosos los recuerdos que estuvieran asociados con sucesos anteriores a 1959. La explicación de esta fantasía, de esta mistificación (por usar la fea palabra de moda), habría que buscarla en el sufrimiento que le había provocado todo cuanto vino después de 1959. Para él, por contraste, cualquier atrocidad parecía pequeña. A Olivero le había dañado aquello que con pompa llamaban la Nueva Sociedad, la sociedad revolucionaria. Y no sólo porque, de algún modo, Olivero se considerara un hombre refinado y aristocrático. Como se comprenderá, el suyo no había sido un sufrimiento estético. Fue un padecimiento de todos los órdenes. El mayor de los cuales tenía que ver con la sensación de que en aquella sociedad no había espacio para él. O, como más o menos había dicho un poeta de aquellos años, también él se sentía «fuera del juego», y que «allí no tenía nada que hacer».

Elisa, por ejemplo, que a su manera poseía rasgos refinados y aristocráticos, no había sufrido lo mismo. A pesar de ser tan afrancesada y tan buena lectora de Camus (iy hasta de Raymond Aron, cuyo *L'opium des intellectuels*, en la primera edición de Calmann-Lévy, ocultaba, en la gaveta de la mesita de noche, bajo la cubierta de una revista *Verde Olivo!)*, había logrado adaptarse extraordinaria y vehementemente a las nuevas condiciones. No sólo se había adaptado: se había integrado. Elisa participaba. Había aspirado y logrado *ser una más*. Y solía recalcar (elegante, inteligente al fin, lo hacía con un toque de gracia y una pizca de ironía que otorgaba a la frase la ambigüedad de una declaración y, al mismo tiempo, de una *boutade)* que ella vivía en Cuba y era revolucionaria porque «creía en la justicia social».

Olivero vivió y sufrió lo que Elisa no vivió ni sufrió. Padeció lo que ella ni siquiera hubiera sido capaz de sospechar, porque él nunca le había contado la última verdad de cuanto había pasado. Ella sólo conocía lo que todos conocían: bastante poco. La punta del iceberg. En la narración de su vida, la punta del iceberg de que hablaba Hemingway.

Los únicos amparos de Olivero: la literatura y su pasado, otro modo de literatura.

A Olivero le gustaba la sensación de «restablecimiento» de su vida que a veces le otorgaba volver a caminar por La Habana.

Subir, por ejemplo, la calle Reina. Cuando era niño, y su madre iba allí de compras, él la acompañaba. Al llegar a la iglesia de un gótico falso, a la madre le encantaba encontrar el respiro de unos minutos en la gran nave, sentarse en un banco, no a rezar, porque no era católica, ni siquiera religiosa, sino a descansar.

Olivero recordaba los buenos tiempos de Al Bon Marché; en Al Bon Marché se encargaban cada año las postales de Navidad. O la Casa de los Tres Quilos, con su aire festivo de quincalla gigante. Le gustaba subir por Belascoaín, hacia la escuela de Oficios, hacia el Conservatorio. Y detenerse más tarde en Cuatro Caminos, donde comenzaba el horror polvoriento de las avenidas Cristina, Arroyo, Matadero. Y regresar luego por la calle Monte, llamada así porque, muchos años atrás, se abandonaba por ella la ciudad y se accedía a los campos.

A pesar de tanta destrucción y tanta pobreza, subir por la calle Monte seguía procurándole un placer extraordinario. Había, en especial, un minuto que continuaba manteniendo su magia. Un instante milagroso de La Habana: aquel en que la calle Monte, ahora sucia y venida a menos, se abría, en la esquina con la calle Amistad, a la amplitud luminosa del Parque de la Fraternidad. ¿Qué dios generoso, sabio, propicio y voluptuoso había creado ese espacio donde se unían los árboles del parque, y el parque mismo, con sus platabandas y sus bancos gozosos, y la cúpula del Capitolio, que sólo tenía gracia asociada con el parque y con los árboles? Y el amplio y sombrío portalón del Palacio Aldama, donde daba gusto detenerse y huir del mucho sol, de la canícula, y seguir luego hacia el otro portal de la antigua Sears, y enfrentarse con el hotel New York y con el alto edificio, digna construcción de Manhattan, donde había estado la Cuban Telephone Company. La Habana comenzaba allí. Y de tarde en tarde, a Olivero se le hacía preciso reencontrar ese punto, ese origen.

Le gustaba volver a las salas cubanas del Museo de Bellas Artes, admirar los Chartrand, los Cleenewerk, los Sanz Carta, los Landaluce, *La siesta* de Collazo. Cuadros todos en los que le hubiera encantado entrar, colarse en ellos, abandonar la fea realidad del presente para habitar una de aquellas maravillosas fantasías. Empequeñecerse como Nils Holgersson e introducirse en uno de aquellos palmares a la luz de una atardecida imponente, el campo inmóvil y en silencio, oloroso, a la espera de la noche.

También le gustaba ponerse al día en las películas. Bueno, en rigor «ponerse al día» no era la expresión adecuada. Había pocas novedades en esos años. Por algo siempre, antes de comenzar la película, se leía un cartel, con una delicadeza que nada tenía que ver con la vulgaridad de la nueva vida: «LA PE-LÍCULA QUE VAN A VER HA SIDO RECONSTRUIDA CON VARIAS CO-PIAS DE USO. AGRADECEMOS DISPENSEN CUALQUIER DEFICIENCIA QUE PUEDA PRESENTAR SU PROYECCIÓN». Daba gusto volver a disfrutar de una espléndida Joan Crawford en *Johnny Guitar*, de una Bette Davis en *Jezabel*, de una Vivien Leigh en *Waterloo Bridge*, de una Rosalind Russell en *Picnic*, tan superior a Kim Novak y a William Holden en su papel de profesora, de solterona, de mujer frustrada. Era bueno asistir al ciclo de Marilyn Monroe, *In Memoriam*. A los ciclos dedicados al neorrealismo italiano, o a los de Ingmar Bergman. Y, en medio del reencuentro, de aquella vuelta a los antiguos placeres, a las delicias ya disfrutadas, el descubrimiento (sí, algún descubrimiento se hacía posible) de algunas joyas, extraordinarias y rarísimas, como dos películas soviéticas que lo habían dejado en una excitación fuera de lo común, dos películas *(La infancia de Iván* y *Andréi Rubliov)*, de un desconocido llamado Andréi Tarkovski.

A veces, se llegaba al teatro García Lorca para alguna función de ballet, porque aunque últimamente le aburría el ballet, había descubierto a una bailarina principal, muy joven, llamada Rosario Suárez. La había visto por primera vez en el personaje de Moyna, en el segundo acto de *Giselle*, y supo que una bailarina con aquella fuerza y encanto podía convertirse un día en una revelación.

Algunos refugios quedaban aún en La Habana de finales de los sesenta y principios de los setenta. Como los indicios obstinados que, tras la catástrofe, permanecen de la civilización extinguida. Pequeños refugios. Rincones donde el pasado, y su esplendor (a pesar de tanto esfuerzo), no habían podido ser borrados del todo. Por eso, se agradecía la ocasión de entrar al cine Dúplex y divertirse allí con *La zapatilla roja*. O sea, había un lugar de La Habana donde ver aún a Leónidas Massine. O gozar por décima vez de *La bella durmiente* de Margot Fonteyn, con el elenco del Royal Ballet.

Y si no, quedaba la posibilidad, no por modesta menos excitante, de leer, en las pulidas aceras de granito, los nombres en letras doradas de los grandes almacenes: Fin de Siglo, Flogar, Sánchez Mola, La Época, Le Trianon, Jota Vallés... E intentar recuperar el esplendor de los hoteles antiguos e importantes, como el Inglaterra, o el Plaza; y no olvidar que allí se habían hospedado Anna Pavlova, Enrico Caruso, Eleonora Duse, Renata Tebaldi... Y de los cafés lujosos, como El Louvre, en la misma acera famosa del hotel Inglaterra. O El Encanto, en la esquina de Galiano y San Miguel, que, además del nombre, conservaba el gran mostrador de caoba y el enorme espejo biselado.

En aquellos días de la ausencia de Elisa, Olivero aprovechaba la mudada forzosa al pequeño apartamento de la calle Reina para restablecer un diálogo con las voces, cada vez más apagadas, enronquecidas, ocultas, de la ciudad a la que él había pertenecido y de la que, de alguna manera, había sido dueño. La ciudad que ahora pretendía excluirlo.

La antigua ciudad dialogaba, sabía dialogar. El único requisito: mantenerse alerta, saber escucharla. En medio de la algarabía, de las banderas, de las consignas y los lemas, de los himnos y las marchas, de los nuevos gritos a que la obligaban, podía descubrirse, si se quería, si se sabía oír, el secreteo de la otra Habana, la oculta, la que no quería dejarse apabullar, la que hablaba en susurro para quien quisiera o pudiera escucharla, y para quien quisiera o pudiera responderle.

Como a Sodoma, a La Habana le había correspondido su lluvia de azufre, su terremoto y su simbólica sepultura bajo las aguas de su propio Mar Muerto. Habían muerto Rita Montaner y Benny Moré. Habían huido Celia Cruz, Freddy, La Lupe, Olga Guillot, Ñico Membiela, Blanca Rosa Gil, Orlando Contreras. Se había acabado la Playa de Marianao, con sus bares de lujo y sus bares de mala muerte y vida maravillosa. Se habían acabado las navidades, y esto no significaba, como se pretendía, el fin de una festividad religiosa, sino el fin de la familia reunida, del lechón asado en los hornos cavados en la tierra, el fin del congrí con mucho comino y aceite de oliva, el fin de la yuca con mojo. Se habían acabado las fiestas de carnaval, o, por lo menos, el verdadero carnaval, con sus disfraces y sus comparsas. Se había acabado la irresponsable y deleitosa alegría de ignorar lo que era una guerra. Y, en los primeros tiempos, tampoco es que se hubiera conocido la guerra, la batalla propiamente dicha, lo que hubiera sido una solución, sino el sobresalto, la paranoia, el permanente «estado de guerra», que es peor. Y las familias se dividieron y dispersaron. Muchos se fueron a Miami o a Madrid. Despertaron los caínes y los abeles que hasta entonces habían estado dormidos, ideando las pesadillas de venganzas interminables. Y los sucesos placenteros, los placeres, fueron catalogados de burgueses, así como los buenos hábitos, las costumbres y la elegancia pasaron a denominarse «rezagos burgueses».

La ciudad, a pesar de todo, no había perdido el refinamiento. La ciudad poseía su astucia. Sabía susurrar. Por lo menos, a quien quisiera escucharla. Único requisito: ser discreto, estar atento.

En la calle Sol, por ejemplo, en una de las centenarias paredes de la calle Sol, aún podía leerse, armado con losas sevillanas, el anuncio de una fábrica de abanicos. En una esquina de la calle O'Reilly, frente al edificio imponente del antiguo Bank of New York, en medio de las ruinas, se mantenía un arquitrabe de la librería Martí. Y podía encontrarse, perfecta, la farmacia Johnson, en la esquina de Obispo y Aguiar. Y la otra farmacia lujosísima, *art nouveau* como correspondía a la farmacia de un catalán, La Reunión, de José Sarrá y Valldejulí, en la calle del Teniente Rey. Y quedaba la sombra húmeda, única, del Arco de Belén. Y las paredes oscuras y no menos húmedas, de la iglesia del Espíritu Santo, donde todavía oficiaba un poeta, el padre Gaztelu. Y aún se podía entrar en el Sloppy Joe's (si bien convertido en una especie de tugurio, en cuyos retretes desfogaban los hombres sus ocultos instintos), con sus paredes y columnas repletas de fotografías. Y si se pasaba por la calle Trocadero, entre las de Industria y Consulado, y se tenía la cautela de mirar a través de los hierros de la puertaventana de un edificio de un gris azuloso, podía verse sentado en su eterno sillón, disfrutando una breva, al autor de *Paradiso*, novela publicada hacía poco, cinco o seis años, y que ya era un clásico escondido, que hablaba de una ciudad, de unos personajes, de un diálogo tan platónico como desaparecido. Y en otra esquina, en las calles N y 27, si se tenía paciencia, puesto que todo se resolvía con paciencia, se tendría la posibilidad de descubrir, asomado a su balcón, contemplando la realidad cada vez más absurda, como un personaje ideado por sí mismo, al otro poeta, al autor de *Electra Garrigó*, *La isla en peso* y *La carne de René*. Y aún era probable visitar la librería Canelo (la otra librería de viejos, la de la calle Reina), y aspirar el olor excitante de los libros viejos. Y encontrar un tomo en francés, de la editorial Garnier, de las *Memorias de ultratumba*, de páginas intonsas. O, algo todavía más milagroso, un ejemplar de *El regreso*, de Calvert Casey, firmado por el autor, con una pluma de fuente que obviamente había tenido el punto roto. Y daba gusto bajar por la calle Empedrado hacia la plaza de la Catedral, y entrar en la cafetería El Patio, que había sido el patio central de un palacio del siglo XVIII, la casa solariega de los marqueses de Aguas Claras. Y podía uno sentarse allí a beber un té frío, y escuchar algún bolero en el piano simpático de Esther Montalbán, y mirar después, en el surtidor falso, reciente, entre pétalos de rosas, los peces y las jicoteas que lograban sobrevivir. Y se podía bajar a la Plaza de Armas, ver la estatua desecha, fuera de su pedestal, de Fernando VII, el Deseado (pocos sabían que había sido en Cuba donde se le había puesto semejante mote).

Había una Habana que sí parecía dejarse vencer. El mejor modo de comprobarlo: el propio apartamento de Elisa, en el sexto piso, en particular el balconcito.

Por razones sentimentales, nunca se abrían las dos hojas de la puerta de persianas. Nadie usaba nunca aquel balcón. Ni la propia Elisa en las noches de bochorno. El balcón ni siquiera se limpiaba. Y las plantas, que alguna vez florecieron en lindos tiestos coloreados, que con tanto cuidado habían traído de Güira de Marrero, se habían secado desde hacía mucho, por ausencia de riego, por falta de cuidado, por respeto a las decisiones ajenas, por miedo a la muerte. Los tiestos, incluso, habían perdido poco a poco los colores, del mismo modo que se había ido borrando el recuerdo de Serena. Se cuarteaban, se deterioraban, se deshacían en un polvo terroso que volaba con el aire, que oscurecía el aire y caía sobre el tráfico de la calle Reina.

Nadie salía al balcón. Nadie estaba dispuesto a enfrentarse con el último paisaje de Serena. El último paisaje que ella había decidido contemplar aquella madrugada de un agosto caluroso. Nadie quería imaginar lo que ella imaginó en la madrugada interminable de tantos años atrás. Sólo Olivero. Como a escondidas, como si cometiera una profanación. Sólo él abría a veces uno de los postigos y miraba la ciudad.

El mar se ofrecía a los lejos como una violenta invitación. Olivero experimentaba un disgusto cuya causa no estaba sólo en Serena. Tenía que ver con la imagen de los techos que se deterioraban, superpuestos y ennegrecidos, de feos añadidos, como en el pésimo cuadro cubista de un pintor aficionado. En las azoteas se iban multiplicando tendederas, tanques de agua, antenas herrumbrosas, muebles viejos, cuartuchos de madera. Olivero experimentaba un disgusto aún mayor cuya causa no estaba sólo en Serena, en el destrozo de los techos. ¿Qué había ocurrido? ¿Cómo explicarlo? ¿Cómo entender lo que había sucedido?

Olivero se sentía como uno de los calcinados por el azufre, uno de los sepultados por el Mar Muerto. Sí, tal vez fuera la estatua de sal. Al menos, una de las muchas estatuas de sal. La particularidad de aquella Sodoma radicaba en que la lluvia de azufre no la provocaba sólo el castigo de un dios. Algo aún más trágico: el dios provocaba a los que se amaban, el dios incitaba a los propios amigos, a los amantes, los obligaba a que se castigaran entre sí y se lanzaran el azufre los unos a los otros.

Un dios espeluznante, sin duda alguna. Pensó en Serena. Ella, al menos, había tenido el coraje de dar el portazo. Un buen portazo a tiempo podía ser una solución.

Entre las muchas fantasías de Olivero había una recurrente.

Echarse en la cama, abrir una botella de ron, mientras más peleón mejor. Y escoger un buen libro. En su fantasía, pensaba siempre en *The Last Puritan*, un libro que había leído tres o cuatro veces y por el que profesaba una pasión especial. Leer, beber ron, engullir y engullir somníferos. Algo así, creía, había llevado a cabo Leopoldo Lugones, con whisky y cianuro. Y en su caso, en el momento en que ya los somníferos y el ron comenzaran a borrar las letras del libro, salir a la playa. Qué placer entrar en el mar, de ser posible en el de la tardenoche, cuando ya sólo quedaran en el horizonte los últimos indicios del sol, y dejarse llevar tranquilo y sin fuerzas por la corriente. Buena idea, acaso romántica (¿y qué?), cursi (¿y qué?) de Alfonsina Storni, a la que él, más romántico aún, o más cobarde, o más ridículo (nada poeta), agregaba el ron, los somníferos y el libro.

Fantasía al fin, en eso terminaba. Nunca moriría de propia mano. Careció de grandeza para vivir. Careció de grandeza para escribir. Explicable, pues, que careciera de grandeza también para morir.

No se le podía negar, eso sí, el valor de solución que el simulacro poseía para él. En los momentos difíciles, cuando la vida apretaba el nudo gordiano, como él gustaba de decir, Olivero pensaba en la cama, en Santayana, en los somníferos, en el ron, en el mar, en Alfonsina Storni, y en dos amables, graciosos versos de la argentina:

Ah, un encargo, si él llama nuevamente por teléfono,
le dices que no insista, que he salido...

Y sentía que regresaba la tranquilidad o a la resignación, que viene siendo lo mismo. El abandono, la desidia, volvían a dominarlo.

Imaginar paso a paso el proceso hacia el mar constituía una catarsis. Estaba seguro: fantasear con la muerte resolvía muchos problemas de la vida. Y también de la muerte, que era, después de todo, algo importante de la vida.

Histérico y cursi, el juego tenía algo de liberador. Distraerse con la puerta, divertirse con que había una puerta, aunque, al propio tiempo, tuviera la certeza de que la puerta nunca se violentaría, que la broma nunca pasaría de serlo.

—Soy un cobarde —admitía Olivero— y no tengo otro remedio que reconocerlo.


## En el claustro de la iglesia de la Merced

Abrió la puerta del balcón y salió. Hacía mucho calor. No había sido ésa, sin embargo, la causa de que Olivero violara el tácito acuerdo de no abrir nunca la última puerta de Serena. Fue culpa del espejo. O del reflejo de un recuerdo en la luna del espejito del baño.

Cerca de las ocho de la noche, se había tirado en la cama matrimonial de Elisa. Había pasado el día deambulando bajo los árboles del Prado, de arriba abajo, desde la estatua de Manuel de la Cruz hasta la de Juan Clemente Zenea. Se había detenido en el parque de los Enamorados, en el de los Filósofos, torturado por el calor que bajaba de un cielo blanco, y llegaba también de un mar hediondo, cuya superficie de petróleo brillaba con tonos diversos y desagradables.

Luego, para calmarse, se había sentado un par de horas en el claustro de la iglesia de la Merced. Llevaba con él un librito que cabía en el bolsillo de su pantalón, una edición argentina, en papel biblia, tipografía anticuada y mínima, de la *Antología de Spoon River*.

En aquel claustro, leyendo los poemas del librito, había sentido el primero de una larga serie de desfallecimientos y la primera de una larga serie de punzadas en el vientre. Como si fuera a quedarse sin fuerzas, al punto del desmayo. Pensó que la punzada no le daría ningún tiempo, que todo ocurriría allí, en el claustro de la iglesia de la Merced, que se cagaría en aquel lugar sagrado, donde por suerte sólo había un jardinero negro que parecía salido de un cuadro de Landaluce. Pensó: «Debo controlar el dolor, si respiro fuerte y me concentro en otra cosa, en los árboles, por ejemplo, en la belleza y la sombra y la fragancia de los árboles, o en el idílico jardinero de Landaluce, lograré controlar la mierda». Reunió fuerzas. Cumplió un esfuerzo supremo. Se irguió como si nada pasara y se encaminó a la sala espaciosa, elegante y limpia de la sacristía. Le pareció que no estaba en Cuba, o que estaba en otra Cuba, hecha de recuerdos, de veinte años atrás.

Se diría que no había nadie. De sobra sabía que las sacristías provocaban siempre esa impresión, como si fuera un propósito: «no hay hombres, sólo Dios». Propósito engañoso, pues Dios no estaba en ninguna parte. Eran los ojos del hombre los que se encargaban de vigilar, en nombre de Dios o del diablo, y a veces en nombre de los dos.

Notable que, ni en la sacristía de la iglesia de la Merced, Olivero se sintiera redimido de la observación, del examen, de la admonición y del control.

—Por favor —exclamó con la voz que pudo, un hilo de voz, como suele decirse—, por favor, por el amor de Dios.

Apareció una mulata gorda de ojos tristes y un lunar en la frente, como una Rita Montaner maltratada. La mulata no dijo «buenos días» y fue como si lo hubiera dicho. No preguntó qué le pasaba y fue como si lo hubiera preguntado. Poseía un arte maravilloso para sonreír, mover las manos y hacer que manos y sonrisa, en conjunción con los ojos, tristes, adustos, o acaso mansos, hablaran por ella. Olivero intentó decirle qué le pasaba. Y lo cierto fue que la explicación estuvo de más. La mulata pareció adivinar cuánto sucedía en el hombre que suplicaba.

Rápida, diligente, lo condujo a un baño limpio, con olor tan intenso a creolina, a pino y a limpieza, que cagar allí parecía un trance sacrílego, como hacerlo en el altar mayor. De todos modos, qué alivio alcanzar a dejar en el brillante suelo de granito el librito y bajarse los pantalones, y tener tiempo incluso de acomodarse en el inodoro blanquísimo. Qué alivio poder experimentar, en el lugar apropiado, el golpe de las tripas, el dolor intenso y breve. Y, de inmediato, la sensación hirviente del agua densa y fétida que salía de su cuerpo y caía torpe, sin estrépito, en el agua del inodoro.

Allí, en aquel baño, frente a la *Antología de Spoon River*, sintió por primera vez que se vaciaba por dentro. Como si todo el revoltijo de sus tripas escapara junto con la mierda. Cuando se levantó, comprobó que la mierda era un líquido maloliente y negro que contenía, no obstante, algo que parecían cuajarones sanguinolentos.

Después de mucho tiempo limpiándose el culo con papel de periódico, se limpió con papel higiénico, y este simple hecho lo hizo sentirse liberado. Descargó el inodoro. Esperó un rato prudencial. Necesitaba que el mal olor se disipara. Pocas cosas le parecían tan humillantes como que los otros descubrieran la podredumbre que se ocultaba en sus tripas.

Salió del baño. Buscó a la mulata del lunar y los ojos tristes para darle las gracias. No la encontró. Y eso que dio voces discretas. La mulata no reapareció.

Salió a la calle con una sensación que más tarde, en el apartamento de Elisa, cobró intensidad. Fue la primera vez que tuvo la impresión dolorosa, y al propio tiempo placentera, de que algo insignificante para el mundo, enorme y excesivo para él, tenía lugar. El principio de algo que simbolizaba también el fin de algo. La puerta que se abría al tiempo que se cerraba. Fue la primera vez, asimismo, que se percató de que él, Benjamín Olivero, se iba quedando fuera de las cadencias del mundo. Cualesquiera que fueran esas cadencias, agitadas o monótonas. La tierra giraba y él se iba quedando atrás, inmóvil, *out of order.*

En la ciudad ocurrían sucesos importantes que ya empezaban a excluirlo. También él comenzaba el inevitable proceso hacia la impalpabilidad. Llegaría un momento en que recorrería las calles sin que nadie lo viera.

Olivero no sólo abrió la puerta del balcón sino que incluso salió y miró la calle. Hacía calor. Pero no fue ésa la causa de que violara el tácito acuerdo de no abrir nunca la última puerta de Serena. La decisión había tenido que ver con el reflejo de un recuerdo en la pequeña luna del espejo del baño.

Cuando, esa tarde, Olivero se miró, no vio su cara sino la de su padre, y ni siquiera la mejor cara de su padre. Porque su padre había sido un hombre hermoso, una especie de Mario del Monaco, una mezcla dichosa de italiano del valle de Monviso y de habanera de Santiago de las Vegas. Su padre se vanagloriaba, incluso, de ser pariente lejano de Mario del Monaco y primo hermano de Magda Olivero, cosa que nadie creyó nunca. Su padre, un hombre que con treinta, con cuarenta años andaba aún de bar en bar, conquistando mujeres en las noches de La Habana.

No fue ésa la cara que Olivero vio, sino la otra. La última cara de su padre, con las facciones secas, de cuando ya estaba vencido por la cirrosis y había perdido los dientes, y los ojos, hundidos, desaparecían tras ojeras que eran manchas de sangre.

Olivero nunca fue bello como su padre. Nunca se pareció a él, y mucho menos a Mario del Monaco. No tenía el aspecto de ser un primo de Magda Olivero. Ahora, en cambio, comenzaban a aparecer en los rasgos de su cara los rasgos patéticos del padre moribundo.

Por eso se fue a la sala, rompió el tácito acuerdo y abrió la puerta del balcón.

Allá abajo, como era de esperar, la incesante algarabía de la calle Reina. Una calle llamada así en honor a Isabel II, aunque desde 1918 la hubieran bautizado con nombre que ningún habanero bien nacido era capaz de emplear, avenida Simón Bolívar.

Olivero quiso imaginar el cuerpo de Serena en el aire, detenido en el aire, antes de caer a la calzada con nombre mayestático. Una vez más, se dio cuenta de la mezcla de hastío, vitalidad, desengaño, terror y coraje que debía reunirse para tomar una decisión de aquella naturaleza. Hasta la valiente Serena se había cubierto la cara con una almohada.

Abandonó el balcón y lo cerró con cuidado para que Elisa no se percatara de que había violado el pacto silencioso. Salió del apartamento, bajó las estrechas y tenebrosas escaleras, donde flotaba un permanente olor a gas, y se perdió en el bullicio de una calle que homenajeaba a una reina puta casada con un pobre noble que, para colmo, era maricón.

## Luis Medina y el mapa

No subió hacia Cuatro Caminos. Cuando llegó a Belascoaín, bajó hacia el mar. Pensó que iba al Malecón, que se sentaría allí a ver pasar la gente, de espaldas al mar imaginario de la noche, frente al hotel Deauville.

Oscureció rápido, como solía oscurecer en La Habana. En un segundo, la ciudad perdía el brillo de la tarde y se sumergía en una oscuridad densa, pero el calor no cedía. Aquella noche hacía tanto calor que del pavimento parecía brotar vapor de agua.

Al llegar a la calle Zanja, dobló a la derecha, sin dudar, y se vio abriendo una puerta de cristales. En el vestíbulo de estuco y mármoles negros, observó la pizarra de negra pana donde había nombres mal escritos, con letras blancas. Lo sobresaltó el olor dulzón de las flores mustias. Se vio entrando en la capilla número dos. Cinco personas, tres hombres y dos mujeres, estaban sentados en los sillones, junto al féretro gris, iluminado por cirios falsos. Se balanceaban, fumaban, hablaban por lo bajo. Una de las mujeres, con los ojos irritados, bebía de una taza, mientras otra, junto a ella, sostenía un termo y miraba al suelo con aire distraído.

Al entrar, todos clavaron en Olivero sus miradas de cansancio. Como cogido en falta, sin saber qué hacer, él inclinó la cabeza y sonrió, a sabiendas de que debía de ser una sonrisa falsa. Se sentó en otro sillón, alejado de los demás, y cerró los ojos.

Desde alguna capilla llegaron quejidos y un llanto largo y sin consuelo. A veces se oían voces admonitorias que al propio tiempo intentaban ser cariñosas y tranquilizadoras.

Cuando Olivero volvió a abrir los ojos, descubrió que había alguien junto al féretro.

Un muchacho alto, delgado, con una barba oscura, no demasiado abundante, y un pelo color trigo, discretamente largo. Llevaba un pantalón verde sucio, de patas acampanadas, y una sudada camisa de mezclilla, de mangas largas dobladas por encima del codo. Olivero vio que calzaba mocasines grises de plástico, de esos que vendían en todas las zapaterías de La Habana.

El muchacho pareció mirar el cadáver con atención durante unos segundos. Luego se volvió lentamente, como si necesitara encontrar a algún conocido. Reparó en Olivero y hacia él se dirigió. Se sentó a su lado sin decir palabra. Olivero sintió un fuerte olor a sobaco sudoroso, a ropa húmeda, que, lejos de disgustarle, le provocó una satisfacción repentina. Supuso que la alegría tenía que ver con la afirmación de vida que, en un lugar como aquél, evocaba semejante olor. Miró la mano izquierda del muchacho, que descansaba sobre el brazo del sillón. Una mano grande y blanca, de dedos y uñas anchos.

—¿De qué murió? —preguntó el muchacho con una voz grave que se proponía ser pesarosa sin lograrlo.

Las miradas de ambos se cruzaron. Repentina como el regocijo, la simpatía que experimentó Olivero en el cruce de miradas. Era mucho más joven de lo que había imaginado. A pesar de la barba, dedujo que tendría apenas veintidós, veintitrés años, y sus ojos azules, grandes, limpios, tenían una mirada noble.

—Yo tampoco lo conocía —aclaró Olivero.

El otro entornó los ojos, como si quisiera preguntar.

—Pues sí, mira, iba para el Malecón y de pronto me descubro entrando en este sitio. Al muerto no lo conozco de nada, a la familia tampoco, ni siquiera sé qué hago aquí.

Olivero consiguió lo que deseaba, que le dedicara una sonrisa.

—Y tú, ¿a qué viniste?

No respondió de inmediato, miró al féretro tosco, gris y feo, miró luego al grupo de personas que se balanceaban con resignación en los sillones, volvió a sonreír y dijo:

—Si le voy a ser sincero, yo tampoco lo sé.

Olivero cerró los ojos para evitar que se le escapara una carcajada. Respiró fuerte con el ánimo de inundarse con el olor del sobaco del muchacho, lo que, intuyó, significaba colmarse de vitalidad. «Soy como un vampiro que no se alimenta de sangre», pensó, «un vampiro inofensivo que necesita del olor a sudor de un joven hermoso.» Volvió a escucharse el llanto largo y desconsolado que llegaba de la otra capilla. Olivero abrió los ojos y el muchacho se miró las manos con inquietud.

—¿Por qué no nos vamos? —preguntó.

Para Olivero la pregunta fue algo más que una pregunta. Hacía tiempo, demasiado tiempo, que no experimentaba un júbilo semejante.

—Acabas de llegar —advirtió.

—Me parece que llevo varias horas aquí, ¿usted lo vio?

—No, no me acerqué a la caja.

—Era un hombre todavía joven.

—¿Joven?

—Sí, como usted.

—¿Como yo? —preguntó Olivero.

—Blanco, un poco calvo y todavía joven, como usted, parecía dormido, como si durmiera sonriendo, como si soñara.

—Alguna picardía, seguro.

—A lo mejor no es tan malo eso de morirse. —El muchacho señaló a Olivero con el dedo como si hubiera dicho una incorrección—. ¿Qué tal si nos vamos?

Salieron a la calle Zanja. Había anochecido del todo. Era una noche luminosa y el viento era húmedo, con olor a tejados y a basura.

—¿Le gusta el té?

—Me gustan los samovares y el té, tengo algo de personaje de Dostoievski.

El muchacho respiró hondo y sonrió. Parecía aliviado.

—Podemos ir a mi casa, tengo té negro.

—Claro que me gusta el té —repitió Olivero—, incluso puedes llamarme *starets* Zósima.

Y pensó que últimamente, con la llegada de los rusos (Olivero se empecinaba en continuar llamándolos rusos, como si no existiera aquel diciembre de 1922 en que se constituyó la Unión de Repúblicas Socialistas Soviéticas), los habaneros se obstinaban en beber té, y adornaban las salitas pobres de sus casas con horrendas muñequitas, cada una de las cuales contenía a su vez otras horrendas muñequitas. Ya nadie leía a Chéjov, a Tolstói, a Turguéniev o a Dostoievski, sino *La carretera de Volokolamsk* y *Los hombres de Panfílov*, de un tal Bek, y, en el mejor de los casos, los tomos infinitos y agotadores de *El Don apacible*.

—¿Vives lejos?

El muchacho negó con la cabeza y señaló con ambas manos hacia un lugar impreciso.

—No has dicho dónde vives —rió Olivero.

—En Barcelona —aclaró el muchacho.

—Caramba, ¿no está lejos?, al borde del Mediterráneo.

Luis Medina sonrió sin entusiasmo. La broma de Olivero resultaba, a todas luces, demasiado escuchada para él.

—En la calle Barcelona, en la esquina de Águila y Barcelona.

Avanzaron en silencio un buen trecho por la calle Zanja. Pasaron la esquina con la calle Gervasio. Cruzaron frente al edificio gris de la estación de policía, que siempre obligaba a Olivero a mirar hacia otro lado.

—¿Sabes por qué esa calle que comienza ahí, en el cuchillo, se llama Dragones?

—Ni idea —reconoció el muchacho, con cierta sorpresa, como si ni siquiera se le hubiera pasado por la cabeza que existiera una razón para que las calles se llamaran como se llamaban.

—En esa estación de policía que ves ahí, había un cuartel de dragones.

El muchacho soltó una carcajada.

—¿Un cuartel de dragones?

—Bueno, no un cuartel de animales fabulosos, claro que no, sino de soldados, soldados de hace muchos años, de dos siglos atrás, que se llamaban así, dragones, porque se desplazaban a caballo, como la caballería, y combatían a pie, como la infantería. —Hizo una breve pausa y preguntó—: Y tú, ¿cómo te llamas?

—Luis Medina.

—Yo me llamo Olivero, Benjamín Olivero, pero todo el mundo me conoce por Olivero.

Y extendió la mano a Luis Medina, que la estrechó con sorpresa, aunque sin convicción, como si fuera la primera mano que estrechara en su vida.

No era tarde. Olivero supuso que aún no serían las nueve

de la noche. A pesar de la hora, ese lado de la ciudad carecía del bullicio habitual. Un inexplicable silencio se extendía a lo largo de la calle Zanja, como si el tramo del antiguo barrio chino hubiera sido evacuado. Tampoco se habían encendido las luces de los faroles mortecinos de la calle, y si no avanzaban por entre sombras era gracias al cielo claro y blanco, cubierto de galaxias. Llegaron a la esquina de Zanja y Galiano, donde muchos años atrás (¿cuántos años?, Olivero trató de calcularlos y se dio por vencido) había estado el apeadero del tren que hacía el trayecto de Concha a la Playa de Marianao, y donde aún se veía, venida a menos, una tienda famosa, La Vajilla. Sentados en el suelo, recostados a una columna de la antigua tienda, tres muchachos escuchaban en una radio portátil la narración de un partido de pelota. Olivero creyó comprender entonces. Algún juego importante en el estadio Latinoamericano o en el Palmar de Junco conseguía lo que nada ni nadie más podía conseguir, que los habaneros se mantuvieran en sus casas, tranquilos, o al menos sentados, junto a las radios o a los televisores, a la espera del batazo que salvara o perdiera a su equipo. Un juego tonto, opinaba Olivero, donde un hombre esperaba que le lanzaran una pelotica para golpearla con un palo y echarse a correr.

A la calle Galiano sí se la veía bajar hacia el mar, con esa distinción obstinada de la calle Galiano, iluminada incluso, a trechos, por los antiguos faroles de hierro forjado, testigos de épocas prósperas.

Al cruzar Galiano para llegar a Barcelona, escucharon un rugido de multitud, gritos y palmadas, sin duda algún *home-run* del equipo capitalino.

Luis Medina vivía en un edificio estrecho, llegando a la calle Águila. El edificio, calculó Olivero, habría sido construido en los primeros años del siglo, un poco antes de la Danza de los Millones, un poco antes que su soberbio vecino, el edificio de la Cuban Telephone Company, levantado hacia 1927, el mismo año del nacimiento de Olivero y el mismo año en que Fritz Lang estrenó *Metrópolis*, por lo que Olivero solía aclarar que entre él, Fritz Lang y el edificio de aire neoyorquino existía una rara e inevitable complicidad, que los tres poseían la misma estética, idéntica sabiduría, y sin lugar a dudas, un cansancio parecido.

En medio del desastre en que se iba convirtiendo La Habana, en el edificio donde vivía Luis Medina aún podía notarse el fausto de los ornamentos pomposos de la fachada, la gran puerta, desproporcionada y ajustada bajo dinteles torcidos, claveteada, fingiéndose más antigua de lo que era en realidad, así como los balconcitos de pretiles de hierro que imitaban los juegos flexibles de la ebanistería.

Por alguna fantástica razón, el ascensor funcionaba. Una jaula contraída, de barras ennegrecidas y dispuestas en diagonal, con fuerte olor a aceite y a motor de automóvil viejo. Luis Medina accionó una palanca. El ascensor comenzó a remontar, a trancazos, con chirriar de metales y estrépito de cuerdas y poleas. Alcanzaron el último piso, abandonaron el ascensor. Tuvieron que subir entonces una apretada escalera de caracol. La puerta del cuarto de Luis Medina parecía más estrecha aún que la escalera. Olivero recordó el Evangelio de Mateo y dijo:

—Entrad por la puerta estrecha.

Sonriendo, Luis Medina agregó:

—Porque el camino que lleva a la verdad y a la vida es estrecho y difícil.

A Olivero le gustó que el muchacho fuera capaz de responder a su cita. Y como si entendiera lo que Olivero pensaba, Luis Medina precisó:

—He leído los Evangelios, también he leído a André Gide.

Pequeño y sórdido, el cuarto poseía un tufo de cueva. Y una sola ventana, pequeñísima, a bastante altura, cubierta con tela metálica. «Para que no entren los murciélagos, mucho menos los gorriones y las palomas», aclaró Luis Medina. Del techo pendía un solo y desnudo bombillo. En las paredes, oscurecidas de humedad, sólo se veían una foto de Luigi Tenco, descolorida, recortada de alguna revista, y un gran mapa de Europa.

El mapa, de metro de ancho por metro y medio de largo, conservaba los dobleces a que lo habían castigado los años de permanecer en la guantera de algún carro, pero aún podía verse con claridad el rojo dibujo de las carreteras y el azul de las líneas de ferrocarril. A Olivero le llamó la atención que en el mapa, en el lugar exacto donde decía Trento, hubiera un alfiler con una banderita amarilla.

Un sucio camastro y una pequeña mesa constituían todo el mobiliario, ninguna silla, ninguna butaca, ninguna mesita de noche. Sobre la mesa se amontonaban algunos libros y una caja de zapatos forrada con papel de regalo.

Olivero se sentó en el suelo con la espalda recostada a la pared.

—¿Le molesta si me quito la camisa?

—Cómo voy a molestarme, estás en tu casa.

Luis Medina no sólo se quitó la camisa, sino que también se descalzó. Además del olor a sobaco del joven, el tufo a cueva del cuarto fue desplazado por el más fuerte olor de aquellos pies, por lo demás, grandes y bien formados, cubiertos de tierra y de arena. Su torso delgado, poco musculoso, mostraba un rombo de vello amarillo en el centro del pecho, entre las dos tetillas pequeñas y rojas.

Una vez más, a Olivero le entusiasmó el olor de aquel cuerpo. De nuevo experimentó la gozosa turbación que lo había asaltado en la funeraria, una especie de confusión, tal vez la alegría de estar vivo. Porque ése era el olor de la vida, pensó sin énfasis, divertido, burlándose de sí mismo, y concluyó que no había perfume como el sudor de un joven como aquél, tan joven y vital.

—¿Puedo preguntarte qué hacías en la funeraria si no conocías al muerto?

Sonriendo, Luis Medina respondió:

—Yo podría preguntarle lo mismo.

También Olivero sonrió:

—Te voy a explicar.

Y contó que, hacía muchos años, una prima suya llamada Serena, Serena Godínez, hermana gemela de otro muerto, Esteban Godínez, se había lanzado desde un sexto piso, y que esa tarde él, Olivero, se había asomado al balcón de ese sexto piso y había tratado de sentir, o mejor dicho, de «ver» lo que había visto su prima en el momento de tomar una decisión tan definitiva, aunque, bien mirado, su prima no debió de ver mucho porque antes de saltar por la baranda tomó la precaución de cubrirse la cara con una almohada.

—¿Por qué se mató?, ¿por qué se cubrió la cara con una almohada?

Ahora Luis Medina sonreía sin sonreír, con los ojos entornados y una huella de arrugas hermosas en la frente.

—Estaba loca, supongo —explicó Olivero, con las manos unidas como un orante, a sabiendas de que mentía, de que simplificaba frívolamente una tragedia—, enloqueció de amor, como todos los suicidas, porque todo el que se quita la vida es porque ama mucho algo, ¿no?, con una intensidad insoportable. Y ella se pasó la vida enamorada. Y un día se enamoró aún más de un norteamericano de Boston o de Weymouth, no sé bien. Sí sé que era alto, rubio, elegante y despiadado, uno de los directivos de la agencia Ford de La Habana, y vivió con él unos meses, y parió un hijo, un niño precioso del norteamericano de Boston o de Weymouth, mi sobrino Jafet, que en realidad no es mi sobrino sino mi primo, mi primo segundo, y a quien yo cuido y quiero como a un sobrino. En cuanto al señor de Boston o de Weymouth, no quiso hacerse cargo del hijo, ni de ella ni del hijo, y, la verdad, no podía inmiscuirse demasiado, no podía hacerse cargo porque estaba casado, en Boston o en Weymouth, con una bostoniana opulenta y refinada como un personaje de Henry James. Una mujer tan segura y dependiente como un personaje de Henry James. Y Serena, mi prima Serena, no pudo o no quiso resignarse a vivir sin él, y pensó, no sé si bien o mal pero lo pensó, lanzarse una noche del sexto piso de su apartamento con una almohada en la cara, porque estaba tan..., no sé qué decir, ¿tan enamorada...?, ¿te parece bien la palabra?, a mí, te juro, me molesta usar esta palabra agraviada por tantas oraciones vacías de significado. Y no encuentro otra. Sí, enamorada, seducida, cautivada, embelesada, enamorada, sí, la pobre. Y suena a vulgaridad. No pudo más y prefirió lanzarse desde el balcón hacia la calle, estrellarse, vestida de blanco, contra el pavimento.

Luis Medina miró a Olivero con desconfianza cordial, con admiración, y afirmó:

—Tú eres escritor y me estás contando el capítulo de alguna novela.

Olivero negó con la cabeza, varias veces negó, antes de recalcar:

—Ojalá fuera una historia inventada y ojalá fuera escritor. No, créeme, también la realidad produce sus Emma Bovary y sus Ana Karenina. Esta Serena de que te hablo, hermana gemela de un ahogado lindísimo, como un dios, llamado Esteban, no fue ninguna heroína de novela, ni a ella le hubiera gustado que se dijera semejante cosa. No leía novelas. Era buena lectora, sí, de otras cosas. No leía novelas. Sabía idiomas, sabía llevar libros de cuentas y escribir en un sistema de escritura llamado taquigrafía, un sistema que permitía escribir a la misma velocidad del habla, algo así como un árabe para secretarias. Y cuando mi prima Serena leía, algo que hacía sólo cuando el trabajo se lo permitía, en vacaciones, cuando se iba con nosotros a la playa, prefería los libros de una escritora francesa y extraña que recorrió China, el Tíbet, la India, llamada Alexandra David-Néel. Porque si alguna virtud tenía mi prima era su singularidad. Siempre, desde niña, fue una persona singular. Tan singular como Esteban, su hermano jimagua, y tan extravagante que el sueño de ella era subir al Tíbet. Así que cuando supimos que se había lanzado balcón abajo, a la calle, vestida de blanco y con una almohada en la cara, la compadecimos, la lloramos y no nos sorprendimos. Como tampoco nos habíamos sorprendido, años antes, el día en que su bellísimo hermano, con catorce años, desapareció en el mar.

Sonriendo, con expresión de incredulidad, Luis Medina buscó debajo de la cama y sacó una guitarra medio cubierta con un retazo de tela blanca, bordado con flores también blancas y diminutas, como azahares. Olivero supuso que era el retazo de lo que alguna vez debió de haber sido un vestido de novia. El muchacho retiró el pedazo de tela con la ternura con que es lícito suponer que un novio desviste a la novia la noche de bodas. Miró la guitarra un instante y la acomodó contra su pecho. Rasgueó las cuerdas con la mano derecha y con la izquierda ajustó las clavijas. Luego, comenzó a tocar lo que Olivero identificó como una canción italiana.

—¿Dónde aprendiste a tocar?

—Tuve un maestro de música, pero la guitarra la toco de oído desde niño —respondió Luis Medina—, mi padre me regaló esta guitarra cuando yo tenía cinco años, me gustaba sentarme junto al radio o el tocadiscos y reproducía lo que oía, y lo reproducía bien, la verdad.

—¿Por qué no fuiste a un conservatorio?

—Tuve un maestro, en mi pueblo, un buen maestro de piano. En realidad me gusta tocar para mí y dos o tres amigos. No me interesa tocar para un auditorio silencioso, con los ojos asombrados de quienes miran a un animal en su jaula.

Con voz agradable y ronca, cantó:

> *Mi sono innamorato di te*
> *e adesso*
> *non so neppure io cosa fare...*

—Luigi Tenco —afirmó Olivero.

—¿Lo conoces?

—También a Sergio Endrigo y a Jimmy Fontana. Me gusta mucho la música italiana, y no sólo la italiana, la francesa, la norteamericana, la cubana...

—O sea, te gusta la música.

—Sí, mejor así, me gusta la música, puedo llorar lo mismo con Henri Vieuxtemps que con el venezolano Mario Suárez cantando «Nunca sabré qué milagro de amor ha encendido mi noche...». Y ahí tienes, Luigi Tenco, hablando de suicidas...

Olivero experimentó una emoción que no sólo tenía que ver con la guitarra y la aceptable ejecución de Luis Medina (y con su presencia, puesto que ya se sabe cuánto conmovía a Olivero cualquier presencia joven y masculina), sino con algo que abarcaba tanto al muchacho como al propio Olivero, y con lo que sucedía (que era tan poco), incluso con el lugar en que estaba sucediendo aquella enorme nimiedad, el cuarto pobre, las paredes desnudas, el camastro sucio, el mapa de Europa pegado a la pared con su banderita en Trieste, la foto de Luigi Tenco. La Habana raramente taciturna, dormida, silenciosa a esa hora de la noche.

Cuando terminó de rasgar la guitarra, en su barba brillaban algunas gotas de sudor. Se le notaba fatigado. Colocó la guitarra en el suelo, se echó en el camastro y cerró los ojos.

—Yo tuve una familia —dijo—, una familia y una novia.

Olivero no supo si era el inicio de otra canción y esperó en silencio, con la sensación de que aquel día especial, de tantos sucesos, no hacía más que comenzar, y con la certeza, bastante humilde, bastante trivial, de que en cada hombre, aun en el más común, se encerraba una historia posible, una novela.

Luis Medina repitió que había tenido una familia y una novia. Contó que había nacido y vivido en Caraballo, un pueblecito al sur de Santa Cruz del Norte, al borde de un arroyo. Él vivía junto al arroyo, en una casa cómoda, con un jardín de rosas, de arecas y árboles. Su padre era el único veterinario del pueblo. Su madre llevaba una de las tres farmacias. Las dos hermanas de Luis, mayores que él, estudiaban en La Habana, una en la Escuela Normal de Maestros y otra en la Escuela del Hogar.

En el arroyo siempre se podía estar, sobre todo por las tardes. Rodeado de palmas, ceibas, arrayanes y sauces llorones, en realidad no era un arroyo, sino un estanque, grande, estrecho y alargado, que nacía en unas colinas donde pastaban las vacas de la familia Nadal, que era la familia del señor Lorenzo, su profesor de música y el único hombre de Caraballo que sabía de música y hablaba de Mozart y Beethoven. El agua del arroyo apenas corría, verdosa, con olor a tierra. En todo el campo, hasta en la casa, se sentía el olor a lama. Como si siempre, a cada instante, estuviera comenzando a llover. En cuanto el sol bajaba, apenas descendía por el lado del central Hershey, las familias se iban al arroyo. Se sentaban allí, en piedras grandes, pulidas y blancas, que parecían puestas a propósito. Se conversaba. O ni siquiera. Se trataba más bien de dar palique. Decir cosas sin trascendencia, sin suponer que lo que se ha dicho valga para algo. Lanzar preguntas sin esperar respuesta. Facilitar respuestas sin que alguien hubiera lanzado alguna pregunta. Había muchos que ni siquiera hablaban.

La buena de Sime, por ejemplo, jamás hablaba, se limitaba a sentarse allí, con su cesta de materiales, a hacer flores. Sime hacía flores de papel de todos los colores, con papel de China, con papel crepé, y hasta flores de hilo con incrustaciones de canutillo. Para las bodas, para las comuniones, para cualquier fiesta. Y había que reconocerlo, las flores de Sime a veces superaban las flores de verdad. Tampoco se proponían ser iguales o mejores, sino diferentes, como por ejemplo las flores de hilo, que en nada se asemejaban, y tampoco querían asemejarse, a las flores de verdad.

Otro que tampoco hablaba era el señor Alibio, porque lo del señor Alibio era cantar, o mejor dicho, imitar a Carlos Gardel. Hasta en verano andaba el señor Alibio de terno y corbata, con sombrero ladeado y bufanda. Es verdad que cantaba bien, es verdad incluso que tenía en la voz un tono dulce que recordaba, como él decía, al Morocho del Abasto. Además, sabía ser dramático, y hasta trágico si venía a cuento, algo indispensable para cantar un tango como Dios manda. La esposa del señor Alibio, Ferminia, sí que hablaba de un viaje que habían hecho al Río de la Plata, a Buenos Aires. Los demás se reían entre burlones y condescendientes, porque Alibio y Ferminia nunca habían salido de Caraballo, y, si acaso, habían aprovechado alguna vez la visita a la Quinta Covadonga para deambular después por la calzada de Buenos Aires, que era y es una calzada amplia y arbolada de El Cerro, bastante simpática, que comenzaba en la calle Amenidad y terminaba en la Vía Blanca, llegando a Santos Suárez. Por allí se paseaba Alibio, decían, entonando «Mi Buenos Aires querido, cuando yo te vuelva a ver, cuando yo te vuelva a ver».

Los muchachos, en tanto, prendían sus primeros cigarros. Y jugaban a la pelota. Las muchachas o cantaban o hablaban de los Galanes, un espantoso grupo de actores de televisión, supuestamente atractivos, y prendían también sus primeros cigarros. Y los muchachos no cantaban tangos, ellos preferían las canciones de Paul Anka, de los Platters, de Bill Haley y sus Cometas. El propio Luis, a veces, se armaba de su guitarra y se atrevía con *Love Me Tender*, porque ellas, las muchachas, le decían que, si cerraban los ojos, imaginaban al mismísimo Elvis Presley.

Al arroyo también acudía todas las tardes María la Polaca, que no era polaca sino rusa, de una aldea, según decía ella, cercana a San Petersburgo, al borde del lago Ladoga, sólo que en los años en que ella llegó a Cuba la gente no sabía bien que existía un país llamado Rusia, menos aún la Unión Soviética, y se solía pensar que ser ruso significaba en realidad ser polaco, al igual que no ser católico implicaba ser judío.

—Rusa, como Borodin y Mussorgski —explicaba Lorenzo, el profesor de música.

A los efectos de la gente del pueblo, podía resultar más sencillo admitir que María era rusa que admitir algo tan complicado como el parecido con dos señores desconocidos llamados Borodin y Mussorgski.

María la Polaca hablaba de cómo había comenzado su huida del comunismo, el mismo día de noviembre de 1923 en que Adolfo Hitler fracasó en su intento de golpe de Estado. María la Polaca contaba cómo ella y su marido habían elegido salir de Rusia en invierno, porque en invierno la huida era más difícil y, por lo mismo, más fácil. Y refería su infinita marcha entre nieves, aldeas de nieve y bosques de nieve, hacia el norte, subiendo y bordeando el lago, para intentar franquear la frontera con Finlandia y atravesar luego el Báltico, hacia Alemania. Alguien preguntaba siempre qué de malo tendría el comunismo que se debía huir de él como de la peste negra. Ella nunca respondía. Cerraba los ojos y suspiraba. Y sólo de tarde en tarde exclamaba: «¡Si vosotros supierais!».

Con aquel uso anticuado y retórico del pronombre y del verbo, señal de que su español había sido aprendido entre españoles, libros y viajes.

Y siempre, en el relato de ese viaje en que recorría Europa, andando, y atravesaba Alemania, Francia, cruzando los Pirineos para llegar a España y tomar un buque en Barcelona con el propósito de llegar a Cartagena de Indias, y terminar en La Habana sin saber a ciencia cierta la razón, ni saber bien en qué consistía La Habana, quedaba flotando el misterio del comunismo, de por qué debía uno dejarlo todo atrás, exponerse a tantos peligros por escapar del comunismo, como si el comunismo fuera una caterva de endriagos malignos o una plaga de calamidades y de mala suerte.

Lo cierto era que todos quedaban arrobados con los cuentos de María la Polaca, que, por lo demás, tenía una conversación cautivadora. También, como se ha visto, hablaba un español pintoresco, que provocaba risa, un español que a veces carecía de artículos, y mencionaba ríos y montañas y nombres tan exóticos de ciudades como Düsseldorf, Bruselas, París, Barcelona, y nombraba islas como Baleares, Madeira y las Azores.

A Luis Medina le gustaba escuchar las historias de María la Polaca. No obstante, jamás le pasó por la cabeza la locura de pasearse por Europa. Ni siquiera por gusto, mucho menos por necesidad. Como si Europa no existiera, o existiera sólo en los cuentos de María la Polaca. Carecía de relevancia si existía Europa o el resto del mundo. Suficiente con que Europa fuera un pretexto para los cuentos de María la Polaca. Porque, además, nadie tomaba en serio los cuentos de una polaca que, para colmo, era rusa.

El mundo era el mundo inmutable de Caraballo. El arroyo, los campos y, si acaso, un planeta que podía extenderse hasta Santa Cruz del Norte, Hershey, Jibacoa, la playa casi virgen en aquel entonces. Eso era Europa y Asia y África y Oceanía. Y hasta el sistema solar, la Vía Láctea. Caraballo era el centro de un sistema de astros. No hacía falta más.

En aquellos años de su infancia, explicó Luis, la vida mostraba el buen aspecto de una seductora sucesión de días. Todos iguales. Unos tras otros, rigurosos, mansos y perfectos. Orden doméstico, dúctil, desenvolvimiento apacible, maravilloso e inevitable, que nada parecía capaz de quebrar. Cada cosa se hallaba bien escrita en alguna página oculta.

En aquel tiempo, los grandes acontecimientos tenían lugar cuando alguien se casaba, o cuando alguien moría, o cuando llovía o no llovía, y también algún domingo excepcional en que se iban de excursión a Jibacoa, o un poco más lejos, a Arroyo Bermejo, en el Chevrolet de su padre, con tamales, masas de puerco fritas y un termo de cervezas y de Coca-Colas.

O cuando en invierno el tronco de la mata de aguacates se llenaba de orquídeas. Bueno, no tanto en invierno, ¿qué invierno?, sino hacia diciembre o enero, cuando los días causaban la impresión de ser más cortos, y daba gusto quedarse en el portal de las noches, hasta tarde, con el fresco dócil, aquel cierzo ligeramente agitado que llegaba del arroyo con olor a lluvia, a légamo, y que servía de pretexto para que las mujeres sacaran las estolas y los *sweaters* de orlón, con botones de perlas falsas, que tenían contadas ocasiones de exhibir.

Cada cosa se hallaba prevista, y, en lo fundamental, cada cosa resultaba previsible.

Así fue hasta 1959, quizá hasta un poco después.

A mediados de 1961, las hermanas de Luis se fueron solas, o, mejor dicho, acompañadas por unas religiosas, a un internado de Carolina del Norte, en vuelo de Aerovías Q. Aun así, nadie imaginó una catástrofe. Nadie dudó de que la familia crecería. De que la casa también crecería, junto con las flores, el orquideario, junto con el césped y los árboles del jardín. La casa se acercaría al arroyo. El arroyo se extendería hacia el campo. Y en el arroyo, sin ninguna duda, estarían siempre los mismos. Los eternos personajes del pueblo. Incluida María la Polaca. Los de siempre consumirían sus tardes, hasta la noche, esa hora en que los mosquitos obligaban a huir y a ocultarse bajo las gasas de los mosquiteros. Las hermanas regresarían del internado metodista y serían maestras de inglés y se casarían y tendrían alumnos e hijos. Él también se casaría y sería veterinario, como su padre. O se haría meteorólogo, porque le encantaba conocer el rumbo y la intensidad de los vientos, el nombre y el movimiento de los astros, qué antigüedad tenían, qué estrella se convertía en la estrella Polar, qué nubes traían lluvias y qué otras anunciaban sequía, a qué hora se producían las pleamares, qué lunas presagiaban calor, en qué temporadas plantar algunos cultivos, dónde se formaban los ciclones y qué camino seguirían, si habría tornados o terremotos, y qué vientos polares, viajando y menguando Atlántico abajo, provocarían los friecitos de enero y febrero. Había llegado a construir, incluso, una veleta y un pluviómetro gracias a las instrucciones de *El Aprendiz de Meteorologista*, una revista para adolescentes publicada por una editorial cuyo nombre, Monte Palomar, bastaba para confiar en su rigor.

—Creíamos vivir en un planeta perfecto porque aún no habíamos conocido las ausencias. Las cartas de las hermanas, desde la escuela metodista de Carolina del Norte, no hablaban de separaciones ni de familias rotas. —Luis Medina abrió los ojos, se incorporó en la cama. Los ojos enrojecidos se clavaron en los de Olivero—. ¿Qué hora es?

No le interesaba la respuesta. Olivero pensó que no preguntaba por la hora de aquella noche, sino por otra hora, la de noches ya pasadas junto a la laguna.

—Más interesante, mucho más interesante que los viajes de María la Polaca —exclamó pasándose la mano por la barba de adolescente—, pudo ser el descubrimiento de Sonia.

Habló entonces de la hija del profesor Izquierdo, el geógrafo, el único profesor de geografía de Caraballo. Reputado porque había hecho, según decía, un máster de Cartografía en un instituto de La Jolla, en California, al sureste de Los Ángeles, a unas millas de Huntington Beach, lugar del que el profesor hablaba como si se tratara del Jardín de las Delicias.

No podía decir cuándo conoció a Sonia porque la conocía desde siempre, nacieron juntos y juntos vivieron. Sí podía decir, en cambio, cuándo la «descubrió», cuándo la «vio» por primera vez.

Fue, claro está, una tarde en la laguna. Una tarde luminosa de abril de 1963. Año famoso en otros lugares que no fueran Cuba, y en especial Caraballo, porque murieron Edith Piaf y Jean Cocteau, y asesinaron al presidente Kennedy.

Hacía cuatro años que los rebeldes habían entrado en La Habana. El año anterior había tenido lugar la crisis de los misiles. Aún nadie se había dado cuenta, al menos de modo rotundo, con la rotundidad de lo que ya es definitivo y para siempre, sin vuelta atrás, de que cierta vida había terminado y de que otra diferente empezaba a imponer sus usanzas terribles y sus crueles rutinas. Pocos advirtieron lo definitivo de aquellas transformaciones que al principio fueron lentísimas, imperceptibles.

Nada presagiaba el peligro aquella tarde de abril de 1963. Peligro disimulado en las ceremonias de cada día. Caraballo, la laguna, el mundo se hallaban (aparentemente) como siempre.

—La mata de guayabas está cargada de frutos —había dicho madre—, y parece un árbol de Navidad.

Luis Medina contó que había recostado en la mata la escalerita del viejo Panero, el ferretero, y que se había subido en busca de las mejores guayabas, de las maduras, antes de que cayeran al suelo y los pájaros las picotearan y los animales dieran cuenta de ellas. Sonia apareció con una cesta de mimbre que le había alcanzado María la Polaca. Se sentó al pie de la mata de guayabas y alzó los brazos con la cesta. Luis Medina comenzó a lanzar las guayabas a la cesta, y miró a la chica con los ojos de siempre, con la mirada de siempre. Y algo sucedió.

—Era, no sabía por qué, la primera vez que la «veía».

La misma Sonia de siempre y, al propio tiempo, diferente. Tenía el pelo largo y rubio y suelto, como una valkiria, y los ojos verdes, de un verde poco común, ambarino, con ese color de la cerveza servida al sol, en vaso de cristal verde. Blanquísima la piel. Los labios rojos, prometedores, sonrientes, le dijeron algo que Luis, de momento, no supo descifrar. Comieron guayabas. Verdes, maduras y pintonas. Sin preocuparse por las advertencias divertidas de los otros: el estreñimiento que daban las guayabas verdes. Hablaron poco. No hacía falta. Sonreír sí, mucho. Y tocarse las manos, acariciárselas, alcanzarse las frutas y aprovechar para acariciar la mano que se tendía. Y morder la fruta con una intención nueva.

—*La belle estate* —dijo Olivero.

La primera noche de cine admiraron a Kim Novak y a James Stewart en *Vértigo*, la película que los hizo novios. *Vértigo* y el primer beso a la salida del cine, en la calle del Agua, cargada de piscualas, al doblar del cine, entre el cine, la logia masónica y el salón del templo de los Testigos de Jehová.

Los ojos de Luis Medina habían conseguido un tono brillante. La sonrisa no estaba dedicada a Olivero, a nadie y a nada que se hallara en el sofocante presente del cuarto de la calle Barcelona, próximo al antiguo edificio de la Cuban Telephone Company.

Por esa fecha comenzaron las ausencias, las verdaderas, las definitivas. Y se supo, además, que cada separación sería definitiva. Un día de 1965, y sin que nadie entendiera por qué ese día y no otro, ya resultó seguro que las hermanas nunca volverían de Carolina del Norte. Y otro día de 1965, en un puerto diminuto, pasando la ciudad de Matanzas, próximo a la playa de Varadero, llamado Boca de Camarioca, salieron miles de cubanos en yates, o lo que fuera, hacia las costas de la Florida.

Sonia fue uno de los doscientos mil cubanos que huyeron por Boca de Camarioca. Ella y sus padres fueron rescatados por los hermanos del profesor Izquierdo, el geógrafo. Tres tíos de Sonia vivían y tenían, desde finales de los años cuarenta, un buen negocio de fumigación en Mobile, Alabama.

La noche de la despedida, Luis Medina prometió a Sonia que él iría a buscarla a Mobile, o a la mismísima cima del monte McKinley. Ella prometió que lo esperaría. No parecían, de más está decirlo, promesas imposibles. Los padres de Luis llegaron a la conclusión de que ya era hora de reunirse con las muchachas en aquel internado metodista de Carolina del Norte. Sin excesivas dudas, más bien con alivio, habían decidido que ya iba siendo necesario, por no decir imprescindible, abandonar la isla. El cariz que tomaban cada vez más los acontecimientos políticos en Cuba los obligaba a buscar lo que consideraban un destino mejor. El propio padre de Luis, el veterinario, habló con el profesor Izquierdo, el geógrafo, y le explicó su intención de escapar. Los estaba «reclamando» un primo que vivía en Yonkers desde los oscuros tiempos del machadato.

Nadie se percató de que pronto, en agosto de 1966, Luis Medina cumpliría dieciséis años y de que entraba en lo que se conocía como «edad militar», frase que implicaba una férrea prohibición, como un encarcelamiento. Una reclusión entre los empecinados litorales de la isla. Todo joven en «edad militar» debía servir a su patria, puesto que la patria *(¡madre nutricia!)* lo había hecho, lo había formado, no quedaba otro remedio que responder con agradecimiento, con entrega, a esa dedicación magnífica de la *madre nutricia*. Luis Medina ya no podría salir de Cuba hasta muchos años después.

Él mismo convenció a sus padres de que debían marcharse sin él. Su razonamiento no carecía de lógica: las mejores huidas nunca habían sido en horda. Poco a poco, uno a uno, era más fácil remontar el vuelo. Uno solo podía echarse al mar incluso en la cámara de un camión.

De modo que los padres salieron de Cuba hacia los Estados Unidos, vía San José de Costa Rica, el 4 de noviembre de 1966, el mismo día en que una Italia atónita contemplaba cómo el Arno inundaba dos de sus más bellas ciudades, Pisa y Florencia.

Ahora, en este presente, todo el silencio de La Habana se concentró en el cuartucho. Olivero se levantó, sacó su pañuelo y secó la frente empapada del muchacho.

—¿Por qué no intentas dormir?

Luis Medina cerró los ojos. Es probable que se quedara dormido.

Cuando aquella madrugada Olivero regresó a la calle Galiano y subió hacia la calle Reina, tuvo la impresión de que el extraño mutismo que dominaba la ciudad esa noche tenía que ver con demasiadas cosas, todas incomprensibles. Y entre esas cosas debían de estar, sin duda alguna, el miedo, la ausencia y la espera.

## Continuará nevando en Manhattan

Unas veces, serán grandes copos de nieve. Otras, aguanieve y copos dispersos. Valeria pretenderá limpiar el cristal empañado de la ventana. Intentará mirar por el único claro que las ráfagas de nieve no habrán cubierto. El Upper West Side simulará un largo desfiladero entre edificios altos, unidos, por donde el viento correrá sin tropiezos. El más despiadado, será, sin duda, el viento que llegará del Hudson.

Todo se verá gris y desolado. De las alcantarillas, de las cloacas, se elevará un vapor blanco que conferirá al paisaje una atmósfera que a ella se le antojará fantasmagórica. Paralelo al río, se oirá el ruido apagado de los automóviles en la autopista Henry Hudson. Y, por detrás, el trajín de un Broadway incesante, como siempre, con alguna que otra bocina impaciente que romperá el rumor apagado de la mañana.

Por la otra ventana, Valeria podrá ver la calle, Riverside Drive, con el parque a su izquierda. Un espacio amplio, abierto, largo hasta donde se pierde la vista, que ese día futuro no parecerá un parque porque estará desierto. No se escuchará el canto de los pájaros. La hierba estará congelada. Los árboles, desnudos, como si hubieran muerto. Inmóvil, el Hudson ostentará sus orillas heladas, rizadas, sólidas, tercas, blancas. Habrá, como es de rigor, algún que otro pequeño témpano flotando hacia el Atlántico. Mucho frío tendrá que hacer para que el Hudson se congele. La cubierta del barco de la Circle Line se verá vacía. No habrá turistas. Pocos se atreverán a pasear por el río. Valeria distinguirá las barcazas transportando sus cargas a los buques.

El lado de Nueva Jersey parecerá un paisaje impresionista de Childe Hassam. Y el puente George Washington se distinguirá apenas. Los edificios, de piedra rojiza, se desdibujarán en la distancia.

## Los viajes con Luis Medina

Durante las tardes y las noches de dos brevísimos meses, el tío Olivero visitó a Luis Medina en su cuarto de la calle Barcelona, junto a la antigua Cuban Telephone Company. Conversaban. Escuchaban las noticias de la BBC y la Voz de las Américas, en una radio soviética que Olivero se había llevado de casa de Elisa. Bebían, en jarros de metal, un té negro, cargado, con exceso de azúcar prieta y gotas de limón. Luis tocaba la guitarra y cantaba canciones de Luigi Tenco y Jimmy Fontana, de Jean Ferrat.

Olivero se ocupó de enseñarle la que para él era una de las canciones más bellas que se hubiera compuesto nunca, *Io che amo solo te*, de un extraño cantautor llamado Sergio Endrigo. Hablaban del día en que pudieran ir al Festival de San Remo. O del otro día en que se reunieran con Joan Baez en San Francisco.

El tío, que era antiguo y había leído a Ruskin, quería ir a Venecia. Luis, a Florencia, a Siena, a Roma y a París.

(Será preciso aclarar que, ante Luis, el tío nunca se atrevió a relatar sus viajes imaginarios.)

Celebraban películas que habían visto en la Cinemateca. Sabían de memoria todo el ciclo de comedias musicales. Luis también había asistido, una y otra vez, al ciclo de películas del

Oeste. *La diligencia* era su preferida. El tío le replicaba que debía dejar a un lado los prejuicios y disfrutar, cuanto antes, de *Romanza de los enamorados*, de *Cenizas y diamantes*. Luis lo miraba incrédulo, con el ceño fruncido. Objetaba: «¿Películas rusas, películas polacas?».

El tío respondía sonriendo, entendía, claro que entendía sus aprensiones, y no debía confundir el gran arte ruso con el desagradable camarada Leonid Brezhnev sentado en el Kremlin, ¿o es que a Luis se le había olvidado que Dostoievski, Gógol, Chéjov, Tolstói y Turguéniev eran rusos?, nunca, por nada del mundo, insistía Olivero, debía confundir el arte ruso, el verdadero arte ruso, con el Obrero y la Koljosiana de los estudios Mosfilm.

Durante varios domingos se pusieron de acuerdo para acudir a los conciertos del teatro Amadeo Roldán. Luis coleccionaba los programas mimeografiados, con textos de Ángel Vázquez Millares. Paseaban luego por El Vedado. Admiraban jardines descuidados y antiguos palacios. Laureles falsos que levantaban las aceras con sus potentes raíces. Pasaban por el hotel Trotcha, donde Sarah Bernhardt, contaba Olivero, se enamoró de Manzantini el torero. La antigua casa de los Loynaz. Se sentaban en el Malecón, al pie de La Chorrera. Miraban el mar. Por esa época, el mar se mostraba siempre tranquilo. Veían cómo la ciudad se apagaba de pronto. Parecía que respondiera a una orden, como si, por la noche, algún peligro obligara a la ciudad a dejar de existir.

Algunas tardes se llegaban a la desembocadura del Almendares. Se tiraban allí, sobre los riscos, a contemplar en silencio los celajes rojizos del atardecer. A Olivero, en tanto, le gustaba cada vez más el fuerte olor a sobaco, a ropa húmeda de aquel muchacho sudoroso.

Había tardes en que Luis tenía tanto calor que se despojaba de la ropa y se tiraba al mar, nadaba un poco, decía adiós desde el agua, como queriendo dar a entender que se iba, que se iba para siempre, hacia el Norte «revuelto y brutal» (adjetivos que siempre encadenaba, con ironía, a la palabra misteriosa, Norte).

Olivero lo veía nadar como si estuviera a punto de esfumarse. Cuando reaparecía, se percataba de que su olor a sudor no se había mitigado, sino que se había enriquecido con el otro, lejano, del mar sucio. Su presencia adquiría entonces una mayor realidad, si eso fuera posible.

Lo que más disfrutaban eran los viajes por Europa. Para los viajes, Olivero pasaba antes por el Super Cake de la calle Zanja. Luego de hacer una larga cola, lograba comprar dos *pies* de guayaba. La verdad, no sabía muy bien el *pie* mezclado con té negro, pero los tiempos de los remilgos habían pasado.

El mapa de Europa, con sus banderitas, en el cuarto de Luis Medina, servía para viajar. El mapa, las banderitas, las cuarenta y dos cajitas forradas con papel crepé. En las cajitas se escondían los nombres de las ciudades. Se escogían al azar. Con cada nuevo nombre, se cambiaban las banderitas. Imaginaban el trayecto para ir de una ciudad a otra. Buscaban en las enciclopedias información sobre las ciudades. Viajaban en tren. Siempre de día. Y los paisajes, todo hay que decirlo, eran soberbios.

## La otra desaparición

Por el largo desfiladero del Upper West Side, el viento correrá sin tropiezos. El ajetreo de Broadway y alguna que otra bocina más que impaciente romperá el rumor apagado de la mañana.

Manhattan bajo la nieve, un paisaje tan diferente, se dirá

Valeria, a aquel en el que Olivero se dirigió, la primera de una serie de tardes sin objeto, al cuarto de Luis Medina.

El muchacho no estaba. Olivero pensó que habría ido al cine, a casa de algún conocido, al fin y al cabo no tenía por qué darle explicaciones. Esperó en la escalera, oscura, despintada, sucia, con olor a orines y a gas. Tarareó obsesivo una canción de Jean Ferrat que hablaba sobre una montaña bella.

Regresó a casa de Elisa, cansado de esperar, y escuchó el programa de ópera de la CMBF y leyó sobre el Tíbet y pensó en Serena y se durmió muy tarde.

Volvió al día siguiente. Y al siguiente. Volvió todas las tardes de una semana que se prolongó tanto que no pareció una semana.

Paseó él solo por los jardines descuidados de El Vedado. Se sentó en el Malecón, junto a La Chorrera y el restorán 1830. Anduvo por toda la calle primera hasta La Copa, y se comió una pizza, sentado en el suelo, en la explanada del antiguo Ten Cents.

Hasta que cierta noche, luego de un concierto dedicado a Rachmáninov en el Amadeo Roldán, volvió al cuarto de la calle Barcelona.

En esa ocasión fue más osado. Tocó en el cuarto contiguo. Le abrió una mulata de unos cincuenta años, pelo furiosamente duro y enrojecido, con un paño manchado de tinte de pelo sobre los hombros. La mulata inclinó la cabeza, entrecerró los ojos y le preguntó qué deseaba. Él dijo la verdad, que hacía días que buscaba a Luis Medina, que no lo encontraba. Luego de un largo silencio, la mulata le preguntó el nombre.

—Luis Medina —repitió él.

Impaciente, la mulata contestó que ella sabía a la perfección quién era Luis Medina, ella se refería al nombre del caballero que tenía delante. Olivero reveló su nombre, Benjamín Olivero, para servirla, así se llamaba.

Sin decir palabra, la mulata desapareció por unos segundos. Entregó un sobre a Olivero y explicó que Luis Medina lo había dejado para él. Tomando el paquete, Olivero se despidió. Quiso preguntar dónde estaba el muchacho. La expresión de la mulata no se lo permitió.

Tampoco pudo esperar a llegar a la calle. En la escalera, a pesar de la oscuridad, descubrió lo que sospechaba, que allí estaban el mapa de Europa y las cuarenta y dos cajitas forradas con papel crepé.

Cuarta parte
Continuación de las epifanías
y la muerte del *crooner*

Los cielos más refulgentes son un cesto de los más letales truenos; la espléndida Cuba conoce ciclones que jamás barren los mansos países norteños.

Herman Melville, *Moby Dick*

...es inútil tratar de hacer conjeturas...

Edgar Allan Poe,
*Las aventuras de Arthur Gordon Pym*

Según los libros, lo peor no ha pasado todavía.

Joseph Conrad, *Tifón*

# Un domingo, día de Mateo Evangelista

Según las noticias, en el mundo sucedían cosas importantes, grandes asesinatos y guerras trascendentales, y algunas no tan trascendentales que causaban igual número de muertos. Había desapariciones dignas de tener en cuenta y pequeñas desapariciones de las que nadie parecía enterarse y que dejaban también su huella de devastación.

El reloj dejó escuchar una sola campanada y fue como si el aguacero hubiera estado aguardando el falso aviso del reloj.

A veces, durante los pequeños lapsos en que no llovió, o llovizó y no se levantó ninguna ventolera, Andrea abrigó la esperanza de que las nubes fueran por fin a dispersarse. Hasta creyó deducir que el ciclón había desviado su curso. Ella siempre había creído que los ciclones, como las personas, pueden tener por delante el provecho de las encrucijadas, de dos o tres probabilidades, destinos posibles o caminos diversos.

Pero a las tres de la mañana del 14 de octubre de 1977, con la equivocada campanada del reloj, pudo constatar que aunque los ciclones, como las personas, corrían riesgos considerables, también, como ellas, tenían una sola trayectoria y una exigua y bastante limitada oportunidad.

Y pensó que, algunas veces, por no ser categórica y decir «todas las veces», las oportunidades concedidas a una persona eran más limitadas que las oportunidades concedidas a otra. Eso era así, se creyera en Dios o en el diablo, o se careciera de fe en ambas supercherías. La razón de semejante desigualdad daba lo mismo. Lo que importaba era la desigualdad. Y algo acaso mucho más notable, pensaba Andrea: que semejante diferencia echaba por tierra las aspiraciones de cualquier revolución, por redentora que se creyera.

—Cuarenta y tres años —dijo.

Y una vez más constató lo rápido que se decía. Qué pocas palabras y qué poco aliento para designar un tiempo tan largo. Cuatro palabras. Nada más y nada menos. Cinco segundos para una frase que contenía tantos obstáculos, esperanzas, ausencias, avatares, destrozos y, sobre todo, tan pocas alternativas.

Andrea entendía que la brevísima frase quería señalar un sinnúmero de tragedias, de comedias, de desesperaciones, de ilusiones, de supercherías y de mierda. Y cuánto aburrimiento, cuánto fastidio, cuánta resignación. Una vida. Cinco brevísimos segundos. En algunos casos, cuarenta y tres años no significaban una vida, sino más que una vida.

Por ejemplo, su hijo Esteban no logró completar quince primaveras. Hermosas, por cierto. O quince veranos, que hablar de primaveras en Cuba siempre ha sido una cursilería.

Esteban y Serena, sus hijos gemelos, que nacieron el día de San Esteban, uno de los siete ayudantes de los apóstoles, el primero de todos los mártires, un 26 de diciembre de 1926, aquel año en que un ciclón asoló La Habana.

Esteban, primero en nacer, también fue el primero en morir. Desapareció en las aguas el domingo 21 de septiembre de 1941, día de Mateo Evangelista.

Serena logró doblar la edad del hermano jimagua. Nació algunos minutos después y se suicidó la madrugada de un verano asfixiante de 1959.

De manera que a ambos sólo les fueron concedidas dos pequeñísimas oportunidades. El uno no llegó a cumplir los quince. A la otra le faltaron dos días para los treinta y dos. Andrea, la madre de aquellos niños que nacieron juntos, los dos muertos ya, había cumplido setenta y dos. Había sobrevivido. Y eso era, o debía de ser, imperdonable en una madre. Cuando una madre muere, pensaba Andrea, sus hijos tenían que estar allí, velando alrededor del lecho de muerte. No podía faltar uno. Ni el más fuerte ni el más descarriado. No era justo que hubiera alguno en la tumba, mucho menos en el fondo del mar, esperando la llegada de la madre para dar testimonio de la pudrición.

Hacía treinta y seis años de la desaparición de Esteban. Dieciocho del suicidio de Serena. Y, para colmo, se cumplían cuarenta y tres años de vida en la playa.

Y ahora, Jafet. Como si la historia quisiera repetirse. Un nieto. El sobrino del ahogado y el hijo que Serena no tuvo en cuenta a la hora de lanzarse de un sexto piso. El huérfano hijo de un norteamericano cabrón e irresponsable y de una no menos irresponsable suicida. Ella no sabía interpretar aquella sucesión de mensajes: cómo un castigo iba provocando otro y otro más, como en una interminable pieza de teatro.

Le habría gustado llorar. Estaba segura de que ahora mismo, si hubiera sido capaz, la posibilidad de llorar ajustaría, recompondría algo dentro de ella, o fuera de ella, daba lo mismo. Llorar y entender. ¿Existiría un destino? ¿Habría en verdad una historia escrita cuyos capítulos se iban cumpliendo paso a paso? El trago de ron peleón ya nada le provocaba, para nada servía, ni para bien ni para mal. ¿A quién se le habría ocurrido eso de «ahogar las penas»? Se ahogan las personas, no las penas.

Se sentó en el sillón sin balancines con el vaso labrado, de un rojo oscuro. En el buen cristal de aquel vaso hasta el peor aguardiente de caña adquiría el cuerpo del mejor whisky de las riberas del Spey. Dejó que el ron bajara por su garganta. Escuchó el estruendo del aguacero y de las ráfagas.

Pero no había ciclón aquel domingo de la desaparición de Esteban. No llovió hasta entrado el mediodía, incluso más tarde, porque Andrea recordaba que sólo después del almuerzo descubrió ella el horizonte oscuro, nublado, hacia Bahía Honda, y vio la nitidez con que se recortaban los rayos, como ríos inmensos e iluminados, y escuchó los truenos tardíos y demasiado lejanos. Estaba lloviendo en otro lugar. Acaso en el mar, o más lejos, en las llanuras no tan lejanas del Mississippi y del Sabine.

Y a nadie se le ocurrió darle importancia. Ni siquiera a ella. Porque en aquel lado del mundo los nubarrones se hacían y deshacían, a veces sin consecuencias y con la misma fulminante intensidad. Cierto, también, que la mañana de aquel domingo de septiembre se había presentado sin nubes, con un sol admirable, y un mar color turquesa bastante insólito.

En aquellos años aún no había televisión. Faltarían nueve o diez años para que Pumarejo y Goar Mestre instalaran el primer canal de televisión en Cuba. El Observatorio Nacional tenía su propia emisora radial, la CLX, y el director del Observatorio era, además, amigo del míster, y, por tanto, de todos en la casa, un buen ingeniero graduado en los Estados Unidos, capitán de corbeta que frecuentaba la playa, José Carlos Millás, el capitán Millás, como solían llamar al hombre gentil, expresivo, bonachón. Y ni siquiera era necesario escuchar la CLX para saber el tiempo que haría. Bastaba una oportuna llamada telefónica.

Aquella mañana de domingo, el doctor se levantó temprano, antes del amanecer, como acostumbraba, y después de comerse sus huevos fritos con bacon pidió a Andrea que despertara a Esteban.

Conmovía la pasión del norteamericano por Esteban. Lo había tomado bajo su amparo, como un hijo. El único problema: lo había adoptado como un hijo condenado al éxito. Costeaba su educación en el Candler College, el excelente colegio metodista de Marianao, donde se otorgaba la mayor importancia a dos asignaturas fundamentales: el inglés y el deporte.

Y planeaba enviarlo a Harvard. El doctor veía en ese niño de catorce años las condiciones del deportista nato: una rigurosa disciplina, una extraordinaria seguridad en sí mismo, el afán de ser el primero en todo y, Andrea no tenía ningún reparo en reconocerlo, un físico envidiable. Terco como su padre, obstinado y duro como los Godínez, Esteban poseía la belleza abrupta e italiana de la familia de Andrea. Sólo por la mirada su hijo parecía un niño. Por la curiosidad ingenua de la mirada, y por ciertas actitudes, por ciertos caprichos. Su cuerpo, en cambio, apremiado por el baseball, el básquet, la natación y el remo, se había desarrollado como el de un joven de veinte. Un cuerpo como el del joven nadador Weissmuller que ganó las olimpiadas de París, dos años antes del nacimiento de Esteban. Como Jafet. (Andrea no solía revelarlo, y los demás, a todas luces, también preferían callarlo: Jafet guardaba un extraordinario parecido con el tío que no conoció.)

La mañana de aquel domingo, Reefy había obligado a Esteban a que saliera en el *Mayflower*. El muchacho tenía su propia canoa, un bellísimo kayak de aguas blancas que el míster decía haber comprado para él en Anchorage.

No obstante, el doctor lo obligaba a salir en el bote. Solía explicar que, por ser una embarcación grande y torpe, el bote obligaba a un mayor dominio del cuerpo, a mayores destrezas, a una fuerza más inteligente y concentrada, que luego, cuando se empleaba en el kayak, salía refinada y estricta, como una buena idea.

Y así fue aquel domingo. De tanto vivirlo y revivirlo, Andrea tenía la impresión de que el domingo de san Mateo de 1941 acababa de ocurrir, y a veces, y lo peor, que estaba por llegar.

Esteban no tenía deseos de remar, ni de otra cosa que no fuera dormir, se lo había confesado a ella mientras desayunaba. Bebió apenas un vaso de leche. Parecía triste, decepcionado. Levantó los brazos para estirar su cuerpo adormilado y dijo:

—Estoy dormido.

Y agregó que hubiera preferido quedarse en la cama hasta las once o las doce. Algo le reveló a Andrea que además estaba triste y decepcionado. ¿Por qué?

A partir de entonces, hasta el día de hoy, Andrea no podía escuchar la palabra «dormido», o la frase «estoy dormido», sin sobresaltarse. Huía del verbo «dormir» como de una blasfemia. Mucho más si el verbo estaba asociado con un niño, con un adolescente. Evitaba por todos los medios entrar al cuarto de Jafet y de Locuaz el Mudo durante esas horas en que se entregaban al sueño. Si sentía terror de ver a alguien dormido, más aún lo sentía ante la imagen de un adolescente dormido.

Con el doctor no funcionaban sueños, perezas, tristezas, decepciones. Mucho menos supersticiones o premoniciones. Un hombre bondadoso y práctico. Y, norteamericano al fin, con un fervor desmedido por el éxito y el ejercicio de la voluntad que conduce al éxito. Concedía tanta importancia a la tenacidad y al entrenamiento físico que aquel médico, que había estudiado el descubrimiento de Carlos J. Finlay y ayudado a la erradicación de la fiebre amarilla en Cuba y en toda el área del Caribe y la América Central, y que también había contribuido a la construcción del canal de Panamá, había ido abandonando con los años la práctica de recomendar medicinas. De modo que todo lo resolvía con ejercicio, tanto si uno se quejaba de un dolor de garganta como de un dolor de muelas. Ejercicio para todo, hasta para una varicela. Imponía sus manos sobre el paciente, como un chamán, y recomendaba unas cuantas cabriolas.

«Ésta es la nueva y milagrosa medicina», explicaba, «el cuerpo fortalecido, la vida natural.»

Y solía añadir que el sueño carecía de importancia en sí mismo, que sólo se necesitaba para que el cuerpo rindiera mejor en la vigilia.

«El ocio es la madre de todos los vicios», recalcaba en su

español de erres torcidas, «y la haraganería sólo conduce a la perversión.»

Razón por la cual aquel domingo no entendió que Esteban quisiera dormir un poco más. Y el muchacho, habituado a la severidad, se dejó conducir hasta el bote.

Como siempre, Andrea lo ayudó a calzarse los *tennis* rojos, ya gastados, y vendó con paños blancos las manos del adolescente, enormes y encallecidas.

Serena, su hermana gemela, le untó pecho, hombros y espalda con un ungüento elaborado con la manteca del majá de Santa María.

Tanto sol había teñido el pelo de Esteban de distintos tonos dorados, pero el muchacho no soportaba nada en la cabeza, ni siquiera el verdugo que la propia Andrea había tejido para las horas de su hijo bajo el sol.

Y así fue como lo vieron desatracar, salir remando en el *Mayflower* a las ocho y doce minutos de aquel domingo 21 de septiembre, día de Mateo Evangelista, de 1941, mientras Europa se devastaba en una guerra. Con mar tranquilo y luminoso (o tranquila y luminosa, como diría el norteamericano que hablaba del mar como de una hembra), y una brisa delicada, húmeda, que traía un lejano y nada peligroso olor a lluvia.

A Andrea le pareció que su hijo llevaba los ojos cerrados.

—Va dormido —dijo cuando lo vio partir—, ese muchacho necesita descansar, después del almuerzo lo obligaré a que duerma la siesta.

—Sí, va dormido —repitió Serena, que abrazaba a su madre por la cintura.

Y Andrea no supo para qué alzaba la mano, si para despedirlo o detenerlo.

# La ventana (1)

La noche del sábado 20 de septiembre de 1941, víspera de Mateo Evangelista, fue el día en que, en las proximidades de Leningrado, la Luftwaffe había comenzado sus ataques contra la flota soviética del Báltico. Y Esteban Godínez, que aún no había cumplido quince años, despertó de una pesadilla y descubrió que, por más empeño que pusiera, no podría volver a conciliar el sueño.

Como el bungalow entonces pertenecía aún al norteamericano, y éste vivía allí la mayor parte del año, la familia Godínez, así como Mamina y Vicenta de Paúl, sólo ocupaban las primeras habitaciones de la planta baja. Ya se pensaba en trasladar a Esteban a una habitación donde pudiera tener intimidad (con tanto deporte y buena alimentación, había desarrollado como un hombre), pero el muchacho dormía aún con sus tres hermanas en un cuarto espacioso que daba al monte de casuarinas, el mismo cuarto que años después se convertiría en el almacén para los sacos de carbón.

Hacía mucho calor la víspera de Mateo Evangelista. No corría viento y era desesperante la inmovilidad de los árboles, de la casa, de la playa.

Cansado de vueltas inútiles entre sábanas empapadas, Esteban decidió levantarse y salir a la playa.

Serena, Amalia y Elisa, sus tres hermanas, dormían tranquilas y dichosas, como si no importaran el calor ni la quietud.

Serían algo más de las once de la noche. El muchacho pasó antes por la cocina y bebió agua de la pila, como tenía por costumbre. Dejó que el chorro de agua le empapara la cabeza, el cuello, los hombros. El agua corrió dichosa por su espalda y por sus nalgas. Desde algún lugar de la casa le llegó un murmullo. Alguien discutía, o eso le pareció. Antes de saltar por la ventana hacia la playa, se acercó sigiloso al cuarto de sus padres. La puerta, como podía esperarse, estaba cerrada. Pegó el oído a la madera y oyó voces. Saltó, pues, por la ventana de la cocina, sólo que en lugar de bajar hacia los arrecifes, anduvo por el alero hacia la ventana del cuarto de los padres, abierta de par en par.

La lámpara de la mesa de noche se hallaba encendida. Era una ridícula lámpara de porcelana, con forma de tallo, abundante de hojas lanceoladas, en cuya flor abierta se hallaba una luz sin excesivos brillos que otorgaba al cuarto menos claridades que penumbras.

Sentado en la butaca, el Coronel estaba desnudo. Tenía los codos recostados en los brazos del mueble y las manos unidas, como en una plegaria. Observaba la cama. Desde la posición en que estaba, el muchacho no podía ver la cama, así que avanzó un paso más, con cuidado, para alcanzar una visión más amplia de la habitación de sus padres. En la gran cama matrimonial, el mosquitero había sido recogido como el telón de un teatro en las tardes de ensayo. La cama parecía extenderse bajo un palio de gasa. También desnuda, Andrea estaba sentada sobre las almohadas, la espalda recostada a la cabecera recubierta de raso. Tenía los ojos cerrados, las piernas abiertas y actitud de abandono. Ambos brazos descansaban sobre sus muslos, pero las manos desaparecían en la oscuridad que formaban los dos muslos de la mujer.

Al principio, Esteban no se percató de qué hacían las manos de la madre. Se hubiera dicho que aquello era una fotografía cuya importancia no estuviera en lo que revelaba sino en lo que ocultaba.

Por el momento nada más sucedió. Durante un tiempo que el muchacho no pudo determinar pareció, incluso, que nada más iba a suceder. Fue mucho después cuando el padre se irguió. Esteban tuvo que desviar la mirada. Nunca había visto desnudo a su padre y mucho menos del modo en que ahora lo veía. Unos segundos después, la curiosidad lo obligó a volver los ojos hacia el cuarto.

La madre también abandonó la cama y avanzó lenta hacia el padre. Éste abrió los brazos como un Cristo. Ella se arrodilló. La luz de la flor de porcelana iluminaba escasa la frente y el pecho del padre, y, más abajo, la espalda, las nalgas de la madre.

El calor y la inmovilidad se hicieron aún más intensos.

El muchacho saltó hacia los arrecifes. El mar poseía una extraña tranquilidad. Esteban avanzó hacia la orilla y, cuando entró al agua, pensó que ya eran más de las doce de la noche.

## La ventana (2)

Puede que lo contado hasta ahora no sea toda la verdad. Será bueno que se especifique que no fue la noche del 20, sino la madrugada del 21 de septiembre de 1941, cuando Esteban despertó de aquella pesadilla y no pudo volver a conciliar el sueño.

Había soñado que estaba en un salón donde se había celebrado una fiesta. Un vasto salón de mesas largas, con manteles blancos y manchados, restos de comidas y copas, vasos y botellas vacías. El suelo se hallaba cubierto de servilletas usadas, platos de cartón con restos de *cake*, serpentinas, confetis y máscaras pisoteadas. En un rincón, un piano con la tapa del teclado levantada, guitarras, trompetas, trombones recostados contra la pared. No había nadie en el sueño, sólo él y una luz demasiado intensa y azul. Quiso llamar, y no pudo. En el salón no había, o no se veían, puertas ni ventanas.

Despertó en el momento en que la ansiedad lo obligaba a golpear las paredes.

Sus tres hermanas dormían ajenas a su pesadilla.

El muchacho abandonó la cama, no fue a la cocina ni bebió agua, y cuando estaba a punto de saltar por la ventana del comedor hacia la playa, escuchó diálogo en la habitación de sus padres. No se dirigió a la puerta del cuarto de los padres. Sabía bien que ellos, celosos de su intimidad, dormían con la puerta cerrada. Por el alero, se dirigió a la ventana abierta al calor de la noche.

Todo cuanto se ha contado de la extravagante lámpara con forma de tallo de hojas lanceoladas y su luz amortiguada, así como del padre en la butaca y la madre en la cama, con el mosquitero convertido en palio, ha sido rigurosamente cierto. También lo ha sido que el padre se levantara con una desnudez que violentó al hijo, y que la madre avanzara hacia él y se arrodillara a sus pies.

Cuando Esteban saltó a los arrecifes, corrió a la playa y entró al mar, se despojó de los calzoncillos, como siempre. Sólo que en esa ocasión lanzó los calzoncillos lejos, con ira, como quien se deshace de una amenaza.

Esa noche, la relación entre el agua y su cuerpo no fue benéfica o apaciguadora.

Nadó y nadó, se sumergió y avanzó pegado al fondo oscuro de algas negras. A su pesar, el cuerpo pareció alegrarse de tanta vitalidad. También le dolió de tan tenso. Sus pies encontraron un arrecife propicio y se detuvo, trató de quedar inmóvil, cubierto por las aguas.

## La ventana (3)

En realidad, no era la pesadilla de una fiesta, sino la pesadilla de los restos de una fiesta, lo que queda luego de tanto regocijo y desenfreno. Si hay algo lúgubre en toda fiesta es la certeza de que terminará. ¿Hay algo más triste, por ejemplo, que el salón iluminado donde ha tenido lugar una fiesta? ¿Puede haber mayor sensación de soledad que la provocada por las sillas volcadas, y las mesas largas con botellas vacías y caídas, y sucios platos de cartón con sobras, con repulsivos restos de comida? ¿Puede haber algo más desalentador que un suelo cubierto de serpentinas y confetis pisoteados, o que las máscaras rotas después de las risas y las bromas? ¿O una trompeta sin dueño, recostada contra una pared? ¿Un viejo piano vertical y sin butaca, con la tapa levantada y las teclas inmóviles, con ese aire de risa falsa?

Apartó el mosquitero. Como si el acto de alzar la gasa pudiera borrar lo que aún restaba de la pesadilla. Se dio cuenta de que su hermana Serena no dormía.

Cuando Esteban despertaba en las madrugadas, Serena parecía siempre despierta desde antes, vigilando la cama del hermano. Ante su hermana gemela, Esteban experimentaba la sensación incómoda de que estaba siendo observado. Una sensación incómoda y también placentera, por qué no decirlo.

Y se descubría saliendo de la cama como podría hacerlo Cisco Kid, o Warner Baxter interpretando a Cisco Kid en *In Old Arizona*.

Y luego, si salía a la playa, sabía que ella lo perseguía de lejos, y que lo vigilaba escondida, como si lo creyera incapaz de percatarse. Y se descubría nadando del mejor modo que sabía. Nadando para ella, para una niña como él, de casi quince años. Aquella noche, ella, que se había escondido entre las casuarinas, lo vio asomado a la ventana del cuarto de sus padres. Él lo supo. Y, como siempre, le importó y no le importó.

Hubo un instante en que se olvidó de Serena: cuando el padre se levantó y él pudo verlo desnudo, con una erección que hasta ese instante al muchacho no se le había ocurrido que tuviera lugar en el cuerpo de su padre. Y sólo cuando la madre se arrodilló delante del padre, cayó él en la cuenta de que Serena lo observaba, y saltó hacia los arrecifes y se fue corriendo a la playa, y entró al mar, que estaba más cálido de lo que esperaba.

Se alejó de la orilla, hacia las luces lejanas de los botes que faenaban. Cuando se acercó un poco a la orilla, donde en algún momento creyó descubrir a Serena, no la descubrió a ella, sino a su ropón de dormir, que en la madrugada se vio blanco.

Esteban sintió el cuerpo gozoso y tenso, se despojó de los calzoncillos y los lanzó lejos.

Salió del agua. Desamparado dueño de todo cuanto abarcaba la vista. Cuando se irguió, el agua apenas llegaba a sus rodillas. Serena se acercó. Él abrió los brazos, como un crucificado. La hermana jimagua estuvo tan cerca que él pudo ver sus ojos, que resplandecían como el ropón de dormir. La obligó a que se arrodillara. Ella lo obedeció. Y él cerró los ojos como un dios cansado, harto de su poder.

## Un museo en Key West

Viviendo ya en Nueva York, Valeria hará un viaje a Key West, *the southernmost point in the USA*, en el condado de Monroe, Florida. No lo hará por nostalgia. No lo hará por estar más cerca de Cuba. Muchos emigrados fueron allí. Muchos seguirán yendo. La mayoría pasará con reverencia por el antiguo club San Carlos, donde Martí pronunció discursos hermosos y retóricos, vehementes y de una ingenuidad que nunca se sabrá si era real o fingida. Y esos emigrados han mirado y continuarán mirando el mar de siempre, el inicio del Golfo, y sabrán o soñarán con que es el mismo mar, el que baña las costas cubanas, y se dirán, como quien repite un ensalmo, que a unas millas de la costa se halla el otro litoral, el «patrio», en el que tanto han pensado, en el que tanto piensan y pensarán, al que han idealizado y continuarán idealizando para no sentir que no son de ninguna parte.

Mientras exista, La Habana estará a ciento seis millas de Key West, o de Cayo Hueso.

De modo que irán, incluso, a escuchar las emisiones radiales de la isla, La Onda de la Alegría, con sus espantosos programas de actores espantosos, artificiosos, cargados de tics, como los actores de *Alegrías de Sobremesa,* con sus bromas tristísimas, repetidas, llevadas y traídas, muestras de una sociedad cansada y harta y decadente (en el peor sentido de esta palabra). Y les resultará grato escuchar programas de tangos y boleros de la C.O.C.O., sin percatarse de que son tangos y boleros que se podrían encontrar en Spec's, o en cualquier tienda de discos de los Estados Unidos.

No será el caso de Valeria. Cuando Valeria piense en Cuba, no lo hará con nostalgia. Nunca añorará esa tierra y nunca, ni en sus momentos trágicos, ha sopesado la idea de regresar. Ni siquiera considerando la ilusa esperanza de que en la isla se instaure alguna vez el paraíso terrenal. Valeria pensará que tanto los paraísos como los infiernos viajan con uno.

Irá a Key West porque hay poetas (poetisas) que ella adora, y fue allí donde Elizabeth Bishop se compró una casa, la 624 de White Street. También porque en un pequeño apartamento Tennessee Williams recibía a Truman Capote mientras escribía *The Rose Tattoo.* Y asimismo Ernest Hemingway llegó a construirse una casa, bastante hermosa (no tan extraordinaria como la de San Francisco de Paula), cuando vivía con Pauline Pfeiffer, allá por los años treinta y tantos, la casa donde se supone que concibió *A Farewell to Arms,* y donde dejó un *penny,* bajo cristales, con la siguiente inscripción: «*Here, take the last penny I've got*».

A pesar de que Valeria vaya a Key West por razones que más tendrán que ver con la nostalgia por la literatura que con la nostalgia por la vida, o por la vida propia, no podrá dejar de entrar a un pequeño museo dedicado a todos aquellos que intentaron (y muchos, es cierto, lo lograron) abandonar Cuba y llegar a las costas norteamericanas. Habrá objetos en aquel museo que habrían sido simpáticos si no estuvieran cargados de patetismo. Balsas, troncos, telas, ropas, trozos de embarcaciones...

Lo más conmovedor será, sin lugar a dudas, un cuarto donde nada habrá, sólo fotos. Según rezará un cartel en la puerta, serán las fotos de los que partieron y nunca alcanzaron su destino. Fotos, se dirá Valeria, de los que se corrompieron y deshicieron en el fondo del mar.

Ella recordará la niebla que en la casa lo cubría todo, incluida la propia familia, y pensará en lo que entonces escuchaba, el rumor de las olas, los golpes de los remos, las brazadas que alguien de la familia aclaraba que pertenecían a náufragos.

En Key West, en aquel raro museo, Valeria se dirá que serán ésas, por fin, las fotos de los náufragos fantasmas.

Y, como era de esperar, buscará una foto de Jafet, que no encontrará.

No habrá más foto de Jafet que aquella que se ha descrito y se hallará en la pequeña biblioteca de su casa, junto al Hudson. Ni siquiera en aquel museo habrá constancia de la hazaña de Jafet. Tampoco hará falta. Lo menos que interesó nunca a Jafet fue el reconocimiento de su hazaña.

Nunca quedará constancia de que Jafet zarpó en un bote durante una madrugada tormentosa.

Tranquila, cada vez más cerca de escribir este libro, Valeria se irá luego al Sloppy Joe's, donde beberá un Cuba Libre, bien cargado, antes de pasar por un restaurante de comida rápida y regresar a su hotel, para la siesta. No dormirá, leerá por quinta vez un librito breve y extraordinario, *Miss Lonelyhearts*.

# Manhattan, mañana de agosto de 193...

Después de varios días de lluvia ininterrumpida, la mañana es hermosa, nítida y brillante. A Nueva York también puede vérsela fastuosa y limpia después de las lluvias. Es un día de agosto de 193... (Es corto el número que pretenden ocultar los puntos suspensivos.) Los aguaceros favorecen a cualquier ciudad. Lo sorprendente de Nueva York es que todo la favorece. Tanto si llueve como si no, si nieva como si aprieta el calor. Nueva York sale siempre ganando.

Hace calor, casi tan intenso y sofocante como el de La Habana, pero la luz de Nueva York suele ser menos despiadada. De modo que los colores y sus matices no terminan por desvanecer personas y edificios, como sí lo hacen bajo la luz entre la que siempre está desapareciendo y reapareciendo La Habana. Nueva York es concreta, perceptible, y muestra un color dorado y rojizo que a veces se vuelve gris, y a veces sonrosado, de un gris recio y un verde y un rosado no menos poderosos. Y gracias al hecho, bastante definitivo, de que todo conserva una tonalidad más vehemente, la persona que pasea por Nueva York, a diferencia de la que pasea por La Habana, se siente como un ser humano, no como un fantasma.

«Salir de La Habana y llegar a Nueva York», piensa Vicenta de Paúl, «es pasar de un estado de invisibilidad a otro más reconfortante y alentador, de materialidad.»

Por eso, en las tardes, en Nueva York, Vicenta de Paúl hace lo que no haría en La Habana, pasear. Es excitante, vivificante y conmovedor, sentirse una persona entre las personas. Y eso que hay tantas personas, una muchedumbre que se diría enloquecida y que va de un lado a otro, que lo justo sería lo contrario, que uno dejara de sentirse alguien. Las cosas no siempre son como la razón parece indicar. Y es, o al menos eso piensa Vicenta de Paúl, en medio de la multitud, o, para ser más precisos, de *esa multitud* donde se reafirma su persona.

Y como si la multitud no bastara, están las avenidas, los edificios, las calzadas amplísimas o angostas, las aceras repletas, las torres que se elevan al cielo como si quisieran alcanzarlo. Semejante soberbia sólo es humana. Dios no es soberbio. No precisa reafirmar su grandeza. Es tan grande como eterno, increado, impensable, inconmensurable. El hombre, en cambio, tiene que construir calzadas y torres altísimas para darse cuenta de quién es. Y tiene que soñar, imaginar cosas y construirlas, y también destruirlas, y desear y humillar, odiar y amar, respetar y despreciar. Y tiene que aprender a unirse para que nazca una persona, así como tiene que aprender a matarla. Es ahí, en medio de esas atalayas creadas por su mano, donde se percata de quién es y del lugar que ocupa. De modo que cuanto más grande es la ciudad donde habita, mayor conciencia de ser persona tiene.

Vicenta de Paúl camina por Broadway con apariencia distraída, como si sólo se dejara llevar por sus pasos y no reparara en cuanto la rodea. Va creyendo descubrir quién es y el lugar que ocupa.

«Yo soy esta que va vestida de oscuro, de un azul oscuro, para que mi piel se vea más blanca. Yo soy esta que lleva carterita tejida con motivos de Guatemala y un sombrero de paja de Italia, con el que pretendo ocultar que mi pelo carece de suavidad. Y yo soy esta que, a pesar de todo, aquí, en Nueva York, se siente feliz.»

Andando por Broadway. Una amplia avenida que, en un inicio, dividió la ciudad en dos. La Bredwey de los holandeses que los ingleses convirtieron en Broadway. Y hay muchos teatros, porque existe otra verdad y es que el hombre, a diferencia de Dios, necesita sentirse él y al mismo tiempo otro. Y no sólo sentirse otro, sino mirarse a sí mismo con el amor y el odio y la piedad y la impiedad con que repara en los otros, y para eso los espejos no bastan, que la realidad de los espejos es bastante pobre y no resulta suficiente para un juicio categórico. Por eso esta calle está llena de cines y teatros. Por eso existen las ciudades, y, en ellas, los teatros con sus escenarios, butacas, luces, telones, música y actores, cantantes o bailarines.

Piensa que le hubiera encantado ser Lillian Gish. La admira desde que la vio en *Broken Blossoms*. Y no se niega a sí misma que le gustaría ser Lillian Gish. Poseer la tez blanca, los ojos grandes y la boca pequeña, tan bien dibujada por el creyón de labios, de Lillian Gish. No sólo por ser bella, que también. No sólo por tener el poder de la belleza, un poder enorme, puesto que la belleza es un remedo de la divinidad, sino además por disfrutar de otro poder, el de mirarse en una pantalla. O sea, que siendo Lillian Gish, mirarse como si no fuera Lillian Gish. Debe de ser, se dice, una experiencia excitante y extraña. Con el añadido de que cuando te miras en la pantalla, no es sólo tu mirada, sino la de muchos, una mirada que es al propio tiempo personal y acompañada por la de otros.

Y se pregunta: «¿Se volverá así una mirada más precisa, más justa? ¿Será como andar desnuda y saberse observada?», con la magnífica conciencia de que esa desnudez no trae consigo el bochorno. Esa desnudez no avergüenza, al contrario, provoca una íntima satisfacción.

Continúa bajando por Broadway.

«Si siguiera por este camino», concluye, «podría llegar, como otras veces, a la Trinity Church, o sería bueno desviarse un tanto para admirar el Brooklyn Bridge.»

De cualquier modo, no cree que sea capaz de andar tanto. Es muy probable que, cuando llegue al cruce de Broadway con la Quinta Avenida, continúe por esa travesía radiante que es la Quinta Avenida, y se detenga en Washington Square. Vicenta de Paúl lo sabe: en el número 14 de la West 10th Street, «justo al salir de la Quinta Avenida», a dos calles de la plaza, vivió el matrimonio Clemens, Mark Twain y señora.

También ha leído a Henry James. Digamos, mejor, que Henry James es uno de sus autores «predilectos». Y se debe precisar que a Vicenta de Paúl le gusta la palabra «predilecto». Es, y debe perdonarse la pretendida broma, su palabra predilecta. Su comida predilecta, su ciudad predilecta, su cine predilecto, su escritor predilecto...

Y está de acuerdo con el ilustre escritor cuando decía, en 1881, que de Washington Square «emana una especie de calma estable que raramente se encuentra en el resto de la ciudad vibrante...». Y es que en Washington Square no se está en Nueva York ni en ningún lugar conocido.


## Washington Square

Valeria lo sabrá: cuando pasee por Broadway, por la Quinta Avenida, y llegue a Washington Square, más que en Henry James, en O. Henry o en Edith Wharton, en quien no podrá dejar de pensar es en Vicenta de Paúl.

Allí Vicenta de Paúl volvió a ver al hombre altísimo del tren, al dandy del sombrero panamá, a quien ella había bautizado con el nombre de un actor famoso, John Gilbert.

El hombre caminaba sin prisa por entre los parterres todavía húmedos tras las lluvias recientes. En esa ocasión no iba vestido de gris, sino de lino crudo, un traje impecable, y calzaba botines de cuero sin pulir. Bajo el sol de agosto, bajo el juego de luces y sombras que provocaban las ramas de los árboles, el traje blanco daba la sensación de estar iluminado, como si la luz escapara del propio lino. Iba cabizbajo, aunque no se le notaba triste, con las manos unidas a la espalda. En una de las manos, oscilaba el impecable panamá.

Vicenta de Paúl lo vio, con su andar lento, detenerse en varios momentos, atravesar la plaza, mirar hacia lo alto antes de volver a fijarse en las baldosas de la plaza. No reparó en la mujer de piel blanquísima y cara de negra que llevaba un vestido azul oscuro (que más bien parecía el uniforme de una comunidad de beneficencia o de una congregación religiosa) y un sombrerito de paja de Italia con cintas azules y una alegre carterita tejida, con motivos de Guatemala.

En nadie reparaba. Iba pensativo, como se ha sugerido. Vicenta de Paúl habría jurado que en él no había inquietud, ni siquiera preocupación. A ella le pareció incluso un hombre divertido que hasta entonces no hubiera logrado descubrir los entretenidos milagros que podía encontrar a sus pies, en los caminos de una gran plaza en medio de una gran ciudad.

Permaneció mucho rato frente al arco de triunfo y no lo miró. Anduvo de un lado a otro sin que sus pasos parecieran llevar rumbo fijo. Ella lo seguía de cerca, sin disimulo, como si no lo importara ser descubierta, más bien como si fuera eso lo que quisiera. A veces, cuando él se detenía, ella se detenía junto a él. Tan próxima que sentía la respiración del hombre, y el aroma de un perfume que ella no lograba identificar. Uno de los detalles que luego recordaría con mayor insistencia: sus grandes manos, cuidadas y viriles, unidas a la espalda, jugando con el sombrero.

Vicenta de Paúl no supo cuándo el hombre abandonó la plaza para internarse por Bleecker Street o por Prince Street. En algún momento se vio en Grand Street, hacia el East River. El hombre entró a un edificio feo, sucio, no demasiado alto, de ladrillos rojos. Sin reflexionar, Vicenta de Paúl empujó la vieja y pesada puerta de madera, y accedió al vestíbulo. Allí estaba él, revisando la correspondencia de un buzón. Tomó dos o tres cartas, abrió un sobre y comenzó a leer una de las cartas mientras subía las escaleras.

Antes de seguirlo, dejó que seis o siete escalones la separaran del hombre.

Éste se apoyó en el brillante pasamano y retomó el ritmo lento.

Debido a la madera bastante gastada de los escalones, las pisadas de ambos parecían las pisadas de diez o doce personas. Debía de ser una larga carta la que el hombre leía, pensó Vicenta de Paúl, pues pasaba hojas y hojas y no dejaba de leer. A veces se detenía en los descansos sin apartar la vista de la carta.

En cada piso había cuatro puertas. Sólo en el séptimo, que parecía ser el último, se veía una sola puerta, grande, bien trabajada y lustrada, con cerradura y pomo dorados. El hombre se detuvo frente a la puerta. No miró a Vicenta de Paúl, a quien le faltaban dos escalones para alcanzar el rellano. Escogió una llave de las muchas que colgaban de una cadena que tenía sujeta al pantalón. Abrió la puerta y desapareció.

No cerró la puerta.

Ella tuvo miedo. Pensó que había sido demasiado arriesgada. No era propio de una mujer como ella seguir a un hombre hasta la que parecía ser su casa. Y aquella puerta abierta, ¿qué quería decir? Se acercó tratando de no hacer ruido, aunque sus precauciones carecían de sentido: el suelo del rellano se hallaba revestido con una gruesa alfombra rojo oscuro, casi negro. Cuando estuvo frente a la puerta, levantó la mano hasta el pomo. Se atrevió incluso a pasar la mano por la madera y acarició la puerta, que llamaba la atención en aquel edificio sin importancia. Calculó que ya era hora de volver a su barata pensión de Brooklyn Heights.

En lugar de seguir el prudente razonamiento, se descubrió empujando la puerta. Se halló en un gran salón semicircular y vacío. No había muebles, no había nadie, lo único visible en el salón: la alfombra, la misma alfombra rojo vino del rellano, cuatro columnas de metal, y las ventanas, siete ventanas de cristales que daban al nordeste y al East River. Eso y el olor, ahora fuerte, del perfume del hombre.

Avanzó hacia el centro del salón. Tuvo la impresión de que la alfombra se volvía allí más mullida y que sus pies se hundían en ella. «Como si anduviera por las nubes», pensaría más tarde. Se acercó a una de las ventanas y la abrió. La brisa cálida de agosto le acarició la cara. El sol daba de lleno sobre edificios y azoteas, sobre el río. El río brillaba y Vicenta de Paúl miró la otra orilla, la de Brooklyn, y le pareció que, desde algún muelle cercano al Williamsburg Bridge, unos niños se lanzaban al agua. Aunque se hallaba demasiado lejos para estar segura de que eran niños. Quizá fueran gaviotas que volaban río abajo.

## Deshielo en el lago Monona

Años después, Valeria hará otro viaje. Durante la primavera de 2007. Entonces no irá a Key West, sino a una ciudad llamada Madison, en Wisconsin. Esta vez no irá acompañada por una novela de Gore Vidal, sino por una conmovedora de un escritor natural del estado, Glenway Wescott.

Viajará con la intención de visitar la casa que allí, en Madison, al borde del lago Monona, tuvo Samuel O. Reefy. Y descubrirá una preciosa casa gris, de salón acristalado, en un silencioso barrio de modernos *hippies*, en la calle Morrison del Near East.

En esa casa hermosa y típica del Midwest, habrá entonces una bandera norteamericana con un símbolo de la paz en el cuadrado superior del lado izquierdo, justo donde habrían debido hallarse las cincuenta estrellas de la Unión. En realidad, en cada casa del barrio, en cada jardincito, Valeria encontrará un cartel en contra de George W. Bush y de su errada política belicosa, en contra de aquel desangrarse lento en que se había convertido la guerra en Irak.

Una vez en la orilla, observando por primera vez los trozos

de hielo sobre la superficie del lago, viendo volar las primeras gaviotas, Valeria pensará en el míster. ¿Habría estado también él en contra de la nueva guerra? Como Valeria siempre creyó, y creerá, en la inteligencia, en la sensibilidad del médico, supondrá que sí, que habría estado en contra de esa y de todas las guerras.

Y como se hallará frente al Monona, Valeria pensará también en Otis Redding. A Otis Redding ella no lo conocerá hasta muchos años después de su salida de Cuba, cuando ya la gran carrera del cantante será otro mito de Norteamérica. La versión que hará aquel negro fenomenal de *When a Man Loves a Woman* constituirá, para Valeria, la mejor de cuantas habrá escuchado. Y se dirá que lo único que tuvieron en común el médico y el rey del *soul* fue eso, que ambos encontraron la muerte en el mismo lago. También se podrá responder: ¿no es tener mucho en común encontrar la muerte en el mismo lago? A la muerte, los dos hombres la encontraron de diferente manera, es cierto, con trece años de diferencia, en el mismo lago. Siempre existe una señal, detalle o hecho trascendente, que une a los hombres y los vuelve iguales. El doctor murió primero, el 5 de abril de 1954. Otis Redding sufrió un accidente el 10 de diciembre de 1967, con sólo veintiséis años.

A diferencia de Otis, la mañana de su muerte, el doctor, que era un anciano cansado y de vuelta de todas las cosas, estaba leyendo en su casa de Madison. Leía una novela que no sabía si lo entristecía o lo decepcionaba. Una de las últimas novelas de Hemingway, *Across the River and into the Trees*, aparecida hacía poco en Charles Scribner's Son. Al norteamericano, la historia, ambientada en Venecia, del coronel Cantwell y de la aristócrata Renata le parecía un ejercicio de autocompasión de su otro amigo, el exitoso escritor de San Francisco de Paula. No se atrevía a revelarlo: él, Reefy, lo prefería como amigo. Admiraba el tesón de aquel señor que escribía de pie en la casa más bella de La Habana. Le gustaban algunos de sus cuentos.

Y prefería a Flannery O'Connor, como prefería a Katherine Anne Porter y a Eudora Welty, así como prefería (y esto no sólo horrorizaría a Hemingway, sino también y más todavía a Miss Porter) a Scott Fitzgerald.

Había comenzado la primavera y, con ella, el deshielo. Era su casa de siempre, no la de La Habana, la fundada por él, sino la fundada por su padre, la de su remota adolescencia y su remota juventud. La casa de la que nunca se había atrevido a deshacerse. Pero la casa gris ya no era la misma de setenta y tres años atrás. Como el hombre que la habitaba, la casita había sufrido considerables transformaciones a lo largo de los años, antes de llegar a ser la casa de dos plantas, también ésta de buena madera (maderas nobles era lo que andaba sobrando en esa extensísima parte del mundo), donde el doctor se iba cada año a pasar el invierno. Desde la muerte de Esteban, el míster experimentaba cada vez con mayor rigor la asfixia del calor, de la canícula opresiva y empapada y acorralada de la playa sin nombre. La muerte, o mejor dicho, la desaparición de Esteban había significado el colmo del fracaso, y había traído una resuelta sensación de soledad.

Hacía muchos años de la desaparición de Stephen Crane. Les dejó *Wounds in the Rain*, y eso no bastaba. Hacía muchos años de la muerte de Rebecca, que lo dejó sin tantas cosas, las menos importantes de las cuales eran Chopin y los *Nocturnos*. También hacía unos años de la otra muerte, ridícula (si es que no había algo de ridículo y al propio tiempo solemne en toda muerte), del gran Sherwood Anderson. ¿A quién se le habría ocurrido morir en Panamá?, ¿a quién asfixiarse en Panamá con el palillo que ensartaba la aceituna de un martini? Y ni *Tar* ni las memorias eran eso que se llaman «buenos libros». En cuanto a Hemingway..., no había muerto: había recibido el premio Pulitzer por *El viejo y el mar*. Y eso que el doctor nunca sabría que ese mismo año le sería otorgado el Nobel. Él, que pensaba que nada había más parecido a una muerte o a un asesinato que vestirse de gala para que un rey, seguramente inculto como es condición de la realeza, entregue un premio llamado Nobel, que es el nombre de un inventor de explosivos.

Cada año el norteamericano descubría mayor soledad. Cada vez necesitaba más del invierno y la nieve, de andar con su buen abrigo y sus botas de goma sobre los lagos helados. A veces, de tarde en tarde, practicaba el *ice fishing*. Más que peces, buscaba silencio. Y no cualquiera, sino el que sólo hallaba pescando o andando sobre el Mendota o el Monona.

Aquellos meses en que los lagos se helaban y se dejaban transitar como el más accesible de los caminos.

A esa casa, o mejor dicho, a ese lugar, había llegado el míster cuando aún no le decían míster ni doctor y ni siquiera soñaba con semejante título escolar ni con semejante sabiduría. Aún no soñaba con Cuba (con el país llamado Cuba, se entiende) ni con Stephen Crane, ni con Sherwood Anderson, ni con Rebecca Loy ni con la guerra. Mucho menos con la fiebre amarilla, que aún hacía estragos. Desconocía quién era aquel sabio cubano llamado Carlos J. Finlay que había descubierto el agente transmisor de la fiebre. Desconocía que, tentado por el nombre de la isla, semejante al de su pequeña aldea, se enrolaría en un ejército donde sería amigo de varios hombres extraordinarios.

Samuel O. Reefy había nacido en un caserío de Wisconsin, cercano a la confluencia del río Wisconsin con el Mississippi, próximo a Iowa y a Illinois, llamado Cuba City. Había vivido allí los primeros diez años de su vida. Antes de ir a la escuela, con una vieja *Anatomía* de Gray, aprendió a leer y a entender el cuerpo humano. Conoció el poder inmenso de la música gracias a dos empleados de su padre: un holandés alto, sonrosado y rubio, que iba acompañado por un negro bajo y regordete, cuya maravillosa unión (comentada con malicia) consistía en que ambos cantaban a dúo, mientras trabajaban en las minas, canciones bellísimas en idiomas que Samuel siempre ignoró.

Como su padre prosperaba en los negocios del ferrocarril y de las minas de hierro, la familia decidió mejorar de posición mudándose a Madison en 1881.

Construyeron la casita frente al lago Monona, en la calle Morrison, que ya no sabía si desde entonces se llamaba así. La misma casita transformada a la que llegará Valeria, tantos años después.

Él, Samuel, que nunca había visto el mar, se contentó con aquellos lagos, el Monona y el Mendota, como si se encontrara en el punto en el que se unían Pacífico y Atlántico. Aprendió a pescar y conoció el placer inseguro de navegar, así como la deleitosa certidumbre que se escondía en semejante inseguridad. Aprendió el gusto por el silencio, pero no por cualquier silencio, sino por aquel de los lagos helados. Fue allí donde tuvo la pomposa revelación de que quería contribuir al progreso de la humanidad, y la más modesta de que sería médico. Fue allí, rodeado por aquel silencio, donde tomó la determinación de marcharse a Chicago, a la Northwestern University, ya que en Madison se dilataban las gestiones para abrir la Facultad de Medicina.

Cuando en 1890 se graduó en medicina, tenía veintitrés años. Se cuenta que era un chico alto, de aspecto enérgico, deportivo, no demasiado atractivo si se le miraba con detenimiento, aunque extraordinariamente atractivo si se le miraba con mayor detenimiento. Un encanto que mucho tenía que ver con la fuerza de su carácter, con su falta de timidez, con su cultura, con la elegancia y seguridad que mostraba en cada uno de sus actos. Cierto, tenía razones para ello, pues provenía de una familia con innegables recursos económicos, una de las mejores familias de Madison, Wisconsin, y poseía una inteligencia despierta y, más importante aún, el don de gentes, el carisma que lo convertía en el centro magnético de todo lugar al que llegara. Trabajó como médico, uno o dos años, en el hospital de un barrio pobre de Milwaukee. Cuando estalló la guerra de

Cuba, se alistó como médico del ejército. No lo movieron el patriotismo, que, hombre inteligente al fin, siempre le pareció ridículo, ni el espíritu aventurero, del que mucho tenía, por cierto. Algo más simple, o más complicado, lo conminó a enrolarse: la graciosa coincidencia entre los nombres, el nombre de la pequeña aldea de su nacimiento y el de la isla exótica, lejana, de la que nada sabía, de la que nadie se había preocupado por hablarle. Y allá se fue, hacia el sur, bajando en ferrocarril desde Cincinnati hasta el Camino de Lágrimas de Chattanooga, pasando por Knoxville, a través de llanuras interminables, bosques inagotables, altísimas montañas, paisajes majestuosos que sí le provocaron un cierto orgullo nacional. Fue en aquel tren, por lo demás, donde conoció a Sherwood Anderson. Y ya amigos, tomaron, en Bay County, un barco hasta Santiago de Cuba.

Samuel O. Reefy se dejó seducir desde el primer día por aquella isla calurosa, de edificios raros, a cuyos pequeños balcones, como repetía entusiasmado Anderson, asomaban hermosísimas mujeres trigueñas que saludaban y sonreían como si la vida les fuera en saludar y sonreír. Allí se hizo el doctor de un destino y una reputación. Allí, junto a una playa del oeste de La Habana, construyó una casa con maderas que hizo traer desde los bosques de Oregón. Allí se hizo, sin darse cuenta, de una familia cubana. Y tuvo una hija mulata a la que su madre, una negra de Alto Songo que llegó por milagro a su vida, quiso llamar Vicenta de Paúl.

Volvía cada año a Madison porque hay hombres que necesitan tanto de los paisajes como de los recuerdos. Y hombres tan solemnes, o extravagantes, que necesitan aprender a morir en el mismo sitio donde aprendieron a vivir.

Y así fue como, la primavera de 1954, el doctor Reefy, que entonces había cumplido ochenta y siete benéficos años, y que ayudado por una lupa leía una novela que se desarrollaba en Venecia, una novela que, a diferencia de aquella de Thomas

Mann, lo entristecía tanto como lo decepcionaba, escuchó un estruendo, el retumbar como de un trueno, acompañado por un inevitable estremecimiento.

Dejó el libro sobre el velador y tuvo el cuidado de marcar la página con la lupa.

Salió a Morrison Park. En el jardín, alzó los brazos con alegría y pereza, bostezó y aspiró el olor de los fresnos. Una ardilla se precipitó de un árbol a otro. Vio que unos adolescentes jugaban al básquet en un parque cercano y casi estuvo tentado de correr con ellos. La hierba estaba todavía empapada de rocío. Eran las diez de la mañana cuando dio los primeros pasos por el lago, que parecía un enorme espejo iluminado por el sol de la primavera.

En ese mismo momento, sólo que los relojes marcarían una hora después, pues entre Madison, Wisconsin, y La Habana ha habido siempre una hora de diferencia a favor (o en contra) de la isla, Mamina escuchó fragor de truenos y supuso que se avecinaba una tormenta. Una buena tormenta de verano, pensó Mamina, que ya andaba por los sesenta y ocho años y conocía, como es de recibo, todas las tormentas, todas las catástrofes naturales, así como las otras, igual de naturales e ineludibles.

En Madison comenzaba la primavera y el deshielo. En Cuba no había dejado de haber verano, salvo cinco o seis noches respirables de enero.

Mamina se asomó al portalón y descubrió que en el cielo había un brillo blanco y ni una sola nube. No llovía. Tampoco iba a llover en mucho tiempo. El calor de la mañana, velado por una neblina de bochorno, poseía el valor de esos calores inmóviles que presagian una ringlera de días sin lluvia.

¿De dónde venía, pues, aquel retumbar de truenos que la sobresaltó?

Bajó hasta la arena mugrienta de la playa. Se adentró en la orilla sin reparar en que llevaba los pies calzados por las zapatillas de gamuza que el doctor se preocupaba siempre por traerle de Wisconsin. Una gran mancha de peces pequeñísimos se formó alrededor de sus piernas. Estaba asustada. No sabía por qué. No sabía qué hacer. Sintió la opresión en el pecho, la opresión que ella identificaba con los presentimientos. Se creía experta en todo tipo de desgracias y de augurios, y supo que algo malo, y que la atañía, sucedía en algún rincón del mundo.

Al mismo tiempo, el míster caminó tranquilo por la superficie todavía helada del Monona. Los chasquidos de los pasos sobre el hielo se escuchaban con mucha mayor fuerza que en el invierno. Volvió a oírse el estruendo. El hielo se estremeció y pareció cuartearse.

Riendo, divertido, el doctor avanzó. Sentía en su propio cuerpo las sacudidas del hielo y creyó que rejuvenecía, que con cada sacudida su cuerpo perdía años. A lo lejos, pareció que se abrían grietas o caminos negros.

En la playa, llorando sin saber por qué, Mamina regresó a la casa.

En el lago Monona, el doctor avanzó deslumbrado.

Otra primavera, cincuenta y tres años más tarde, sentada en uno de los bancos de Morrison Park, y acompañada por una bellísima novela de un escritor encantador y sutil llamado Glenway Wescott, Valeria mirará el lago y recordará la noche de octubre en que quedó dormida con el libro abierto sobre el pecho. Recordará el sueño del lago remoto. Todo era blanco en aquel sueño, hasta el silencio. Un silencio intenso y tan blanco como entonces pensó que no debía de existir en ningún otro lugar.

Valeria pensará en los sueños y en el míster y en Otis Redding. Y pensará en la muerte, en los extraños modos que ésta encuentra cuando quiere avisar a los hombres de que han terminado sus escasos y esforzados días sobre la Tierra.

# Una historia edificante

Años antes de aquel 1977 del ciclón Katherine, Olivero y su amigo Juliette habían dormido en Guanabo, a la orilla del mar.

Juliette se llamaba Ricardo. Lo apodaban Juliette por la admiración apasionada que le provocaba Juliette Gréco, la musa de Saint Germain des Prés. Como ella, solía vestirse en todas las fiestas, y como ella, con la misma voz cálida, cantaba *Paris canaille* y *Les feuilles mortes*.

Olivero y Juliette habían pasado un excelente día de playa y habían bebido demasiado ron con refresco de limón, de modo que al llegar la noche no tenían deseos de viajar hasta La Habana en aquella guagua que, con ironía o cinismo, llamaban la Estrella de Guanabo, una guagua Canberra, vieja, con olor a humo y a gasolina quemada, calurosa y siempre repleta. Decidieron, pues, quedarse a dormir a la orilla del mar, junto al murmullo de los pinos, mecidos por un terral extremoso que ahuyentaba los mosquitos. Extendieron las enormes y gastadas toallas con el escudo del Havana Biltmore Yacht and Country Club y se acomodaron frente al mar de Guanabo, terso, encendido, como siempre, por los reflejos de una luna dorada y demasiado próxima, un mar indiferente, como cabía esperar, ajeno a todo cuanto, para bien o para mal, acontecía en la isla. Y al instante se quedaron dormidos.

Y no supieron al cabo de qué tiempo los despertó un vozarrón.

—Aquí hay dos maricones —gritó un soldado.

El vozarrón se imponía al viento. Un eco que se perdía entre los pinos. Las botas del soldado los golpeó en las costillas, el cabo del fusil golpeó también los brazos y los hombros.

Los amigos despertaron como si no lo hicieran en la realidad. Visto desde la arena, el soldado parecía un gigante. Tres soldados más, o tres gigantes, llegaron corriendo.

—Dos maricones, dos bonitas muchachas dormidas.

Las carcajadas, más potentes que las botas en las costillas, golpearon con mayor dureza.

—Niñas, ¿ustedes no saben que está prohibido pernoctar aquí, que la playa de noche es una frontera?

Olivero y Juliette no respondieron porque nada tenían que decir, y sabían, además, el valor del respeto y del silencio.

Se incorporaron con toda la solemnidad de que fueron capaces. A pesar de lo incómodo de la situación, a Olivero le resultó gracioso el esfuerzo (inútil) con que Juliette intentó virilizarse ante los soldados. Su amigo no sólo era homosexual, sino que parecía inevitable que lo fuera, con aquel aire de niña pálida, delgada y frágil («juncal», decía él) y aquella cara pintoresca, de boca generosa, ojos achinados y pómulos pronunciados, tan conveniente para cantar a Jacques Prévert.

Los llevaron a lo que debió de haber sido la casa de veraneo de alguna familia opulenta, ahora convertida en cuartel provisional. El soldado del vozarrón, el que los despertó, gritó a un soldado que estaba detrás de una larga mesa de cristal:

—Escándalo público, los pescamos templando en la arena.

Los amigos se miraron horrorizados. Nunca, por nada del mundo, ninguno de los dos hubiera descubierto la menor chispa de deseo sexual en el cuerpo del otro. Eran amigos, se habían conocido en un night club llamado La Red, aplaudiendo a una mulata, santiaguera y genial, que se hacía llamar La Lupe. Admiraban más o menos las mismas cosas, sentían una pasión semejante por la cultura francesa, se reunían para escuchar diversas versiones de arias operáticas e intentar decidir quién era mejor, si Gundula Janowitz, Mirella Freni o Maria Cebotari. Se reunían en la Cinemateca cada vez que exhibían *Hiroshima, mon amour*, *Senso* o *Accatone*. Intercambiaban libros: *Si el grano no muere*, *Corydon*, *Fabrizio Lupo*. Intercambiaban confidencias. De cuando en cuando se iban en busca de reclutas desesperados (hombres sin mujer) por los alrededores de El Mamey o de Managua. O de fiesta a casa de algún amigo común. Y paseaban por el lado antiguo de la ciudad admirando los viejos palacios del siglo XVIII. Y jamás (¡jamás!) se habían tocado ni un dedo. Demasiado semejantes como para sentir otra atracción que no se apoyara en el cine, la música o la poesía.

Intentaron protestar y nadie les hizo caso. Les tomaron declaración y los llevaron al calabozo.

En un patio arbolado, en lo que tiempo atrás debió de ser una capilla consagrada a la Virgen de Regla, habían improvisado el calabozo. La puerta ojival de la capilla había sido cubierta por una reja cuadrada, tosca, de hierro sin pintar. Los obligaron a desnudarse. Abrieron luego la reja, el portón, y los condujeron al calabozo. Antes de volver a cerrar, el soldado gritó:

—¡Muchachos, aquí van dos maricones, trátenlos bien!

En la capilla convertida en calabozo, la oscuridad era total y tanto Juliette como Olivero pensaron que no había nadie, que ellos eran los dos únicos detenidos.

No bien sus ojos se habituaron a la oscuridad, descubrieron que los bancos de la antigua capilla estaban llenos. Habría allí entre quince o veinte hombres, o mejor dicho, quince o veinte sombras inmóviles y mudas, porque en un primer momento ninguno se movió ni dijo nada.

Juliette y Olivero se quedaron junto a la puerta, también ellos como sombras inanimadas. Fue la primera ocasión en que Olivero sintió vergüenza por su desnudez. Hasta esa noche, nunca se había percatado de que podía haber algo humillante en estar desnudo frente a otros. Él, que era un admirador de las bellezas del cuerpo, que tanto defendía la insolente exhibición del cuerpo y la belleza, comprendió, en un instante, que no siempre la desnudez era majestuosa ni apropiada, y entendió más, porque entendió asimismo que podía convertirse en algo grosero, ofensivo, bochornoso y humillante. «Era como si la vergüenza debiera sobrevivirlo.» Creyó recordar que así terminaba *El proceso*.

Como no supieron qué hacer, decidieron permanecer inmóviles frente al resto de los detenidos. Éstos los miraron sólo un instante, y pareció que después bajaban los ojos.

Cuatro días y tres noches estuvieron allí encerrados. Salieron gracias a las gestiones de la madre de Juliette, que ejercía de fiscal en el Juzgado de Prado y Teniente Rey. Después de esa noche, Olivero y Juliette no volvieron a verse. Nueve o diez meses más tarde, Olivero supo, por un amigo común, que Juliette había logrado escapar a Francia y que, por alguna extraña razón, se había establecido en Vichy. Vivía en el centro de Francia, junto al río Allier, y allí se ganaba la vida trabajando de camarero en un balneario venido a menos.

De manera que, por ingenuo que fuera, alguna idea tenía Olivero de por qué él, que no había podido escapar a Vichy, había terminado cortando caña en Ciego de Ávila, en un campo de la UMAP.

No se quejó, o sólo se quejó de cara a la galería. En su fuero interno siempre sintió gran pasión por el recuerdo de aquellos meses pasados en un campo de trabajo forzado. Pensaba que el ser humano tenía eso: se adaptaba al horror, con tal de que éste se hiciera cotidiano. Y hasta lograba embellecerlo, sin proponérselo. Ya no recordaba dónde, pero en alguna ocasión había leído el testimonio de un prisionero de Buchenwald que contaba cómo se subía a una ventana para maravillarse mirando los lejanos bosques de hayas y abedules, y los brevísimos crepúsculos de invierno. Olivero no se admiró con abedules ni con crepúsculos (breves o prolongados), porque en Cuba no hay abedules, y los crepúsculos sólo duran dos segundos.

El campamento se llamaba La Jicotea. Lo formaban tres barracas de maderas podridas, sin techo, con suelo de tierra apisonada, en medio de un mangal. Más allá y más acá, los ubicuos campos de caña. Una caña retorcida, a veces rastrera, difícil de cortar, de un verde amarillo, que a las doce del mediodía se transformaba en un cristal blanco y tembloroso, como de azogue, agua, niebla o humo.

En aquellas tres barracas, sin otra comodidad que hamacas de yute, se hacinaban más de cien hombres entre los que había católicos ortodoxos; seminaristas; filósofos platónicos o kantianos; ortodoxos y discursivos testigos de Jehová; obcecados y no menos discursivos adventistas del Séptimo Día; muchachitos lánguidos y bellísimos, casi muchachitas; bujarrones negros y blancos, nunca lánguidos; navegantes irreflexivos que habían intentado la huida de la isla, así como algún que otro desertor del «glorioso» ejército rebelde. La cocina estaba instalada en un cuartucho donde había un fogón de leña. Carecían, como era de esperar, de luz eléctrica y de agua potable. El agua de cocinar y de beber era la misma del baño y debía ser extraída de un pozo con brocal de piedra verde, construido en tiempos de José Gutiérrez de la Concha, marqués de La Habana y Capitán General de la isla en tiempos de España.

Allí llegaron los primeros días de enero de 1966. Por los mismos días en que Olivero cumplía años. Y por la misma fecha, también, en que Simon y Garfunkel hacían público *The Sound of Silence*.

Habían salido de La Habana en trenes de carga. Viaje de varios días que los obligó a cambiar tres veces de tren, el último de los cuales lo habían abordado en Macías de San Lázaro, cerca de Camajuaní. Un tren de caña que avanzaba a treinta kilómetros por hora, y en el que les pareció que avanzaban, en contra del tiempo y de la vida, hacia el fin del mundo.

Como para llegar al campamento La Jicotea, que era, en efecto, el fin del mundo, no había líneas de tren, mucho menos carreteras, debieron andar por caminos vecinales, unas veces andando y otras sobre carretas tiradas por bueyes.

Llegaron a La Jicotea el 29 de enero, es decir, el día exacto y a la misma hora en que en el Palace Theater de Nueva York tenía lugar la primera de las seiscientas ocho representaciones de *Sweet Charity*.

# Cruzarse de brazos, esperar

Mamina había comenzado a colar café. Luego fue el aroma (nada como un café pasado por un colador de lana) el que dio el aviso en la casona: faltaba poco para el amanecer. El habitual hedor de las algas y los peces muertos había cedido su lugar a un inquietante olor a maderas, a polvos empapados, a arena anegada, que ahora se disipaba gracias al aroma del café.

Tendría que amanecer, aunque en aquella isla, en aquella ciudad y en aquella playa, la diferencia entre la noche y el día constituyera, por el momento, una simple cuestión de fe.

A ninguno de los habitantes del bungalow de esta historia se le habría ocurrido pensar que en algún lugar del mundo, en Detroit, Michigan, por poner el ejemplo de una ciudad que se hallaba, aproximadamente, en el mismo meridiano que La Habana, saldría el sol, aunque fuera vacilante y de otoño, o puede que un cielo más o menos despejado o con poca o ninguna lluvia.

Como cualquier persona (o personaje) que cree vivir una tragedia, también los protagonistas de esta historia creían que la suya lo era en grado sumo. Una tragedia excepcional.

Como cualquier persona o personaje que vive una tragedia, éstos suponían que nada podía compararse con la pérdida de Jafet y con aquel ciclón que volvía más dramática la pérdida. Y sentían que el mundo, esa extensión de tierras, situaciones, tribulaciones y océanos que llamaban el mundo, se reducía a aquella casa y aquella playa. Desde hacía muchos años, nada, ningún aviso ni testimonio, les hacía tener constancia de que existiera Detroit, u otra ciudad como ésa, en Michigan o donde fuera, un lugar donde el sol estuviera saliendo con la seguridad y el brillo de siempre.

Todo parecía indicar que el ciclón arrasaba el mundo, es

decir La Habana. Y, sin embargo, nada más lejos de la realidad. Aún el ciclón se hallaba fuera de la isla. En rigor, apenas si empezaba a desatarse. En el último parte, en el de las cinco de la mañana (hacía una hora escasa), el señor de la meteorología había aclarado que el Katherine descargaría todavía mucha agua y agitaría mucho viento antes de alcanzar el territorio nacional. El señor de la meteorología había especificado, incluso, que sólo ahora se adentraba en el Caribe, después de bordear el extremo este de Gran Caimán. Las islas Caimán se hallaban a doscientos cuarenta kilómetros al sur de la Isla Grande, de Cuba, de modo que por mucha lentitud que el Katherine dispusiera en su avance (y avanzaba con pereza, lo cual constituía una muestra de su voluntad destructora), su llegada resultaba ineludible, un asunto de tiempo.

Y si lo que estaba sucediendo allá afuera, en la playa, o en el mundo, no constituía todavía ese organismo vivo, coordinado y devastador que es un ciclón, sino tan sólo su preámbulo, su presagio, ¿cómo sería lo que se avecinaba?

El aguacero se deshacía con violencia sobre las maderas nobles. Incesante y ensordecedor sonido de la lluvia, de los vientos y de las ráfagas. Ahora, para colmo, se había agregado un estrépito nuevo, el de los árboles, o el de las piedras, el de los cuerpos que volaban y venían a estrellarse contra los arrecifes, contra la playa, contra las maderas de la casa. A veces, el suelo parecía moverse y por momentos, daba la impresión que la casa se inclinaba, o que, liberada de la trabazón de sus diecinueve pilotes, avanzaba hacia el mar. Por momentos se habría creído que estaba sobre el mar, a la deriva. Por los goznes de puertas y ventanas, por las junturas de las maderas abatidas, la lluvia se había ido colando con la ayuda inestimable del torbellino.

El ciclón, o su anticipo, también hacían notar su presencia dentro de la casa. Cada vez aparecían más charcos de agua sucia que ennegrecían las tablas de los suelos. Cuando se trajinaba, parecía como si se estuvieran pisando pantanos, las marismas hediondas que se abrían siguiendo, hacia el oeste, el curso de la playa. Ni siquiera quedaba la posibilidad de abrir una ventana e intentar mirar el comienzo de la catástrofe. Allá afuera no había nada. No existía la playa. No existiría en varios días.

Mamina revolvió el agua hirviendo del café. La vertió poco a poco en el colador de lana, y la invadió el humo y el aroma, y conoció un breve instante de dicha. Un instante que, no por repetido, no porque se reiterara amanecer tras amanecer, dejaba de hacerla brevemente feliz. Pero, en un día como aquél, la breve complacencia, por breve que fuera, poseía un significado enorme o simbólico. No ignoraba que cada día, y hoy más que cada día, el aroma alejaba por unos minutos el olor de la destrucción.

Sus más de noventa años le permitían saber que el mejor modo de afrontar e intentar vencer los castigos y las maldiciones de la vida era imponer la costumbre, el hábito de cada día. Nada espantaba tanto el infortunio como fingir que nada pasaba. La indiferencia constituía el mejor modo de desconcertar a la tragedia.

Pronto serían las seis de la mañana. Por tanto, según los hábitos de toda una vida, el amanecer se recibía, desde que el mundo ha sido mundo, con una colada de café. Con infortunio o sin él, y eso de «sin él», ella lo sabía mejor que nadie, era una ingenuidad. Había que poner agua en el jarro de peltre, unas cucharadas de azúcar, no muchas, tres o cuatro cucharadas repletas de café, y verterlo todo en el colador de lana. Y luego tocaba sentarse a disfrutarlo en la jícara.

Mamina siempre lo bebía en jícara, desde los lejanos tiempos en que era una muchacha y vivía en un cafetal que ya parecía una fantasía, la leyenda extraña de una vida ajena. Café en jícara, con poca azúcar. Y mucha pachorra. Toda la pachorra posible. Que había desaparecido un niño querido, que se acercaba un huracán con todas las trazas de una verdadera calamidad, pues con mayor serenidad debía ser encendido el carbón, y con mayor lentitud debía colarse y beberse el café. Y una calma mayor debía emplearse a la hora de tostar el pan viejo en la vieja sartén. No había que dejar resquicio a la desgracia. Que la malaventura no creyera que ellos, así como sus hábitos de toda una vida, podían ser destruidos con tanta facilidad.

Echó el café en la jícara y se sentó a la mesa, donde el viejo cirio de la primera comunión de Esteban lanzaba destellos tristones. El humo del café huía hacia el humo del cirio, y ambos escapaban hacia la alta oscuridad del techo. La alegró saber que, siquiera por unos minutos, la fragancia del café había espantado el miasma viejo de las maderas mojadas.

Hasta sus veinte y tantos años, cuando Mamina no era Mamina, sino María de Megara y vivía en el oriente de Cuba, en una zona de montañas, y aún no había conocido el mar ni todo cuanto éste traía consigo, el tiempo, la vida, transcurría de diverso modo. Entonces el tiempo pasaba con otras moderaciones y benevolencias. Sin el mar, el tiempo se permitía compasiones, se daba el lujo de otras pausas. El mar, lo había descubierto, se convertía en lo abrasivo del tiempo. Por eso aquellas maderas nobles habían dejado de oler a bosques, y olían ahora a barco encallado, a naufragio, a agua corrompida, a peces descompuestos.

Si iba a ser justa, tampoco todo tenía que ver con el tiempo, o con el mar y su lado perverso. Había otras cosas que dilataban el tiempo, y el mar, su costado temible. Hacía mucho que no se percibía en la casa aquel sonido que se escuchaba en vida del doctor. El susurro de los árboles. Las copas de los árboles movidos por el viento. Las copas de tantos árboles junto con el oleaje manso del mar.

«El rumor de los bosques de Oregón», decía el doctor.

Al doctor le gustaba echarse en la hamaca que había traído

de su primer viaje, en barco propio, a ciudades del sur del Caribe, y en una de ellas, llamada Cumaná, había comprado la hamaca de flecos bien tejidos y profusos, de colores vivos, siempre colgada en las columnas del portalón, en las más cercanas al mar. Se echaba allí, decía, a conjurar el calor y a escuchar el rumor antiguo y lejano de los bosques de Oregón. El rumor de su infancia, explicaba. Una infancia feliz, gustaba de repetir.

*«Los árboles empiezan a cantar, suavemente, un himno al crepúsculo»*, comentaba el míster, allí, en la hamaca, en su buen castellano, que de todos modos poseía una música diferente, así como eses pronunciadas en exceso y erres imposibles.

Como era lógico, ninguno de los habitantes de la casa estaba entonces en condiciones de saber que el doctor citaba las primeras líneas del octavo capítulo de la novela de un amigo muerto de tuberculosis a los veintinueve años, en 1900, *The Red Badge of Courage*.

Mamina recordaba cómo era el míster cuando ella lo conoció, cuando aún él tenía cuarenta y cinco vigorosos años. En aquella época, un hombre de cuarenta y cinco años podía ser todo un hombre. En aquella época, cuando un hombre cumplía los cuarenta tenía ante sí sólo dos posibilidades: o podía rivalizar con el más joven, o se había convertido en un anciano. Para algunos, la vida empezaba alrededor de los treinta. Y más si era un hombre del Norte. Los isleños se destruían con mayor rapidez, Mamina no entendía por qué. El Coronel Jardinero hablaba del clima, de lo funesto del clima. Ese mismo clima, ¿no era el que afectaba o no afectaba al doctor? Samuel O. Reefy no vivía en Wisconsin, vivía allí, con ellos, en la playa. Pasaba largas temporadas en Madison y añoraba la nieve. Pero debía de haber otro misterio. ¿Por qué un hombre del norte, a los cuarenta, a los cincuenta años, se mantenía en mejor forma que un nativo de las islas? ¿Tendría que ver con la fe en Dios? Se sabía que los norteamericanos (no el doctor, bastante descreído) profesaban una fe bastante estricta. Mientras que la mayoría de los cubanos practicaban una religión extraña que no se basaba en Dios, sino en los dioses, en todos los dioses posibles y al mismo tiempo en ninguno, una especie de panteísmo mezclado con paganismo. ¿O sería un asunto de imaginación?

Recordaba el cuerpo corpulento, todopoderoso, recorrido de músculos precisos, que la piel dorada y limpia, ligeramente pecosa de escaso vello, sabía atenuar a la perfección. Y más que todo lo demás, recordaba los ojos resistentes del míster, con una dureza de topacio, donde brillaban destellos verdes. Ojos leídos y sabios. Maliciosos y traviesos, dispuestos a la meditación, al gozo y la sorpresa.

Aunque Mamina recordaba bien al doctor Reefy, es verdad que con él le sucedía como con el resto de sus recuerdos. Con el doctor le sucedía como con el cafetal: podía verlo, lo tenía delante, con nitidez, en toda su espléndida realidad, como si estuviera ahí. Y no parecía un recuerdo propio. Se habría dicho algo así como la idea, la imagen, que ella se hubiera formado con el recuerdo que alguien le hubiera confiado.

Del mismo modo recordaba a su marido, a Serafo. La verdad, y eso le causaba un fuerte sentimiento de culpa, era que el Serafo de su memoria no poseía una dimensión tan precisa. Mamina, se preguntaba a veces, para calmarse, cuántos años hacía de la muerte de Serafo.

Más de sesenta. Ella era una muchachita de veintitantos años aquella noche terrible de junio de 1912. Cuando intentaba recordar a Serafo, se le aparecía un hermoso gigante mulato. Y no lograba saber con exactitud si era Serafo, o un remedo compuesto con la belleza, la piel mulata y el perfil de Juan Milagro. En todo caso, creía ver a Serafo inclinarse sonriente sobre la camita de Colomba Bezana, como en una escena que no era de la vida real, sino surgida de alguna película silente, de aquellas que el doctor proyectaba, cuando tenía visitas importantes, en la sala de la casa, sobre una blanca sábana extendida.

Terminó de beberse con calma el café, cosa de demostrarle a la adversidad que ella era la más fuerte. Se levantó para servirse otro sorbo. Escuchó los pasos de Andrea, que nunca habrían podido confundirse con otros, pues sonaban como esos suspiros en los que se le iba la vida. Pasos en los que se habría podido reconocer cuánto había vivido la persona que los daba. Y hoy, de igual forma, andaba con más parsimonia que de costumbre, como si también se le hubiera ocurrido confundir los malos propósitos de la vida.

Sirvió café para Andrea. Y cuando ésta entró a la cocina, el saludo de Mamina fue tenderle la taza. Andrea respondió con una sonrisa evasiva, de compromiso o autocompasión, y afirmó y suspiró. Traía una palmatoria roja con una vela consumida, de llamita tan evasiva como su sonrisa. La depositó en la mesa junto al cirio de la comunión de Esteban. Ambas llamas parpadearon y la vela consumida de la palmatoria roja se apagó. Andrea bebió entonces el café caliente, amargo y oloroso. La sonrisa se acentuó, lo que hacía suponer que el café sabía mejor que nunca. Mamina creyó conocer de qué distantes regiones llegaba Andrea. Por eso preguntó:

—Oye, hija, ¿qué se habrá hecho de la hamaca de Cumaná?

Mamina tenía razón y Andrea venía de lejos y traía una expresión de cansancio mayor que el habitual. Los ojos pequeños, oscuros y secos, estaban borrados.

—Este aguacero, este viento —dijo.

Y quedó en silencio, la taza al borde de los labios, escuchando, como si intentara desentrañar algunos de los misterios de la casa. Bebió después otro sorbo de café, y dejó la taza sobre la mesa con excesivo cuidado, como si se tratara de un acto de suma importancia y del que dependían muchas cosas. Y luego, con idéntica concentración, se quitó las peinetas del pelo. El pelo blanco, lacio, escaso, largo, cayó sobre sus hombros, sin demasiada libertad, como si no quisiera destrabarse de la definitiva costumbre de las peinetas. Hacía años que Andrea no se dejaba ver con el pelo suelto. Y para Mamina fue extraño. Si hasta ese instante había estado pensando en sus propios recuerdos como si fueran ajenos, ahora la realidad misma se revelaba inexplicable, como si alguien le hubiera mostrado la fotografía estropeada, carcomida y manchada por el tiempo de aquella Andrea que había visto por primera vez una mañana de abril de 1934.

Andrea se alisó el pelo, o lo intentó. Movió la cabeza sin el menor asomo de placer, de coquetería. Dejó las peinetas en un rincón de la fiambrera.

—¿De qué hamaca hablas?

En su voz se descubría el agotamiento. Mamina intentó no mirarla, no mostrar sorpresa ante las mechas pobres y blancas de lo que había sido, también lo recordaba, una hermosísima cabellera.

—Sí, hija, la hamaca de muchos colores que siempre estaba en el portal —explicó con un tono de pretendido desenfado que sonó alegre—, la hamaca que el doctor trajo de aquel viaje por Cayena, Paramaribo, Cumaná.

—Hubo que botarla, ¿no te acuerdas?, la destruyó la intemperie.

—Si tú supieras, no sé por qué me acordé, el doctor hacía allí la siesta, decía que escuchaba los bosques, y eso le gustaba.

—También le gustaba a Serena —afirmó Andrea sin suspirar—. Cuando el doctor se iba a La Habana o a Madison, la dueña de la hamaca era Serena.

Al escuchar el nombre de Serena, Mamina sintió que se ponía en acecho, que temía lo peor. Por eso, acaso, puso a hervir otro jarro de agua. Hoy la casa, por otra parte, semejaba un hospicio, había mucha gente para desayunar. Cuando se avecinaba un ciclón, los desayunos y los almuerzos se volvían más demorados. Cada acto poseía algo de más detenido, de más parsimonioso durante la amenaza y el paso de un huracán.

Y mira que en aquella isla las cosas siempre tenían el toque supremo de la soñolencia y la inacción. Nada que hacer, salvo esperar. Y si se suspendía la voluntad, todo lo demás, por una lógica implacable, tendía a suspenderse. Porque en aquellas tierras nunca había nada efectivo que hacer. *Esperar* y *hacer* no significaban lo mismo. *Esperar* era un *hacer* pasivo; era, precisamente, no *hacer* nada, confiar en que una fuerza exterior viniera a resolver el problema. Así sucedía en tierras de huracanes. Las tierras donde azotaban los huracanes no se parecían a otras tierras del mundo. Los huracanes imponían ciertas estrategias. Nada había más parecido al huracán, por ejemplo, que su amenaza, y nada más parecido al huracán y su amenaza, por ejemplo, que una guerra. Como en las antiguas guerras, los prolegómenos del ciclón se encargaban de organizar la destrucción que vendría luego. Los ciclones actuaban como los antiguos ejércitos: en el interior del ciclón, algo se comportaba como uno de aquellos generales de las guerras pasadas. El viento y la lluvia que precedían al ciclón venían a semejar la artillería, la responsable de apagar los fuegos enemigos y de reconocer el terreno, la que se apoderaba de las plazas importantes y abría las brechas para que penetrara, con toda su fuerza, la caballería, y, luego, para rematar, irrumpiera la infantería. A eso se le llamaba estrategia. Nadie supo nunca si los estrategas de la guerra habían estudiado las tácticas de los huracanes, o si habían sido los huracanes los que habían estudiado las tácticas de los generales. En cualquier caso, lo que importaba era que a la estrategia de un ejército se le podía hacer frente y hasta vencer con idéntica o contraria estrategia. Era cuestión de fuerza y de inteligencia, de inteligencia asociada con la fuerza. A un huracán, no. Las tácticas del huracán nunca podían ser respondidas con contratácticas. Con los huracanes, la única maniobra eficaz era atrancar puertas y ventanas y sentarse en un rincón. En los ciclones, y en otras calamidades igualmente devastadoras, como en las revoluciones y otras fatalidades, como en muchos otros fracasos de la Historia, no vencía el que se enfrentaba, el héroe que moría o vivía, que para el caso era lo mismo, sino el hábil y paciente que no presentaba batalla. Ése era el verdadero triunfador. No el que batallaba, sino el que se cruzaba de brazos y se sentaba a esperar. El que asumía la paciencia y el arma más eficaz de ésta, la espera. El que decidía sentarse a la puerta de su tienda con la confianza de saber que el triunfo, algún día, y de modo inevitable, sobrevendría: ver pasar el cadáver de su enemigo. De modo que las tierras azotadas por huracanes tenían peculiaridades que las diferenciaban de otras tierras.

El aprendizaje, el hábito de sentarse, acostarse, cruzar o bajar los brazos, esperar, poseía su sabiduría. Y que el mundo terminara por arreglarse a sí mismo. Uno se salvaba de muchos peligros si cuidaba de no mover el menor músculo. Comportaba otros riesgos, es verdad. Aparecían otros peligros, como el peligro de morir de tedio, o el peligro de morir de asco o el de morir de inmovilidad. No obstante, el tedio, el asco y la inmovilidad son bastante menos peligrosos que la decapitación. Y mientras el mundo se arreglaba, uno desayunaba lánguido, o cantaba un bolero, o bailaba, perezoso, un danzón, o mucho mejor, dormía. Dormir en medio del sopor y las desgracias. Y ya vendrían tiempos mejores. Además, ¿cuándo se había visto que la lluvia, por feroz que fuera, no se viera coronada por una buena escampada? Así fue siempre, incluso en los tiempos antiquísimos de Noé, que juiciosamente no *hizo* nada, se limitó a obedecer órdenes. Construye un arca, le dijeron, y construyó un arca. Enciérrate, le ordenaron, y se encerró. Y en el arca, una especie de gran bote, de *Mayflower* grande grande, se recluyó con su mujer, sus hijos y cuantos animales pudo. A esperar. ¿Qué iba a hacer, si no?, ¿o es que, aparte de construir el arca, tuvo otra idea, ajena a la de Dios?, ¿o es que por su cuenta y riesgo llevó a cabo otra acción?, ¿se rebeló? Ni pensarlo.

¿Urdió algún plan? Ni pensarlo. Se escondió, lo único que podía hacer. Y sintió que las aguas subían, y que las aguas bajaban, que había aguaceros y escampadas, vientos fuertes y calmas chichas. La mayor insubordinación que cometió fue enviar, de cuando en cuando, un emisario. Y los emisarios no regresaron. O bien pagaban por la insubordinación de Noé, o bien aprovechaban para escapar del arca espantosa, donde estaban hacinados, y quedarse por ahí, viviendo la vida, que es lo único que se puede hacer con la vida. Hasta que todo se tranquilizó más de lo normal. Y fue la paloma. Y la paloma fue dócil y volvió. La paloma tenía alas y a ella la libertad le resultaba un asunto sencillo. Con alas todo ha sido siempre más fácil. Y cuando volvió, dicen que trajo una rama de olivo. O no trajo nada. Y es que Noé sabía que contra el poder lo único que valía era esperar. Y si el poder era absoluto, pues lo único que valía era esperar absolutamente. Después de todo, habrá pensado, no hay mal que dure cien años ni cuerpo que lo resista. Con ambas verdades Noé logró conformar una sola y completa razón, más que suficiente. Con semejante sabiduría, buen juicio, cordura, bastaba para vivir. Y si no para vivir, al menos para sobrevivir, que no es un vivir sobre otro, sino un vivir menos que vivir. Y ya es bastante en estos tiempos. Y en aquellos. Y en todos los tiempos. Mucho más en estas tierras desfavorecidas, atemorizadas por los huracanes, por tantos y tantos huracanes de toda naturaleza y condición. ¿Solución? Un arca. Como decir una madriguera, un refugio, con animales o sin ellos. Y a esperar. ¿A quién se le ocurrió decir que la muerte no es verdad cuando se ha cumplido bien la obra de la vida?

—La muerte es la muerte —sentenció Mamina con el ánimo de restarle importancia a la palabra. Y pensó: «El único modo de cumplir bien la obra de la vida es alejar la muerte cuanto sea posible»—. Hay que dejarse de poesías, buenas o malas —recalcó—; de la poesía, a lo mejor, se vive, pero seguro que no se sobrevive. Me corto la cabeza a que con la poesía es imposible sobrevivir, y en eso yo tengo sobrada experiencia. —Y luego de una pausa y con algo de cansancio, preguntó—: ¿Quieres más café?

## Un sueño de Locuaz el Mudo

Está en su cuarto, en su cama, no puede dormir.

No puede acostumbrarse a la ausencia definitiva de Jafet.

Locuaz podía dormir cuando el otro se ausentaba, y él lo sabía cerca. El otro nadaba en el mar, dejaba sus huellas en la orilla sucia de la playa: pisadas húmedas sobre la arena negruzca. En esos momentos, Jafet *no estaba*, y *sí estaba*. Digamos que, en aquellos momentos, su ausencia constituía otro modo de su presencia. Ahora, ya no es así. Es demasiado evidente que no está y que tampoco estará. En la casa hay una ausencia que se sabe definitiva.

También el aguacero es concluyente, acompañado por un viento que ensordece aún más. Mucha agua, mucho viento, que dan la impresión de preparar el fin del mundo.

Locuaz se incorpora. Nada tiene que hacer en la cama si ésta no le permite dormir. Podría evocar a Jafet, si quisiera. Y para eso, qué mejor que orinar como él, acodado en la ventana, desafiante, hacia el techo de la galería. No le importa si ahora es peligroso abrir la ventana. Tampoco le cuesta mucho apartar la tranca de la ventana y dejar que se abra sola. El viento es fuerte y hasta es posible ver las ráfagas, que tienen un color intenso, rojizo o gris.

Desde hace días el mar es una inmensidad sin horizonte, con idéntico color que la tierra y con ella se confundiría si no fuera por las espumas sucias.

A punto de acodarse en la ventana para orinar hacia el techo de la galería o hacia la lluvia que hace desaparecer el techo de la galería, descubre algo que avanza por el mar. Resulta difícil describirlo. Varios troncos de madera bien unidos entre sí, pero no es posible saber de qué modo han sido unidos.

En el centro de la balsa, presume Locuaz, hay una persona. Es una imagen oscura, tal vez envuelta en una gruesa capa de agua. Sonriente, la sombra le hace señas, dice adiós.

Locuaz cierra la ventana y regresa a la cama, y despierta, aunque continúa viendo la balsa sobre el mar.

## Últimas campanadas del reloj

Andrea trajo un taburete y se acomodó en él, y Mamina se sentó frente a ella con la actitud de quien desea hacer una declaración importante. Nada dijo, y Andrea la miró un instante y se preguntó cómo aquella mujer había podido llegar a los noventa años, cómo había logrado resistir tanto y, lo más importante, ¿para qué?

En otra época, en otro lugar, una vida tan larga habría tenido algún sentido. Con otro aliciente y otra dicha. Si Vina, por ejemplo, si su tía Vina hubiera alcanzado los noventa, en su patio de Santiago de las Vegas, copiando hojas, raíces y flores, en la glorieta de su patio de Santiago de las Vegas, donde el tiempo transcurría de otro modo, aquella larga edad tendría algún valor. ¿Para qué se llegaba a cumplir noventa años en aquella casa y frente a la playa, en medio de la vorágine de aquellos tiempos, más feos aún que la playa?, ¿y qué si el destino o Dios, o a quienquiera que designaran esas dos extrañas palabras, le deparaban a ella una vida de noventa años?, ¿qué haría?

Asustada, se miró las manos.

—¡Noventa años! —exclamó.

Mamina entornó los ojos y la miró silenciosa.

—Sí, mucho, demasiado tiempo —replicó la anciana, como si conociera la respuesta que la otra estaba esperando—, es tanto, tan largo el tiempo que a veces pienso que he vivido varias vidas. Trato de recordar y veo a la muchacha que vivía por allá, por las lomas de Alto Songo, como si fuera otra. Y la que salió huyendo una noche de junio, con su hija en brazos, de la quema de La Maya es otra más. Y la que llegó a La Habana en un barco, con Mino y el míster, no es la primera ni la segunda. Y otra diferente la que se vino a vivir a esta casa, y la que parió a Vicenta de Paúl. Sí, es así, y cuando pasan los años haces un descubrimiento, y es que no has sido una sino muchas. Y lo más notable, ninguna tiene relación con la otra. O una relación que no se comprende. Cada una nació, vivió y murió. Y ahora mismo, en esta vieja que tienes delante, ya no hay ninguna de ellas. No sé si lo que hicieron estuvo bien o mal, no sé si valió la pena que anduvieran por el mundo. Sus recuerdos no son mis recuerdos. Esta vieja de noventa años nació con noventa años, y con noventa morirá, y recuerda a las demás Maminas, que no se llamaban así, y que se supone que la fueron formando, no como si hubieran sido reales, sino como si alguien, sabe Dios quién, las hubiera inventado.

Andrea intentó ser amable, pero no encontró nada que decir. Mientras se levantaba, arrastrando el taburete, Mamina preguntó:

—¿Tú sabes cuántos ciclones han visto estos ojos y escuchado estos oídos? Ojalá este ciclón fuera el último, mi último ciclón. Si quieres que te diga la verdad, ya no estoy para nada, ni para tiempos buenos ni malos, ni para bonanzas ni para ciclones.

—Ojalá también fuera el último ciclón que me tocara vivir. —Era la voz de bajo del Coronel Jardinero.

Precedido por un fuerte olor a plumas, a alpiste, a agua sucia, a mierda de pájaro, a humo y a maderas calcinadas, apareció en la cocina como un fantasma. La figura alta, oscura, sin sombra, traía en alto la vara de yana que hoy no le servía de bastón. La apoyó junto a la puerta del baño donde estaban la vaca y las gallinas, se sentó a la mesa y la golpeó con el puño cerrado.

—Cuando coja a ese hijo de puta de Jafet, va a aprender a respetar, va a saber quién manda en esta casa.

Andrea suspiró, cerró los ojos. Ella sabía que nunca más verían a Jafet. También el Coronel lo sabía, y si hacía una observación como aquélla era sólo por reconocerlo.

Mamina puso delante del Coronel un tazón de grog con gotas de vainilla, en el que él ni siquiera quiso reparar. Se palpó el parche negro de su ojo ciego. Dejó luego las dos manos, como garras, abiertas sobre la mesa. Se inclinó hacia ellas, hacia las viejas manos, como si pudiera encontrar allí la respuesta a tantas preguntas, después miró a Mamina. Ella le devolvió la mirada con otra mirada perdida, con la frente más arrugada que nunca. Él intentó entonces poner los ojos en Andrea, que no abrió los suyos. El Coronel tocó el pelo blanco y suelto de Andrea, con sorpresa. También con una devoción que parecía olvidada. Y cuando preguntó, lo hizo con voz que ya no era la suya, mansa y suplicante:

—¿Qué hacemos?

Mamina insistió:

—Ésa es la pregunta, ¿qué hacemos?

Andrea abrió los ojos y los elevó al techo.

—Dios mío, ¿hay algo que hacer? Me parece que vivo siempre la misma escena. Como si las cosas nunca pasaran definitivamente y como si todo volviera a ocurrir una y otra vez.

—¿Oíste al señor de la meteorología?

—Mi radio no sirve —dijo él—, se quedó sin pilas.

—Habrá que esperar a que baje Mino —razonó Mamina.

—Yo me encontré con Mino hace un rato, cuando iba al baño —comentó Andrea—, y me dijo lo que el señor de la meteorología explicó en el parte de las cinco que el ciclón estaba dejando atrás Gran Caimán, que se acercaba a la costa sur de Matanzas.

El Coronel se acercó a los labios el tazón y no bebió.

—Da lo mismo —dijo— lo que advierta o deje de advertir el señor de la meteorología. —Hizo una pausa y un rápido gesto para que se escucharan la lluvia y el viento—. Es sólo cuestión de horas.

La inminencia del ciclón era el único asunto en el que estaban de acuerdo.

—¿Y ahora qué? —prosiguió el Coronel.

—Jafet —dijo Andrea.

—¿Hay algo que hacer?

—Por el favor de Dios, un poco de café.

El Coronel se puso de pie y tomó la vara de yana:

—Voy a ordeñar la vaca.

Y fue en ese preciso instante, en el justo momento en que el Coronel tomó la vara de yana, cuando comenzaron a escucharse las campanadas del reloj.

Primero, cinco campanadas, precisas, sonoras, acompasadas, musicales, que se impusieron a la tolvanera, al viento y a la lluvia. Un silencio breve, y tras él, otras más, como las cinco anteriores. Y otro silencio, aún más conciso. Y fueron entonces nueve las campanadas. Y otras nueve más. Diez, once, doce, trece, catorce campanadas. Sin pausa. Y a partir de ese momento el reloj no se detuvo.

Cuando Mamina, Andrea, el Coronel y Vicenta de Paúl llegaron a la sala, Juan Milagro estaba allí, junto al reloj, y lo miraba, incluso lo tocaba, como se puede mirar y tocar un instrumento prodigioso.

Mino y la tía Elisa, seguida por Olivero, también salieron de sus habitaciones, bajaron las escaleras, corrieron, alarmados por las campanadas incontrolables.

Confusos, asombrados, como si asistieran a un acontecimiento capital, también aparecieron Valeria y Locuaz el Mudo.

Juan Milagro y el Coronel golpearon con los puños varias veces la caja de resonancia sin que nada lograran. Acostaron el reloj en el suelo, como un muerto, y las campanadas no cesaron. Lo golpearon por detrás.

—¿Tienes la llave? —preguntó Juan Milagro a Olivero.

Olivero nunca había tenido la llave de aquella reliquia. ¿Qué falta hacía la llave de un reloj que no daba la hora, y que, para colmo, pegaba los campanazos que quería en el instante que quería? ¿Qué falta hacía la llave de un reloj cuyo péndulo, dorado a pesar de los años, tenía la inmovilidad rígida de los muertos? ¿Quién podía saber dónde, en qué antiguo cofre de qué época lejana había quedado la llave que abría la caja de roble de Eslavonia?

La pregunta de Juan Milagro, repetida ahora por el Coronel, desplazó la atención del reloj a Olivero, el dueño del reloj.

Las campanadas no cesaban y las miradas de todos los presentes se clavaron en el tío, quien supo que estaban esperando una decisión. Se percató de que era a él a quien correspondía hacer algo. Avanzó hacia el reloj. De manos del Coronel tomó la vara de yana. Fue un gesto ceremonioso de quien recoge una pieza sagrada. Y creyendo interpretar el sentir de los otros, golpeó con fuerza. El cristal que protegía el péndulo se rompió de inmediato. El péndulo, que había permanecido centrado y rígido, se suavizó, se inclinó, se partió y cayó al fondo de la caja. El cuadrante resistió un poco más. Primero se cuarteó por varios lugares, hasta que saltó en varios pedazos. Por uno de aquellos boquetes introdujo Olivero la vara de yana, y, haciendo fuerza, la usó de palanca. El cuadrante se desprendió de su soporte de hierro. A la vista quedaron clavijas, ejes, piñones, varillas, ruedas, así como el martillo que aún golpeaba la pequeña campana. Olivero devolvió al Coronel la vara de yana, arrancó con las manos la campana y detuvo el martillo.

Se dieron cuenta entonces de que alrededor de la casa, como si fuera un asunto personal, continuaba la furia amenazante del viento y de la lluvia.

—El desayuno —dijo sabia Mamina.

Y después de echar una última ojeada al reloj destrozado, entraron a la cocina.


## Nieve

—Parece extraño, y no lo es, que sea *Nieve* el título del segundo libro de un poeta modernista, habanero habanero, y por más convencidos que estemos de que nunca, ni de lejos, debió haber visto la nieve.

Eso dijo Olivero en la cocina, con sosiego, como quien se hallaba en absoluta paz consigo mismo. Nadie entendió por qué hablaba así, de pronto, cuando hacía apenas unos minutos había estado despedazando con verdadera saña un reloj. Y lo más sorprendente para todos fue la saña, pues sabían cuánto significaba para él aquel reloj que había pertenecido a su madre, y a nadie se le escapaba que Olivero había reverenciado a su madre viva, tanto como ahora reverenciaba su recuerdo.

Digamos, con algo de exageración o de perversidad, que aquel reloj ocupaba un poco el lugar de la madre muerta. A nadie en la casa, ni siquiera al Coronel, tan racional cuando quería, se le ocurrió nunca silenciar sus campanadas erráticas, porque habría significado silenciar el último eco que quedaba de la voz de Palmira Barro.

Dicho así, no sólo suena perverso, sino también patético y bastante ridículo.

El caso era que Olivero, sentado a la mesa del comedor, hablando con serenidad de un libro de poemas, o mejor dicho, del título de un libro de poemas, no daba la impresión de ser el hombre que hubiera llegado de una batalla con sus más grandes afectos y recuerdos.

—*Nieve* —continuó, sosegado, sonriente— es el título del segundo libro de poemas, el póstumo, de Julián del Casal, habanero inmóvil, o casi inmóvil (se dio un saltico a Madrid), que nació, vivió y murió en La Habana. Observen cómo debe de ser cierto eso de que sólo se ama lo que no se posee, porque el otro poeta contemporáneo de Casal, José Martí, tan vilipendiado por la grotesca lisonja patriotera, que pasó toda la vida entre la nieve, que sólo permaneció en Cuba dieciséis años de los cuarenta y dos que tuvo la suerte o la desgracia de vivir, mantuvo un idilio con la isla, la convirtió en su sueño, en una desvalida señora, una viuda menesterosa, envuelta en tules, vestida de negro, con un clavel en la mano, una viuda que esperaba por su salvador, es decir, por él. —Bebió un sorbo de leche del tazón que Mamina le había servido, y con el dorso de la mano eliminó el bigote blanco que se le había formado sobre el labio—. Martí, el desterrado, suspiraba por Cuba, mientras que Casal, el habanero inmóvil, odiaba la isla que el otro añoraba. Casal deliraba y fantaseaba con la nieve que el otro detestaba. Qué raro destino, ¿o no es tan raro? No sé qué piensen ustedes, lo cierto es que *Nieve* se tituló el libro póstumo de Julián del Casal, con idéntico significado, digo yo, al que pueda tener que el primer poema cubano de importancia, la primera gran oda de la historia poética cubana, esté dedicada a las cataratas formadas por un río que nace en la ciudad de Buffalo, en el lago Erie, al oeste del estado de Nueva York.

Elisa estaba sonriendo y no quería sonreír, y eso se notaba en sus ojos serios, bajo un ceño fruncido. A veces hacía un gesto con la mano, como si quisiera interrumpir el discurso de Olivero y deslizar alguna opinión. Pero, cada vez, algo la detenía.

Mamina sirvió más leche en el tazón de Olivero y éste cerró los ojos y reveló que Casal había soñado con una nevada en La Habana.

—Sí —observó—, un primero de noviembre de 1890 Julián del Casal llegó a reclamar un invierno que se prolongara todo el año. Nubes negras que apagaran el incansable sol y disiparan el calor inmóvil, y que en vez de lluvia cayera un manto de nieve. No recuerdo si fue «manto» la palabra o si fue «sudario» o «mortaja» (estas dos últimas me parecen más apropiadas para un hombre como él), da lo mismo, quería que cayera nieve sobre Cuba, porque repetía, y esto sí lo recuerdo textualmente, que ninguna mortaja mejor que la de la nieve podía ambicionar un pueblo que bostezaba de hambre y agonizaba de consunción. Pero sí estoy seguro, y esto es una deducción personal, y estoy dispuesto a discutirla con cualquiera, de que si hubiera caído nieve sobre la isla otra sería nuestra historia. —Abrió los ojos y dejó el tazón sobre la mesa abarcándolo con ambas manos, como si temiera que alguien pudiera arrebatárselo—. Creo..., no, no lo creo, estoy convencido de que todos los males de este país provienen, por un lado, de su calor, y por otro, y observen que no es lo mismo aunque lo parezca, de la ausencia de nieve. Frío es una cosa, y nieve, otra superior. La nieve no es sólo frío sino muchas cosas más, como el color de las cosas y del tiempo, el ritmo de la vida. Estoy seguro: si en Cuba nevara no seríamos esta mierda que somos. La historia, quién se atreve a negarlo, habría sido diferente. No hubiera habido tantas epidemias, porque las epidemias son cosa del bochorno; no hubiéramos comido aguacates y mangos, sino uvas y manzanas, mucho más digestivas; no hubiéramos sido una plantación azucarera, y nadie me negará que la caña de azúcar no es sólo un cultivo diabólico, malo de trabajar, sino también una planta larga y fea que convierte el campo en una horrenda y ondulante monotonía. Seríamos productores de azúcar de remolacha. Y la remolacha no es verde sino de un hermoso rojo vino. O mejor aún, seríamos un país de bosques, exportador de maderas, fabricantes de relojes, de juguetes, de primorosas cajitas de música, o de vidrios y de porcelanas. Porque aquí, y espero que me entiendan, sería impensable trabajar en un crisol a más de mil grados de temperatura. Fabricaríamos vino en lugar de aguardiente. En Navidad no comeríamos puerco, sino pavo, un plato mucho más delicado, pavo con salsa de arándanos, menú más elegante que puerco con yuca y frijoles negros. Y con tanto frío no hubiera sido posible vivir en las calles, sino dentro de las casas, que tendrían techos a dos aguas para soportar la nieve. Y no voy a enumerar la cantidad de ventajas que traería el hecho de vivir dentro de las casitas con techo a dos aguas, porque no acabaría nunca. Todos, para empezar, leeríamos más, en cómodas butacas, junto al fuego. Y pensaríamos más. ¿O es que no se dan cuenta de que con este calor no hay manera de ordenar el pensamiento? ¿Por qué en Cuba no hay filósofos, a ver? Porque nunca ha nevado y no hay que encender el fuego para calentar las casas. Estamos condenados a tener profesores de filosofía, que no son hombres que piensan sino que han leído lo que otros piensan. Profesores de filosofía es lo que permiten el sol y el calor, a pesar de que, presuntuosos, se hagan llamar «filósofos»; ya sabemos que una cosa es lo que ellos se hagan llamar y otra distinta lo que han sido, son y serán esos señores bebedores de ron, jugadores de dominó, adictos a las peleas de gallos, que después arman un ensayito de tres páginas con alguna cita de Hegel. Si eso es ser filósofo, qué coño decimos cuando decimos Martin Heidegger. —Olivero volvió a sonreír con el aire de quien se hallaba en paz consigo mismo—. Porque, además, y voy a decir algo de suma importancia: no sudaríamos. Digan lo que digan, sudar termina siendo algo pernicioso. Las ideas se diluyen en el sudor y escapan al exterior y allí quedan, a merced del sol y los mosquitos. Por eso, cuando ves que la piel brilla con puntitos blancos, no es por la sal del sudor, sino por la sal de las ideas que se han ido afuera. O se suda o se piensa, una de dos. Duda, por eso, de un hombre que suda y decide hablarte de la fenomenología del espíritu. No se concibe que un hombre sude, coma arroz con frijoles negros con lechón asado, se tire pedos dignos de frijoles y lechón, y discurra, al mismo tiempo, de «lo uno o lo otro». Me parece tan obvio que me ruboriza comentarlo. El calor hace pensar en lo físico, y el frío, en lo metafísico.

Todos sonreían y, la verdad, nadie quería sonreír.

Mamina pidió que, de los allí presentes, levantaran las manos quienes habían visto de verdad la nieve. Sólo Mino, Elisa y Vicenta de Paúl. Y el resto, los que no alzaron la mano, envidiaron a Mino y a Elisa y a Vicenta de Paúl.

—¿Otra consecuencia de la ausencia de nieve? La envidia, sin duda. Pónganse a pensar: si la gente viviera con las puertas y las ventanas cerradas, no podría andar mirando al otro para envidiarlo, con razón o sin ella, porque la razón, ya se sabe, no interviene cuando se trata de envidiar. Y la envidia es uno de los males de este pueblo condenado a vivir con las ventanas abiertas. De la observación minuciosa a la envidia no hay más que un paso, y de la envidia a la delación, otro pasito pequeño, pequeñísimo.

Elisa repitió el gesto de la mano, como si quisiera interrumpir otra vez el interminable discurso de Olivero. La sonrisa de Elisa era ahora una sonrisa de miedo.

—Y escucharíamos más a Couperin o a Sibelius. No oiríamos a esos pavorosos trovadores con sus vocecitas ridículas, que dan ganas de llorar, y cantan que la era está pariendo un corazón. Por cierto, cuando dicen «era», ¿se refieren al tiempo o al lugar donde se trillan las mieses? Escuchen bien, ¡«la era está pariendo un corazón»! Verso espantoso que con seguridad fue creado, y digo «crear» a falta de otro verbo mejor, en medio de un calor sofocante. Si en Cuba nevara, nadie habría dicho jamás que la era estaba pariendo, ni un corazón ni nada. Y no se hubieran inventado la rumba o la conga, que se hicieron para bailarlas al sol y a la intemperie, sino el vals, que es un baile de salón. Tendríamos, por ejemplo, más cantantes de ópera, puesto que el vaho caliente de la humedad antillana no le echaría a perder la garganta a nadie. Y tendría verdadero sentido ir a ver *El lago de los cisnes*, porque aquí nadie ha visto un cisne salvo en uno de los feísimos e inmundos estanques del zoológico. Y habría, sin duda, muchos más puestos de trabajo, habría, por ejemplo, deshollinadores, fabricantes de trineos, tejedores de guantes y bufandas, los señores y las señoras que atienden las guardarropías en los teatros, los cortadores y vendedores de troncos para los hogares, los entrenadores de patinaje sobre hielo, fabricantes de mantas, quitanieves, habría perros bellísimos, de San Bernardo, no jugaríamos al béisbol, sino que nos dedicaríamos a los *sports d'hiver*, a esquiar tranquilos en las altas montañas, y las altas montañas no se llamarían Sierra Maestra, sino los Apeninos o los Alpes, nombres refinados. Y allí, en esas montañas, aparte de practicar los *sports d'hiver*, habría sanatorios para los enfermos de tuberculosis, no como el sanatorio de La Esperanza, en Arroyo Naranjo, o ese otro que hay, o había, en Topes de Collantes, de donde la gente regresa, o regresaba, peor que como fue, no, me refiero a sanatorios de verdad, como el Internacional Berghof, donde se reúnen personas con nombres de verdad, como Naphta o Settembrini. Los tuberculosos, además, compondrían nocturnos de despedida en vez de boleros de despedida como aquel llamado «Nosotros». Y gracias a la nieve y los sanatorios, las novelas cubanas podrían tener capítulos como ese llamado «Nieve», donde Hans Castorp se aleja del sanatorio, sobre esquís, y comienza a dar vueltas en el mismo sitio, todo blanco por la nieve, vueltas y vueltas en el mismo sitio. Y todo blanco, blanco, blanco... por la nieve.

## There's a beautiful home

Mansos y resignados, los personajes de esta historia se hallaban sentados alrededor de la gran mesa de la cocina. Como Noé, su esposa, sus hijos, sus nueras y toda la retahíla de animales machos y hembras que subieron con él al barquito de la salvación. Sólo Andrea, Mamina y el Coronel Jardinero no habían querido, o no habían podido, sumarse a esa resignación. No habían querido sentarse allí, a la mesa. Carecían de la paciencia necesaria. El Coronel entretenía su intranquilidad extrayendo hierba de un saco de yute, una hierba bastante seca, que pondría en la bañadera convertida ahora en el comedero de la vaca. Andrea, por su parte, tampoco se sabía demasiado serena, y no tuvo deseos de sentarse, e inventó una acción inútil, la de fingir que secaba el agua que había entrado (y continuaba entrando) por las hendijas de las maderas. Mamina encendió el carbón, y puso a hervir agua en el carbón encendido, y fue de un lado a otro, trajinó en la cocina, como siempre.

A la humedad de la cocina, al olor a lluvia, a las maderas empapadas, al hedor a pecios que siempre tenía el mar, se agregaba ahora el humo del carbón. Era un olor agradable, no sólo delicado y bueno, que además amparaba y suscitaba confianza.

No era algo que lograran pensar así, con tanta claridad, aunque todos comprendían, de algún modo, que si el carbón estaba encendido, que si había agua hirviendo sobre él, y una Mamina (que fuera nonagenaria le otorgaba importante prestigio) que iba de un lado para otro preparando el almuerzo, significaba que el peligro no podía ser tan inminente. Si alguien como Mamina preparaba el almuerzo, el fin del mundo no era tan fin del mundo. Habría un «después» en el que se almorzaría. El «después» de la paloma y de la rama de olivo, por ejemplo.

El humo del carbón y la tranquilidad que transmitían los ajetreos de Mamina lograron que ahora, en la mañana, la desaparición de Jafet pareciera un asunto de poca monta, la malacrianza de un adolescente. Se le veía aparecer en la playa cuando menos se lo esperara, empapado, con su aspecto de forastero, de yanqui, el short ruso y la sonrisa indescifrable. A pesar de que había desaparecido también el *Mayflower*, era posible que Jafet sólo se hubiera ido hasta Baracoa, o incluso que hubiera dejado el *Mayflower* en Playa Habana y se hubiera llegado hasta Bauta, a cualquier cosa, y eso estaba mal, cierto, pero no tan mal como para alarmarse, porque ahora lo malo se encontraba en el mar, y mientras el muchacho anduviera por la carretera de la playa no había demasiado problema.

Elisa, Olivero y Valeria sí estaban sentados a la mesa. Andrea los había puesto a escoger el arroz del almuerzo, bastante sucio, por cierto, lleno de granos machos, de tierra, de piedras, de semillas.

Mino cantaba:

—*Something in your kiss just told me my sometime is now...*

Versos de una canción de Dean Martin. A Mino, incluso le parecía que lo tenía delante, con Jerry Lewis en *At War with the Army*. Mino cantaba y bebía su café frío y dulce como si tuviera todo el tiempo del mundo para beber su café frío y dulce, cosa que, si no era cierta, casi lo era.

A Vicenta de Paúl, Mamina la había puesto a pelar yucas y a veces, por lo bajo, también ella cantaba con su voz grave y desentonada:

> *There's a beautiful home far over the sea*
> *with mansions of bliss for you and for me,*
> *a beautiful home so wondrously fair*
> *that the Savior for me has gone to prepare.*

Mino, cómplice, miraba a Vicenta de Paúl. Vicenta de Paúl, cómplice, miraba a Mino. Ambos sonreían porque sin duda estaban recordando, y si recordaban, y sonreían porque recordaban, era porque se trataba de tiempos mejores.

Locuaz el Mudo devastaba una vara de yana con una navaja suiza. Se habría dicho que hacía lo mismo que Vicenta de Paúl, y no era cierto, en realidad el muchacho tenía la intención de encontrar el rostro de Jafet en la rama de yana. Ésa era acaso su intención secreta. En ese largo silencio que no era silencio se podían pensar las cosas más atroces o las más alegres, las más confusas y, por qué no, las más descabelladas.

Por eso Olivero dijo:

—Hay países desgraciados y países que no lo son, y la nieve, insisto, tiene mucho que ver con eso. —Lo dijo suave, sereno, como si hiciera una observación sobre cuánto estaba lloviendo—. Sí, hay países infortunados, países infelices y países que no lo son, y esa infelicidad tiene que ver con algo simple y meteorológico: hay países donde nieva y países donde no nieva.

Y al instante, como si quisiera justificar lo que decía, como si sospechara que había dejado escapar una pretendida agudeza que se hallaba cercana de la tontería, levantó la cabeza un tanto avergonzado, y lanzó su habitual risita entre tímida y socarrona.

Vicenta de Paúl dejó de cantar y lo miró con la boca abierta y las cejas levantadas, como si quisiera preguntarle: «¿Vas a seguir con lo mismo?». Pregunta que Andrea de algún modo sí formuló, cuando exclamó:

—Y vuelve Lola con la pianola.

Como el Dios del Antiguo Testamento, el Coronel Jardinero se irguió todo lo que le permitieron su espalda de huesos viejos y encorvados, y pidió, o, mejor dicho, ordenó:

—Olivero, hijo, explícate más, porque aunque me tienes convencido, prefiero que te expliques.

—Sí, querido, continúa —recalcó a su vez Elisa, risueña, compasiva, indulgente, cansada, y temiéndose lo peor, aun cuando la expresión beatífica de su cara no lo dijera.

La mirada que todos le dirigieron avergonzó aún más a Olivero. Se avergonzó, pero no se calló.

—Que sí, que hay países desgraciados y países que no lo son, y lo que quiero decir no es tan simple, o puede que sí, que se trate de algo sencillo que es al mismo tiempo difícil de explicar.

Cada uno había dejado de hacer lo que hacía, y lo miraron, conminándolo a que continuara.

—Pienso que de todos los países posibles, a nosotros, los que estamos aquí, por algún destino misterioso, nos ha tocado vivir en éste, que es un país desgraciado, de los más desgraciados, y sospecho que eso debe tener una explicación.

—No te entiendo —declaró Elisa, que lo entendía perfectamente. Continuaba sonriendo y también se la veía preocupada, y había perdido el rasgo de indulgencia de su sonrisa.

Olivero suspiró. Tenía la boca abierta como si hubiera hecho un gran esfuerzo y necesitara mucho aire para continuar. Pareció concentrarse en el montón de arroz sucio que tenía delante y luego preguntó:

—¿Sabe alguien quién fue Charles-Louis de Secondat, señor de la Brède y barón de Montesquieu?

Todos volvieron a levantar los ojos con sorpresa, con sorna, con alarma, con severidad, con miedo y asombro. Era posible descubrir, en esas miradas, mucho de burla. También suficiente zozobra y aprensión.

—Sí —interrumpió Olivero serio, envalentonado—, noble, escritor y jurista, francés, de Burdeos, de Aquitania, anterior a aquella Revolución desafortunada como todas, que escribió un libro extraordinario, *El espíritu de las leyes*.

El Coronel Jardinero dejó el saco con la hierba de la vaca y se acercó a la mesa, encorvado y lento, como el Dios del Antiguo Testamento.

—Muchacho —dijo—, yo no sé si te has enterado de que hay un ciclón y de que es probable que esta casa se venga abajo.

Olivero continuó sin hacer caso.

—En *El espíritu de las leyes*, el barón se propuso establecer una especie de mecánica, de física, por decirlo así, de las sociedades humanas. Observó las sociedades, y partió de los hechos al observar las sociedades, e intentó establecer leyes en los hechos que veía.

Andrea por fin dejó de secar el agua que entraba por las hendijas de las ventanas, se aproximó a la mesa y preguntó:

—¿Por qué no dices de una vez lo que de verdad quieres decir?

Olivero bajó los ojos, fingió que se concentraba en el arroz por escoger.

—El señor de la Brède y barón de Montesquieu explicó que en las regiones cálidas del mundo, en particular las del sur, el calor volvía a la gente perezosa, indolente. Según él, hasta podría ser lícito autorizar la esclavitud si con ella se conseguía que trabajaran esos apáticos habitantes de los países calurosos. También recomendó el barón que en esos países se instaurara el despotismo y la represión de los derechos políticos, porque sólo así la gente terminaba siendo capaz de trabajar. Y declaró, incluso, que en esos lugares de calor la esclavitud no dañaba la vida, sino que la mejoraba.

El viento embistió las ventanas. Las ventanas se estremecieron, parecía que quisieran abrirse. La lluvia que golpeaba las maderas nobles de Oregón como si alguien se dedicara a martillar techos y paredes. Lo mismo, más o menos, que debieron de sentir Noé y su familia mientras atravesaba la furia de las aguas en un barquito de tres pisos y ciento treinta y cinco metros de largo por veintidós de ancho.

—Qué antiguo y retrógrado eres —respondió Elisa—. Este país... —agregó con rabia, y golpeó la mesa con el índice, como si la mesa fuera todo el país.

Durante segundos de silencio, quedó golpeando la mesa con el índice, la frase sin completar. La frase se completó con el silencio. Luego, ella dijo:

–Este país ha sido infeliz y también ha sido feliz. –Y su mirada se volvió desafiante–. ¿No se acuerdan de la satisfacción que sentimos todos aquel primero de enero de 1959?

Y no se supo por qué se dirigió a cada uno de los allí presentes, cuando se suponía que estaba respondiendo a Olivero.

Y algo sucedió. Para Olivero, tan perceptivo, fue como si en el comedor hubiera caído un rayo invisible y fulminante. De repente, nadie se acordó de que él existía. La atención se desplazó hacia Elisa, que se enderezó en la silla. Su mirada, serena y firme, fue la de alguien que comenzaba a sentir que descargaba un peso, como si hubiera dicho lo que hacía mucho que necesitaba decir, y ahora no parecía dispuesta a dejarse sorprender por ningún golpe artero o violento, viniera de donde viniera.

El primero en moverse fue el Coronel. Tomó un taburete, volvió el espaldar hacia la mesa, se sentó allí, a horcajadas, frente a Elisa. Nadie lo miro, y daba igual.

Mamina se secó las manos en el delantal y preguntó:

–¿Alguien quiere otro jarro de leche?

Todos supieron que Mamina había preguntado por preguntar, que su pregunta resultaba tan ineficaz como si con ella hubiera querido detener la tormenta.

El Coronel miró a Elisa, levantó el dedo y le pidió dulce, sonriente:

–¿Por qué no repites lo que has dicho?

No devolvió la mirada a su padre. Elisa también sonrió.

–He preguntado a Olivero si no recuerda la satisfacción que sentimos todos aquel primero de enero de 1959.

–Y ese «todos», muchachita –preguntó el padre–, ¿me incluye a mí?

–No, papá –respondió Elisa contenida–, no te incluye, no tenía intención de incluirte.

—Entonces, mi querida niña, no debías haber dicho «todos», sino «algunos», porque «algunos» tiene la extraordinaria virtud de excluir a los que no sentimos ninguna dicha ni el día 1, ni el 2, ni el 3, ni el 4, y mucho menos el 8 de enero, ni ningún otro día desde aquel terrible 1959, el verdadero año del demonio, hasta hoy, hasta este ciclón de hoy, dieciocho años después.

Elisa no dejó de sonreír. Levantó las manos, como si escribiera palabras en el aire, volvió las palmas hacia su padre, acaso pidiendo calma, una tregua.

—Tú también debías haberte sentido dichoso, papá.

—¿Se puede saber por qué?

Elisa afirmó una vez más con la cabeza, como solía hacerlo su madre.

—Porque, sin que te dieras cuenta, incluso a pesar tuyo, aquél fue también un buen día para ti.

—¿Qué quieres decir con que «no me di cuenta», que soy idiota?

—Un idiota, no; un hombre cargado de prejuicios, sí.

—¿Y a qué llamas tú prejuicios?, ¿a que no me gusten los dictadores, a que no me gusten los hijoeputas caciques que nos han hecho la vida imposible?

Elisa dejó de sonreír. Mantuvo, en apariencia, la serenidad. Se notaba, eso sí, que la mantenía con esfuerzo. Su mirada, que intentaba ser irónica, era, al mismo tiempo y por primera vez, violenta. Había temblor en su voz, y también en sus manos, un temblor de ira cuando preguntó:

—¿No te gustan los dictadores, papá, de verdad, nunca te han gustado?

—¡Elisa! —Andrea levantó los brazos, y no suspiró cuando intentó poner orden—. ¡José de Lourdes, Elisa, por favor, no se puede...!

Ninguno de los dos pareció hacer caso de la súplica de Andrea.

—Elisa, sí señor, mi nombre —dijo Elisa—, has hecho bien en recordarme cómo me llamo, ¿por qué me inscribieron con ese nombre, Elisa Godínez? ¿No era el nombre de la primera esposa de un dictador? ¿No me llamaron Elisa para congraciarse con el dictador y su primera dama? ¿Y quién me bautizó?, ¿quiénes son, o eran, mis padrinos, los que me llevaron a la pila bautismal en aquella iglesita de Nuestra Señora de la Candelaria del Wajai? ¿No me bautizaron acaso el señor Fulgencio Batista y la distinguida primera dama, Elisa Godínez?

El ojo sano del Coronel, con tonos amarillos, pareció rejuvenecido, refulgió como una moneda, y volvió a ser capaz de recordar, otra vez, el ojo de un galán de cine llamado Douglas Fairbanks Jr. La voz de bajo se tornó melodiosa cuando aclaró:

—Te equivocas, querida niña, hay un sorprendente error histórico en tus apreciaciones. Y si te voy a ser sincero, resulta extraño que te equivoques, tú, que tanto sabes de tantas cosas... Debo recordarte que en el año 34, año en que tú naciste, el coronel Fulgencio Batista no era todavía «dictador». Era un hombre que había luchado por derribar a Machado. Un año antes de tu nacimiento...

—¡Papá! —intentó interrumpirlo Elisa—, no seas...

El Coronel continuó como si no hubiera escuchado su intento de protesta.

—Sólo un año antes ostentaba todavía el grado de sargento. Un sargento que se había alzado con otros tres sargentos para restituir, precisamente, la democracia perdida. Y en cuanto a la señora Elisa Godínez, la primera dama de la que hablas, era una sencilla señora del Wajai, bastante pobre, por cierto, que se había ganado la vida lavando y planchando para la calle. Así que cuando te bautizaron en la iglesita de la Candelaria, él acababa de ser nombrado coronel y jefe del ejército, y aún se le conocía por Mulato Lindo, y no había tenido tiempo de convertirse en el dictador que dices. Mientras que ella, Elisa, cuyo nombre llevas, era una simple esposa.

El ojo sano y rejuvenecido del Coronel estaba fijo en los de su hija. Los de su hija, tan parecidos a los hermosos ojos de Lauren Bacall, estaban fijos en el ojo amarillo de Douglas Fairbanks Jr. que apareció en el ojo de su padre.

El torbellino de la playa volvió a ser el estrépito principal de la casa. Mamina tenía la frente sudorosa y movía las ascuas. Desapareció entre el humo que se elevaba del fogón. Olivero se dijo que así, entre el humo, aparecía Greta Garbo junto al tren, en *Ana Karenina*, y que Mamina, sin saberlo, estaba parodiando a «la divina» en la película inolvidable, porque en la vida no se hacía otra cosa que parodiar aquello que han creado los grandes. Vicenta de Paúl citó tímida, por lo bajo: *A beautiful home so wondrously fair*. Juan Milagro, como Mamina, también sudaba, tanto que pareció que llegaba del aguacero, y se sorprendió de que Mamina mostrara también la frente sudorosa, porque la vieja no sudaba. Por más calor que hubiera, la piel de negra jamás se humedecía, como si tantos años hubieran secado en ella el sufrimiento del calor y los deseos y las necesidades de sudar. Valeria se volvió hacia el tío Olivero e intentó preguntar con toda la ingenuidad posible:

—¿Es cierto que el barón de Montesquieu...?

Elisa no le permitió continuar. Estaba de pie y miraba a su padre como no lo había mirado nunca. Con voz ronca que tampoco se le había escuchado, exclamó:

—No creo en Dios ni en la gloria, papá, mucho menos en esa ridícula ceremonia del bautismo, y siempre, óyeme bien, siempre me he sentido avergonzada de que un asesino hubiera echado agua en mi cabeza.

En el momento en que Mino se puso de pie, Andrea fue donde su hija. Nada replicó, no pudo replicar, a lo sumo alzó las manos otra vez, como si estuvieran en sus manos las palabras que no acudían a su boca. El Coronel se encogió de hombros y se lamentó en voz tan baja que se precisó de un esfuerzo para escucharlo:

—Lo deploro, Elisita, fue culpa mía y de tu madre que hayas tenido un asesino por padrino. Ojalá pudiéramos haber sabido que iba a ser lo que dices. Ojalá pudiéramos, en este mismo instante, cambiar lo que ya no se puede cambiar. Ahora, la verdad, hay algo que no entiendo y me gustaría que me explicaras, ¿qué ciencia tan benévola te permite odiar a un asesino y admirar a otro?

—¿Cuál es el «otro», a qué «otro asesino» te refieres?

—Hay muchos asesinos sueltos y poderosos, asesinos que tú admiras.

—Yo no admiro a ningún asesino.

—Quieres tapar el sol con un dedo, hija mía, conoces bien la historia de Cuba.

—Aquí ha habido una revolución para acabar con las injusticias, papá, vivíamos en el traspatio de los Estados Unidos... y ahora y por suerte...

—Hija, por Dios —la detuvo el Coronel con un teatral gesto de asco—, es grotesco y parece mentira que, en la cocina de tu 'casa, con tu familia, en medio de un ciclón, y con la angustia de no saber dónde está el hijo de tu hermana, hables como en una asamblea del partido comunista... ¡De modo que el bautismo es para ti la única ceremonia ridícula!

Olivero miró a Vicenta de Paúl. Vicenta de Paúl miró a Olivero. Ambos miraron a Elisa. Olivero y Vicenta de Paúl se dieron cuenta de que la propia Elisa se había ruborizado por lo que había dicho. La descubrieron indignada, también titubeante. Tenía el aire de quien creía dominar las razones que debía defender, e ignoraba, al mismo tiempo, cómo hacerlo. «No es frecuente que Elisa se desconcierte», pensó Olivero. «No es frecuente que Elisa se permita mostrarse desconcertada», pensó Vicenta de Paúl. Y el Coronel, que pareció descubrir el desasosiego de la hija, atacó de nuevo con idéntica voz:

—Háblale de igualdad a tu tío Mino, que tantos años de esfuerzos perdió cuando le robaron el Illinois. Háblale de igualdad a Olivero, ¿o se te olvidó que a Olivero lo enviaron a un campo de concentración? —El Coronel, que alguna sabiduría dramática poseía, se permitió una pausa—. ¿Se merecía tu primo Olivero el campo de concentración? ¿Tenía, di la verdad, algún defecto que le impidiera ser igual, como tú te cansas de decir, un defecto que debía ser enmendado con la reeducación en un campo de trabajos forzados?

—Una revolución siempre implica riesgos, transgresiones, confusión. En toda revolución se cometen errores. Es inevitable.

—Errores, confusiones, sí señor. Cuando esos errores y confusiones los comete otro, se llaman asesinatos. Elisa: ¿dónde está Jafet? Ve y háblale de igualdad a Jafet. ¿Dónde está tu sobrino, Elisa? ¿Nunca viste cómo se paraba en la playa a mirar hacia allá, hacia el horizonte, hacia ese Norte que tú repudias? Por favor, hija, dime, ¿dónde está Jafet?, ¿adónde ha ido en un bote que tiene más años que tú?

Elisa volvió a sentarse. Echó hacia atrás la cabeza, como si buscara en el techo las razones que necesitaba para responder a su padre.

—¡Revolución! Vaya palabra. Hasta dónde yo sé, revolución significa cambio, y aquí el único cambio es el deterioro de las cosas. Ningún cambio, porque a las dictaduras no les gustan. Prefieren que todo esté quieto, paralizado. Las tiranías prefieren la muerte a la vida, se alimentan de la inmovilidad. No quieren que nada se mueva, respire o piense. —Hizo una pausa y clavó su único ojo en cada uno de los presentes—. Observa un detalle, Elisa, hemos mencionado el nombre de tu padrino. Hemos dicho: ¡Fulgencio Batista!, como si tal cosa. Pero hay nombres que ni siquiera aquí, en nuestra casa, que es una casa perdida en una playa, nos atrevemos a mencionar. Incluso aquí, en la cocina de esta casa, que es la nuestra, tenemos miedo.

Elisa vaciló y bajó la cabeza.

—No entiendes, papá, nunca entendiste, y es extraño, porque eres un hombre bueno.

—¿Qué más tengo que entender? Ese hombre que admiras y que según tú no ha asesinado a nadie, fue gángster, perteneció al «bonche» universitario. Y llegará el día en que se sepa cuántos asesinatos se habrán cometido en nombre de la libertad.

—La justicia social impone sus leyes —susurró Elisa, tan susurrante que el Coronel no la escuchó.

—Ya entendí bastante, hija. Antes estábamos, según tú, en manos de un imperio llamado Estados Unidos. Hoy estamos en manos de otro imperio llamado Unión Soviética. Antes nos dirigía, desde Washington, un presidente. Ahora nos dirige, desde Moscú, un zar. Un zar, sí, aunque esté vestido de *mujik*. Este país va camino de la ruina, eso es lo único que hay que entender. Hace años había riqueza y pobreza, justicia e injusticia; hoy todo se va convirtiendo en pobreza, pobreza para todos, y una injusticia enorme enorme y enorme y enorme, una justicia que alcanza a bastante pocos.

—¡No es así, papá! Antes sólo unos pocos vivían, los demás. Sabes que aquí hubo gente que murió de hambre...

—Mejor morir de hambre que de miedo.

—Frases, simples frases, papá.

—A este miedo, ¿le llamas tú vivir? Este miedo que todos tenemos, ¿es la justicia de la que hablas?

—La libertad hay que defenderla.

—Valiente libertad que levanta muros para defender la libertad que pregona. ¡Vaya porquería!

—Éste es un país en guerra, un país en guerra con ese otro país del Norte que tú admiras.

—¡No jodas, Elisa, qué guerra ni qué niño muerto! Esa guerra es el mejor invento para mantener los muros bien altos y que estemos todos quietecitos y en silencio, como cadáveres. ¿Sabes lo que le recomendó a su hijo un emperador romano llamado

Septimio Severo cuando estaba en su lecho de muerte? «Hijo, si quieres ser un buen emperador, contenta a los soldados y olvídate de lo demás.»

—Justo lo que han hecho los tiranuelos de las repúblicas bananeras. Si pudiera, ese gigante tan admirado por ti, ese Norte al que dices que huyó mi sobrino, nos devoraría como devoraron a Puerto Rico.

—Es que te oigo y no lo creo, Elisita. No puede ser que hables, tú, mi querida Elisa, siempre tan culta, tan elegante, con frases de manual leninista. Pues mira, no estaría mal, digo yo, que fuéramos como Puerto Rico, por lo menos disfrutaríamos de una democracia, y tendríamos leyes, y seríamos personas que suben a un avión y se largan a la Conchinchina si les da la gana.

—¿No te importa ser libre?

—Al contrario, me importa. Y mucho. Quiero ser libre. Pero no quiero que vengan los comandantes con afán de poder, con el único afán de su poder, fingiendo que buscan mi bienestar, que me encadenan por mi bien. No me parece justo que me llenen de cadenas, me escondan en un calabozo y para colmo deba agradecerlo, porque se trata de mi bienestar. Preferiría que...

El Coronel no pudo o no quiso terminar la frase. Elisa no respondió. No podía responder. Pensó que su padre le había tendido una trampa y ella había caído mansa, sin darse cuenta. Se percataba de que, al descalificar su retórica, cuanto ella dijera sonaría hueco, a manual leninista, como él había dicho. Y se sintió impotente. Negó con furia. Abrió la boca como si fuera a gritar. No gritó. Tenía los ojos enrojecidos. Mamina fue donde ella, le acarició la cabeza.

—Hija, tú lo vivirás, yo no, por suerte —dijo el Coronel con voz suave—. La catástrofe es cada vez más evidente, y habrá un día en que no tendrá vuelta atrás. No te dejes engañar por frases amables, por himnos ridículos, por lemas no menos ridículos, por consignas a propósito de la justicia social. Tú sabes lo que es la democracia, no tengo que decírtelo. Es la única posibilidad de que vivamos como Dios manda.

Andrea golpeó la mesa con resolución, con furia.

—¡Dios no tiene aquí nada que hacer! —dijo sin suspirar ni afirmar—. Los oigo y me parece mentira. ¡El padre y la hija! Discutiendo así, cuando lo que de verdad importa ahora es que Jafet no está. ¿Se han dado cuenta de lo que significa? No está. ¡Jafet no está! Ni él ni el bote. Que pensemos en él, que lo busquemos es lo único que Dios manda. Tú, Elisa, por favor, no defiendas lo indefendible, ni tú misma crees en lo que estás diciendo. ¡Libertad! Puta palabra. ¿Qué libertad, hija, de qué coño estás hablando? Ahora mismo, en nombre de la libertad, estamos presos en esta isla, y eso tú lo sabes tanto como nosotros por más que nos engañes y quieras engañarnos. Lo tuyo es irle a la contraria a tu padre. —Golpeó de nuevo la mesa y se volvió hacia el Coronel, apuntándolo con el dedo—: Y tú, José de Lourdes, tampoco defiendas lo que no tiene defensa. ¿O es que te vamos a creer que antes vivíamos en el paraíso? ¿Olvidaste la cantidad de bandidos que se instalaron en el Palacio Presidencial? ¿Olvidaste quién era Tiburón, el chino Zayas, Machado, Grau San Martín, Prío Socarrás? ¿En qué porquería de país hemos vivido? ¿Cuándo esta puñetera isla ha sido feliz? Paraíso, ninguno, ni antes ni ahora. ¿Y vas a decirnos que el Norte es la solución? Si es así, ¿por qué no te largaste con tu hija Amalia, que debe estar dormida ahora mismo en medio del sueño americano...? Ni tú tienes razón, Elisa. Ni tú tampoco, José de Lourdes. Los dos olvidan que este espanto que hoy vivimos es única consecuencia del espanto y la podredumbre que vivimos ayer. Y este horror que estamos sufriendo es el final de un camino que empezó en 1902, tal vez antes, en 1895. —Hizo una pausa para suspirar y cerrar los ojos—: Estoy harta, óiganme bien, ¡harta!, de mediar entre ustedes. Y lo único que me importa ahora es que mi nieto, el hijo de mi hija suicida, se ha embarcado en un bote, ¡otro suicidio!, y se ha largado en busca de un sueño que ninguno de los aquí presentes supimos descubrir.

Hubo un largo silencio, obstinado como la lluvia.

—El arroz está limpio —se escuchó al cabo.

Era la voz apocada de Vicenta de Paúl.

—Voy a poner el arroz, así podremos comer temprano —dijo Mamina, y regresó al fogón cubierto de humo. Y agregó—: Si alguien quiere un poco de leche, no tiene más que decirlo.

## Siempre llega un momento...

Un gran decaimiento, una debilidad que nunca antes ha sentido, y de inmediato, la inevitable punzada en el vientre. Lo abandonan las fuerzas, todas, las buenas y las malas fuerzas que se hallan dentro de él. Olivero piensa: «Si me levanto, tal vez tenga tiempo de llegar al baño». Sólo lo piensa porque no puede levantarse. Ha escuchado las voces de Elisa y del Coronel como si de repente se hubieran alejado, como si hubieran salido del bungalow y gritaran desde el viejo muelle. Como si se retiraran lejos, mar afuera y en la casa sólo quedara el eco de las voces.

—Debo dominar este dolor —dice. Cree que, a diferencia de Elisa y del Coronel, habla bajo, para sí mismo—. Debo dominar este dolor —repite—. Si respiro fuerte y me concentro en otra cosa, en el fogón, por ejemplo, en el brillo de las ascuas encendidas, lograré controlar la punzada y la mierda. —Y cree que reúne fuerzas. Intenta, incluso, erguirse en la silla, como si nada pasara—. Por favor.

Un hilo de voz, como se dice: la voz al fin y al cabo que puede reunir.

¿Nadie lo escucha?

Está en la cocina. A su alrededor, la familia. Y de cualquier modo, ¡qué alivio sentir el latido de las tripas, el dolor intenso, y, de inmediato, la sensación hirviente, el agua espesa, pesada y blanda, apestosa, que sale, o corre, de su cuerpo y se descompone, se esparce, calurosa, sin ruido, entre sus muslos y la silla! Una vez más, como si se vaciara por dentro. Como si todo el amasijo de sus tripas se dispersara junto con la mierda.

Está sentado y no ha visto la mierda, pero eso no le impide saber que es un líquido negro (la negrura de la sangre digerida, se dice) que contiene algo que semejan grumos sanguinolentos. No sabe cuánto tiempo transcurre. Ignora qué hora es y dónde está. Al cabo, como si volviera de un rápido viaje, se percata de que Elisa y el Coronel enmudecen, han dejado de discutir, de que todos lo miran. Una especie de terror contenido en los ojos que lo miran. Mamina y Andrea están junto a él. Juan Milagro lo alza. Olivero se siente alzado por los sobacos como si su cuerpo no pesara. Tiene conciencia de que Juan Milagro lo carga, lo saca de la cocina. Y sabe, también, que la mierda va dejando un rastro.

—El rastro de mierda, la peste de la mierda, esa trama de mierda que voy dejando detrás de mí —sigue diciendo— es la prueba de mi existencia, es el mejor testimonio de que yo he estado en esta cocina y en este mundo, y es la prueba de que ahora me llevan hacia el cuarto, hacia el baño, hacia un lugar más grande y mejor, donde la mierda no sea un suceso fastidioso y grotesco, es que una cocina..., una cocina no es el mejor sitio donde pueda uno cagarse.

Y qué más da. Nada le importa. Siempre llega un momento en que se terminan la vanidad, el empaque, el orgullo. Siempre llega un momento en que uno se caga delante de los otros y termina con el artificio.

—Sí, me cagué —reconoce Olivero y sonríe—, me cagué y cagué la cocina, y qué horror y qué peste.

Y ríe, liviano entre los brazos de este mulato poderoso que se llama Juan Milagro.

Y no sólo va cargado, no sólo se siente ingrávido, encogido como un niño, sino que por fortuna el dolor se aleja de su cuerpo. El dolor, por fortuna, también ha desaparecido. Como si hubiera escapado junto con la sangre digerida y con la mierda.

## Los tomeguines

Renqueando, golpeando el suelo con la vara de yana, levantado por primera vez, al menos en este libro, el parche negro de pirata que ocultaba el párpado vacío, si es que se hubiera podido llamar así —párpado— a ese trozo de piel negra y apergaminada que ocultaba mal la fea oquedad, el Coronel entró en la pajarera, en el antiguo Teatro Olimpia. Los pájaros, que parecían conocer al viejo, que nunca se asustaban con su llegada, esta vez se sobresaltaron.

Encorvado, jadeante, sintiéndose centenario, más débil que nunca, el viejo se detuvo un momento frente a la ventana trancada. El Coronel se dijo que Olivero tenía razón: le hubiera gustado poder abrir la ventana y sorprenderse con la luz matizada de un sol de invierno, y un viento gélido y tranquilo, y encontrar un pacífico paisaje de montañas nevadas, y un gran bosque de abetos, pinos, abedules, algún *cottage* a lo lejos, sí, si acaso algún *cottage*, con una columna blanca de humo saliendo de su chimenea, porque todo *cottage* ha de tener una chimenea. Al fin y al cabo, cualquier paisaje, cualquier cosa antes que ese mar horrendo. Esa asquerosidad de mar que todo lo iba royendo, desgastando, no sólo metales y maderas, sino también sentimientos, sensaciones, recuerdos, deseos, dolores y alma. Ese mar y ese calor eternos, que convertían en roña la bondad y la benevolencia, transformaban lo hermoso en espanto, denigraban cualquier atisbo de intensidad o de grandeza.

El Coronel abrió las puertas de las jaulas. Las dejó abiertas, trabadas con un ganchillo. Los pájaros no sólo no escaparon, sino que revolotearon espantados y se alejaron de las puertas.

—¿Qué les pasa? —preguntó con su vozarrón de bajo—, ¿tan habituados están al encierro que no quieren salir?, ¿también ustedes se han dado cuenta de que la libertad es otra cárcel? —Puso alpiste sobre la antigua mesa de las proyecciones—. ¡Vamos! —gritó—, ¡vengan a comer, vamos!

Los tomeguines parecieron sosegarse sin perder el temor, se agazaparon inmóviles en las jaulas. El Coronel introdujo sus imponentes manos en las jaulas y sacó uno a uno los más de doscientos pájaros.

Sólo entonces, a medida que el Coronel iba abriendo las manos, los pájaros parecieron percatarse de que podían volar con libertad.

De modo que los doscientos cuarenta y un tomeguines (según la cifra improbable) revolotearon frenéticos alrededor del Coronel, y éste, asegurándose de que la puerta estuviera cerrada, se dirigió entonces a la ventana y la desatrancó. La fuerza del viento fue de tal violencia que el Coronel tuvo la impresión de que varios hombres impetuosos habían empujado la ventana desde fuera. Sólo había tenido que quitar la tranca para que la ventana se abriera de golpe. Un remolino de viento y agua entró a la pajarera con un estruendo que fue un grito, un grito como de júbilo. Y desclavó las jaulas, las agitó en el aire, e hizo que los pájaros perdieran el rumbo de sus vuelos, la voluntad de sus alas, y parecieran figuras de papel mojado. El propio Coronel se vio desprovisto de su vara de yana y lanzado contra la pared. La lluvia lo empapó. Algunos pájaros le golpearon el pecho y la cara. El Coronel no supo si eran pájaros muertos o pájaros que morían al golpearlo.

Alertados por el estruendo, los de la casona corrieron hacia el piso alto.

Fue otra vez Juan Milagro quien logró abrir la puerta. También él, con la ayuda de Locuaz el Mudo, consiguió volver a atrancar la ventana, a pesar de las ráfagas de algo que, si no era ya un ciclón, mucho se le parecía.

Las maderas del suelo y de las paredes estaban negras, cubiertas de agua.

Elisa descubrió a su padre empapado, sentado en el suelo. El Coronel le tendió una mano a la hija. En lugar de ayudarlo a incorporarse, ella prefirió sentarse junto a él, junto a las jaulas destrozadas y los pájaros muertos. Se abrazó a su padre. Sintió los latidos del corazón del viejo, y pensó que el corazón de su padre ya no era un corazón, sino algo que carecía de vida, como un pájaro muerto. Él puso una mano sobre la cabeza de la hija.

—Así solía hacerte cuando eras una niña de apenas cinco o seis años, y llorabas cada noche de tanto miedo que le tenías a la oscuridad, a las cosas que, según tú, se ocultaban en la oscuridad.

—¿Te acuerdas de aquel miedo? —preguntó ella.

Y no reveló que aún pensaba que en la oscuridad había demasiadas cosas ocultas e inexplicables y que todavía le daban terror.

## La promesa

Y cuando Juan Milagro salió del antiguo Teatro Olimpia, es decir, de la pajarera, ¿entró al cuarto de Valeria? ¿Estaba ella acostada en el suelo, junto a la cama, con los ojos cerrados y las manos juntas sobre el libro, sobre el mismo ejemplar de *Wise Blood*?

Valeria ha estado esperando a Juan Milagro. Y, como no era para menos, cantaba. Con su voz leve y algo ronca con la que intentaba imitar a Procol Harum, cantaba una de sus canciones preferidas, aquella que la ayudaba siempre que se sentía triste o con miedo, *A Whiter Shade of Pale*. De ahí el aire reverencial con que abrazaba el libro.

Jafet había huido porque estaba hecho para la evasión. En realidad, él nunca estuvo. Y si estuvo, se encargó de demostrar que no sería por demasiado tiempo. Todo en él amenazaba con la ausencia. Ahora le tocaba a ella, a Valeria. Ella también sería una ausencia. En aquella isla las cosas poseían siempre el aire de lo transitorio. Pues, nada, a asumir la transitoriedad.

Era bastante probable que uno de los gatos de Andrea se hubiera echado sobre sus rodillas. Y ella, sin religión y sin supersticiones, que incluso odiaba los gatos, creyó entender un mensaje en el gesto del gato, y por eso no quiso azorarlo.

Supongamos, pues, que la puerta se abrió y volvió a cerrarse. Y supongamos, además, que Valeria ni siquiera se preocupó por estar al tanto de quién entraba.

No hacía falta: lo estaba esperando.

Conocía los pasos de Juan Milagro, porque también ella conocía los pasos de todos los personajes que habitaban aquella casa y que se pasean por este libro (el libro que ella escribirá). Distinguía asimismo, a la perfección, el modo preciso e imperioso que Juan Milagro tenía de moverse por la casa, de abrir y cerrar puertas (aun cuando lo hiciera con toda la suavidad de que era capaz), de tocar todas las cosas, como si todas le pertenecieran, o fueran, al fin y al cabo, a pertenecerle algún día. Nada más opuesto a Jafet. Nadie más alejado de Jafet que Juan Milagro. No sólo porque el uno fuera rubio y el otro mulato, porque la sangre del uno hubiera llegado del norte, de Massachusetts, y la del otro del sureste, del golfo de Guinea. No, nada tenía que ver con el color de la piel. O, en todo caso, era algo que comenzaba por el color de la piel para alcanzar profundidades que mucho se apartaban de esa circunstancia. Jafet, la ausencia. Juan Milagro, la presencia. Si Jafet buscaba huir de las miradas, y dominaba la manera exacta de desaparecer, de esfumarse, de convertirse en humo, Juan Milagro había aprendido el modo de hacerse tangible, de estar siempre presente, de alcanzar una materialidad que mucho tenía de atractiva y de insolente. Con aquel color y aquel tamaño, con el cuerpo de mulato y el tamaño de gigante mulato, no se podía ser más que sólido, escandalosamente presente, autoritario, aun sin quererlo. Dulce y cariñoso y de sobra corpóreo y soberbio, insolente, a pesar de toda la dulzura y el cariño. En él, cada acto resultaba grávido y grande. Nunca, ni dormido, alcanzaba, ni se proponía alcanzar, la ligereza de los fantasmas, la levedad que tanto buscaba y conseguía Jafet. Y también, como era de esperar, los dos hombres iban precedidos y seguidos por un olor diferente. Como Jafet, Juan Milagro tenía un olor especial. El sudor del mulato olía a monte. Juan Milagro olía a lo que Valeria imaginaba cuando imaginaba el monte. Cuando Juan Milagro se aproximaba, Valeria, como por magia, se alejaba del mar y se acercaba al monte. Si ella estaba próxima, como ahora, la joven sentía que la brisa no venía del mar, sino del campo, de una tierra húmeda y antigua, ferrosa, una brisa que tenía que ver con el palmiche, con los marabúes recién cortados, con las yanas, con la hierba y con muchos árboles.

—¿Puedo estar aquí? —debió preguntar él.

Y ella, que lo esperaba, o lo necesitaba, como ya sabemos, debió de echarse a un lado, separar las manos y golpear suave el suelo. Un modo de decirle que sí.

Él pasó el cerrojo a la puerta.

Y podemos estar seguros de que se acostó en el suelo, junto a ella.

Allá afuera, como no podía ser menos, soplaba un viento de furia. Las ráfagas hostigaban la vieja casona. Las ráfagas se ensañan siempre con lo más vulnerable. Es probable que Valeria, al contrario de la casa, se sintiera más segura. Poseemos suficientes indicios para creer que tuvo la certeza de que algo, o mejor dicho, alguien (que no era Dios, y mucho se le parecía Juan Milagro) estaba dispuesto a protegerla. Sí, por primera vez en muchas horas, debió de tener esa certeza.

—¡Qué terrenal eres, Juan Milagro, resistente como un árbol, como una roca!

¿Fue lo que dijo, o fue lo que sólo pensó y no dijo?

En todo caso, espantó al gato. Se dio cuenta de que al gato, al menos, ya no lo necesitaba. No se percató de que el animal, azorado, buscó el abrigo de los pies grandes y descalzos de Juan Milagro. Y el mulato comenzó a explicar:

—Quería que supieras.

No terminó la frase y no hacía falta.

Allá afuera el viento hacía que las palabras no se oyeran o que estuvieran de más.

Valeria ¿abrió los ojos y observó con extrañeza la novela de Flannery O'Connor? ¿La dejó sobre la cama? Y Juan Milagro, ¿tenía los brazos unidos bajo la cabeza y miraba al techo? Continuaba sin camisa, con aquel mecánico de mezclilla, sucio de tierra y arena, ennegrecido por el carbón, recortado al nivel de las rodillas. ¿Miró Valeria sus axilas oscuras, mucho más oscuras que el resto de su cuerpo, con los vellos retorcidos y escasos, y sintió deseos de arrimar su cara a aquella axila, de olerla, de fundirse con el cuerpo del mulato, tan completo, tan seguro de sí, y olvidarse, al menos por el momento, de la fuga de Jafet, del ciclón, de la casa, de la playa, olvidarse de todo, o no olvidarse, sino creer que debía de haber alguna solución para tanto horror?

Es probable que volviera a acostarse y que se apretara al cuerpo de Juan Milagro y sintiera en su mejilla los vellos retorcidos y escasos, y una tenue humedad que olía a sudor, a un sudor mezclado con tizne, con lluvia y con fango. Supuso asimismo que aún quedaba en su cuerpo un olor a mierda, y que era la mierda del tío Olivero. Y de más está decir que no le importó.

—No hay que tener miedo, ningún miedo.

¿Fue eso lo que él dijo? Fue, en todo caso, lo que ella oyó. Valeria negó con la cabeza.

—Ya pasó, no te preocupes, ya pasó, y no tengo miedo. Sólo algo que me preocupa.

Él la miró a los ojos, con mayor seriedad. ¿Desanudó él las manos y la abrazó, le acarició la espalda, la apretó contra su cuerpo? ¿Fue ése el instante en que Valeria supo lo que significaba sentirse segura?

—¿Qué te preocupa?

—Un Estado de África subecuatorial llamado Angola.

No fueron unas simples manos las que acariciaron sus muslos. Fue más bien como si muchas manos estuvieran acariciando sus muslos. Nadie nunca, ninguna mano que no fuera la propia, había llegado tan lejos en su intimidad.

—Saltaremos ese capítulo de la enciclopedia y pasaremos a otro, ya verás, confía en mí —dijo él.

Es previsible que, llegado a ese punto, regresara otra vez el recuerdo del mar, de dos noches atrás, y que ella volviera a ver a Jafet remando y al *Mayflower* alejándose de la orilla.

No obstante, mientras las manos de Juan Milagro descubrían a Valeria los entresijos de su propio cuerpo, algo estaba cambiando en la imagen de Jafet en el mar. ¿Creía ver ahora algo de victorioso en todo aquello? ¿O quizá no fuera el recuerdo el que se transformaba, sino la propia Valeria y su modo de interpretar el recuerdo?

Valeria acarició el pecho duro y suave de Juan Milagro. A lo mejor besó su axila y luego saboreó la delicada humedad, con sabor a tierra, a lluvia, a carbón, que había quedado en sus labios.

—¿Qué significa Angola, dónde está?

Él hizo un gesto con la mano.

—Por allá, por el sur.

—Yo no quiero ir al sur.

—No, tú y yo vamos al Norte.

Y debió de volver su cara hacia ella, con los ojos sombríos, mansos y feroces, lejanamente tristes. Es lícito suponer que los labios de ambos se unieron y que también se unieron sus cuerpos. Él pasó a través de ella con la levedad, la seguridad y la fuerza con que salía de una habitación y entraba en otra. Valeria creyó que su propio cuerpo se había convertido en un recinto, en un lugar.

Y cuando él volvió a hablar, ella no lo escuchó, preocupada por aspirar el aliento, el lejano olor a alcohol y a cigarro del aliento de Juan Milagro.

—El Norte, lo encontraré para ti —recalcó él—, y será tuyo, te lo prometo, y si el *Mayflower* no aparece, yo construiré otro, un *Mayflower* mucho mejor.

—Angola, no.

—Angola, nunca.

Y sin duda, sin escuchar ninguna otra respuesta, ella se dejó besar.

## Muchacho que no sabe qué decir

A Olivero se le puede ver arropado con varias mantas. Mamina le ha puesto, nadie sabe por qué, una bolsa de agua caliente sobre el pecho. Lo han acostado en el sofá de la sala, y eso sí que es apropiado, y está bien, y lo han acomodado con almohadas y cojines. Se le ve pálido. Parece una figura de papel de China que respira con dificultad, o mejor, que finge que respira. Aún tiene un fuerte olor a mierda. Por más que se hayan preocupado por limpiarlo bien y por gastar en él hasta la última gota de la bien guardada agua de colonia 1800, Olivero continúa oliendo a mierda.

A veces, la cara de este señor de cincuenta años (semejante a la de aquel Mario del Monaco que fue su padre, cuando ya su padre no era un sosias de Mario del Monaco, sino de la muerte) se contrae, hace una mueca y no se sabe si es que tiene ganas de reír o de llorar. La boca, así encogida en esa risa, o en esa mueca, emite un breve sonido. Nadie sabe, nadie puede saber, si es una interjección, una palabra, una queja, un modo de blasfemar o de reír.

Sentada a su lado, en un sillón, la tía Elisa es ahora una Lauren Bacall un tanto descuidada, envejecida, decepcionada, en la escena de una película de guerra. Insegura, sin dominar su papel, Elisa sostiene una taza con ambas manos e intenta hacer que Olivero beba alguna pócima compuesta con algo de tilo, anís estrellado, hierbaluisa, hierbabuena, y todo esa mezcolanza que Mamina suele hervir con un poco de miel. Es uno de los cocimientos que la vieja prepara cuando algún miembro de la familia tiene eso que ella llama «algún andancio» y se queja lo mismo de la cabeza, que de un catarro o de mal de estómago. La taza es de las de porcelana de Lenox, en las que el míster mandó grabar, en letras negras y diminutas, *«I am monarch of all I survey»*.

Silencioso y triste, Locuaz el Mudo aparece en la sala. Tal vez no aparece, es probable que ya estuviera allí y nadie se hubiera percatado. El muchacho, la verdad, puede ser tan locuaz como reservado, tan visible como invisible.

El muchacho da algunas vueltas tímidas alrededor de los tíos. Hasta que al fin, con valentía, se detiene ante ellos.

Al parecer, el reloj da cinco campanadas. Eso, como se comprenderá, es imposible. Ya no hay campanadas. Ni cinco, ni seis, ni diez. El viejo reloj de Martí ya no existe. De modo que pueden ser las siete, las ocho, cualquier hora de la tarde, y ninguna campanada, acertada o no, retumbará en la casa.

Todo parece indicar que allá afuera el aguacero se ha intensificado.

—Quería preguntarles —dice Locuaz.

No termina la pregunta. La deja en el aire, como si fuera tan evidente que no hiciera falta enunciarla.

Se sienta en el sofá, a los pies del tío. La pausa que sigue es útil para muchas cosas, como por ejemplo para que *María de Megara*, la perra de Mamina, se acerque arrastrando las tetas y sus años, y se quede ahí, con los ojos nublados y blancos.

A pesar del sonido crecido del agua, es posible oír, en el piso de arriba, el revoloteo de los tomeguines. Cosa también imposible, porque ya no hay tomeguines.

—Quería saber, hace tiempo que estaba por preguntarles...
—vuelve a decir el muchacho.

Y queda otra vez en silencio, como a la espera de una respuesta.

Le parece que la tía lo estudia intrigada. Elisa mira a Locuaz, pero no es intriga lo que hay en su mirada. En realidad, es como si se fijara en el sobrino por primera vez. «Dios mío», piensa Elisa, «cómo se parece a Amalia, nadie se ha parecido tanto a ella cuando tenía quince años, si le pusiéramos el vestido de la fiesta de quince de mi hermana, no sería Locuaz, sería Amalia.» Luego, Elisa mira a Olivero y le toca la frente. No lo hace tanto por saber si tiene fiebre como porque quiere compartir con Olivero el descubrimiento, decirle «Míralo, si es Amalia».

El tío abre los ojos. Sonríe. O lo intenta. Se puede decir que es una sonrisa afable, adolorida y falsa.

—Qué pasa, sobrino. —En ese momento, la voz del tío tiene algo de lejana, es como si no hablara ahora mismo, como si fuera la frase de otro momento; la frase que en otra antigua tarde se le hubiera quedado por decir, y a la que ahora recurre por falta de fuerza o de palabras—. ¿Qué quieres preguntar?

La tía Elisa también sonríe.

—Amalia —dice ella, con una voz tan baja que sólo ella sabe que lo ha dicho.

Locuaz baja los ojos abochornado.

—Nada —se excusa—, en realidad no es nada.

Alza las manos y señala un punto impreciso. Y como comprueba que la tía no lo mira, y que el tío ha vuelto a cerrar los ojos, queda ahí, entre visible e invisible, sentado y confuso, con una brújula en la mano.

## Muerte de Bing Crosby

Como ha llegado la hora de terminar esta historia, no queda otro remedio que dejar constancia aquí de que, aunque en el mundo sucedían cosas más o menos trascendentes, en Cuba tenía lugar el arribo de un ciclón.

Y de cuantas cosas trascendentes que tenían lugar en el mundo, es preciso destacar al menos una.

Porque el «organismo tropical», el «fenómeno atmosférico» (para emplear las palabras que suelen usar los estudiosos, con esa extraña retórica que otorga a la atmósfera las tonalidades ostentosas de lo circense y de lo humano), coincidió con otro suceso, también luctuoso, que, salvo Valeria, los personajes de este libro nunca llegaron a conocer.

El 14 de octubre de 1977, lejos de Cuba, a más de siete mil kilómetros de distancia, en su casa de La Moraleja (elegante barrio de Madrid), murió de un ataque al corazón el *crooner* de los *crooners*, el de las grandes cachimbas, el grandioso hijo de la bahía de Commencement y del río Puyallup.

Cabría imaginar la tristeza que habría provocado en Mino la noticia de la desaparición de Bing Crosby, el otro de sus ídolos.

«La desaparición de aquello que hemos admirado», pensaría y exclamaría Mino, «adelanta la desaparición propia.»

Y alguna razón se deberá conceder a semejante razonamiento, por enfático que parezca.

Asimismo, puesto que los cubanos, provincianos y pueriles, han entendido siempre que las desgracias vividas por ellos son en realidad desgracias mundiales, hasta es probable que Mino pensara en Bing Crosby como en una víctima más del huracán Katherine.

Y la verdad, lo sabemos, resultaba bien distinta, porque Bing Crosby murió tranquilo y con clima propicio, ya que murió jugando al golf. Y no estaba en La Habana, sino en Madrid. Y La Habana sólo era una pequeñísima ciudad en un mundo repleto de ciudades enormes e insignificantes.

En cuanto anocheció, entre las ocho y las ocho y diez de aquel 14 de octubre de 1977, varias horas después de la muerte de Bing Crosby, si se tiene en cuenta la arbitrariedad de los husos horarios, se desató el vendaval en ese lado del mundo. Ya no se pudo hablar de aguacero ni de vientos más o menos rabiosos, sino de huracán. El huracán, por fin, con todas sus consecuencias. Una verdadera, salvaje y lentísima tromba que azotó la Isla Grande por la Ensenada de Cazones, y que, luego de atravesar parte de la provincia de Matanzas y toda la de La Habana de un extremo a otro, buscó salir por Bahía Honda, hacia las cálidas aguas del Golfo.

Algunas horas después, penetró por las tierras bajas del Mississippi y por allí se perdió, por algún punto impreciso del delta. O sea que en los campos anchurosos de la Luisiana, de Texas o de Arkansas aceptó deponer la violencia. Esperó a alcanzar tierra firme para aceptar su derrota, sólo en tierra firme acabó convertido en aquello que al principio había comenzado siendo: una lluvia sin ventarrones ni consecuencias.

Envío
Luces del Norte

No sabes lo que es avistar una tierra y entornar los ojos cada vez para hacerse la ilusión.

Cesare Pavese, *Diálogos con Leucò*

De pronto le llegó algo junto con el aire..., como un mensaje de la ciudad... o de alguien que al parecer vivía allí. Sin duda era un repique de campanas, la voz de la ciudad, tenue y musical, que decía: ¡Qué felices somos aquí!

Thomas Hardy, *Jude el oscuro*

Ésta es una escena por la que un marinero [daría sus ojos.

Elizabeth Bishop,
«El iceberg imaginario»

*Será en un futuro lejano. O no tan lejano. ¿Quién se atreve a legitimar cuándo es cercano o lejano el futuro en los límites de una vida? Será (eso sí parece posible asegurarlo) durante un invierno fascinante y blanco, nevado como todos los inviernos. En Nueva York y junto a la única fotografía de Jafet, al pie de la ventana del pequeño apartamento del Upper West Side.*

*Rodeada de buenos libros, escuchando el maravilloso alarido de Elmore James y la voz prodigiosa de Bessie Smith, frente a una taza de café fuerte y con azúcar, Valeria se dispondrá a imaginar situaciones y conflictos. Y comenzará a escribir este libro, lo que será la historia de una vieja casa de madera frente al mar, así como la historia de una o varias huidas, de un ciclón y de algunos fantasmas.*

Una simple exclamación y los tomeguines despiertan revoloteando bajo los mantos negros que cubren las jaulas. Acostumbrados como están a los rumores de la casa, al crujido de los techos, al retumbar de las maderas, a los fragores de una cotidianidad exaltada y bulliciosa, los pájaros del Coronel Jardinero sólo se animan si descubren en las voces de la noche un tono impropio, un acento fuera de los habituales acentos de la casa. Y Jafet, que entiende a los pájaros y que, tanto como ellos, domina las extrañezas de la casa, queda inmóvil frente a la ventana que ha logrado abrir con sigilo, porque es un mago abriendo puertas y ventanas y volviendo a cerrarlas sin que los demás se percaten.

No le importan los pájaros. Su interés se concentra en el abuelo. Hay que tener cuidado con los locos, y con los viejos si son locos. Jafet no entiende ese celo que pone el abuelo por salvaguardar la casa, pues no es que la casa se halle en vías de extinción, es que ya se extinguió.

Por insólito que parezca, todo en el bungalow posee una rara precisión. El despertar de los tomeguines, por ejemplo, provoca el despertar del Coronel, sus hábiles pasos de viejo torpe, el vozarrón profundo y arisco, los gestos de mandamás. Cada señal dispara de inmediato la inequívoca alarma de cada uno de los mecanismos de la casa.

Jafet vuelve a cerrar la ventana y también los ojos, y trata de concentrarse.

¿Podrá, con ese acto, borrar el grito y apaciguar la alarma de los pájaros? Habrá que esperar, no queda más remedio.

Escucha al viejo calmar a los pájaros. Es la voz ronca del viejo fumador, y el cariño que sólo reserva para ellos. Los arrulla como con una extraña nana. Y los tomeguines vuelven a apaciguarse con los requiebros de esa voz, que busca aire para cada palabra, que parece escapar desde un par de pulmones vacíos. El muchacho sabe que en el viejo quedará la inquietud, como quedan en el agua las ondas después de la pedrada.

Se echa en la cama, cubierta por el mosquitero, y se finge dormido. Es fácil: muchas veces ha fingido que duerme, o que no entiende, o que está junto a los otros sin estar junto a los otros. Hacerse invisible es sencillo para Jafet.

Por el retumbo de los pasos sabe que el viejo no sube a la torre y siente alivio y cree entender que ahora el viejo se dirige al salón principal. Con toda seguridad el viejo anda buscando en los rincones la causa del alboroto de los tomeguines.

Cuando la casa vuelve al silencio, no es ningún silencio, sino el rechinar de las maderas y un silbido de ráfagas. Por buen tiempo que haya, el silencio de la casa tiene siempre el valor de las velas henchidas, del crujido de las traviesas y del oleaje.

El bungalow regresa al consumado bochorno de la madrugada interminable de este octubre amenazante, como todos los octubres. Es fuerte el olor de la casa dormida. El olor de los sueños, de las pesadillas, de los tomeguines, de los gatos, de la mierda, de las algas podridas, del salitre, de los peces vivos, de los muertos, de los mangles cortados, del carbón, del café, del sudor, de otras horas y días. Olor de las presencias, de las ausencias y de los náufragos, que comían pescado crudo y descompuesto, y de otras almas perdidas y sufridoras.

A Jafet le resulta fácil sentir, cerca de él, la desnudez sudorosa de Locuaz el Mudo. Adivina el resuello de su dormida pacífica, siempre delicada. Locuaz, muchacho, doncella en cuerpo de doncel. Locuaz, el masculino Locuaz, más complicado, enigmático y femenino que Valeria.

Jafet aparta el mosquitero, abandona la cama y va a la ventana. Con el cuidado de un joyero, la vuelve a abrir. A pesar de las nubes bajas, de la consistencia de la noche, logra divisar en el mar el lejano brillo de los cayos. Un fulgor, sólo eso. Con falsa ingenuidad, con miedo aparente, se pregunta: «¿Y si las luces no son de los cayos sino reflejos de los candiles de los botes en faena?». Y, la verdad, y como se aclara de inmediato, y con conocimiento de causa, es de todo punto improbable que los botes rudimentarios de los pescadores de Baracoa, que no se dedican a la captura en grande, sino a la pesca con palangre de algún par de jureles para la cazuela propia, se aventuren tan al oeste, hacia el abanico inseguro de la playa, en noche tramposa, peligrosa, como aquélla, llena de azares y de lluvias, de aguaceros por llegar.

Si algo Jafet conoce en este mundo son las luces.

Las advirtió por primera vez diez años atrás. Se hubiera podido decir que desde niño tuvo una fantástica sensibilidad para descubrir y relacionar las luces que despiertan y brillan en los horizontes de las noches. No las estrellas. O no sólo las estrellas. Sino las luces del mar, que son más complicadas. Tan así que el propio Coronel Jardinero, siempre vigilante, como el desquiciado comandante de un barco a la deriva, suele llamarlo para saber qué se ve más allá, en los prolongados secretos del golfo. En esos casos, el muchacho nunca titubea. Nunca se equivoca: carguero con rumbo a Veracruz; petrolero que regresa a La Habana; crucero habitual de New Orleans; diecisiete balandros que faenan; arenero que vuelve a Varadero; dos motoras de los guardacostas; velero de turismo; balsas perdidas, desviadas de su ruta.

En la casa, todos quedan pasmados con la habilidad del muchacho. Descubrir luces. De Cayo Hueso, de New Orleans, de Pensacola o de Tampa.

Una madrugada subió al techo intrigado por un golpe repetido. Algo había interrumpido su sueño. Algo percutía en las tejas con la obstinación de un código, de un aviso, de un sistema de señales. Fue fácil subir al techo desde la torre que había sido, en otros lejanísimos tiempos, el antiguo observatorio meteorológico, el cuarto que Jafet compartía, y comparte, con Locuaz el Mudo. Las ventanas, abiertas hacia afuera, hacia la playa, han sido construidas con fuertes travesaños que pueden servir de escalerilla. Con habilidad, con un poco de maña y otro poco de voluntad y de fuerza, se puede saltar luego el canal de desagüe, y, con mayor habilidad aún, caminar por las tejas para no quebrar las cerámicas antiguas y disminuidas por soles de miedo y noches tenebrosas.

Aquella noche, Jafet descubrió, junto a la veleta que giraba enloquecida, faltos de rumbo, un pájaro enorme, blanco, de pico resistente y oscuro, en forma de gancho, y cuyas alas terminaban en manchas negras. Debía de alcanzar más de tres metros de envergadura. El blanco del pájaro refulgía en la noche como si tuviera luz en el cuerpo. Una luz que saliera desde el buche y atravesara las plumas. También brillaban los ojos, redondos, excesivamente diminutos para pertenecer a un pájaro tan grande. Una sepia medio descompuesta, comprobó Jafet, era la razón de su picotear en el tejado. Y el picotear incesante, lo que él había entendido como un código de señales. La actitud del pájaro hacia el intruso fue hostil, amenazadora. Ni a los animales ni a los hombres les gusta que amenacen su comida. También resultaba extraño aquel pájaro, no sólo por su tamaño, sino porque los pájaros no suelen volar ni comer peces en la noche. El niño se llevó un gran susto cuando el animal batió las enormes alas y cayó sentado sobre las tejas, protegiéndose los ojos. Durante segundos, pájaro y niño parecieron estudiarse con cuidado. El pájaro volvió luego a aletear con fiereza, irguió su cuello corto, y avanzó torpe hacia Jafet. A pesar del miedo, los ridículos pasos provocaron la risa del muchacho. Las patas precarias, terminadas en garras formidables, se movían sin gracia. La carcajada breve y salvadora fue la que detuvo al pájaro. Nervioso, como si entendiera, el pájaro movió la cabeza. Pareció atisbar el mar y la noche. La veleta no dejaba de girar y lo distrajo otros segundos. Buscó después la sepia y, con velocidad increíble, se la llevó en el pico. Remontó el vuelo.

Jafet reparó admirado en el vuelo elegante del pájaro.

Sin levantarse, sorprendido y asustado aún, Jafet observó el trazo esplendente del vuelo del pájaro. Lo maravilló el modo sutil que tuvo de confundirse con otras luces, con estrellas y con barcos.

Y fue entonces cuando, buscando al pájaro en el horizonte difuso, descubrió las luces lejanas, parpadeantes y promisorias. Luces de alguna ciudad. De Cayo Hueso, de New Orleans, de Pensacola, de Saint Petersburg, de Tampa.

En realidad, si se sigue el orden natural de la historia, el nombre vino muchos días después. De primer momento, Jafet sí creyó intuir que las luces del horizonte nada tenían que ver con travesías, terrestres o astrales. No eran luces en movimiento, luces de tránsito: faroles, lámparas, fanales estables, luces definitivas, de permanencia, de estadía. A veces hacia el noroeste, a veces hacia el nordeste: siempre hacia el Norte, anunciaban fijeza y destino. Y puede que también esta percepción fuera posterior (observación, reflexión, aprendizaje de años), tranquilidad, placer, alegría, buen vivir, o lo que significaba lo mismo, buen sueño, buen trabajo, buen tiempo, buena mesa.

¿Cayo Hueso, New Orleans, Pensacola, Saint Petersburg, Tampa?

La Tierra Prometida. Así solía llamar el Coronel Jardinero las tierras que se abrían, como ofrendas, al otro lado de la Corriente del Golfo.

Como en otros tantos casos, también estos nombres del Norte habían sido revelados por el tío Olivero. Fue un domingo en que señaló hacia el noroeste y contó su viaje (sin duda falso) a New Orleans, a bordo del *Wizard Island*. Un viaje en el que el tío dijo haber sido acompañado por delfines, hasta la entrada misma del Delta. Verdad o mentira, el tío contaba haber llegado a New Orleans en martes de Carnaval, el *Mardi Gras*, la noche del mayor desenfreno. Y para Jafet carecía de importancia que el tío estuviera mintiendo. Lo importante era que había una ciudad llamada New Orleans y un día de carnaval, el *Mardi Gras*. Lo notable: existían otras ciudades como Pensacola, Tampa, Saint Petersburg, Cayo Hueso, y un río navegable como el Mississippi, por el que uno podía perderse sobre una balsa, con un negro maravilloso llamado Jim.

Y lo notable, también, había sido el enorme pájaro que al volar había descubierto las luces. Y, a diferencia del pájaro, las luces se habían quedado allí en el horizonte de cada noche. Para siempre.

Habría que tener, al menos, la precaución de llamar «para siempre» a cuanto aconteció hasta la noche de octubre a lo largo de diez años inmensos, de las muchas horas de noches lentas, que habían conducido a esta precisa madrugada, en el cuarto que comparte con Locuaz el Mudo.

Un rumor de sábanas, un movimiento en el mosquitero, en la cama del primo, y Jafet se vuelve sobresaltado. No es nada, acaso el muchacho sólo ha intentado un mejor acomodo en el bienestar de su sueño. A pesar de la escasa luz y los tules del mosquitero, lo ve sonreír, con las dos manos abiertas sobre el pecho. Jafet sabe que se trata de una alegría que no pertenece a la realidad. Como siempre y con detenimiento, lo observa, y está tentado de entrar a aquella cama, como otras noches, con los ojos cerrados y la falsa inconsciencia de un sonámbulo. Es bueno eso de estar uno acostado al lado del otro. Locuaz vuelve a sonreír. ¿Con qué estará soñando? Locuaz vive en otro mundo. Es lo que quiere expresar la mirada tolerante de Jafet, el gesto con que desliza la mano por el mosquitero. El adolescente duerme como si levitara, tanta es la alegría y la profundidad de su sueño. Mucho se asemeja Locuaz a su hermana Valeria, pero en él se nota algo de mayor fragilidad, como si en la virilidad que en él comienza a intuirse se estuviera imprimiendo la huella de una resuelta feminidad. Extiende la mano hacia el pecho hermoso de Locuaz, que se mueve al ritmo de una respiración delicada. No lo toca, no obstante, y, como siempre, lo alcanza igual satisfacción, porque siente en sus dedos la piel que no palpa.

Vuelve a apoderarse del catalejo. Ni siquiera con el gastado instrumento se siente capaz de precisar las luces. Lo que puede distinguir a través del aparato viejísimo, se le aparece como algo aún menos preciso. Luces borrosas. Extensión ambigua. Horizonte indefinido. Y a pesar de que el mar se halla calmo, a Jafet lo sorprende la perfecta inmovilidad con que las luces brillan en la noche.

Deja el catalejo sobre la mesita de noche, y, como quien escucha un diálogo habitual, vuelve a concentrarse en el silencio, aunque esta vez no intenta desentrañarlo. La casa parece esquinarse. Es un bajel ruinoso que llega a puerto después de una travesía agotadora. Lo grave no radica tanto en los crujidos. El muchacho sabe que sus pasos no despertarán a nadie. Ellos, además, están despiertos, o creen estarlo, y no escuchan. Él va descalzo, como siempre, y ha sido tan hábil de descubrir el modo de andar sin pasos, por un camino que se halla por encima de la tierra. Sus recios pies descalzos no tocan la precaria constitución del cobertizo. Alto y fibroso, de una magnífica aleación, con la constitución maciza que proviene de la mezcla de sangre norteamericana y cubana de su sangre, Jafet puede deslizarse sobre el tejado sin que éste experimente la más mínima alteración.

Salir a escondidas en el *Mayflower* hacia las profundidades es uno de sus maravillosos secretos. Hábito oculto que lleva a cabo cada noche, sin despertar la más mínima sospecha (eso, al menos, cree Jafet), siempre a la espera del momento.

Lo grave, pues, no es recorrer el tablado resentido de la casa y saltar a la playa. Lo grave será, como siempre, encender una luz. No se atreve a encender el farol. Sin saber por qué, lo toma de todas maneras. Tampoco olvida la pequeña brújula que ha atado a una cuerda y suele colgarse al cuello. Desecha en cambio el catalejo. Confía más en sus ojos.

Abandona la habitación, no sin antes echar una ojeada a la gasa del mosquitero, amparado por el cual Locuaz el Mudo sonríe dormido y se envuelve en sábanas empapadas de sudor. Baja las escaleras. Pega el oído a la puerta de Valeria, donde reina un sueño tranquilo. La ventana del hall está cerrada. Bueno, todas las ventanas están cerradas. Andrea y Mamina ya las han atrancado por miedo al ciclón. Retira la tranca, abre la ventana y se asoma otra vez a la noche. De un pequeño y ligero salto, llega al alero e intenta cerrar la ventana desde fuera para que no se percaten de que ha huido por ahí. Desciende rápido al tejado de la galería. Desde el tejado, el paisaje de esta fea madrugada alcanza un tono de belleza, y por eso de mayor amenaza. Alza el farol. No le importa que esté apagado: va iluminando un camino que sólo él está capacitado para ver. Su mirada puede traspasar las sombras que se dispersan por la playa. Sin abandonar el farol, llega a una de las esquinas del sobradillo y con la pericia habitual se desliza por una de las frágiles columnas. Sólo un instante se detiene en el alero de la primera planta. Baja ahora por otra columna, hacia el portalón, donde se sabe más seguro. Enorme y fresco, el portalón con sus puertaventanas bien cerradas, su piso de madera, la balaustrada intacta, y las doce lámparas de hierros arqueados y enmohecidos, que aparentan los candiles del elegante salón de un barco naufragado. Los sillones están atados con maromas. En los diez sillones sin color, hoy no duermen los gatos de Andrea. Las gallinas de Mamina deben de haber sido encerradas con la vaca en el antiguo baño de criados.

Jafet logra un callado salto hacia los arrecifes y procura

evitar el camino que baja hacia la playa, que es visible desde la casa.

Bajo los árboles, mezclado con el aroma del carbón y de los pinos, que las madrugadas acentúan hasta un grado turbador, el olor del mar se hace preciso y conminatorio. También ahora se escucha, mucho mejor que desde la casa, el retumbar de un movimiento de olas que han comenzado su batalla contra la orilla. En un recodo, los pinos y las caletas ceden ante el inmenso espacio de arenas negras y atolones. Hasta ese instante, y desde que sale de la casa, ha procurado no mirar al mar, o al menos no mirarlo abiertamente. ¿Habrá estado temiendo que se hayan desvanecido las luces y sus mensajes?

Pero las luces siguen en el mismo lugar, y su quietud continúa siendo prometedora.

Avanza hacia la orilla y comienza a caer una fina llovizna que no lo sorprende. Por ahora la llovizna ni siquiera alcanza a humedecer la arena.

A su izquierda, dormida y cubierta por sombras rojas, la casona inicia su desaparición.

Alza los brazos y con ellos el farol apagado. Como si desde aquel sitio los habitantes de Cayo Hueso, de New Orleans, de Pensacola, de Saint Petersburg o de Tampa, pudieran divisar su saludo.

Deja el farol en la orilla y, aún con los brazos levantados, entra al agua. Pocas cosas pueden provocarle semejante gozo. Entrar al mar que ha recogido el bochorno del día. Pausada y voluptuosa, el agua sube por sus piernas y llega a sus rodillas. El muchacho experimenta un mayor placer y avanza lento hacia el muelle. A su alrededor presiente pequeñísimos peces de esmalte. Atado al muelle con una sirga que más bien parece un haz de algas y lianas, se halla el *Mayflower*. Tiene el maderamen carcomido y los remos cortos y torpes.

Desata la sirga y sube sin esfuerzo a la pequeña embarcación. Acomoda los remos en las chumaceras. El contacto con los mangos lustrosos de los remos le provoca una excitación mayor que la acostumbrada.

Hinca los remos en el mar y siente el bote ligero. Se sabe más liviano que nunca. El *Mayflower* no es un buen bote, nunca lo fue. Con más razón ahora que está viejo. Jafet sabe que no es tanto el navío como el navegante. Y si de algo está convencido es de que esa noche puede llegar al fin del mundo si fuera su propósito.

El mal bote se ennoblece con la remada del muchacho. El viento es una fuerza que lo empuja hacia abajo y al propio tiempo lo lanza hacia lo alto.

No vuelve la cabeza porque no quiere ver lo que abandona. Además, ¿qué abandona? El camino es lo que está por delante, y que no sea exacto o no posea la precisión de los caminos de la tierra no implica que no sea camino.

A lo lejos, las luces de los cayos y de los cuarenta y dos puentes que los unen.

Para Jafet es como si se adentrara por un canal largo, estrecho y oscuro. Ni siquiera escucha los remos que con tanta suavidad golpean el agua, porque avanza con lenta prisa y le gusta la seguridad con que el bote le responde. Rodeado por la niebla y el silencio, el *Mayflower* se desliza sobre el viento.

Entonces cierra los ojos sin dejar de remar y piensa o dice:

—No hay duda, este viaje es un sueño.

Y suponiendo que estuviéramos de acuerdo y creyéramos como él que este viaje es un sueño, ¿quién tendría el coraje de revelar a este navegante, intrépido o ingenuo, el provecho que supondría despertar?

*Barcelona y Palma de Mallorca, 2007*

## AGRADECIMIENTOS

Debo dejar constancia de mi gratitud a las siguientes personas:

A Beatriz de Moura y Antonio López Lamadrid por la ayuda brindada para la redacción de este libro.

A Elsa Nadal, que, además de ser mi hermana, vivió muchos años en New Jersey y Manhattan.

A Guillermina de Ferrari, que me permitió regresar a los lagos Mendota y Monona y pasearme por Morrison Park.

A Margarita Zamora, que, camino de Iowa y del Mississippi, me hizo conocer un caserío llamado Cuba City.

A Juan Cerezo y Ana Estevan, por sus lecturas atentas y esclarecedoras.

A Mónica Sorín, por las razones que ella muy bien conoce.

# Últimos títulos